MAHMUT YAMALAK

Di sala 1969 an de, li Dûtax a Agirî hatiye dinyayê. Zarokê sêyemîn ê malbata bi heft zarokan e. Malbatê bar kir çûn Stenbolê, ew jî li wir mezin bû.

Piştî du salên ku di girtîgehê de derbas bû, di salên piştî 1990 î de, weke yekî ji rêzê tevli têkoşîna azadiyê bû. Di sala 1994 an de, ji nû ve hat girtin. Li girtîgehên; Gebze, Bayrampaşa, Ümraniye, Tekirdağ û Edirne raza. Niha jî li girtîgeha Bolu yê, weke girtiyekî "muebbed" radizê.

Ji rojên ciwaniyê ve, bi amatorî bi muzîkê ve têkildar e. Strana "Adar e" ya ku Koma Agirê Jiyan xwend, hem gotin û hem awaza stranê ji aliyê Yamalak ve hatiye afirandin.

Mahmut Yamalak, ji ber şerd û mercên girtîgehên "Tîpa F" nikare xebatên xwe yên muzîkê bidomîne. Belê ewê nivîskariya xwe bidomîne... Yamalak li ser vê mijarê wisa dibêje: "Hêj ku pênûs û kaxezên me ji destê me nehatine girtin, ji bo parvekirina xewnên xwe, ezê tevahiya dema xwe, bi nivîsîna kurdî û tirkî biborînim."

Romana Yamalak ya pêşi, **"Mermer Kanatlı Kuşlar"** ji aliyê weşanxaneya Aram ê hat weşandin.

aram

Tariderya
Mahmut Yamalak
AramRoman

Redaksiyon: Osman Özçelik

Edîtor: Vedat Çetîn

Mizanpaj: Aram
Wêneyê Bergê: Merthan Anik

Çapa Yekem: Mayıs 2013

ISBN:
978-9944-222-83-9

Navnîşan:
Aram Basım Reklam ve Yayıncılık
Sanayi Ticaret Limited Şirketi
Huzurevleri Mah. Sıtkı Göral Cad. Kurdi-Der Binası Kat3/3
Kayapınar / Diyarbakır
Tel: 0 412 238 30 71

email: info@aramyayinevi.com
www.aramyayinevi.com

Çap:
Gün Matbaacılık
Reklam Film Basım Yayın San. Tic. Ltd. Şti.
Beşyol Mah. Akasya Sok. No: 23/A
Küçükçekmece İstanbul
Tel: 0 (212) 580 63 81

TARÎDERYA

Mahmut Yamalak

Aram*Roman*

NAVEROK

I
MARÎA

Di Hezîrana 1998 an de, li peravê bajarekî Îtalyayê keçikeke biçûk hat dîtin. Keçik hê nemiribû, lê ji ber dema xwe ya ku di deryayê de borandiye, ji ber birçîbûn û tîbûnê pir bêhal ketibû. Hiş li serê wê nebû. Şansa wê hebû ku xwe bi kulorîkê ve girtibû. Wê bi saya vê kulorîkê xwe gîhandibû peravê bajêr. Keçik ewqas ser xwe ve çûbû ku ji gîhiştina xwe yî peravê bêhay bû. Cil û bergên bedena wê ya biçûk jê şemitîbûn û pêlavên wê ji lingan derketibûn. Bedena wê ya nîvtazî ji ber ava deryayê pirtanokî bûbû.

Keçik rakirin nexweşxaneya bajêr. Li vî bajarokê dereperav, vê bûyerê bala çapemenî û raya giştî nekişand. Di wan rojan de ji ber keştiyên li Derya Spî windabûyî, bi hezaran însanên xeniqî û ji ber Kurd, Peştû, Faris, Hîndû, Reşik û ji gelek netewan cesedên li peravê behra xistî, bûyerên wiha lasayî bûbû û bedena keçikeke biçûk a ku li peravê bajarokekê xistibû bêqîmet kiribû.

Bûyer, tenê di rojnameya bajêr de, wekî nûçeyeke biçûk cih girt û sernivîskarê heman rojnameyê jî, di nivîsa xwe yî şîroveker de: "Rojhilatiyên hoveber ên ku revo revo welatên xwe diterikînin û ref bi ref têne Rojavayê, çand û şaristaniya Rojavayê diçilvirînin" vedigot, di cihekî nivîsa xwe de jî, qala cesedên li peravê Îtalyayê xistî dikir û digot: "mixabin îro bajarê me yî xweşik jî rastî bûyereke wiha hat; cesedê keçikeke biçûk li peravê bajarê me xist." Her wiha keçika biçûk di kurtenûçeya, rojnamê de bixweveçûyî, di sernivîskê de jî mirî hate nivîsandin. Piştî vê jî, jixwe tu kesî li vê keçika reben nepirsî.

Keçik di nexweşxaneyê de bi qasî mehekê di qomayê de ma. Demekê bi xwedestî hate xwedîkirin. Piştî mehekê çavên xwe vekir lê peyv bi deva neket. Dermanên ku dirêj dikirinê digirt, hêdî hêdî xwarina xwe dixwar lê bi awirên xerevebûyî li der û dora xwe dinihêrt.

Personelê nexweşxaneyê gelekî ji keçikê hez kirin. Lewra ew baş xwedî kirin. Çermê wê yî qermiçankî bûyî bi merhem û losyonan ve rengê xwe girt. Bi saya dermanên vîtamînê û xwarinên muxedî bi ser xwe ve hat. Payizê, êdî keçik derdiket baxçeyê nexweşxaneyê li menzela bendewariyê li televîzyonê temaşe dikir, li menzela doktoran rûdinişt û bi serê xwe diçû xwaringehê. Keçik bi xwe re birin çend şahiyên rojbûyînê û çend dawetan jî. Lê dîsa bi xwe re dianîn nexweşxaneyê.

Keçik gelekî xweşik bû. Porê wê yê reş û xingalokî dadikete ser navmilan. Por, li ber rojê lacîwerdî dibû. Xingalên por ber bi jêr gûr dibûn. Perestar gelek ji vergirtina porê keçikê kêfxweş dibûn. Li nexweşxaneyê sakin her roj peresterek bi porê keçikê ve mijûl dibûn. Yekê jê re stran digot, yeka din çîrok. Keçik jî her ku diçû dişibiya ferîştekê. Stran û çîrokên ku bi zimanekî biyan jê re dihatin gotin bi dil û can guhdar dikir. Eniya wê ya fireh diyariya pakbinyatiya wê bû. Çavên wê reşbelek bûn, car caran awirkûr dibû, diket nava xeyalên dûr û dirêj. Pozê wê pijîn bû. Kêmbariya difnên poz, Rojhilatiya wê diyar dikir. Hingî ku qenc dibû bebikên çavan diteyisîn û hinarikên wê sor dikirin. Dev û lêvên wê yên xweşik wekî wêneyan bikeys bûn. Bedewbûna keçikê dişibiya ferîşteyan.

Personelên nexweşxaneyê beyxude li zimanê ku keçik pê diaxive geriyan. Keçikê bi tu zimanî jî bersiva wan nedida. Lewra qenaeta xwe pê anîn ku keçik ji ber travmaya ku jiyaye, axaftin û zimanê xwe jibîr kiriye. Di nava xwe de navek jî li keçikê kirin Marîa.

Navê Marîa, ji ber ku keçik wekî ferîştekê ketibû jiyana wan, ji hêla her kesî ve hate pejirandin. Her wiha wê jî ev nav pejirand. Êdî ew, Marîa ya ku hê bi tu zimanî neaxivî bû.

Ber bi zivistanê, ji dêra bajêr serrahîbeyek ji ber nexweşiya xwe hat nexweşxaneyê û çend rojan li nexweşxaneyê ma. Rahibê, li wir Marîa nas kir û piştî vê naskirînê, nexweşketina xwe wekî mûcîzeyekê nirxand. Êdî bawer dikir ku Xwedê, ji bo ku ew Marîayê binase ev nexweşî dabûyê û ji bo wê jî ji Xwedê re şukir dikir.

Dema ku qenc bû û ji nexweşxaneyê derket, li ber çavên doktor û perestarên kelogirî, Marîa jî bi xwe re bir. Her wiha bi tevî nasnameke ku bi alîkariya midûrê nifûsê û rêveberê bajêr derxistibû, Marîa bir dibistana rahîbetiyê: Ew, êdî hemwelatiyê Îtaliyan bû, Marîa 12 salî û sêwî bû.

Marîa, li dibistanê dest bi axaftinê kir. Bi hewldanên dilovanî ên serrahibe û rahîbeyan yeko yeko fêrî tîpan bû, kîte bilêv kirin. Di demeke kurt de têr û baş zimanê Îtalî fêr bû. Di destpêka biharê de bi navê xwe yî nû, Marîa, êdî keçikeke biçûk a Îtalî û namzetê rahîbetiyê bû.

Ger ji ber derfetên dibistana rahîbetiyê ên guncan û ger jî ji ber nêzîkbûna rahîbe û şagirtên dibistanê ku Marîa wekî ezîzeyekê didîtin, Marîaya biçûk, bû şagirta herî qenc. Sal borîn, zimanê Îtalî û Latînî fêr bû, di hemû dersên xwe de, bi ser ket.

Her wiha mezin bû û bû keçikeke delal. Dema ku derdiket baxçe, bi delaliya xwe, bala her kesî dikişand ser xwe. Hema bêje bûbû abîdeya delaliyê.

NEWA

Marîa, di hijdeh saliya xwe de, ji bo alîkariya dêrê û dibistanê bi tevî çend rahîbeyan ve, li kolanan digeriya. Ji nişka ve newayek hate guhan. Di wê navê de, dilê wê bi bihîstina vê newayê kewgirtî bû, hiş ji serî çû. Janekê xwe berda ser dilan, çok lê lerizîn. Marîa ne li ser newaya ku li ber guhê wê ketî sekinî, ne jî li ser bizava bedena xwe li gorî wê newa û lerizîna bedena wê ji hev cûda bûn.

Xwe bi xwe digot, min newayek bihîstibû, di wê navê de dibe ku ji ber sermagirtinê bedena min lerizî bû. Hîç nedihat bîrê ku di navbera herduyan de pêwendî deyne. Ger ku newa nebihistiba jî, dibe ku bedena wê dîsa bizaviya, an jî dibe ku bi dehan newa bibîhîsta lê dîsa jî, bedena we nebizaviya. Dîsa jî wesweseyek ket dila. Di binê çavan de li der û dora xwe nihêrî, lê çavkaniya newayê nedît. Piştî ku şoqa kurtedemî ji ser xwe bihurand û li pêş çavên hevalên xwe yî şaşbûyî xwîdana eniya xwe bi pêşa libasê xwe paqij kir, "Ez baş im hevalno! Dibe ku min serma girtibe. Ez baş im!" got û dîsa bi kêf û henek karê xwe domand. Lê dîsa jî tengijîneke biyan di dilê xwe de hishisand. Bi nexweşketina xwe bawer kir û biryar da. Pişti çûyîna dibistanê dê xwe vehesîne.

Wê êvarê destûr xwest û beriya her kesî raket. Di cih de ket xeweke kûr. Ber bi nîvê şevê bi xewnereşka ve şiyar bû. Bedena wê di nava xwîdanê de mabû li gorî gotina hevalên wê yên nivîngehê, di xewa xwe de çend caran qîriyabû. Tu bersîv neda halpirsiyarên xwe. Tu tiştekî wê nîn bû. Di xewna xwe de çiya û gelî didîtin, paşê diket nava pêlan û dixeniqiya. Di her carê de newayek biyan dihate guhan. Jê fêm nedikir ka arya ye an zêmar e. Wê şevê çend carên din jî şiyar bû. Sibetirê bi çavên xwe yên sorbûyî û rûyê xwe yî aliqî rûnişt ser taştê. Dema ku ji qehwa xwe gulmek wexwar, têgihîşt ku, newaya di xewna xwe de bihîstibû û newaya duhî heman in. Bi vê vedîtina xwe sawgirtî bû. Di dilê xwe de got, ev, lîstikeke binehişîn e û zêde li ser nesekinî.

Piştî ku di rojên din de jî xewnereşkên manend dîtin û heman newa bihîstin, di jiyana wê ya rojane de jî guhertinên biçûk destpê kirin. Êdî bêtir bihêrs û pixûdokî bûbû. Êdî çavên wê yên reş, zêde nedikeniyan. Ên li der û dorê, guhertinên di wê de didîtin û li sedemên van guhertinan digeriyan. Lê Marîayê rê nedida tu kesî. Her diçû xwe bi tenê dikir.

Rojekê dîsa riya wê bi heman kolanê ket. Xwe bi xwe dest bi lêgerîna çavkaniya newayê kir, lê tu tişt nedît. Xewnereşkên wê zêde dibûn. Her carê jî, beriya ku wê di nava pêlan de winda bibe, ji nişka ve şiyar dibû.

Her wiha hêdî hêdî jar dibû. Tirseke giran ket sîsikê çavan. Êdî car caran dadiket qiraxê deryayê û bi saetan li deryayê dinihêrî. Bi dijwarî qanî kirin ku biçe psîkologekê. Di seansên psîkolog de hema hema xewnereşkên xwe ji nû ve dijiya. Û di nava xwîdanê de dima.

Psîkolog, jê re kaxiz anî û xwest ku wêne çêke. Piştî xêzkirina çend gelaleyan jî ji Marîa re gelekî kerese anî. Marîa êdî bi şev û bi roj wêne çêdikir. Carînan jî bi xewnereşkên xwe şiyar dibû. Di cih de kaxiz û pênûs digirt, ji xewnereşkê çi di birê de mabe xêz dikir. Şiyarbûnên wê yên şevê hevalên wê jî aciz kirin, ji bo Marîa menzeleke din amade kirin. Menzeleke biçûk a li dawiya korîdorê ku wekî kîlerê dişixulandin danê. Marîa, li wir çêkirina wêneyan domand. Di demeke kurt de menzela wê tijî wêne bû.

Mijarên hemû wêneyan yek bûn; Pêlên deryayê û destên ji nava pêlan hilfirîbûn jor. Ev destên ji deryayê hilfirî gelek zindî dixuyan. Mîna ku dixwestin li jorê bi tiştekî bigirin û pê hilpas bin. Masûlke, reh û tiliyên destan gelekî zindî dixuyan. Bi temaşa van destan ve gosirmeta ku xwediyê destan, jiyanê dihate fêmkirin. Mîna ku mêjû destan peywirdar kiriye ku êş û elema çav, dev, çene, stû, mil, lîng û bedenê bidin diyar kirin. Psîkolog dêhna xwe dayê ku ji xeynî dest û pêlan tu tiştî çênake, Marîa qanî kir ku êdî wêneyan çêneke. Marîa jî hîç li ser vê nesekinî. Çawa bilez bûbû wênesazek, wisa jî dest ji wêneyan berda.

Lê rewşa wê durust nebû, her ku çû xirabtir bû. Roj bi roj jar bû, hêrsoyî û pixûdokî bû... Êdî ewqas nan ji nedixwar, heta êvarê mitrî mitrî digeriya.

2005 an de rêveberiya dibistanê biryar dan û Marîayê rakirin nexweşxaneyê. Marîa bê deng û his cil û pertalên xwe da hev, ket pey rêberê xwe û li erebeya nexweşxaneyê siwar bû. Jixwe hîç heval û mamosteyên xwe yî ku li pey hêstir dibarandin nedidît. Li nexweşxanê jî rewşa wê durist nebû. Her roj an li ser cihê xwe rûdinişt an jî diçû li peravê deryayê rûdinişt. Di rojên kontrol û seansan de bi mitritî li ber xwe dinêriya û çi bigotina bi gotina wan dikir. Marîa, êdî yekcar diheliya. Ji xeynî çavên reş û porên kurîşk, tiştê ku delaliya vê keça xama bide diyarkirin nîn bû.

FERMAN

Ferman di bihara 2006 an de, li nexweşxaneya ku diya xwe lê radizand, rastî Marîayê hat.

Di domdariya salên Ferman ên di zindanê de, diya wî her ku çûbû pixudokî bibû. Di ser de jî, çûyîna xwişk û biraziyê wî ê welêt, diya wî yekser dehibandibû. Ferman sal bi sal melûlbûna wê jinika zîrek li ber çavên xwe dît û li spîbûna porên wê temaşe kir. Her wiha bi pîrbûna xwe ve jî dibû jinikeke engirokî û her gotin çewt fêm dikir. Êdî pê re îdare nedibû. Her ku diçû pêwendiya xwe ji dorhêla xwe dibirî.

Ferman ji birayê xwe yî li Îtalyayê rûdine re tembîh kir ku bila neşîne serlêdana zîndanê. Gava ku diçû serlêdanê bi rojan bi ser xwe ve nedihat, digiriya û li ber xwe diket. Piştî ku bi dijwarî ew şandin Îtalyayê jî, tenduristiya wê qenc nebû.

Carînan di cih de kelogirî dibû, ji mekan û kesên li dorhêla xwe dûr diket. Carinan, "kuro îro cejn e, me hê xwarin û vexwarin, eydaneyan amade nekiriye" digot, ji xeyalên xwe derdiket û ji Perîxana bûka xwe re digot: "keçê te oda mêvanan amade kiriye? Dê mêvanên me bên..." Zarokan ji çîrokên wê û ji rûniştina ser çokên wê hez dikirin, lê carina jî ji tirsa nêzîkî pê nedikirin. Belesebep bi hêrs diket û engirokî dibû. "Zarok tev de çûne ku?" digot, kûre kûr digiriya. Resûlê birayê Ferman jî nizanîbû ku wê çi bike. Di nameyên ku ji Ferman re dişand girtîgehê de digot ku ew, ji ber rewşa dayê her roj xwe tawanbar dike, bi canê xwe ketiye, fedî dike ku porê zarokan mist bide, lewra psîkolojiya wî jî xira bûye.

Piştî ku Ferman ji zîndanê derket, ji bo serlêdana diya xwe çû Îtalyayê. Li bajarê... di avahiyeke mutewazî de rûdiniştin. Du cîranên kurd ên Resûl hebûn. Diya Ferman her roj diçû van malan û dihat. Ewan jî jê hez dikirin, ji çîrok û sohbeta wê hez dikirin. Ji ber ku bi nexweşiya wê jî beled bûn, pir bi hesasî nêzîkî lê dikirin. Pîrejina ku ji salên bi alozî derbas bûne re, ji zarokên xwe yî windabûyî re û ji penaberiya xwe re tu wate nedidît, hêdî hêdî diket depresyoneke giran.

Ewilî Ferman nas nekir. Piştî naskirinê jî ne wekî kurê xwe yî ku bi salane hesreta wî dikişîne, wekî kurê xwe yî ku kêliyek berê ji kar hatiye, pêşwazî kir.

"Kuro, te nan xwariye?" got. Dûre vegeriya ser Perîxanê, "Perîxan, ka jê re sifrê raxe" got.

Ber bi payizê, Ferman diya xwe bir û li nexweşxaneya bajarekî biçûk da bicihkirin. Bajar û nexweşxane li qiraxê Derya Spî bûn û dorhêlên wan daristan bû. Ji ber ku diya wî bi zimanê biyan nizanîbû, nikarîbû derdê xwe ji doktoran re vebêje, her wiha bi serê xwe jî nikarê îdare bike, Ferman jî li heman bajarî di pansiyonekê de bi cih bû. Nava rojê li cem diya xwe dima, êvaran vedigeriya pansiyonê. Roj derbas dibûn, lê diya wî qenc nedibû.

SAXBERÎ

Wê rojê, ancax piştî nîvro Ferman hat nexweşxaneyê. Ji biraziyê xwe yî ku nû dest bi dibistanê kiribû re, çentek stendibû. Gava ku ket menzela diya xwe jî di aqilê xwe de hinceta xwe ya derengmayinê dida hev, lê di cih de rawestiya. Keçikeke ciwan di hembêza diya wî de, xwe quncisandibû, kûrekûr digiriya û diya wî jî bi dengê xwe yî vepesîner jê re çîrok digot. Ferman bîskekê li ber şêmigê rawestiya û li wan temaşe kir.

Keçik digiriya. Lê girîna wê ji ber şahiyê bû. Pîrejinê jê re vedigot. Wekî ku ji Ferman re, ji Resûl, ji zarokên Resûl û ji qîza xwe re vebêje, vedigot. Di wê navê de li malê bû. Bavê Ferman cixare dipêça, ew jî li pişt sobê rûniştibû û ji zarokan re çîrok vedigot. Di wê navê de ji bo wê nexweşxaneyê, salên hovane, belabelabûyina wan, hesret û penaberî nîn bû. Piştî hewqas sal ew cara yekem bû ku Ferman diya xwe wiha aram û sekan didît.

Piştî çend deqîqeyan diya wî çav pêket, "kurê min, tu dereng mayî," got, keçik veciniqî. Çavên wê ji ber girînê sor bûbûn û hinarikên wê tev de şil bûbûn. Awireke tûj li Ferman da, dûre bilez ji nava nivînan derket û revo revo çû.

Ferman li tenîşta diya xwe rûnişt.

"Tu li ku mayî ?" got diya wî.

"Vaye ez hatim. Jixwe tu jî bêheval nemayî. Ew kî ye?"

"Marîa ye."

"Marîa kî ye?"

"Nizanim. Navê wê Marîa ye."

"Te Marîa çawa nas kir?"

"Ew bi xwe hat."

"Çi got?"

"Tiştek negot. Hema destê min maçî kir û kete hembêza min."

"Hema ewqas?"
"Erê."
"Te wê demê çi dikir?"
"Ez li ser nivînan rûniştibûm û min stran digot."
"Dayê, derdê wê çi ye?"
"Nizanim. Hema kete hembêza min û giriya. Min jê re çîrok gotin. Xwîna min jî keliyayê."
"Navê wê Marîa ye?"
"Erê."
"Nexwe ew ne kurd e?"
"Nizanim lawo. Lê ji min re got, ez Marîa me."
"Bi kurdî got?"
"Erê."
"Hella, hella!"
Ferman, wê rojê diya xwe li hewşê gerand, jê re qala biraziyê xwe Vedat kir, qala çentê Vedat kir ku wê rojê jê re stendibû. Gelek kêfxweş bû.
Ber bi êvarê Ferman çû resepsiyonê.
"Biborin," got, "di vê nexweşxaneyê de nexweşeke we ya bi navê Marîa heye?"
"Erê, heye!" got resepsiyoner.
" Li ku dimîne, gelo ez dikarim wê bibînim?"
"Helbet. Di menzela li dawiya korîdora ku diya we tê de ye de dimîne."
"Ew Îtalyan e?"
"Erê, rahîbe ye."
"Rahîbe?"
"Erê. Şagirt e. Bi bûtçeya xelwetxanê dimîne."
"Ji kengî ve li vir e?"
"Kêm zêde ev bû şeş meh."
"Nexweşiya wê giran e?"
"Ez nizanim. Lê însaneke pir baş e. Ji xeynî rêveberên xelwetxanê tu xizmên wê nîn in. Bi ya min hûn dikarin bi tevî diya xwe carinan serî li wê jî bidin."

Dotira rojê Ferman zûtirîn çû cem diya xwe. Marîa hê nehatibû. Li teniştа diya xwe rûnişt, jê re qala coş û peroşa Vedat kir. Diya wî pê keniya. Dê îro tomografiya wê bikişandina. Nêzikî mehekê li wir bû, lê ji rewşa xwe bêzar nebû.

"Roja şemiyê Vedat bi xwe re bîne."

"Erê, ez ê bînim."

Ji nişka ve Marîa li ber derî xuya kir. Awirên wê qilqaldar bûn. Ewilî lê nihêrî. Hebûna Ferman a li wir ew aciz kiribû. Diyar bû ku çav li çûyîna Ferman bû.

"Marîa, were keça min. Were metirse!" got pîrejinê. "Ev kurê min e, were!"

Marîa bi fediyokî hat, li ser nivînan rûnişt. Dehmeneke reş û dirêj li xwe kiribû. Li ser wê qezaxekî rengetarî hebû. Porê wê vekirî bû.

"Merheba," got bi fediyokî.

"Merheba," gotê Ferman. "Ez Ferman im."

Marîa bêdeng ma. Pîrejinê jî deng nekir. Ji nişka ve rewşa menzelê nexweş bû. Ferman têgihîştibû ku, diya wî, çûyina wî dixwaze.

"Dayê, ez herim doktor bibînim," got, "divê tu jî heta nîvro xwe amade bikî."

"Erê kurê min, here. Marîa jî dê alîkariya min bike."

Ferman ji niha vê dostaniya di navbera herdu jinan de dihisiyî. Dema ku pîrejinê Marîa anî ziman, Marîa bi dilovanî bişirî. Ferman, hebûna xwe ya wê menzelê wekî tehmsariyek dît û hêdîka derket derve.

Ferman berê xwe da resepsiyonê. Ewilî derbarê rewşa diya xwe de agahî girt. Nedixwest ku diya xwe di nexweşxanê de bihêle. Dê ewilî ew bibira mala Resûl, dûre bibira welêt. Dê ew bibira gund, ku hê xalanên wî li wir bûn. Her çiqas ku diya wî, "Piştî vî emrê çûyî ezê herim mala bavê?" digot jî, di dilê xwe de kêfxweş dibû ku wê bi bira û biraziyên xwe re bijî. Xalê Ferman, "Ew nikarê li wan weletan bitebite. Cihê wê ev der e!" digot, bi pêkolî etêya xwe dixwest gel xwe.

"Kuro lawo tu dînî?" digot di telefonê de, "ma diya te dikarê li dûrî welatê xwe bijî? Bîne vira. Carîna tu dê werî serlêdana wê. Dê bi gundî û eşîra xwe re be. Hingê ne nexweşî dimine ne jî êş." Perestar jê re got ku piştî nîvro doktorê diya wî muayene bike, dê çend testan bike.

Ferman jê re spas kir. Dê ji wir biçûya ku ji nişka ve hat bîra wî û careke din vegeriya, "Biborin, dibe ku pirsa min nelicih e. Ew rahîbe, gelo ew Îtalyan e?"

Perestar bişirî, "Nizanim, wisa dibêjin."

"Baş e lê çawa kurdî fêr bûye?"

"Kurdî?"

"Kurdî zimanê kurdan."

"Ha!" got perestar, "Min fêm kir. Ew ji gelên rojhilata navîn e."

"Erê."

"Nizanim. Bi ya min Îtalyan e. Dibe ku xelwetxanê hînî wê kiribe."

Ferman, ber bi nîvro çû, Marîa porê diya wî şe dikir. Pîrejinê dîsa jê re tiştin vedigot. Ferman, bi lêborînî suhbeta wan birî. Wextê tedawiya diya wî hatibû. Marîa xwe da hev.

"Neçe Marîa," got Ferman. "Karê diya min heta piştî xwarinê didome. Heta wê çaxê em hindekî li baxçe bigerîn, suhbet bikin. Paşê em ê bi hev re nan jî bixwin."

Marîa, li pîrejînê nihêrî, mîna ku erêniya wê dixwest. Piştî bişîrîna diya wî "baş e" got.

Dema ku li baxçe, di bin darên serwî û çinaran digeriyan, Ferman bi delaliya Marîayê têgihîşt. Huba wî firî ser, ew delaliyeke qencîkar bû, însan pê dilqenc dibû. Ket milê Ferman, bi hev re meşiyan. Ferman di dilê xwe da got, "Dibe ku ji ber diya min wiha bi min ewlekar e. Lê dibe ku ji afirîna xwe ve wiha xwîngerm e.

Jixwe dema ku ew li balê bû, daxwaza parastina wê niqutî dilê Ferman. Herçiqas ku piştî rojan wan hestên xwe wekî ezperestiyê bidîta jî, wê hingî her tişt bi wî xwezayî dixwiya. Jixwe Marîa, keçikeke ciwan, şîrîn û muhtacê parastinê bû. Heçî Ferman, mirovekî ku jiyana xwe di nava beton û hesin de, li dûrî germahiya însanan borandî û muhtacê xweşikahî û arîtiyeke wiha bû. Her tişt li ser rêava xwe diherikî. Ger di nava mejiyê Ferman de pirsên sotiner nebaya, dibe ku wê lehzê, di jiyana xwe de lehza herî xweşik bihesibanda. Ferman bi Îtalî ya xwe ya nîvcoyî pirs kir:

"Tu çawa Kurdî hîn bûyî?"

"Ez nizanim," got bi Kurdî.

Ferman pirsên din jî ji pirs kir, bersivên din jê girt. Têgihîşt ku depresyoneke giran li pêşberî wî ye. Çend sal berê bihîstibû ku şoreşgerek, beriya rojiya mirinê hîç bi Kurdî nezanîbûye, lê piştî rojiyê tenê bi Kurdî axiviye û zimanên din ên di bîra wî de tev ji bîrê çûne. Însanên ku gav bi gav zimanê dayikê anîbûne bîra xwe, însanên ku ji zanabûne xwe yî zimanê dayikê bêhay in lê gava ku diaxivin bi xwe jî matmayî dibûn, dîtibû. Lê ev cara pêşîn bû ku rastî bûyereke wiha dihat; Marîa ne bi Kurdî dizanîbû, ne jî li tu derê bihîstibû, lê ji nişka ve dest bi axaftina Kurdî kiribû.

Ferman digot, ji bo Marîayê Kurdî zimanekî biyan e û ew di jiyana xwe de hîç rast lê nehatiye, lê Marîa piştî ku dest bi axaftinê kir, bi kurdbûna wê bawer kir. Marîa, bi axaftinê ve dîmenên nû dianî bîra xwe, her wiha kurdiya wê jî vedibû.

Ew bi rojan bi hev re geriyan û suhbet kirin. Ferman fêm kir ku bi însaneke nepenî ve rû bi rû ye. Ji hêlekê ve dilê wî pê dişewitî, ji hêla din ve jî dixwest ku vê şexsa tewqtewqî baştir binase.

Marîayê, nîzanîbû ku Kurdiyê ji ku dizane lê dema ku kurdî dibihîze çima dilzîz dibe. Lê dizanîbû li xelwetxanê nehatiye dinê. Car caran awirmitrî dibû û "Xwedêyo, ez kî me?" digot. Gelek ber xwe diket ku heta niha çima dê û bavê xwe meraq nekiriye û li wan negeriyaye. Êdî rojên xwe bi Ferman û bi diya wî re diborand. Dayik her diçû qenctir dibû, ji hebûna Marîayê jî hêzdar dibû. Hin caran gotin ji devê Marîayê dikişand, pilanên wê yên cuda piştî qencbûnê dipirsî. Her carê jî Marîa, bi awirên xemgîn lê dinêrî û digot "nizanim."

Li ser psîkolojiya diya xwe, Ferman çû xelwetxanê û bi rêvebiran re axivî. Derbarê Marîa de tenê ew qeyda ku şaredar girtibû hebû. Di wê qeydê de jî "Marîaya 12 salî, bêkes û hatîterikandin" dinivîsî û her wiha digot ku ew teslîmî weristiya dêrê kirine. Rahîbeya pîr a rêveberê xelwetxanê, "Ew hema bûbû keça dêrê" got, "lê ez bawer nakim ku piştî vê nexweşiyê êdî li dêrê dilaram be." Dûre xwe xwar kir guhê Ferman û bi pistepist got, "me di serî de dizanibû ku ew keça Kurdan e. Gelek diyardeyên Kurdbûna wê hebûn, jixwe di piçûktiya xwe de carina ber pesnan xeber dida, peyvên wê bi kurdî bûn, lê ew ji xwe bêxeber bû. Êdî çi hatiye serî, em nizanin." Dîsa pişta xwe da paldankê û bi dengê bilind, "Ew bêhişbûna wê ya ku hate serî, ew ji rabirdûya wê dûr xist."

Ferman bi qilqaldarî got, "Eger bi me re be, hûn dê qebûl bikin?"

"Ji bo Marîa çi qenc be, em ê wê qebûl bikin," got.

"Hûn bixwazin dikarin weristeya wê jî bigirin ser xwe. Bes bila bi xwe daxwaz bike. Em di wê baweriyê de ne ku me peywira xwe anî cih."

MAZLÛM

Rojekê Ferman, Vedatê biraziyê xwe bi xwe re bir nexweşxaneyê. Piştî çend sozdayiyan êdî mecbûr mabû. Diya wî ji hêlekê ve hesreta Vedat dikişand, dixeyidiya, ji hêla din ve jî Vedat dawiya hefteyê diçû qursê. Ji bo qursê Ferman nikarîbû bibira nexweşxaneyê. Lê wê rojê bi lave lav ji mamostê wî destûr xwestibû. Vedat ji bo serlêdana pîrika xwe gelekî kêfxweş bûbû.

Dema ku di deriyê nexweşxaneyê ve ketin baxçe, Marîa li ber pencerê rûniştibû. Çav bi wan ket, rabû û ket hundir, Ferman fêm kir ku dê xeberê bide diya wî. Lehzek şûnde herduyan dê wan li ser derencê pêşwazî bikin. Vedatê xwe bi heyecan bavêje hembêza pîrika xwe, Marîa jî bi awirên hiznî li wan temaşe bike...

Lê wisa neqewimî. Herdu jin li ser derencê li wan dipan. Çawa ku Marîa çav bi Vedat ket, xwîn jê kişiya. Dema ku Vedat ber bi pîrika xwe ve direviya, Marîa jî ji xwe ve çû. Vedat tirsiya û xwe avêt hembêza pîrika xwe. Heta ku Ferman xwe gihande jor, Marîa li erdê dirêj bûbû jî.

Marîa birin menzela wê. Bîskek şûnde bi ser xwe ve hat, doktor li rewşa wê nihêrî. Dest û ling lê dihejiyan. Ji nişka ve dest bi girînê kir. Doktor derzîke xewê lêxist, Marîa ket nava xeweke giran.

Wê rojê heta êvarê li ber serê Marîayê man. Vedat bêkêf bûbû. Diya Ferman jî ji ber serê Marîayê nediçû û hûr hûr digiriya.

"Kurê min" got, "derdê wê çiye lawo?"

"Nizanim dayê. Bi ya min, çav Vedat ket. Ji ser hişê xwe ve çû."

"Erê, erê! Ma te nedît çawa li lawik dinêriya? Dibê qey ewî şibandibe yekî din." Bi kurtepist dom kir ku Vedat nebihîze, "Vedat tiştek anî bira wê."

"Erê. Ez dibêjim hêdî hêdî bîra wê vedibe."

"Perçe perçe."

"Erê lawo. Ev rebena Xwedê çi dîtiye, çi hatiye serî gelo?"

"Helbet bûyerên nexweş hatine serî."

"Gelo mirov nikarê hindekî binî bikole û ji derdê we fêm bike?"

Vedat li hembêza pîrika xwe bi xemgînî li Marîayê dinêriya... Êdî jê neditirsiya. Carina vedigeriya ser pîrika xwe, "Pîrikê ev çima xeriqî?" an jî "pîrikê tê kengî werî malê?" dipirsî û dîsa li ser Marîayê kûr dibû.

Ber bi êvarê Marîa şiyar bû. Ewilî bi matmayî li pîrejinê nihêrî, dûre çav bi Vedat ket dîsa kelogirî bû.

"Mazlûm!"got, "Canê min!"

Vedat di hembêza pîrika xwe de melisî. Pîrik bi Marîayê re bişirî, "Ew Mazlûm nîne delala min," got, "Vedat e."

"Vedat?"got Marîa. "Mazlûm nîn e?"

"Na, qey dişibe Mazlûm?"

"Na" got Marîa. Destê pîrikê girt, "hîç naşibê." Jinik vegeriya ser neviyê xwe, "Vedat, here cem eteya xwe, berxê min. Netirse lawo, ew ji te hez dike."

Vedat bi şermendeyî li ber Marîayê rawestiya. Marîa bi çavên hêstirîn lê dinêriya. Ji nişka ve tiştekî ecêp qewimî; Vedat destê xwe rakir û hêstirên çavên Marîayê paqij kir, dûre di hembêza wê de rûnişt. Marîayê hêdîka ew hembêz kir.

Wê rojê Marîa neaxivî. Vedat hembêz kir û bi ser xwe de poniji. Ferman hersê di menzelê de hiştin û derket lê wetirê ku deh sal kal bûbû.

Gava ku ji şêwirgeh re daxwaza hevdîtina serbijîşk kir, hê jî nizanîbû ku dê jê re çi bêje. Piştî nîv saetî peresterekê jê re got ku serbijîşk li menzela xwe li benda wî ye.

Serbijîşk, di nexweşxaneya sê qat de, li qata jorîn di menzeleke xwedî şaneşîneke fireh, dîmenderya û xweşik de rûdinişt. Çavên xwe yî bi birhên stûr ku dişibiya Kurdan kuskuyande Ferman û bişirî, "Diya we qenc dibe," got, "bi ya min, bandora we li ser heye."

"Erê rast e."

"Dibe ku di vê mehê de ji nexweşxaneyê derkeve."

" Dibe. Lê ez dixwazim derbarê nexweşeke we ya din bi we re biaxivim."

" Baş e, kî ye?"

" Marîa"

"Erê. Jixwe min texmîn dikir."

"Gelo hûn nexweşiya wê çawa bi nav dikin?"

"Binêrin, ez ê bi were aşkera biaxivim. Ev nexweşxaneke xurt nîne. Em li hin travmayan dinêrin. Ên ku îhtîmala qencbûnê tê de hebin em qenc dikin, ên giran jî, bi butça dewletê tim û tim li vir digirin. Nexweşên tevlihev jî dişînin nexweşxaneyên mezintir. Lê Marîa, dostê min ê ezîz, nexweşeke wisa nîne ku em pê bikaribin."

" Ewqas giran e?"

"Bi lez, ger derfet hebin dê zû bi zû qenc bibe. Jixwe kurtejiyana ku dane wê hîç nepejirandiye. Lê ji tirsa nedikarîbûye ku rastiyê jî bipirse. Ango dizanibûye ku rastî cûda ye, lê ji ber ku nexweşiye ji xewna xwe şiyar be, li pey rastiyê neketiye. Lê belê tiştek, êdî çiye nizanim, hemû tirsên wê yên dewisandî derxist holê çirûskeke biçûk bû sedema vê. Çi dibe bila bibe, girîngiya wî nîne. Tiştê girîng ew e ku bîr û hişê Marîayê bi vê çirûskê ji nû ve şiyar bû. Dibe ku li gel we, rabirdûya xwe bîne bîra xwe. Bi ya min, ji tirsa naxwaze bizanibe. Ger xwe ji tirsê xilas bike, dibe ku bîra wê vebe. Ango Marîa, bîrnebireke bi zana ye."

"Em dikarin wê bi xwe re bibin?"

"Helbet. Carinan bînin kontrolê. Em dê wê teslîmî we bikin, belkî bi tevî însanên xwe be zûtir qenc bibe. Lê ez tiştekî din jî bêjim," got û bi pistepist dom kir, "Wê bibin ser axa wê. Hûn ancax dikarin wiha qenc bikin."

PEYMAN

Di rojeke xweş de, piştî nîvro Ferman, ji Marîayê xwest ku pê re here qiraxa deryayê. Marîa bi kêfxweşî pejirand. Heta dumahîka peravê qevdek kulîlkên beyarî kom kir.

"Ez ê bidim dayê," got.

"Baş e."

Ferman beybûnek jê girt û xist nava porê wê yê honandî.

"Lê hat" got.

"Erê."

"Gelek spas."

Ket milê Ferman.

"Marîa," got Ferman, "tu hîç kîbûna xwe meraq nakî?"

Serê xwe xist ber xwe. Mad û mirûz lê xirab bûn.

"Bi kêrî çi tê?" got. Dengê wî dilerizî.

"Ger tişt bêne bîra te, dibe ku em malbata te jî bibînin."

"Tu tişt jî nayên bîra min," got. Pelên kulîlkên destê xwe yek bi yek jê diqetand.

"Marîa, te wê rojê ji Vedat re got 'Mazlûm.' Mazlûm kî ye?"

"Mazlûm," got, îskin pê ket, "zarokekî biçûk e. Pir şîrîn e, ji îske îskê nikarîbû biaxiviya. Tim û tim tê hembêza min. Mazlûm zarokekî biçûk e..."

"Birayê te ye?"

"Nizanim... Nizanim... Ji kerema xwe em êdî vegerin."

"Baş e. Lê divê ez tiştekî din ji te bipirsim. Tu dizanî ku diya min dê heta çend rojan ji nexweşxaneyê derkeve."

"Wa?" got, "min nizanîbû." Awiren wê zenûnokî bûn.

"Marîa, diya min gelekî ji te hez dike. Te wekî keça xwe dihesibîne. Hebûna te jê re bû sebrek. Tu jî bi me re were."

"Çawa? Ez... Lê xelwetxane?"

"Ez bi wan re axivîm. Ger tu bixwazî, ew qebûl in."

Marîa nizanibû ku ev deriyê nû li pêşiyê vebûyî dê jê re bibe hêvî an trajediyeke nû. Lewma dudilî bû.

"Ez çi bêjim? Hûn gelek baş in lê, nizanim..."

"Bi me re were. Ezê pirsgirêkên bûrokratîk hel bikim. Jixwe doktor jî dipejirîne."

"Tu bi tevan re axiviyî?" got bi şaşwazî.

"Marîa, êdî em dizanin ku tu kurd î. Em ê ji hevdu baş fêm bikin. Dibe ku em ji hev re bibin alîkar."

"Derbarê min de êdî çi dizanin?" got. "Ji xeynî Kurdbûna min..."

"Ji zanîna te zêdetir nîne. Bi ya min tu keça malbateke Kurd a penaber î. Dibe ku keştiya we qeza kiribe û tu ketibî, dibe ku tiştekî din qewimî be, êdî çi bûye nizanim. Lê tu ji malbata xwe dûr dikevî. Dibe ku ew jî niha li te digerin. Pêlên deryayê te avêtine qiraxa deryaya vî bajarî. Ger wê çaxê lêgerîneke dorfireh bikirana belkî malbata te bidîtina. Ji ber hişwindayiya xwe, te jî tu tişt pirs nekir. Te wekî Îtalyanekê qeyd kirin û wisa jî mezin kirin. Te perwerdehiyeke xurt dît..."

"Bes e!.. Spas!... Ev nêrîna we ye?"

"Min dane gihandin hev. Jixwe gelekan tu jî dizanî."

"Erê... Ez dizanim."

"Marîa, tu kengî bi kurdbûna xwe hesiyayî?"

Kelogirî bûbû. Ewilî ji pirsa Ferman fêm nekir. Piştî lehzekê, "Dema ku ew newa kete guhê min," got.

"Kîjan newa?"

"Nayê bîra min. Lê min ew newa baş dizanibû. Mîna ku ez rastî naseke xwe yî berê hatibûm."

"Te careke din bihîst?"

"Na."

"Ji devê diya min?"

"Na. Min ji diya we zimanê xwe bi bîr anî. Ewilî min zêde jê fêm nedikir, lê ji ber axaftina wê ez hestyar dibûm. Jixwe wê jî ji rewşa min fêm kiribû, her tim çîrok digotin ji min re.

Hêdî Hêdî bîra min vebû. Wê hingê ez têgihîştim ku ji Kurdî fêmkirina min a bêyî perwerde û xwendinî bi tarîtiya rabirdûya min ve girêdayî ye."

"Tu dixwazî bi rabirdûya xwe bizanibî?"

"Nizanim," got, "ez ditirsim."

"Çima?"

"Tiştên têne bîra min, canê min diêşînin."

"Eger tu nizanibî, canê te yê bêtir biêşe."

"Ez ditirsim," got. Bi milê Ferman girt: "Alîkariya min bikin! Min bernedin!" Îskîn pê ket. "Ji xeynî we tu kesên min nîn e."

"Meraqa neke Marîa," got Ferman. Ew jî kelogirî bû. "Êdî tu jî ji me yî. Em dê rabirdûya te ronî bikin."

II
SÎYA
Lînc

Ewilî dengê motorekê, dûre dengê xirecir û hêwirzeyê hate guhê wan. Hiznayê di cih de kurê xwe yî biçûk hembêz kir. Hingî ku ketibûne rê ev jê re bûbû refleks, kengî ku bi xetereyekê bihesiya, an keça xwe, an kurê xwe an jî herdu bi hev re dixistin binê baskên xwe. Hingê ku keça wê mezin bû û nikarîbû weke berê rapêçe jî, dîsa jî bizava xwe bernedida.

Seyîtxan, wekî her carê bêxem bû… Bêxemiyeke ji bêhevîtiyê peydabûyî bi laşê wî ve girtîbû. Ancax çavên xwe vekir û li deryaya bêsînor temaşe kir. Çend mirov ji mahzena tarî derdiketin. Seyîtxan têgihîşt ku bûyerek giran qewîmiye.

Bûyera li jorê diqewimî ev bû; keştîvanên Tirk, li motoreke ji dûr ve hatî siwar bûbûn û reviyabûn. Di keştiyê de ji wan tu kes nemabû.

Seyîtxan , "Ji kesên bêehliyeta erebê re keştiyek ma," got.

Hizna giriya. Zarokên xwe hembêz kir. Ji zêdebûna hêwirzeyê ew jî ji mahzena tarî derketin ser guverteyê. Di çend deqîqan de guverte tijî însan bû. Însanên bi zimanên cûr bi cûr diaxivîn li ser guvertê bê armanc û bêmenzel diçûn û dihatin. Her kesî bi zimanê xwe dijûn dikirin, hêrs dibûn, jin digiriyan… Bi zimanê Peştû, Farisî, Erebî, Hindî, Kurdî û Efrîqî gotin û gazinc tevlihev dibûn.

Seyîtxan bi devkenî , "Keştiya me bûye Birca Babîl," got.

Sîya matmayî bû. Destê diya xwe girtibû û li der û dora xwe dinêrî. Ji tu zimanî fêm nedikir. Lê ji hêwirza wan fêm dikir ku canê wan diêşe, felaketeke giran hatiye serê wan. Sîya di qemîka êvarê de li hêwirzeya li ser guvertê temaşe kir. Pakîstaniyên ku blucînên wanî texlît li wanî nehatî, Efganiyên dev ji cilên xwe yî netewî bernedayî, Iraqiyên bi Erebî dijûnan dikin, Erebên Sûrî, reşikên Efrîqî, Farisên penaberê rejîma Îslamî û Kurdên ku hê bi felaketa xwe nehesiyayî li guvertê bi şaşwazî diçûn û dihatin. Tu kes bi rewş û gotina kesekî din re têkildar nedibû. Ew mekanîzmaya parastinê a balkêş destpê kiribû; her ji bo parastina mantiq û aqilê xwe pixûdî bûbû.

Di wê navê de bala tu kesî nekişand ku Iraqiyekê xwe ji keştiyê dahêland û li jêrê ninêrî ku ka gelo tu kes heye an na. Li ser guvertê komek jin dest bi girînê kirin, wekî şîniyan porê xwe rûçikandin, rûyê xwe nepirandin û li çokên xwe xistin. Jinikeke ciwan a ku dergûşa wê di hembêzê de ye hişke hişk bi dergûşa xwe girt û bi qudûmşkestî li cihê xwe rûnişt. Geremola ku guverteyê dagirtibû, bi halê xwe ketibûn. Sîya, têgihîşt ku jinik bi serê xwe ye. Bala tu kesî nedikişand. Mîna tiştekî xwezayî; perçek ji keştiyê, masek an jî eşyakê di cihê xwe de ma. Ên ku rast lê dihatin, riya xwe diguherandin. Ji mahzenên tarî, ji kamarayan tim û tim însan diherikin guvertê. Kî ji ku dihat û diçû ku, tu kesî nizanîbûn. Axaftina wan li hev diqelibî, dibû himûgim û di êvara bêdeng a Derya Spî de diherikî.

Sîya, çavên xwe girt û keştiya ku tê de neanî ber çavên xwe. Di navbera Derya Spî de girseyek hesînî ya terikandî, orîna rawîleke mezin û reşayiyek di şeva heyveronî de. Dişibiya gundên wan î biçûk ê li ser çiyayê bilind tenhamayî. Kengî çavên xwe bigirta reşayiyeke tehmsar li ser çiyayê şînbûyî dihat ber çavan. Kengî biçûya gund, dilkeser dibû. Gundê xwe wekî kînoreke di laşê çiyayê bilind de didît.

Keştî wekî kewara mêşan divizîviya. Di her goşê keştiyê de însanên hêrsoyî diçûn û dihatin. Di her quncikê de însanên qilqaldar digijgijîne hev. Eşyayên ku li der û doran rastî dihatine ji destê hev direvandin. Kê çi bigirta, di cih de perçe perçe dikir. Li qoziyekê du Efxanî li ser wêneyeke çarçovekirî xwe hildikutandin. Çend ciwan, di destê wan de semaverek, li cihekî asayî digeriyan ku çay vexwin. Semawer hê tijî û germ bû, di destê xortan de yek ji wan şkestî çar îskan hebûn. Kesên ku hê bi felaketa bûyî tênegihîştibûn, bi sekanî vedikişiyan qoziyekê û li Derya Spî temaşe dikirin. Derya sekan bû. Şewqa nîveheyva li asîman bi hemû xweşikahiya xwe rengê xwe dabû Deryayê. Keştiya ravestiyayî bi xumînî, hewirze û hêrsa di nava xwe de jî nikarîbû vê sekaniya Deryayê xera bike.

Ji nişka ve dengek hat. Dengekî stûr bi Kurdî, "Kuro werin! Yek ji wan li vir maye!" got. Di cih de lehiyeke însanan ber bi deng herikî. Ehlên keştiyê tev de xuşiyane wê hêlê.

Sîya, bi pêşa diya xwe girt û xwest ku ew jî ber bi deng herin. Lê Seyîtxan ew dan sekinandin:

"Li vir bisekinin. Ev har bûne. Bila tiştek neyê serê we."

Bîskek şûnde xumîna geremolê, bû qîrîn. Li tiştekî an li kesekî di nava xwe dixistin. Sîya, derket ser tiştekî bilind, lê hem cih dûr bû, hem jî geremolê nedihişt ku tiştekî bibîne. Hiznaya bi destê kurê xwe girtî, bi tirs û meraq dinêrî.

Çawa ku geremol bi xirecira xwe re hindekî nêzîkî li wan kir, Sîya çav bi reşayiyekê ket. Di navbera wan de, nedikarîbû xwe biparêze. Ji her hêlê ve kulm û pehîn dibariya ser. Reşayî, ji ber kulm û pehînan wekî gulokan vir de wê de diçû û dihat.

Sîya pê derxist ku ew însanek e, ji nişka ve giriya. Bi dengê xwe yî zirav û tîz qîriya. Qîrîn ji nava dilan derdiket. Belkî deh saniye, belkî panzdeh saniye bênavber qîriya. Qîrîn ne bi dilê wê bû. Geremol vegeriya ser Sîyayê. Sîya dema ku dengê xwe birî, têgihîşt ku her kes êdî li wê dinêre, bi sedan mirov dev ji lîncê berdabûn û li wê dinêriyan. Sîyayê fêdî kir. Xwêdanê bi laşê wê ve girt. Reviya cem diya xwe û serê xwe xist nava pêşa wê. Hiznayê pora wê niwast. Dengê xumexumê sekinî bû.

Hizna, piştî çend demjimêran dê ji Sîya re bigota, "Xwezî tu wisa bi demjimêran biqîriyayî, ji ber dengê te li wî zilamê reben nedixistin."

Lê di wê lehzê de li mêrik xistibûn. Deryavanê Îtalî ku nêzî şêst salî bû. Ji ber kulm û pihînên wan nekarîbû xwe biparêze. Piştî qîrîna Sîyayê, geremol jê veqeriya. Di wê navê de bi zimanê xwe, "Xwedê, tu gunehên min bibexşîne!" digot, lê tu kesî dengê wî nedibihîst. Belkî ji ber xêrevebûnê belkî ji ber qîrîna Sîyayê bû, lê êdî li mêrik nexistin. Piştî ku rawestiyan, ji nava geremolê yekî got, "Ev ne Tirk e!" yekî din got, "Bila be, ma ne ew ji muretebat e."

"Xizanekî xebatkarê nanê xwe ye" got yekî din.

"Rast e. Wisa nebe, çima li vir bihêlin?"

" Dev jê berdin. Rebeno bê sûc û guneh e" got yekî din.

"Tu kesî neanî hişê xwe ku qîrîna te, careke din ew bi însanbûna wan re rûbirû kiribûn," dê wiha bigota deryavanê Îtalî, piştî rojekê, dema ew li ber koşka kaptan rûniştîbûn û wiha dirêj kiribû: "Rewşa ku tê de bûn, hêrs û kîneke wisa peyda kiribû ku, ew ber bi celadbûnê ve dibirin. Qîrîna te însanbûyîna wan anî bîra wan. Dûre qerebalix dîsa bêhiş û bêhest li guvertê û li quncikên keştiyê çûn û hatin. Dibê qey ew însanên ku pênc deqîqe berê lînckirina însanekî daxwaz dikirin ne ew bûn. Dîsa ketibûn nava xem û tasewasên xwe yên giran."

Di wê lehzê de çi dibû çi diqewimî, Sîya pê nizanîbû, lê piştî çend deqîqeyan bi belavbûna qerebalixê ve hat ser xwe. Deryavanê Îtalî ji dûr ve dît. Xwe da telê û lê temaşe kir. Mêrik ewilî li der û dora xwe nihêrî. Bawer nedikir ku êdî lê naxin. Gava ku bi belavbûna qerebalixê ewle bû; êdî dev ji nalînên xwe yî Îtalî berda. Ser çavên xwe ji xwînê paqij kir, li ser çokan bi xiştexişt vekişiya quncikekê. Bala xwe da dîwêr û çokên xwe kişand newqa xwe, bû zûre zûra wî, giriya. Sîya jî ji dûr ve pê re giriya. Ew qerebalixa ku hîç bala xwe nedabû dayika ciwan a lehzek berê, wisa jî bala xwe neda deryavanê kal ê Îtalî. Reşxeliya şevê kalemêr, dayika ciwan, qerebalix û Sîya hêdî hêdî vedişart. Seyîdxan ji Sîya re: "Keça min, di lênûska xwe de binivîse," got, "îro min însanek ji mirinê xilas kir, Xwedê, tu deyndarê minî, bêje..."

ŞEVER

Di tariya şevê de, axaftina însanên ku li ser guvertê diçûn û dihatin dibû şevminî û tevlî pêlên deryayê dibû. Keştî li ser deryayê weke reşahiyeke şevê dixwiya. Tu kesî cesaret nedikir ku li ser felaketa hatî serê wan biaxive. Li ser dek û dolabên Tirkan, li ser şebekeyê û diravên xwe yên çûyî diaxivin. Bi sedan însan di nava keştiyê de bi tasewas û xema dilê xwe, xwe teslîmî tariyê kiribûn.

Di axaftina gişkan de behsa xizm an jî hevalek hebû ku li Îtalyayê li benda wan bû. Ji xeynî girseya însanên ku diçûn û dihatin hin kesan pala xwe dabûn deverekê, hin kes matmayî bûbûn û li deryayê dinêrîn, hin kesan jî xwe dirêj kiribûn û li stêrkan temaşe dikirin.

Jin li cihên munasib bi tevî mêr, bav, bira, an jî zarokên xwe rûniştibûn. Sîya meraq kir ka gelo çend jin hene. Baş dizanîbû ku kêm in. Lê ji bo ku ehlên keştiyê tev de nedîtibû, nikarîbû texmîn bikira. Di dilê xwe de "Tev jî di çarşevê de ne, ez ê çawa wan nas bikim?" got.

Destê bavê wê yî mitrîbûyî li ser porê wê diçû û dihat. Sîya çavên xwe li tariyê gerand û xwe teslîmê germahiya destê bavê xwe kir. Li ber çavên bavê xwe hê zarok bû û Sîya jî ji gelek hêlan ve ji vê rewşa xwe kêfxweş bû. Hêvî dikir ku heta roja mirinê jî wekî keça biçûk a bavê xwe bimîne; tenê keça bavê xwe. Dema ku salên xwe yî dirêj ên dûrî bavê xwe borandî dianî bîra xwe, bi dilêvînî serê xwe datanî ser sînga bavê xwe û bêhna wî dikişan dilê xwe.

Heta ku reşayiyek li ber wan sekinî jî, bav û keç di nava xeyalên xwe de nuqmî bûbûn. Dîwarê metal ê ku pala xwe danê, guverte û korîdorekê ji hev cihê dikir. Germahiya dîwarê metal, piştî hênikaya êvarê ew mest kiribûn. Hizna û lawikê biçûk serê xwe danîbûn ser cil û pertalên xwe û di xew re çûbûn. Seyidxan ewilî guh neda vê reşayê. Di dilê xwe de got, "belkî însanekî li pêgermakê digeriya. Li xwediyê reşayiyê venekişiya. Seyidxan bi dilê xwe bi awirên mitrîbûyî serê xwe rakir û lê nihêrî. Sîya jî bi bavê xwe re serê xwe rakir.

Miroveki çil-çil û pênc salî, benjdrêj û çeleng li pêşiya wan sekinîbû û li bav û qîzê dinêriya. Bi awirên bav û qîzên bi hev re, mêrik bi fediyokî, "Êvar baş!" got, "destûra we heye ku ez ligel we rûnim?"

Sîya hinekî din jî, nêzîkî li bavê xwe kir. Daxwaz kir ku bav bêje "Na, here li cihekî din rûne!"

Lê Seyîdxan, "Ew çi gotin e?" got, "fermo, rûnin!"

"Navê min Zekî ye," got, "ez bi serê xwe rêwîtîyê dikim. Min dît ku hûn jî bi tenê ne. Belkî em hindekî suhbet bikin, da ku xema me belav bibe."

"Tu baş fikiriyayî bira," got Seyîdxan, "Navê min jî Seyîdxan e. Ev jî qîza min Sîya."

"Merheba Sîya," got Zekî, "navê te jî bi qasî te xweşik e."

Sîya fedî kir, serê xwe xwar kir û bi dengekî zenûnî, "spas dikim," got. Ji ber fikra xwe yî lehzek berê, ji xwe fedî kir.

"Jina min û kurê minî biçûk raketine," got Seyîdxan. "Ji ber rê û hêwirzeya îro westiyan e."

Zekî li pêşiya Seyîdxan rûnişt. Pişta wî li deryayê bû. Di tariyê de rûyê Zekî, bi Sîyayê gelekî aram xwiya kir. Gava ku li rûyê bavê xwe dinêriya heman aramî didît. Dilê Sîya bi kêm însanan re germ dibû. Ji biçûktiya xwe ve hingê ku diçû zindanê û dihat, her tim însanên ji xwe mezintir nas kiribû. Her tim însanên çeleng, xwedî bişirînên germ, xwedî awirên germ nas kiribû. Gelekî bi delalî mezin bûbû. Di yekemîn sala girtina bavê xwe de, bi qasî hefteyekê li zindanê bûbû "mêvan". Di navbera qawuşa girtiyên mêr û jin de mabû, tevan ji destê hev revandibûn. Di wê salê de, hê ku temenê wê çar û pênc bû, navê wê yê berê ku bi zimanê Tirkî bû, di zindanê de guhertibûn û kiribûn Sîya. Eta wê ya Perîn navê wê danîbû. Gelo Perîn a delal û çavşîn niha li ku bû?

Sîya zû bi zû ji însanekî hez nedikir. Lê çawa ku li rûyê Zekî nihêrî jê hez kir.

"Em nuqmî felaketekê bûne birayê Seyîdxan," got Zekî, "Ka emê xwe çawa xilas bikin?"

"Ez bawer nakim ku di nava me de kesên ji keştiyê fêm bikin hene."

" Ez jî bawer nakim. Ma ji van însanan deryavan derdikeve? Ew ji keştiyan fêm bikin, çi karê wan li wan derana heye?"

"Gelo mazot heye?" got Seyîdxan. Dengê wî xembar bû.

"Na lo! Dibe ku di binê çend bermîlan de çend lître hebe, ew jî ancax têra çirayên şevê bike."

"Birayê Zekî," got Seyîdxan, "me çi anî serê xwe? Emê çawa xwe ji vê belayê xilas bikin?"

"Ma em di Derya Spî de ne. Ev okyanûs nîne. Sibe dusibe em ê rastî keştiyekê, giravekê, an jî giraxekê bên. Xema nexwe bira. Lê ji vir û pê ve em dê bibine hêsirê kîjan welatî, êdî ez nizanim."

"Bi ya te em dê xilas bibin?"

"Erê bira, lê tiştê ku ez jê ditirsim xilasbûna me nin e," got Zekî, çavên wî yên reş bikeser bûn.

"Êdî ji vê girantir heye?"

"Di nava evqas însan de, ez bawer nakim ku kesekî xwedî plan hebe. Tu kes ji dahatûya xwe piştrast nîn e. Ew ê çawa keştiyê birêve bibin?"

Dema ku herdu zilam wekî du dostên ji zû ve hevdu nas dikin xem û tasewasa dilê xwe ji hev re digotin, Sîya têgihişt ku herdu zilam jî dişibin hevdû. Di demeke wiha kurt de canecanbûna wan bi vê şibandinê ve girêda. Xemên ku herdu zilaman dianî zimên, li ber çavên Sîya tiştên biçûk bûn. Heyîna wan herduyan jî bes bû. Bes bila bi xwe ewle bûna.

Piştî axaftineke dirêj, "xwarina we heye?" got Zekî.

"Me çend nan û tişt miştên pêxwarinî kiribû," got Seyîdxan.

"Lê divê em ji tevahiyan re çarekî bibînin. Nanê me heye, lê gelo niha çend kes birçî ne? Dîsa nexweş hene, birçî hene."

"Rast e. Divê em çarekî bibînin."

"Di vê xirecirê de tiştek ji destê me nayê. Ka bila bibe sibe."

"Bi rastî jî bira," got Zekî, "dema ez çav li te ketim, min hêvî kir ku ezê xema xwe ji te re vekim. Te min şermî nekir. Gelek spas."

"Ji bo min jî baş bû," got Seyîdxan, "Hindekî xema min belav bû."

"Heta ku bi yekî re nîqaş nekim, fikrên min nakevin rêzê, tev de belawelayî dibin. Min ji dûr ve li we temaşe kir. Hûn gelekî aram bûn. Pêdîviya min bi sekaniyê û bi însanên sekan heye. Sibê wê karê me giran be."

Zekî xatir xwest û ket nava qerebalixê. Sîya, careke din serê xwe danî ser sînga bavê xwe. Dengê sînga bavê ji binê bîreke kûr dihat guhê wê. Dema ku bavê wê axivî, dengê herikîna peyvan hatin guhan. Şaşwazî bû. Di dilê xwe de got, cihekî amadebûna peyvan heye. Peyv li wir xwe amade dikin, paşê diherikin û ji dev derdikevin. Bi dengê vehesîner ê bavê xwe bi xew re çû.

Piştî salan, kengî ku wê sahnê bihaniya ber çavên xwe, dê bi êş û elem bileriziya, bi çavên hêstirîn bigota, "Xwezî ez raneketama, xwezî min çend demjimêrên din jîbêhna bavê xwe bikişanda nava xwe." Lê di wê lehzê de dergûşa xewa biaram bi dengê sînga bavê Sîyayê dihejand. Sîya bi xew re çûbû.

Seyîdxan, piştî çûyîna Zekî li hember xewa şîrîn a ji bedena keça xwe fûriyayî êdî nema li ber xwe da, û ew jî ket xewê.

GOR

Dema ku Şemsedîn ber bi Cafer dihat, Cafer lingên xwe ji keştiyê daliqandibû û kûrekûr li tariya deryayê dinihêrî. Qerebalixa li der û dorê hîç bala wî nedikişand. Ji dest bihata dê xwe winda bikira. Ji canê xwe bêzar bûbû.

Şemsedîn, berovajkî Cafer, lê bû ku heyîna xwe biqîrîne. Bi pêgermoka xwe, bi hewl û hewldanên xwe heyîna xwe bang dikir. Şekalên xwe yî peritî bi pozbilindî li ser zemîna metal datanî.

Cafer çawa ku çav pê ket, qilqardar bû. Di destpêkê de ev kalemêrê bêdîran û bêperwa ku li der û dora xwe dineriya, di dilê Cafer de tirsa acizkirinê bi cih kir. Herçiqas ku kalemêrekî piştxûz û bêdîran bûya jî, wekî kalekî xwediyê jiyanê tevdigeriya. Cafer di dilê xwe de got, "Ew salên ku ji destê min girtine, tev de dane vî kalî."

Şemsedîn hat û li ber Cafer çok da erdê. Wekî rêveçûna wî, çokdayîna wî jî bêperwa bû. Dîsa hîç neaxivî û cixarekê pêxist, yek jî dirêjî Cafer kir. Cafer nexwest ku bi cixaregirtinê bêpervatiya wî rewa bike, cixare negirt. Lê Şemsedîn dîsa bêaxaftin cixare dirêj kirê. Cafer jî bi axaftin dest da ser sîngê xwe

"De bigire lo! Ji xwe me ji îro ve dahatûya xwe jî qedand."

Îcar Cafer cixare girt û spas kirê. Dijraberê hewl û hereketan, axaftina wî hîç bi Cafer tehmsar nexwiya.

"Tu bi tenêyî?" got Cafer.

"Erê qurban. Ez tenê hatime dinê, tenê jiyam û tenê jî birêketim. Diyar e ku ezê tenê jî herim." Şemsedîn ligel wî rûnişt, Cafer hindekî xwe da hev. Şemsedîn li ber çavên wî miroveki ecêb dixwiya.

"Te çi kar dikir?" got Cafer.

"Min gor vedida qurban." got Şemsedîn, Cafer bi balkêşî lê niherî.

"Na lo!" got, lê, dûre ji gotina xwe fedî dikir.

"Belê, ez gorvedêr im. Ew însanên ku di jiyana xwe de li rûyê min nanihêrin, piştî mirina xwe bedena xwe ya nazik teslîmî destên min ên qermîçokî dikin. Ez hestên wekî sebir, dilşadî, şevqet û tiştên wisa nadime însanan. Jixwe tu kes ji min tiştên wisa jî naxwazin. Karê min tenê ew e ku ez cendekên betalbûyî bi guncanî binax bikim."Em ji axê tên û em ê dîsa vegerin axê!"

Gelo însan heye ku ji min çêtir ji wê gotinê fêm bike? Na, ez bawer nakim! Însan serî li goran didin. Kulîlkan li ser wan radixînin, axê direşînin ser. Lê ew êdî bûne ax, haya wan ji tu tiştî nîn e. Kî dizane laşê wan bûye para çend kêzik û çend kurmikan! Kî dizane çi bi serê hêviyên wan de hatiye! Perçên mayî jî tev de bûne ax. Lê dîsa jî tên û serî lê didin.

Cafer ji cixara xwe behnek kişand.

"Çi karê te heye li vir?" got.

"Ez jî nizanim ku ez çawa ketime vê keştiya kambax! Hela bala xwe bidê! Ez ji goristanê revîm û bi lingê xwe hatim ketim goreke hesinî. Di ser de jî êdî şeraba min jî nîne, miriyek jî tune ku ez diranê wî yên zêrîn bidizim!"

Şemsedîn dilê xwe wiha ji Cafer re vedikir. Cafer bêdeng li Şemsedîn guhdarî dikir. Ewî çiqas qala gorê dikir. Cafer dixwest bêje ku ew ji gorê derketiye û hatiye. Lê bi tecruba xwe yî salan a ji ber naskirina însanan dizanîbû ku, ev gorvedêr, di vê lehzê de nikare ji tu gotinên Cafer fêm bike, tenê xwe ji bo vegotinê amade kiriye û ger Cafer tiştekî bêje jî ew jê fêm nake. Lewma lê guhdar kir. Şemsedîn, bi gotina xwe bi coş dibû û dom dikir.

"Tu însanekî kamil dixwiye qurban," got Şemsedîn, "tu ji gotinên min fêm dikî."

Cafer tênegihişt ku ev jê re pesn e, an berdêl e.

"Rica dikim" got, "tu baş diaxivî. Tiştên xerîb in. Bala mirov dikişîne."

" Dilê min dişewite," got Şemsedîn, "Ne zar û zêçên min hene û ne jî xan û mal. Heta îro min tenê gor vedan. Min ji bo mirina însanan dua kir. Çend însan bimirina, minê ewqas gor vedana.

Hela ku qezayê trafîkê, erdhej, lêhî filan çêbibûya, roj roja min bû."

"Rewşeke xirab e!" got Cafer. Dûre ji gotina xwe fedî kir.

"Erê lê, rewşa xirab e!" got Şemsedîn. Cafer dilnerm bû.

"Lê ew jî kar e" got.

"Karê sîqalkê. Rojekê hevalekî min ji min re got, em wekî teyrên mirinê ne."

"Hûn nekin, kesên din dê bikin!"

"Erê rast e. Helbet însanekî wî karî bikira."

Cafer, xwe wekî însanekî nû bi dest jiyanê kiriye dihesiband. Lewma ji suhbeta mirinê hez nedikir. Di mijareke jê heznekirî de nîqaşkirin jî wekî durûtiyê didît.

"Xalo" got, "ez bêhntengî bûm. Dixwazî em hindekî ji goristanê derkevin."

"Ez tim û tim di goristanê de me qurban," got Şemsedîn, "Ji xeynî vê, mijarên min nîn in. Tu kengî bi min re suhbetê bikî dawiya dawî mijara me dê were ser goristanê û miriyan."

Cafer tegihişt ku ev meydan xwestin e. Jixwe Şemsedîn jî bi gotina xwe re berê xwe zivirandibû ber bi deryayê û destê xwe wekî "tu bikî nekî ev e!" hejandibû.

"Gotina min şaş fêm neke," got Cafer, "bi te re suhbet xweş e, lê mirî, goristan, tiştên wiha bêhna mirov teng dikin."

Şemsedîn devê xwe yî bêdiran vekir û keniya: "Min pêncî salan li ser hev gor vedan qurban. Gava ez qala goran dikim li min wetirê ez qala dirûn, xwarin, bostan, nivîs, filan tiştên wiha dikim. Ma ezê ji ku bizanibim ku tu ji miriyan aciz dibî. Li min bibore."

Cafer, bi keniya Şemsedîn re kêfxweş bû: "Guh nedê" got, "tu dîsa qalê bike."

"Ma êdî ez çi bêjim!" got Şemsedîn. Awirkûr bû. "Ax ax! ger ez di cihê xwe de bisekiniyama minê ew faşîstina binax bikira, lê niha wan bi zindîtî min çal kirine. Derya Spî bû gora min."

Cafer cixara xwe avêt deryayê. Di dilê xwe de "rêwiyê ne li gorî rewîtiyê" got.

"Navê te bi xêr xalo?" got.

"Navê min Şemsedîn e qurban. Tu jî navê xwe kerem ke!"
"Belê navê min jî Cafer e."
"Xalê Şemsedîn, madem ku destê te ji goristanê nedibû nexwe tu ji bo çi jê derketî?"
"Rojekê min ji xwe re got, çawa hebe ezê dawiya dawî dîsa werim vir. Qet nebe ez hindekî bi dilê xwe bigerim."
"Tirkiye têra te nedikir?"
"Ya rastî ez li mirineke bêgor digerim. Bila laşê min nekeve goran, an jî ez nizanibim ku dê wisa be. Bila ji hişê min derkeve. Ew cendekên miriyan her roj li ber çavên min diriziyan, dibûn pariyê devê kêzik û kurmikan. Ez çiqas jê birevim, dê ewqas baş be. Mirina herî giran ew e ku mirov bi rewşa xwe ya piştî mirina xwe bizanibe ye."
"Li deryayê jî tê bibî pariyê devê kevjal û masiyan."
"Çêtir e. Lê ez li mirina deryayê jî negerim. Ezê serê xwe hildim û wisa herim ku bi hatina mirinê nehesim. Li serê riyekê, li deryayekê, li ku derê dibe bila bibe. Qet nebe bila haya min jê nebe. Lê ez çiqas li goristanê bim ezê ewqas li benda mirinê bimînim. Ger li der û dora min mirin tunebe, dibê ku ez hay ji jiyanê jî bim. Ne te bi xwe got, çîrokên minî li ser jiyanê nîn in. Belkî ez bigihêjime tehma jiyanê jî."
" Lê li vir asê bûyî..."
" Erê. Ev jî qeder e qurban, ev jî qeder e."

LIVBAZÎ

Qelender westiyayî bû. Ji ber bûyeran û bandora wan, ji ber ew lînca ku dilsivikî kiribû û ketibûyê westiya bû. Ji evar de lînc ji hişê wî dernediket. Ger ew qîrîna zirav a keçikê nebûya. Qelender, dê çend demjimêr beriya niha bibûya mêrkuj. Ji êvar de xeletiyên giran kiribû ku li şexsê wî nedihat. Yek, hatibû xapandin, (ji bo Qelender ev mirina herî giran bû. Însanekî wekî wî divê di serî de ji niyeta wan fêm bikira) du, dilzîzî kiribû û ketibû nava ebebozanên ku kalemêrakî belengaz lînc dikirin.

Li perê wî aliyê paldanka ku li ser rûniştibû, mirovek dikuxiya. Salona li qada navîn tijî însan bû. Salon tam li nîveka keştiyê de bû. Kesên ku ji ber pêgermoka li guvertê rawestiyane, kesên li kamarayên vik û vala bêhnteng bûne û kesên di vê bêhevîtiyê de hêvî biqerebalixbûnê anîne tev de tijî salonê bûbûn. Ji paş û pêş ve du deriyên salonê hebûn. Ji derenceke ku li nîvekê salonê bû, mirov derdiketin qata jorîn. Paldanka ku Qelender jî li ser rûniştî, li hemberî vê derencê bû. Ji derencê tim û tim însan dihatin û diçûn.

Qelender, berstûka cakêtê xwe vekir û çavên xwe girt. Baş dizanîbû ku ger ranekeve nikare bi ser xwe ve bê û dîsa baş dizanîbû ku heta vê qilqaliyê ji nava dilê xwe dernexe nikarê rakeve. Hat bira wî ku, li her lêgerînên polês û leşkeran wiha qilqaldar dibû, lê pêdernexist ka di navbera xapandin û lêgerînên polês de çi pêwendi heye û ew çima wekî piştî lêgerînan diqilqile. Çavên xwe li cixarekêşekî gerand. Ger cixarek bikişanda dê tasewasa dilê wî hindekî dataniya. Ji xortê tenişta xwe rûniştî demjimêr pirs kir. Xort zûre zûr lê nihêrt. Qelender zendê xwe nîşan kirê, xort destê xwe yî bi demjimêr dirêj kirê. Qelender li demjimêrî niherî. Nizanîbû ku ji bo çi demjimêrî pirs kiribû. Spasî li xort kir. "Tu Farisî?" got.

"Men Efxanistanî," got xort.

"Men jî Kurdistanî."

"Belê" got xort, "Kurdistanî."

Herdu jî bi axaftina xwe keniyan. Pişt re dîsa bêdeng bûn. Qelender daxwaza hevalekî suhbetê kir. Di jiyana xwe de yekem car bû ku dilê wî xwendina pirtûkekê dixwest. Niha ku pirtûkek hebûya dê li ser paldankê ji xwe re bixwenda. Hîç texmîn nekiribû ku dê rojekê hewesa xwendina pirtûkekê bikira. Li mala wî ya biçûk de tenê du pirtûk hebûn: "Hunera xweşaxaftinê" ku Qelender carînan lê dinihêrî û pirtûkek li ser eşqê.

Ev herdû pirtûk jî ji hevalekî wî yê hevparê kirê mabûn.

Ew pirtûka ku di pêşbaziya li nava dibistanên serêtayî de bi tevî hindek dirav wekî xelat dabûnê hîç nexwendibû û avêtibû derekê, diravan jî di sînemaya nûhatî bajêr de xerc kiribû. Gava ku riya pênc kîlometrî kuta kiribû, xwendevanê herî nêzîk hê nehatibû, nîvê rê. Helbet di wan salan de li ew navçê tenha ê Kurdîstanê tu kesî nizanîbû ka gelo "dopîng" çiye. Ji xwe dims û hingiv û xidayên din ên ku Qelender her tim dixwar, wekî dopîngê nedihat hesibandin. Ji bo Qelender dopînga herî xurt, bihîstîna xelata diravan bû. Bê antrenman pênc kîlometreyî bi behnekê ji bo vê kuta kiribû. Karsazekî di wê salê de peyman dabû ku, ger pêşbaz tişortên ku navê şîrketa wî li serin li xwe kin, dê diravan xelat bide û qeymeqam jî gotibû ku dê pirtûk bide pêşbazê yekemîn. Heman karsaz tîşortekî ku navê şîrketa wî li ser e û pirtûkeke ku nawçê dide nasîn û reklama şîrketa wî li ser rûpelên wê gelekin dabû her beşdarvanî. Qelender ji xwişka xwe hîn bûbû ku di pirtûkê de navê bajêr, dîrok û dewlemendiyên wê hene. Ji xeynî wan, rizgarbûna bajêr a ji dagirkirina dijmin, efsane û folklora wê, çiya û deştên wê jî tê de hebûne. Qelender gelekî xwestibû ku bi xwe jî li pirtûkê binêre, lê bi xwe re nedîtibû. Wextê wî bi nêçira çûkan, bi komkirina grûbê hevalan bi şerê bi grûbên din re, bi soberî, spor, dizîna fêkî û sewzên bostanan derbas dibû. Niha hesreta xwendina wê pirtûkê û hemû pirtûkên din ketibû nava dila. Xwe bixwe "Ez fedî dikim ku bûme endamê komek însanên wiha belengaz, reben û terikandî," digot. Rabû, bi xewarî û bi wesweseya dilê xwe ber bi derencan meşiya. Qerebalixa li ser derencê gelekî her diçû zêde dibû. Qelender bi dijwarî dimeşiya. Li ser derencê gelek însan kom bûbûn. Hindek ji wan kûre kûr li pêşiya xwe dinêriyan, hindek jî bi hev re diaxivin.

Li guverta jorîn bayekî hênik ê Derya Spî li rûyan xist. Qelender, di biharê de bûyînê wekî şansekê nirxand. Çend gawan dûrî wî, miroveki por kurîşk û dirêj ku temenê wî li ser 30 yî bû, bêhnefîşkek li cixara xwe xist û bêhemdê xwe awirek da Qelender. Mirovê por kurîşk di cih de berê xwe zivirand ser rêhevalê xwe. Qelender nêzikî li herdû zilaman kir û mîna ku haya wî ji wan tune xwe da telê û axaftina wan guhdar kir.

"Kekê Harûn" digot mirovê rihdirêj, "Hafiz bîrdoziya edebiyata Îranê yê, li Rojhilata navîn edebiyatnasên ku Hafiz nexwendine, mîna teyrên baskşkestî ne."

Mirov bi navê "Harûn" serê xwe dihejand û "belê, rast e" digot. Pensdarê Hafiz gotina xwe bi dilgermî dom kir:

"Sakî benûrî bade berêfrûz camî ma

Mitrîb bigû kî karî cihan şûd meqamî ma."

Harûn rûyê xwe nîwast. "Te fêm kir kekê Harûn?"

"Ya rastî, nîvo nîvo kek Serbest. Ez tam tênegihiştimê."

"Baş e. Dê ez ji te re wergerînim Kurdî kekê, Hafiz dibêje;

Sakî, bi nûrê bade bibiriqîne qedeha me.

Mutrib bêje ku karê cihan tam bi qamê me, Tu teql û awaza helbestê dibînî? Bi ya min, kesê ku negihiştibine tehma meqamê helbestên Hafiz, ew ji xweşikiyên dinê jî bêpar maye."

"Belê, wisa dixwiyê," got Harûn û bêhnefişkek li cixara xwe xist.

Qelender hêdîka kuxiya. Di nava çend deqîqan de fêm kiribû ku, ev herdû zilam hevdû nû nas kirine, her wiha di vê keştiyê de herkesî dikarîbû bi her kesî re hevnasîna xwe dayîna. Bi kuxîna wî, Harûnê ku heta wê çaxê bala xwe nedabûyê, serê xwe zivirand û li Qelender nihêrî. Lê Qelender berê xwe dabû hêla din jî. Harûn destê xwe xist bêrîka êlegê xwe yî nexşîn.

"Kekê Harûn" got Serbest, bi awirên şikbir: "Te hîç Hafiz xwendiye?"

"Ya rastî, min navê wî gelekî bihîstiye. Lê fersenda min çê nebû ku ez bixwînim."

Di cih de awîrên Serbest sist bûn: " Ha! min got qey te xwendiye. Bibore. Belê, ma li Tirkiyê zêde nas nakin ji xwe. Te got min edebiyat xwendiye, lewma."

"Lê ez ji edebiyata Îranê dûr im. Zanîna min kêm e."

"Edebiyata Ewropî ?"

"Belê. Piranî jî Brîtanî. "

"Baş e. Em dê gelek ji hev bidin û bistînin. Min edebiyata Farisî û Erebî xwendiye. Nexwe fersend hebe em ê hevdû temam bikin."

"Belê, wê dema me çê be."

"Lê divê tu Hafiz nas bikî! Hafiz ne tenê Îranî ye, ew Kurdistanî, Rojhilatiye jî."

Qelender heta teniştа wan hat, "Gelo demjimêra we heye?" got.

Harûn jê re demjimêr got. Qelender ji bo hevnasîna dest bi kurteşanoyê xwe kir ku herdem bi kêrdihat. "Xwedêyo, ez ji cihekî we nas dikim lê nayê bîra min," got. Harûn bi Qelender re tekîldar bû.

"Ez bawer nakim ku me hevdû ditîbe," got.

Qelender êdî baş dizanîbû ku mêhla Harûnê porkurîşk û dirêj xwe di êlegê nexşîn, pêlavên sûet, çente û şalên qedîfe li ser çi ye. Tecrûba wî ya pazargeriyê û hunera wî ya Siyasetê pê dabû fêmkirin ku mirovên wiha kêm-zêde bi çi tekildar dibin.

"Gelo hûn nîvîskar in? Dibe ku min wêneyê we li pişt pirtûkekê dîtibe."

" Na ," got Harûn. Bi xwe jî pê dernexist ka gelo ev xwêdana eniya wî ji ber çapnebûna pirtukên wî ne, an ji ber wekî nivîskar hatî naskirin e."

"Wê hingî dibe ku min we di panelekê de ditîbe."

"Nizanim," got Harûn, "Belkî. Wextê me heye. Emê hevdû nas bikin."

"Rast e," got Qelender. Dûre vegeriya ser Serbest, "Bira, we ji

Hafiz gelekî xweş helbest xwend. Xwezî min jî binasiya. Min bêdîlê xwe li we guhdar kir."

Hersê mirov di hênikahiya şevê de ketin nava suhbeteke kûr. Dema ku gotin li ser edebiyat û siyasetê kûr bû, Qelender êdî dizanîbû ku dê vê êvarê cixarak bikişanda. Heta derengiya şevê axivîn. Ewilî Qelender bi çend mînakan vegot ku, çawa hewesa wî bi edebiyatê re heye, lê mixabin ji ber bêbehretiyê nikare têkildar bibe, lê şopînêrekî edebiyatê ye. Herçiqas ku hin mînakên wî li dûrê mijarê bin jî, Harûn, ji bo ku ji xeynî Serbest li rastî edebiyatxwazekî hatiye kêfxweş bûbû. Qelender gava ku li ser edebiyatê fikrên xwe digot, xwe bixwe jî, bi hebûna van fikirana şaşwazî dibû. Di dilê xwe de, "Ev gotinên min ji ber temaşekiriya min e,"digot. Demekê havalekê wî "Êdî dinya bi çavan re tekildar dibe," gotibû, ji wê rojê şûn de Qelender, êdî baş dizanîbû ku fîlmên ku temaşe kiribûyê, bernameyên ku şopandibûyê, însanên ku naskiribû tev de jê re tiştek hiştine, ji wan însanên ku bi rojan li tîpên wekî moriyan dişopînin û çavên xwe pê xirab dikin bişanstire, lewra bi dîtbarî fêr bûnî, ferbûna herî mayînde ye.

"Ger ji bo fêrbûna karê herî kêrhatî xwendin be, nexwe însan çima televîzyon û kompîtir afirandine?" digot.

Nexasim ew tişta ku du dostan di vê roja teng de pê dabû peydakirin pirtûk nebûn. Her wiha hem ji zeman sexbarî dikir hem jî tenduristiya xwe diparast. Çimkî ji biçûktiya xwe heta niha raçav kiribû ku xwendin por diweşand, çav û çerm xera dikir û lebatên hundurîn nexweş dikir. Bi dîtbarî di demeke kurt de agahiyên misogerî digirt. Bes bila mijara xwe tesbît bikira. Piştre derheqê wê mijarê de fêrbûn ne tiştek bû. Dema çav bi Serbest ket ku bi heyranî lê temaşe dike, di wê navê de têgihişt ku ji bo bandorkirina însan şertê destpêkê zanayî ye.

Kengî zêde biaxiviya, baş dizanibû ku hakîmiyeta wî ya li ser însanan xurt dibe. Pazargerîtî û siyasetmedariya wî û bi salan bêxebat debarkirina wî tev bi saya serê zanayiya wî bû. Dema ku axaftina Harûn a bibingeh ku li ser bandora rêzefîlman li ser mijaran guhdar dikir, bawer bû ku, bixwesta, dikaribû bi veqatineke kurt ve kêrhatina rêzefîlman bi Harûn bida pejirandin.... Deryavanê kal ê ku çend demjimêr berê ji lincê filitî bû hat bîra wî. Bi zimanê Îtalî hawar gerandibû. Gelo ewî hîç bi tirkî nizanîbû? Gelo ewî jî xwe wekî Qelender tawanbar dikir, lewma bi Tirkî neaxivîbû? Di vê navê de Harûn, "Operasyona gêjkirinê li ser rêzefîlman tê meşandin," digot. Qelender, berê her tiştî bi sekinandina lîncê kêfxweş bûbû. Baş dizanibû ku qîrîna zarokeke biçûk wan bi ser xwe ve anîbû.

Qelender bi awirên kûrbûyî pirs kir:

"Tu dizanî ew şebekeya ku me anî kî ne?"

"Nizanim," got Harûn, "min tenê mirovek nas kir."

"Ez jî nizanim," got Serbest, "Em dozdeh kes bûn. Yekî Îranî van mirovana ji me re dîtin."

"Min wana nas dikir," got Qelender. "Ez bi pênc-şeş kesî re rabûm û rûniştim. Demekê karê wan bi min çêbûbû." Di bînê çavan de li herdu mirovan nihêrî. "Mirovê ku min ewilî nas kir Boşnakekî ji Bûrsayê bû. Dûre min mirovekî ji Edîrnê nas kirî Paşê pênaberekî Bûlxar, Arnawûtek, Boşnakek... Herwiha hiş û bîra min çû ser dîrokê. Wê çaxê tiştên ku hatin bîra min, aqil ji serê min birin."

"Çawa?" got Serbest.

"Aqilê te çima ji serê te çû?" got Harûn.

"Binêrin, ezê hêdî hêdî ji we re bêjim," got Qelender. Di tariya şevê de çirûskên çavên herdû zilaman jî didît. "Padîşahên Osmanî bînin ber çavên xwe. Diya hijdeh padîşahan ji Balkan in, çar ji wan ji Polonya, duduyên wan Cihû ne, dudu Rus, yek Çerkes herwiha ji Cenevîz, Venedîk û ji Fransayê jî hene, yek jî Ermen e."

"Baş e. Te baş jiber kiriye. Lê wateya wê çi ye?" got Harûn.

"Ji bo fêmkirina wateyê divê mirov hindekî li ser dîrokê jî kûr bibe. Di Şerefnamê de tête nivîsandin ku, Kurdên mîrê mîran çawa ji ser text têne daxistin. Ewilî wan jar dikin, dubendî dixine nava mîrekan, wan berdidine hev, dûre wan dadixin û paşayekî Balkan tînin dewsê. Li ser mîrên Kurdan paşayê Balkanî. Dema serhildanên Kurdan de hem fitnekarê serhildanan û hem jî ên li hember serhildanan zagonên tund derdixistin piraniya wan Balkanî bûn. Ên ku bibûna sedemê koçberiya malbata Bedirxan jî Balkanî bûn. Niha jî amîrên polîsan, general, walî û her wiha tetikkêşên wan jî tev de Balkanî ne. Belê Qefqasî jî hene lê piraniya wan Balkanî ne.

Ên ku me xistine vê keştiyê û berê me dane Derya Spî jî Balkanî ne. Rastî ewqas veşartiye ku Kurdên reben nikarin bibînin. neteweyên hindikayî ku dereng hatine ser vê axê, bêwelat û bê dewlet in. Devleta Osmanî û Komara Tirkiyê ji xwe re wekî xilasî dibînin. Mixabin li hemberî wan astengiyek heye: Hebûna Kurdan. Ji xeynî vî welatî û vê dewletê tu çara wan nemaye. Ji xwe Kurd jî dûrî siyasetê ne. Lewra ji bo axa dawî di destê xwe de bigirin, çi ji destan tê, dikin.

Dema ku ev rastî hat hişê min, ji nişka ve mija li der û dora min belav bû, ez awirzelalî bûm. Di jiyana min de tu caran rastî ewqas zelal û vekirî di mejiyê min de bicih nebûbû. Dema ku min ev hevoka kurt ku komploya nepenî û mezin eşkere dike ji devê xwe bihîst, wekî hemû mutesewifên ku gihîştine rastiyê, di dilê min de nûrek peyda bû. Hemû rastiyê derheqê dîrok û civatê ên ku min xwendibûn, piştî vê hevoka min ji nû ve watedar bû. Belê, rastî, li ber min bû. Lê mixabin ez jê bêhay bûm. Ez wekî zanyarekî ku bi salan li pey formulekê digere, lê rojekê têdîgihêje ku formula wî di roja destpêkê de pê eyan bûye şewişîm. Ya rastî min bawer nedikir ku rastî ewqas aşkere be. Lê mixabin rastî ev e. Ev dused salin ku em derdê navtêdana Balkaniyan dikişînin."

Qelender, li rûyê herdû mirovan niherî. Wekî hemû însanên bi gotina xwe ne bawer in. Li ser rûyê wan, li wateya gotinên xwe geriya. Serbest bêwate dinêriya. Tu tişt jê fêm nekiribû. Diyar bû ku dijminahî û navtêdaniya Balkaniyan tu tiştî nedianî bîrê. Harûn jî bi şikbarî lê dinêrî.

"Bi ya min rastiya te hindekî hêsani ye," got, "navbera min û dîrokê tirş e. Ez zêde guhe xwe nadim ser."

Qelender êdî dom nekir. Di dilê xwe de, "Heyra ev ji ku hate bîra min?" got, "ez bi zimanê xwe nikarim."

Çendek din jî axivîn. Qelender xatir ji wan xwest. Herdu mirowan suhbeta xwe domandin. Qelender xwe bi xwe digot, "xwezî min li ser Balkaniyan tiştek negota. Dê niha bêjin ev nîjadperest e. Ma mijar tûne bûn? Li ser mêrikê ku bi jina xwe re peyman çêkiriye (bi min re nekeve nîqaşê, gazincan neke, negirî, nexwaze.) Îspanyolên ku ji bo sîesta ango xewa nîvro çalakî lidarxistine; neyzenekî ku gotiye ên dikarin li neyê xin, ew însanên baş in, ên ku nikarin ew xirabkarin; ajotkarê ku bi erebeya xwe ketiye pêşbaziyê, ewîlî li rakibê xwe xistiye, dû re li şeş peyayan... Bi xwe jî birîndar bûye û ji nexweşxaneyê reviyaye; xwendevanên ku hevalên xwe kuştine û gelek mijarên din." Xew lê giran bûbû. Daket jêrê da ku cihekî raketinê bibîne.

Li qatê jêrîn, di nava du însanan de cihekî vala dît, zemîn texteyî bû. Caketê xwe derxist, ji xwe re kir balgî. Dema ku wê xwe dirêj bikira, dengê zarokeke qîzîn ket guha. Serê xwe rakir, li pêşiya keştiyê keçikeke 10-12 salî dergûşek dabû hembêza xwe, jinikek ciwan porê keçikê diniwast. Keçikê ji jinikê re "Bavê wê li ku ye?" digot. Qelender, keçika biçûk şibande keçika qîrînkar ku lincê dabû sekinandin. Dûre serê xwe danî û ket nava xeweke giran.

ZÎNDAN

Zekî, ji Seyîdxan dûr ket û ket nava tariya şevê, di nava însanên belawelayî de çû û hat. Li salona mezin çavên xwe gerand ku di nava geramolê de cihekî razanê bibîne. Dema ku Qelender xwe li caketê xwe aland, ji cihê xwe rabû û berê xwe da derenceyan. Zekî hêdîka li şûna wî rûnişt. Li ser paldanka textîn êdî cihê rûniştinê dî nemabû. "Ev çêtir e," got di dilê xwe de, "qet nebe însan pala xwe didine hev û radikevin." Xortê Efxanî ê ku lehzek berê Qelender jê demjimêr pirs kiribû, xwe da hev û cih ji Zekî re vekir. Zekî, wekî her demên xwe yî xemgînî bi simbêlên xwe ve mujil bû. Çavên xwe li qerebalixê gerand, xwest ku bişibîne qerebalixa beriya mitîngê, lê di navbera wan de tu manendî nîn bû. Xortê Efxanî bi zimanekî pêşkenî "Sen Turkçe biliyor?" got, ji Zekî re. Zekî ji nava xeyalên xwe derket, "Biliyorum," got, "sen nerelisin?"

"Ben Afgan, Peştû."

"Men Farisî mîdanem," got Zekî, "feqet hindik."

"Xeylî xub e!" got xort. Kêfxweş bûbû. Wekî ku li çavên Zekî hêviyan digeriya. "Hali ma perişan," got.

"Belê," got Zekî.

"Tu reftî kucast?" got xort.

"Men reftem Paris. Braderî men anca est. Tu reftî kucast?"

"Men nedanem," got xort, xemgîn bûbû.

Zekî jî bêdeng ma. Demekê guhê xwe dane xumîna qerebalixê. Zekî, "Tiştê girîng ew e ku emê niha, îro li vir çi bikin?" got.

"Divê sibê berbangê ve ji halê xwe re çarekê bibînin. Xwarin, vexwarin, paqijî, tendurustî û raketinan bipergal bikin, ji bo rêvebiriya keştiyê li çarekê bigerin û însanan ji xemgîniyê derxînin."

Xortê Efxanî bi heyranî li Zekî dinêrî. Zekî dirêj û dirêj qala pîlanên xwe kir. Farisî û Kurdî tevlihev dikir lê xort jê fêm dikir. Di navekê de, Zekî serê xwe zivirand û li çavên xort nihêrî, çirûskên çavên xort dîtin û ji bo hêvîkirina xort, ji xwe fedî kir. "Gelo min hêviyeke piroleyî da xort?" got di dilê xwe de.

"Navê te çiye?"

"Tewfîq"

"Baş e, Tewfiq. Ez jî Zeki." Rabû ser piyan: "Emê sibê hev bibînin. Heta sibê Xweda hafiz!"

"Xweda hafiz!" got Tewfîq.

Zekî bêdilê xwe be jî, ji ber hêvîdarkirina xortê Efxanî xwe tawanbar kir. Berê xwe da derenceyan. Dîlar, "Tu cihê ku lê bî, dikî wekî gulistan," gotibûyê. Di wê navê de jî xwe tawanbar kiribû. Bi bawerîdayîna însanan aciz dibû. "Nexwe çima dikevî binê berpirsiyariyên giran?" gotibûyê diya wî. Ya rastî, bi mebesta berpirsiyariyên giran tevdigeriya. Di wê navê de çi lê rast hatibe, li gorî wê rastiya xwe tevdigeriya. Niha jî bawer dikir ku divê tiştên giran hilbigire. Nedixwest ku însanek hêviya xwe bi însanekî din girêbide, digot, ewilî divê însan bixwe bawer bike dema ku ji nava qerebalixê derbas dibû, ji dil û can bi vê fikra xwe bawer dikir.

Bayekî hênik bedena wî rapêça. Niha çiqas dixwest ku dîlar jî li balê be. "Tu here, ezê li herdu zarokan jî xwedî derkevim," gotibû Dîlar. Belê, dikaribû jî. Ji nîha ve bêriya keça xwe ya delal kiribû. Gava ku gihîştibûn bendava Karakoy a Stenbolê, keça wî, "Bavo," gotibû, "bebikên xweşik ji min re bişîne." Ma çawa nedişand? Heta ku wan bîne ba xwe dê her mehê bebikekî jê re bişanda. Soz dabû keça xwe. Bila keça wî li benda telefona wî ya seretayî bima. Piştî telefonê dê her mehê bebikek bişanda.

Dûr û dirêj li ser qerebalixa li ser guvertê nihêrî. Ew jî wekî her kesî di dengê ba û pêlan de nuqmî bûbûn. Guverte bi însanên li ser paldankên textîn dihênijîn, bi însanên lingên xwe ji nava caxan daliqandî, însanên kombûyî û nîqaşdikî, bi însanên zûrezûr li tariya şevê dinihêrî û bi însanên wekî Zekî cih û rewşa xwe diyar nekirî ve tijî bû.

Çav bi Şemsedînê devê xwe yî bêdiran wekî zarokan dimirçîne, mîna ku ji tariyê re diaxive û Caferê li balê wekî pisîka şîr rijandî disekine ket ku herdu jî li paşiya keştiyê bûn. Demekê li wan temaşe kir. Meraq kir ku ka gelo Caferê dilzîz û Şemsedînê bêperwa wîha bi xwîngermî li ser çi diaxivin. Peyvên wekî "goristan", "mirî" hatin guhan. Şemsedîn destê xwe yî mezin di tariyê de dihêjand. Zekî hêdîka nêzikî li wan kir. Bi rûnermî, "Merhaba hevalino!" got, "ez dibinîm ku hûn jî bi Kurdî diaxivin. Gelo hûn min jî hilnadin nava xwe?"

"Hay hay!" got Cafer, "kerem ke bira!"

"Serçavan qurban! Kerem ke !" got Şemsedîn.

"Navê min Zekî ye. Ez ji bakur im."

"Ez jî Cafer. Ez jî ji Bakur im."

"Ez Şemsedîn im qurban. Min hê cihê xwe nedîtiye"

"Çi heyf!" got Zekî, "ji her mirovî re cih divê."

"Erê rast e!" got Şemsedîn, "min heta niha ji însanan re cih çêdikir. Lewra ez cih-mih naxwazim."

" Ew çawa dibe!" got Zekî.

" Heval gorvedêr e," got Cafer, "lewma ji cihe xwe aciz e."

"Gorvedêr ?"

"Belê!" got Şemsedîn.

"Baş e, ew jî kar e," got Zekî û vegeriya ser Cafer: "Bira te çi kar dikir."

"Çawa?"

"Ez di zîndanê de bûm."

"Wey!" got Şemsedîn, "ma te çima ji min re negot ?"

"Te pirs nekir!" got Cafer.

"Tu ji bo çi ketibûyî zîndanê ?"

"Mesela siyasetê bû."

"Belê, hat fêmkirin. Çend sal?"

"Deh."

"Wey bavo!" got Şemsedîn, "kuro tu jî di goristanê de bûyî!"

"Hema hema. Niha ez jî wekî te daxwaz dikim. Ezê jî têra dilê xwe bigerim."

"Tu jî hatî ketî hepsa hesin," got Şemsedîn

"Erê."
"Ji bo min gora hesin, ji bo te hepsa hesin."
"Xalê Şemsedîn, me karê mêvanê xwe jî pirs bikira baştir dibû," Şemsedîn vegeriya ser Zekî: "Qurban," got , "gelo te çi kar dikir?"
"Ez bazirgan bûm xalo."
"Baş e. Qezanca te baş nebû? Te çima da ser riyan?"
"Dewletê nehişt ez bijîm. Ez jî ji mecbûrî ketim ser riyan."
"Nexwe rewşa me tevan jî berkendal e."
"Rast e," got Cafer, "lê divê em tiştekî bikin."
"Çawa?" got Şemsedîn, "emê çi bikin?"
"Ya rastî ev serê min jî diêşîne," got Zekî. "Divê em bi berbanga sibê ve dest bi xebatê bikin. Kî ji çi fêm dike, emê çawa jiyana xwe bidomînin… Divê em vana tev de, ji ber çavan derbas bikin."
Herdu mirov li ser birêkûpêkkirina jiyanê axivîn, Şemsedîn di cihê xwe de qilqil kir. Dema ku axaftin li ser rêveberiyê didomiya, Şemsedîn herdû zarokên xwe yî windabûyî anî ber çavên xwe. Keça wî, "Bavo em bêtevgerin. Nexwe jiyan li ser tevgerê ye," gotibû. Ew jî bi hêrs, "Ew diravên ku min bi xebata gorvedanan da hev û we pê da xwendin bila di qirik û gewriya te û tevgera te de bimîne," gotibû. Di dilê xwe de got, "Ez dê ji van re sedema destpêkirina gorvedêriya xwe bêjim." Dûre poşman bû. Zekî, qala kêmbûna xwarin û vexarinê dikir ku Şemsedîn bi hêrs,
"Dev jê berdin lo!" got, "çawa hebe dê heta çend rojan me bibînin. Hiç serê xwe neêşînin."
"Lê ku nebînin?" got Cafer.
"Ma em di okyanûsê de nîn in! Hebe tunebe Derya Spî ye. Li ser hev çengek av e. Der û dora wê jî tijî welat in. Heta êvarê keştî diçin û tên."
"Dîsa jî ji me ra pergal divê xalê Şemsedîn," got Zeki, "ku ji destê me were em bikin, dê baştir be."
"Rast e," got Cafer, "xwarin, vexwarin, tendurustî, pergal… Ji van re rêxistin divê."

"Erê bavo!" got Şemsedîn, "ma ne ji ber rêxistinê tu deh salan di qulikê de mayî. Ji xwe ew rêxistina we bû bela serê me."

Şemsedîn têgihîşt ku ev herdû mirov jî bi heyecana wî ketine heyrê. Kurê wî jî wisa matmayî bûbû. Dûre wî tawanbar kiribû û wê êvarê jî ji mal derketibû.

"Xalê Şemsedîn," got Zeki, "Jin hene, zarok hene, nexweş hene. Em rêxistina çekdarî ava nakin. Tenê ji bo çend rojan bila jiyana me bi rêk û pêk be."

"Binêrin birano, tiştên wiha dibin bela serê mirov," dixwest ku bêje, rêxistinê bist sal berê kur û qîz ji destê min girt, rêxistinê jina min dîn kir, lê negot, "Tu nanê yekî jê bistînî û bidî yê din, ewê aciz be," got û dom kir: "Tu kes nabêje birçî hene, tî hene, dê bêjin nanê min çû, nizanim ava min çû, destê xwe nedin tu kesî, ji bo Xwedê. Bihêlin em du rojan di halê xwe de kur bin."

"Xalê Şemsedîn, xêr e?" got Cafer, "tu çima ditirsî?"

"Hela tu bala xwe bidê! Ma tu ji min dipirsî? Kuro deh salên te çûne! Dest nedî me qurban! Dê serê we bixwin."

"Ka bila bibe sibe," got Zekî, "belkî em çarekê bibînin."

"Binêre qurban," got Şemsedîn, "ez baş dizanim ku hûn nahewin. Niha tê ji hêlekê ve, birayê me ji hêlekê ve hûnê derkevin nêçira însanan. Heta sibê we çend belengaz xistibe kemîna xwe! Ji berbangê ve jî hûnê dest bi xebatê bikin. Daxwaza min ji we ev in: Yek, min nexine nawa pîlanên xwe; dûdo, hûn jî zêde pêş de neçin. Ji xwe heta çend rojan emê li qiraxekî asê bibin, an jî, hin kesên me bibînin. Heta wê rojê xwe biparêzin, bes e."

"Tu ji tiştekî ditirsî, lê nizanim çiye?" got Zekî.

"Ez ji çi ditirsim, tu dizanî? Di keştiyê de nêzîkî pêncsed kesî hene. Ji sedî nod û pênc ên wan kurd in. Ên din jî ji xwe ciranên kurdan in, cihê ku kurd lê bin, rêxistin û pergal lê nabin. Dawiya rêxistinên kurdan an zîndan e, an jî goristan e. Heyfa we ye di nîveka Derya Spî de nebin sebebê xwe."

"Baş e, xalê Şemsedîn," got Zekî, "ezê dakevim xwarê. Bila şîretên te jî bibin guharê min."

Zekî xatir xwest û ji wir veqetiya. Di sîsîkê çavên Şemsedîn de ew tirsa ku baş pê dinase dîtibû. Sedemê tirsa wî baş dizanîbû. Dema ku hat ser derenceyan, çav bi keçikeke biçûk a di hembêza diya xwe de razayî ket, keçika wî ya, "Bavo ji min re bebikan bistîne," gotibû ket bîra wî. Ew kelogirîbûna wê, ew devê wê yê ingirokî hatê ber çavan. Keçika penc-şeş salî a li hembêza diya xwe jî wisa kelogirî razayî bû. Di dilê xwe de, "Hemû zarok şabûn û xemgîniyê bi hev re dihishisin," got. Ji hestekê zû bi zû derbasî hestekê din dibin, û evê jî bi xwezayî dikin. Lewra çavên zarokên ku dikenin de jî hêstir hene. Keçika wî jî ji hêlekê ve digiriya ji hêlekê ve jî dikeniya. Pêderxistibû ku bavê wê yê dereng bê, lê jê re bebikan bîne. Zekî xwe negirt, xwar bû û porê keçika razayî nivast û bi dayika wê re bişirî. Dayik jî pê re bişirî.

Dema li ser paldankê rûnişt, baş dizanibû ku giraniya li ser milên wî tev ji ber xewê ye. Nuqmî xewa şerîn bû.

SÎTAV

Sîya, di nîvê şevê de şiyar bû. Nizanîbû ku ji kengî ve raketî ye. Keştî wekî qalikê gûza li ser deryayê diçû û dihat... Her kes raketî bû. Rabû ser piyan. Zemîna keştiyê adeta bi însanên raketî ve raxistî bû. Guhê xwe da dengê pêlên westiyayî ku li bedena keştiyê dixistin. Ji nava însanan meşiya ji bo ku pêlî tu kesî neke gelekî bi baldarî dimeşiya. Li nava însanên ku pêlavên xwe, sermila hevalê xwe an jî sermilekê ku piştî razanê bi dozînî dîtiye. Çoka hevalê xwe, pişta kesî li tenişta xwe, caketê xwe an jî ji mecbûrî zemîna keştiyê, hesinekî guncan û dîwarê keştiyê ji xwe re kirine balgî re derbas bû. Gotin û peşgotinên xilmaşbûyî û xewaran guhdar kir, xurexurên cûrbecûr guhdar kir.

Eta wê ya li zîndanê jî dikir xurexur. Eta wê ya xwedî helbesta dilê wê.

"Tu çima diki xurexur, etê?" gotibûyê.

Ji dêvla wê Perîn bersiv dabûyê: "Gelekî dixwe lewma," gotibû, bi devkenî.

"Etêya min jar e, ji ku nan dixwe!" gotibû Sîya.

"Ger xwarin nebe, nexwe ew gunehên me ne," gotibû.

Ji xwe Perîn geleki bi etêya wê tinazan dikir. "Hêlîna çûka," digotê.

"Etê, Perîn çima ji te re dibêje hêlîna çûka?"

"Ê navê min Hêlîn e."

"Tu jî jê re tiştekî dibêjî?"

"Erê. Navê wê jî Perê çûka ye."

Bêriya etêya xwe, Perînê û heta bêriya xurexura etêya xwe jî kiribû. Carekê bi henek jê re, "Neçe, li vir bimîne. Emê dayê jî bînin, ji xwe bavo jî li vir e," gotibû.

Sîya bi şaşwazî, "lê mazlûm?" gotibû. Hêlîn porê wê niwastibû û keniyabû, "Delala min," gotibû, "ku dayê bihêlin, ji xwe Mazlûmê jî pê re bê. Ji xwe ez û bavo em di zîndanê de ne. Bila malbata me tev de bikeve hundir."

Sîya çû pişt keştiyê û lingê xwe di nav caxan re daliqand. Jinikeke ciwan li teniştê bû, dengê pêlan guhdar dikir. Ranediza, lê çavên xwe girtibû. Di hembezê de dergûşa wê hebû. Dergûş di xeweke qilqaldar de bû. Hinarikên wê yên pembe ji ber heyveronê dibiriqiyan. Herdu kulmên xwe guvaştibû û ser sînga xwe. Sîya xwest ku wan hinarikan bide ber maç û gezan. Hêdîka destê wê yê kulmkirî girt. Dayik bi refleksa xetereyê çavên xwe vekir. Gava ku çav bi Sîya û destê wê yê ku destê bebikê mist dide ket, qilqaliya wê winda bû, bi dilê xwe bişirî.

"Navê wî çi ye?"

Keçikê got, "navê wê Sîtav e."

Sîya çawa li rûyê dayîkê nihêrî ew naskir. Di dema linckirinê de ew jinika ku dergûşa xwe hembêzkirî û di cih de rûniştî bû.

"Tu keçika qîrînkar î," got ji Sîya re.

"Erê." Porê wê niwast, "qîrîna te ew kalê reban xilas kir," got.

"Ez hindekî Sîtavê bigirim?" got Sîya.

Wekî destnivastina Sîyayê, dergûşê xwestina wê jî hîç bi ciwanikê ecêb nexwiya. Sîya ancax dozdeh salî bû, lê di wê navê de bi awirên kurtebir. Bi dayika bi wan re hemû nepeniyên hemcînsiyê; hestên dayikî, evîna bêberdel û parastîxwaziyê da û stend.

Dema ku Sîya Sîtavê bi hestê dayikê dihejand, dayika ciwan jî porê wê diniwast, Sîyayê pirs kir:

"Kanî bavê wê?"

"Bavê wê li Îtalya ye."

"Hûnê herin balê?"

"Erê"

Benhatû û bêçaretiya dayika ciwan a ku heta wê çaxê Sîya pê dilşewatî dibû , li ser vê agahiyê li ber çavên Sîya hindekî sivik bû. Hêviyeke dayikê hebû ku di vê bêçaretiyê de, jê re dibû çare.

"Li Almanya dijî," got, "Bûye hemwelatiyê Almanya. Ji me re

xanî jî peyda kiriye. Bi ya min bûya em nediçûn wir. Lê tiştek ji destê min jî nayê. Ez çi bikim?"

"Tu neçûyayî, bila ew bihata tu bibira."

"Min jî nedixwest ez ji welatê xwe derêm. Lê mecbûr im. Heçî ew nikarê were."

"Çima?"

"Ku were dê çend salan di zîndanê de bimîne. Ku min bixwesta dê ji bo min û Sîtavê bihata. Ez par çûm Almanya," devê xwe xist guhê Sîya: "Sîtav wê çaxê ket hemla min. Lê îcar pasport nedan min. Ewî jî ceza xwar. Ez mecbûr mam."

Sîtav di xewa xwe da bişirî. Sîya tegihişt ku dayik ne wekî zarokeke dozdeh salî, lê wekî rêhevaleke xwe pê re diaxive.

Serhildanên ku tevlêbûyî, heval û hogirên ku bi xwe rêwî kiriye çûye, gundên wanî hatî şewitandin, koçberiya wan, di koçberiyê hevnasîna wê û Xelîl, evîna wan, zewaca wan binçavkirin û girtina Xelîl, tehliyebûna wî û piştî mîsogeriya cezagirtinê derketina wî ya derveyî welat, ji Sîya re vegot: "Derneketa derve dê careke din biketa zindanê," got, "heçî derve jî zindan e, lê qet nebe dê bi me re be."

Destê Sîtavê di kefa destê Sîya de bû, Mîhanê jî porê Sîya diniwast. Wê şevê di lehzekê de tiştekî wisa qewîmî ku Sîya piştî salan jî dê ew lehza bîaniya bîra xwe û pê re jî xemgin bibûya. Ji destê Mîhanê germahiyek herikî laşê Sîya, ji wir jî gihîşt giyana wê. Sîya bigermahiya dilê Mîhanê hesiya. Lê wetirê ew nuqmî derya evîne bûye. Ew enerjiyeke wisa bû ku ji damar û masûlkên wê herikîn û wê tevde rapêça. Dê piştî salan bigota, "Nizanim, Sîtavê jî heman germahî ji destê min girt an na. Lewma ew jî wekî daxwaza min di xewa xwe de bişirî."

Sîya pirs kir: "Tu bi serê xwe natirsî ?"

"Ez çi bikim? Mecbûr im"

"Tu jî were cem me. Diya min, bavê min li vir in."

"Başe. Ezê werim."

Sîya Sîtavê hêdîka danî pêşa diya wê. Dîsa di nava raketiyan re derbas bû. Li qata jorîn dengê çend mirovan dihat. Dengê pêlên vehesîner car caran bi peyvên wekî "goristan", "mirî" betal dibû. Sîya serê xwe rakir û li jor nihêrî, du mirov xwe hilpesirîkîne caxan. Ji herduyan ê kal bi şelpeşelpa devê xwe yî bê diran digot, "rewşa me tevan jî berkendal e."

Xortê ku di tariyê de Sîya rûyê wî baş nedidît jî, "Rast e, lê divê em tiştekî bikin," digot.

Dû re dengekî nas hat guhê wê. Dengê dawûdî ê mirovê çeleng ku vê êvarê bi bavê wê re axivibû. Sîya ew denga jibîr nekiribû. Dengekî dilaramkar bû. Dîsa bi şêwazekî qanîkar bi kalemêr û ciwan re diaxivî.

Sîya çendekî li wan guhdar kir, dûre vegeriya cem malbata xwe. Bavê wê şiyar bûbû, lê dinêrî û dibişîrî.

"Te firar kir?" gotê.

Sîya li tenişta wî rûnişt, "Bavo," got, "li dera hanê dayikeke ciwan heye. Navê wê Mîhan e. Bebeka wê jî heye. Êdî tu kesên wê nîn in. Min jê re got bila were cem me."

"Te baş kiriye qîza min. Dê bi dayika te re jî bibe rêheval."

Sîya xwe spart tenişta bavê xwe. Di keştiya terikandî de şeva wanî seretayî bû. Bavê wê,

"Tê li deftera xwe çi binivisînî?" gotê.

"Îro min çi dîtibe… Hemûyan."

III
MARÎA

Di heftekê de Marîa di mala Resûl de bi cih bû. Ewilî ji dibistana xwe ya ku bi salane jê re bûye hêlîn û tê de kesayetiya xwe parastiye, dû re ji hevalên xwe xatir xwest. Ji bo vê diviya ku çend rojan li dibistanê bimîne. Ferman, ewilî bi daxwaza wê ya li dibistanê mayînê şaşwazî bû, lê gava ku dilovaniya di navbera wê û hevalên wê de dît û şabûna wê ya ji ber wê nirxand, daxwaza wê di cih de pejirand.

Bawer nedikir ku berpirsiyariya qîzeke ciwan hilgirtiye. Bi salan xwe di nava qalibên siyasetê de asêbûyî dihishisand. Nîha jî dibê qey cemeda li ser diheliya. Hê neelimî bû dinya xwe ya nû, lê berpirsiyariya însaneke din hilgirtibû ser xwe. Di ser de jî qîzeke dilbirîndar...

Hevalên wê yên li manastirê bi vê guhertina wê gelekî kêfxweş bûbûn. Ew xemgîniya wanî ji ber çilmisîna keça candar çûbû, dilşadiyeke nepenî hatibû şûnê. Bi mucîzeyên pirtûkên olî, bi vegerên nişkegavî ewçend bawer dikirin ku, gelek ji wan ji ber vê qenebûnê Marîa wekî ezîze didîtin. Ji xwe navê Marîa bi lasayî nedianine zimên, li ber çavên wan Marîa, nîvenîvî mûcîze û xelat bû.

Gelek ji wan mûcîzeyên Marîa ên ji biçûktî heta nîha yek bi yek bibîr anîn. Rahîbeya qemer û bejnkurt a ku ji biçûktiyê ve bi Marîa re li heman menzelê dimîne, "Carekê ji me re gotibû, hûn dizanin carina di xewnên min de keçeke ciwan û çavşîn bi min re dibişire," got. Yekê lewçe got ku rojekê Marîa li wêneyekî dinêre ku tê de kalemêrek li amûreke muzîkê dixe, ji nişka ve "bilûr" dibêje, piştî çend salan fêr dibin ku bilûr amûreke Kurdî ye. Hin gelek tişt vegotin. Ji nişka ve dirûnê fêr dibe, hin newayên xweşik dibêje ku wan li tu derê nebihîstine, xwarinên xweş çêdike...

Van xweşikahiyên Marîa, dema ku serrahîbe Ferman li baxçe digerand, rahîbeyên hevalên Marîa car caran dihatin gel wan û ji Ferman re vedigotin. Wan ji ber Marîa pê re dostanî dikirin û carina bi Îtalyaniya wî ya beredayî jî tinaz dikirin.

Marîa çend pirtûkên Latînî û Îtalyanî, çend defter û çend perçe eşyayên xwe dewisand walêzekî, wêneyekî dayika Meryem, çend wêneyên ku bi xwe çêkiribû û ji dest û pêlan pek dihatin jî xist walêze.

Dema ku ji hevalên xwe yî ku piraniya wan xwedî malbatin xatir xwest, Marîa nema xwe girt û giriya. Bi caran got ku dê di demeke nêz de, bê serlêdana wan. Di erebê de ji Ferman re, "Bi salan ew ji min re wekî malbat bûn" got, bi girtina xwe ve careke din kire îske îsk.

Ferman, bi rojan ew bajar bi bajar gerand. Ew bir bajarok û gundan. Li hemberî xwezayê şaşwazîbûna wê temaşe kir. Marîa bi hejmetkarî li çiya û deştan dinêriya. Ji bajaroka ku manastir lê ye, hîç derneketibû wekî karên bi destan hawirdora xwe dinasin dixwest li her quncikê binêre. Ferman li hember bajarokan xemgînbûna wê, li hember bajarên mezin şaşwazîbûn û bizdîna wê temaşe kir.

Ji hêlekê ve Îtalyayê seranser digeriyan. Ji hêla din ve jî Ferman di kêmhêjmar saziyên kurdan de derbarê malbata Marîa de li şopekê digeriya. Li kampên penaber pirs kirin. Li arşîvan nihêrin ji buroya penaberiyê alîkarî xwestin. Li her derê ji ber daxwazên xwe yî ecêb, bi dilsarî dihatin pêşwazîkirin. Qeydên 1998-99an li tu derê tunebûn û ji xwe tu kesî pêwistiya tiştekî wiha nedîtibû.

Ferman, arşîvên xwe yî rojnameyan ên ku di zîndanê de çêkiribûn bibîr anî. Piştî salan ew arşîva ewçend zêde bûbû ku, di qawîşa teng de cihê ku rojname lê bûn, bûbû cihekî balrakêş. Dema têgihiştin ku di zindanê de arşîveke wiha çiqas nepêwîst e, rojname, pirtûk, cil û libas, nivîn û hemû eşyayên wan bi tevî çend hevalên wan ve hatibûn şewitandin. Ferman, berovajiyê wê çaxê niha arşivekê gelekî pêwist didît.

Ewilî li arşîva bajarokê ku Marîa lê jiyaye nihêrin. Bi rêvebirên bajêr re axivîn. Ji xeyrî nûçeyek û qunciknivisekê li rastî tu tiştî nehatin. Rêvebiran gotin ku di wan salan de gelek penaber hatine, ger di nava wan de malbata Marîayê hebe jî ne gengaz e ku wan binasînin.

Ferman, dema bihîst ku di arşîvên polêsên bajêr de jî navê penaberên hatine girtin hene, bi qasî Marîayê dilxweş bû. Lê komiserê polês got, "Zêde şa nebin. Ya rastî gelek ji wan navan çewt in. Çimkî gelek caran li ser wan nasname nîn in, an jî nasname û pasportên wan sexte ne. Ji bo ku rewş û navê wanî li welatên wan neyêtine zanîn agahiyên çewt didin me. Duyem, ger ew agahî rast bin jî, ne gengaz e bête zanîn ku niha li ku ne. Sêyem, ev dera bajarekî biçûk e, ên ku ketine vir (komîser peyva ketinê kirpand), ji penaberên hatine Îtalyayê sedan yek jî nîn in."

Li gelek deverên welêt li kampên penaberan ên bi têlên rêsayî rapêçayî ne û dişibin girtîgehên nivvekirî, geriyan. Her çiqas ku saziyên sivîl ên demokratîk jî piştgirî dabûn jî, wan hilnedan hundir. Tenê destûra lênêrîna defteran dan. Di defteran de jî tenê qeydên du salan hebûn. Rêvebiran digotin qeydên kesên ji wir çûyî piştî du salan îmha dikin.

Ferman dizanibû ku her pergal di înkarê de biserketiye û ev hîç naguhere, rastî beredayî be jî û rêvebirên payebiçûk nizanibin jî ewê vedişêrin. Lê dîsa dizanibû ku çi bike bila bike nikare bigihêje wan qeydan. Lewra bi nihêrtîna defterên qeydê razî bû.

Li ber çavên Ferman gumlata defteran dişibiya arşîva wanî li zîndanê heman îstifkirina çors, heman kaxizên beredayî. Dema ku dirûnên wanî li ser rojnameyan ket bîrê û li ser defteran li wan dirûnan geriya, xwe bi xwe bişirî. Wan rojnameyan bi derziyên gir bi hev ve didirûtin, lê Îtalyanan defterên çêkirî diemilandin. Cûdatî tenê ev bû.

Bi wergerandina rûpelê defterên tozgirtî dibûn şahidê bi sedan jiyanên windabûyî. Marîa yek bi yek li rûyê wan temaşe dikir, li ser wan kûr dibû. Li şopekê digeriya ku binase an jî tiştekî bîne bîra xwe. Ji ber zêdebûna reşikan karê wan nivo nivo kêm bûbû, lê dîsa jî li menzelên biçûk ên rojneditî de bi rojan karê wan dom kir. Dawiya dawî li rastî tu tiştî nehatin.

Rêvebirê kampekê, "ez dostê kurda me," got, "hûn nikarin van însanan wiha bibînin, dewlet bi qeyd û pêşeroja wan re têkildar nabe. Dixwaze ku rojek berê wan ji ser serê xwe bavêje. Lewra di van kampan de digire. Di nava Kurdan de li wan bigerin. Piştî ewqas salan ew li kampan namînin."

Roja ku Ferman Marîayê qanî kir ku êdî li kampan negerin, rojnameyên mezin ên li welêt, "Kampên penaberan dê li Efriqa Bakur bêne bicihkirin" dinivisandin.

ÇÎROK

Dema ku bi hêvîşkestî û mitrîbûyî vegeriyan mala Resûl, du heftê wan li ser rê û dirban derbas bûbû. Di vê rêwîtiya xwe ya ecêb de li otêlan, li mala kurdên nas û carina jî di erebê de mabûn. Gelek caran xwarina xwe zûzûka dihepişandin. Diravê wan kêmbûn û bi saya ereba Resul rê diçûn. Dawiya dawî jî tu tişt neketibû destê wan. Marîa kelogirî bûbû. Ferman ji bo teselîkirina wê tu gotin nedîdît, lewra bêdeng dima.

Ereba wan ket kuçeya mala Resûl. Marîa, di nava zarokên dileyîzin de çav bi Vedat ket û ji nişka ve qîriya: "Wey! Ev Vedat e!"

"Helbet Vedat e," got Ferman, "em hatin malê."

"Em hatin jî?" Marîa matmayî bibû.

"Erê lê, em hatin."

Hê erebe nesekinîbû, Vedat bi camê girt û bêrawestan bûyerên di serî de derbas bûne ji Marîa re da rêzê. Marîa wî hişkehişk hembêz kir.

Şarê bi heman sergeveziyê rewşa wan pirs kir û dûre vegeriya ser Perîxana bûka xwe. "Perîxanê, serşoyê hazir bike. Niha bedena wan kerme girtiye."

Ferman keniya, pê re Perîxan, Marîa û Şarê jî keniyan. "erê," got, "bi rastî jî me kerme girtiye."

Piştî serşo û xwarinê, pîrêjinê bi xwe cihê wan amade kir û ji bo raketina wan her kes bêdeng kir. Heta ku êvar hat û Resul ji ser kar vegeriya malê jî, Vedat û Perîxan ji tirsa Şarê deng nekirin.

Êvarî Marîa ligel şabûnên Vedat û dilwûniyen Resul jî bi dilxemî li ber xwe dineriya. Car caran bi Şarê ya ku porê wê diniwest re dibişirî. Şarê wekî ku bi hemû pevjiken xwe li ser Marîa kûr dibû. "Li ber xwe nekeve, keça min. Ferman wê bi te re be, hûn dê axirîn bigihêjin mirada xwe."

Lê bi wan gotinan xema Marîa kêm nedibû. Bi rojan keserkulî ma. Zû bi hêrs dibû, zû xemgîn dibû û nikaribû hestên xwe kontrol bike. Ferman di van tevgerînên wê de tesîra travmaya ku jiyaye didît. Ji ber ku ew jî bi heman coş û peroşan dijiya. Piştî deh salên li zîndanê ewî jî kontrola li ser hestên xwe winda kiribû.

Marîa hînî xwendina kurdî kirin. Ji xwendina pirtûkên bi kurdî şûnde her ku çû mitrî bû. Gelek caran li ser pirtûkên bi kurdi wisa kûr dibû ku çavên wê tu kes nedidîtin. Dema ku çîrokên Şarê guhdar dikir jî wiha mitrî dibû, lê kûrbûna li ser pirtûkan ji her tiştî cûdatir bû.

Rojekê, dema ku li ser pirtûkekê dîsa mitrî bûbû, ji nişka ve veciniqî û bi dengê bilind, "Min ev pirtûk berê ji xwendibû," got.

Ferman dilkutayî bû. Pirtûka di desta de girt û lê nihêrî. Pirtûka kurteçîrokan bû û di 1994 an de li Stenbolê çap bûbû.

"Te ev li ku xwendiye? Tê bîra te?" got. Ji ber heyecanê ser û rû sor bûbûn.

Marîa qala jineke ciwan kir ku jê re ev pirtûk xwendiye, û baş dizanibû ku ew diya wê nîn e. Şarê li ser hev "Bismillah" digot, Marîa ji xeynî jinika pirtûkxwendî çend jinên din jî anî bîra xwe lê nezanîbû ku ew kî nin, Şarê hembêz kir ku ew netirse û Marîayê jî netirsîne.

"Em bi tenê nebûn. Çend jinên din jî li dora me bûn. Yekê ji min re van çîrokan dixwend, lê ji xeyni min tu kesî guhdar nedikir. Sûretê jinika pirtûkxwendî li ber çavên min e."

"Ji Xwedê re şikir," got Şarê, "hiş û bîrate yê vebe."

Rojeke din Marîa ji nişka ve kire îske îsk û reviya menzela xwe. Piştî deh deqan jî daket jêrê û bê xem û tasewas tevli lîstika Vedat bû, pê re şa bû, ji Şarê re henek kir û keniya.

Carina bi seatan li baxçê biçûk ê malê pêgermokê digerand. Meraq û xema kesên li malê û awirê kesên li kuçê jê re ne xem bûn. Li ser bîranînên xwe kûr dibû û li bersîvan digeriya. Di demên wiha de Ferman jî yên malê hişkehişk tembih dikir da ku wê acîz nekin û jê re tiştinan nebêjin. Hin êvaran diçûn sînemaya bajêr a tekane. Marîa, wekî keçeke nazdar diket milê Ferman, an jî bi destê Vedat digirt û dibû rêhevaleka şên û dilgeş. Di rojên wiha de Ferman, di şexsê Marîa de Îtalyanekê, di ê Perîxanê de jî kurdek didît. Marîa bi rabûn û rûniştina xwe çiqas Îtalyan bûya, Perîxan piştî deh salên xwe yî li vî welatî jî, ewqas kurd bû. Marîa bi peywirdarê parkê, bi garsonê restoranê an jî bi pêşwazîkarê sînemayê re bi hêsanî diaxivî, wekî muşteriyeke bêxem û hêja tevdigeriya. Lê li malê jî dibû wek zarokeke xweşdil û rûşên. Ferman nedizanibû ku kîjan Marîa ya rastin e. Ji windabûna Marîaya rastîn ditirsiya. Daxwaz dikir ku ew her tim wekî xwe ya li malê be, lê dizanibû ku ev ne gengaz e.

Marîa ji guhdarkirina çîrokan gelekî hez dikir. Bi saetan dikarîbû li çîrokên Şarê guhdarî bikira. Vedat ê ku bi hebûna Marîayê gelekî kêfxweş bûbû jî çav dida wê û çîrok guhdar dikir. Ferman ji vê xûygirtina Vedat gelekî şa bûbû. "Qet nebe Vedat bi vî awayî kurdiya xwe pêş dixe," digot.

Şarê bûbû xwediyê guhdaran. Di her fersendê de ji wan re çîrokên cûda cûda digot. Dema ku çîrokên wê diqediyan, car caran xwe pêve dikir û wekî çirokeke nû vedigot. Rawilên nîv-însan nîv-ajal, cenawirên dêwane, keyayên dexes û çavsor, tirsonekên ketûber, diz, derewkar û xapînokan, fitnekaran, xeybkaran, lehengan, evîndaran, ebebozanan dida dû hev û vedigot.

"Çîrokên te çiqas pir in!" got Marîa.

"Erê keça min, min gelek ji wan ji bîr kiriye. Hê pirtir bûn."

"Ev çirokana li derekê nivîsandî hene gelo?"

"Wele nizanim. Ê min di hişê min de ne. Karê min bi nivîsê nîn e."

"Te li welatê xwe jî wiha digot?"

Şarê bi çavên xwe yî teyîsokî bersîvand. "Helbet min li welatê xwe zêdetir digot. Lê çirokbêjên me hebûn. Karê wan gund bi gund gerîn û vegotina çirokan bû. Wan carinan bi rojan çirokek vedigotin û tu kesî nedixwest ji balê rabin û herin. Ji pêşa wan çi ketibe ez jî bi wan îdare dikim."

"Dayê hûn çima ji wan derana hatin?" got Marîa. Ji nû ve mitrî bûbû û li devê Şarê dinêriya. "Ez ji ku zanim keça min," got Şarê, "felekê em avêtin perê vî aliyê dinyayê."

"Welatê we xweş bû?"

"Çawa? Bax û bostanên me têra heft gundan dikirin. Zad û zeviyên me bêsinor bûn. Eşîra me li sê bajaran belav bûne. Em biçûna kuderê rastî dost û pismamekî xwe dihatin. Welatê me wekî van welatana rûsar û cirnexweş nîn bû. Lê em dîsa jî jê derketin."

Marîa kesirî. Dibê qey hin dîmen dihatin ber çavan. Bi destê Şarê girt.

Dayê, însan çawa ji welatê xwe derdikeve? Hûn çawa li ber xwe didin ?" got.

Şarê axîn rakişand û çavên xwe yî hêstirîn paqij kir: "Em mecbûr man, keça min. Ev sî salin welatê me bûye qada şer, xwîn û nefretê. Her kes revo revo jê derdikevên. Lê herkes ji xwe re hincetan jî dibînin. Em tev de bûne wekî teyrê sîmûr, çiya bi çiya digerin, da ku cihê vejîna xwe bibînin.

Lê ya rastî em tenê axa xwe diterîkînin. Heta ev terikandin jî nîn e, em jê dîrevin. Êdî dengê seyên welêt jî nayên guhên me. Nizanim ji çi direvin. Gelo ji tiştekî, ji hin kesan an ji mirinê direvîn, tu kes nizane. Berê me ber bi ku ve ye, em wê jî nizanin."

REŞO

"Hûn li çi digerin û li ku digerin? Tenê di van deh salên dawî de sî çil hezar penaber li navendan mane. Hejmara kampan gihîşte sêsedî. Hûn dê mirovên xwe çawa bibînin? Ji xwe hûn tu kesî jî nas nakin."

Hiqûqnasa Fransewî a sosyalîst, ku bi eslê xwe kurd bû, ji wan re wiha got. Bi sosyalîstiya Ferman û li zîndanê mayîna wî bextewar bûbû, lê ji ber rahîbêbûna Marîayê matmayî bûbû. "Çawa dibe?" digot, "keça kurdan li Îtalyayê dibistana rahîbetiyê kuta dike." Û di dawiya gotina xwe de jî dikeniya.

"Em ji bo van navendan tevdigerin, lê keftûlefta me têrê nake," got. "Ya rastî ew ji bo Ewropayê şermeke giran e. Lê tiştek ji destê me nayê." Dengê xwe daxist ên penaber jî ewqas zêde bûne ku êdî Ewropa têrê nake. Em van gotinên xwe aşkere nabêjin ku siyasetmedarên rastgir jê sûdê wernegirin. Lê Ewropa mecbûre ku tevdira xwe bigire."

Ferman li porê wê yê boyaxkirî dinêriya. Dema ku wê qala rastgiran dikir, Ferman jî di koka porê wê yê boyaxkirî de li rastî têlên spîbûyî hat. Der dora çavên wê jî qermiçî bûn. Car caran bixwebawer porê xwe yî dirêj davête aliyekê û bêhnek ji cixara xwe dikişand.

"Em dixwazin xwe bigihînin qeydê van penaberan," got Ferman. "Belkî em rastî malbata Marîayê bên."

"Tu caran nabe! Tu kes qeydên xwe ji we re venakin."

"Kesên ku em lê digerin, belkî ev deh salin ku hatine. Heta niha li kampa tu kes deh salan nemane."

"Rast e," got hiqûqnas, paşê vegeriya ser Marîayê: "Tu derbarê wan de tu tiştî nizanî?" got.

Marîa li pêşiya hiqûqnas dinêriya. Memikên wê hetani nivî dixwiyan û Marîa bi vê yekê ecêbmayi mabû.

"Na ! Tu tişt nayên bîra min," got û bi fediyoki serê xwe xwar kir.

"We li Îtalyayê tiştek nedît?"

"Na. wan jî rê li ber me venekirin."

Ferman li hiqûqnasê jixwebawer dinêriya. Çend roj berê komela kurdan ya li Îtalyayê wan şandibû Fransayê ku hiqûqnasê navdar Cemileyê bibînin. Îro li apartmaneke li nêzî Eyfelê Cemîleyê dîtibûn. Diyar bû ku Cemîle gelekî mijûl bû, ancax saeteke xwe ji bo wan veqetandibû.

Cemîle cixareke din pêxist. Ferman dil dikir ku bi kurdiya wê bigire û bajarê wê pê derxine. Lê Cemile bi kurdiyeke nûjen diaxivî û devok zarava pê re nîn bûn. Wekî hemû kesên ku kurdiyê dereng hîn bûne tîpa "î" û "i" tevlihev dikir, "k" yên hişk û nerm şaş bikar dianî û di diftonga "xwe" de asê dibû.

"Biborin" got Ferman. "Hûn kengî kurdî hîn bûn?"

Cemîle bişirî, lê ew jixwebaweriya wê jî leqiye: "Gelekî dereng," got. Bi ken pirs kir: "kurdiya min baş e?"

"Mirov dizane ku hê tam rûneniştiye. Lê dîsa ji baş e."

Cemîle, demekê qala hînbûna xwe ya kurdî kir. Ew hê zarok bûye ku malbata wê hatiye Fransayê. Ji ber bavê xwe, ji berê ve sosyalîst bûye, bûyerên 68 an dîtiye lê wê demê hîn zarok bûye. Piştî şerê li Kurdistanê ew êdî bûye hiqûqnas û hêdî hêdî bi kurdiya xwe jî hesiyaye. Carina bi serê xwe, carina çûye kursan û kurdî hîn bûye.

Ferman bêdeng lê guhdar dikir. Axaftina wê dişibande hin spîkerên Med tv yê ku kurdiya wan wiha zirav bû. Wê çaxê li zindanê ji bo kurdiya wan digotin, "kurdiya zirav." Carina jî wekî pêşkenî digotin, "zaravayê zirav."

"Dawiya dawî ez bi we re bi kurdî diaxivim. Ew ji bo min serkeftinek e," got Cemîle.

Marîa dixwest bêje ku, tu bi kurdî nizanî, lê xwe girt û got, "Ger hûn çend mehan ligel dayîka Şarê bimînin dê kurdiya we jî xweştir bibe."

"Dayika Şarê kî ye ?"

Ferman keniya: " Dayika min e," got. " Ew bi Marîa re bû alîkar û kurdiya Marîayê pêş ket."

"Ku rojekê riya min bi Îtalyayê bikeve ezê herim û wê bibînim," got Cemîle. "Lê divê niha em ji we re li çareyekê bigerin. Bi ya min hûn li kampan nikarin tu tiştan bidest bixin. Ezê we bi yekî bidim nasin. Dibe ku ew ji we re çareyekê bibîne."

"Kî ye?" got Ferman.

"Dostekî min e. Ew jî bi salane ku li Fransa ye. Lê her tim diçe û tê. Haya wî ji çûn û hatinan jî çêdîbe. Belkî ew tiştekî bibîne."

Ferman hindekî aciz bû. "Ger ku karê we hebe, em dikarin ji xwe re li riyeke din bigerin," got.

"Na! Çawa! Ez şixulê we navêjime pişt guhê xwe, şaş fêm neke. Lê baweriya min bi wî mirovî heye, dibe ku ew ji we re tiştekî bibîne." Cemîle li ser kaxizekê navnîşanek nivîsand û da Marîayê. "Ha tu bigire, ji ber ku tu bi Fransewi fêm dikî. Êvarê, demjimêr nehan de werin wir, ezê jî bêm."

Navnîşan girtin, xatir xwestin û ji ofîsê derketin. Marîa dîsa ket milê Ferman.

"Em herin ku derê?" got Ferman. "Hîna pênc şeş demjimêrên me heye."

Marîa keniya, "Ez jî nizanim," got, "dixwazî em ewilî navnîşana xwe sererast bikin. Derengiya êvarê bikeve ser me, dibe ku em nebînin jî."

Ferman kaxiza di destê Marîayê de girt. "Ka li vir çi dinivîse? Emê herin ku?"

"Ez jî nizanim."

"Nexwe wê çawa be?"

"Însan dizane ku tu ji zindanê derketiyî. Emê li taksiyekê siwar bin û vê kaxizê bidin ajokar. Ewê jî me bibe wir."

Ferman keniya."Helbet! Lê ger ku dûr be?"

"Ez bawer nakim. Ji xwe dûr be jî emê dîsa herin. Ya çêtir ewe ku em ji niha ve biçinê. Ku nebe emê li der û dora wê dema xwe biborînin."

Taksiyek dane sekinandin û navnîşan direj kirinê. Marîa jê re got: "Emê herin vê navnişanê!" Ajokar bişirî, lê tiştek negot taksi bi rê ket. Lê hê ku wan xwe needilandibûn, dîsa sekinî û navnîşan direjî wan kir.

"Xêre?" got Ferman, "em çima sekinîn?"

Ajokar tiştina got, Marîa jî bişirî: "Em hatine!" got. Heqê ajokar danê û peya bûn.

"Hewqa nêzik e ?" got Ferman.

"Wisa got. Ka em li navnîşanê binêrin."

Li ber apartmaneke kevnare sekinîn. Kuçe serdanpê bi avahiyên şibanker ve tijî bû. Ji toz û teniya salon rengê diwaran tev de gewr bûbû. Li kuçeyê kêm însan dixwiyan. Kuçeya ku tikane bi ser kolanê de dihat bi xwe jî bi qasî kolanekê fireh bû.

Marîa li jorê nihêrî, "Vaye li qatê sisêyane cihê me," got.

"Baş e. Dê em ji xwe re bigerin," got Ferman.

Hê ku çend gavan ji ber derî dûr neketibûn ku yekî qemer bejn dirêj ji derî derket. "Bira hûn li kê digerin?" got.

"Dengê we hate min" got mêrik. Çentekî qehweyi bi milê ve daliqandî bû. "kurdî wekî bêhna cixare digihêje me. Hûn bi kurdî bikine kurtepist jî, dê were guhê min."

Dengê wî gelekî stûr bû. Ewili dengê wî bala Ferman kişand. Di lehzê de wî şibande, bazarfiroşekî Qersî ku beriya ketina zîndanê bi Ferman re çûbû çalakiyekê û li wir ji tirsa bi teşkê xwe ve rîtibû, dîsa şibande çepgirekî kurd ku di zarokatiya Ferman de bi ol û bawerî re zimandirêjî dikir, bê çek nedigeriya lê piştî cuntayê winda bûbû. Di cih de van herdû karakteran di hişê xwe de çawa anîbû gel hev, bi xwe jî şaş mabû.

"Em li vê navnîşanê digerin," got kaxiz dirêj kirê.

Mêrik kaxiz girt, lê nihêrî, paşê li herdûyan nihêrî: "Kê ev navnîşan daye we?"

"Cemîle," got Ferman, "hiqûqnasa kurd."

"Erê. Ji xwe min nivîsa wê naskir. Ev navnîşana min e bira. Lê we xer e?"

Ferman, bi çavketina mêrik re têgihiştibû ku xwediyê navnîşanê ew e. Lê nizanibû ku çawa pêderxistiye.

"Qaşo wê em bi hev bidana naskirin. Ger wisa be em bixwe hevdû nas bikin. Ez Ferman. Ev jî Marîa ye. Lê li navê we nenihêre, bixwe kurd e."

"Ser çavan!" ez jî Tahir. Lê ji min re dibêjin Reşo. Bi we kîjan xweş tê, wê bêjin."

"Reşo bi min çêtir e," got Ferman.

"Reşo nav e?" got Marîa.

Ferman keniya, "Na, bernav e" got.

"Ezê jî bejîm Reşo."

Reşo ew birin hundir. Ferman çiqas got ku bila ew her li karê xwe binêre jî, Reşo bi destên xwe yî dirêj û xurt herduyan dehf da û xist hundir. Derketin qatê sisêyan.

Cihê Reşo daireke mezin bû. Pirtûkên li her derê malê belavbûyî, qedehên vexwirkê, cih û nivînên nelihev, firaqên neşûştî û bêhn û bûxza li malê diyar dikirin ku ev mala zilamekî ezep e. Lê ligel her tiştî eşya û amûrên li malê giranbuha bûn û pirtûkên ku li her menzelê û li salonê tijî bûyî jî aşkere dikirin ku Reşo xwende ye. Pirtûkên wî bi kurdî, tirkî fransewî û îngilizî bûn. Li menzeleke mezin pirtûkxaneyeke qûçkirî û maseke mezin hebû. Li salonê taximek paldankên zer û qehweyî û televîzyonek mezin danîbû.

Reşo mêvanên xwe li salonê da rûniştandin û ket mitbaqê ku ji wan re qehwê çêke. Ji hundir bang kir, "Hûnê kengî bihatana vê derê ?"

"Êvarê, di nehan de," got Ferman.

"Wey ! heta wê çaxê weyê çi bikira?"

"Emê biçûna otêla xwe, ji xwe re bigeriyana."

"Hûn Parîsê dizanin?"

"Erê," got Ferman, "di pirtûk û wêneyan de me gelek dîtiye."

Marîa keniya. Reşo jî bi kenekî piroleyî heneka Ferman bersivand.

Ferman ewilî Reşo gelekî çors dît. Lê di demborinê de hêdî hêdî xwina wî keliya ser wî. Li cil û bergên wî, li pergala mala wî û li rabûn û rûniştina wî dinêriya, dixwest ku karakterê wî nas bike. Lê di cih de, ji vê ramana xwe fedî kir. Miroveki derî lê vekiribû, ew jî li pey analizkirina wî diket. "Hîndariyên zîndan û siyasetê," got, di dilê xwe de. Êdî di dema qehwe vexwarinê jî, li ser xwarinê jî û heta êvarê jî li ser karakterê Reşo nesekinî. Ji wan re henekan kir, dilgermiya Reşo bersivand û dua kir ku Marîa ji tiştekî dilmînî nebe û dîsa xemgîn nebe.

Piştî ku bi kurtasî çîroka xwe ji Reşo re vegotin, Reşo kelogirî bû û bi dengê xwe yî stûr, "Heyra we cegera min kizirand! Ma mêvantî wiha dibe? De qala tiştên baş bikin!" got.

Ferman dît ku bi van henek û yariyên biçûk xema Marîa jî belav dibe, "Baş e," got. Ez ji we re qala pêkenokên zindaniyan bikim" û serpêhatiyên kurt û kurt ji wan re da rêzê. Qala listokên ku dianîne serê girtiyên nû kir, qala bûyerên di navbera wan û qardiyanan de kir, qala serpêhatiyên wan ên li dadgehan kir. Geh wan da kenandin, geh xist nava fikar û xemgîniyên kûr.

Reşo şûşeyek şerabê vekiribû. Ji her mêvanekî xwe re qedehek tijî kir, bi xwe jî, bi şûşê vexwar. Ku êvar bû û Cemîle ji derî ket hundir, şûşa şerabê ji zû ve xilas bûbû û suhbeta wan jî kûrtir bûbû.

Cemîle matmayî bû. Li hersêyan nihêrî, paşê bi kenekî zirav, "qaşo minê we bi hev bida nasin," got.

Marîa bişirî, "Dîsa jî rola te heye. Kaxiza te me bi hev da nasin," got.

Hetanî derengê şevê ranezan. Ji hev re çîrokên xwe vegotin. Cemîle hiqûqnaseke bi nav û deng bû. Li dadgehên Fransa û yên Ewropayê li mafê kurdan digeriya. Reşo piştî cûntayê hatibû Fransayê û li wir dest bi karê tekstîlê kiribû. Niha jî salê dû sê caran diçû Tirkiyê, li vir jî, li wir jî kar dikir. Carina bi xwe re; penaber, qaçax û agahî jî dibir û dianîn. Bi her partî û tevgerê re têkiliyên wî hebû, lê xwe wekî endamê yekê jî nedidît. Her kesî wî nas dikir. Ji gelek însanan re kar kiribû. Carina di nava kurdên li Parîsê de digot, "Ger di şûna heval û hogirên Apo de ez bûma, minê jê re cihek bidîta û min nedihîşt ku ew li rastê bimîne."

Nezewicî bû û li tu derê xizm û pismamên wî nîn bûn. Tu kesî baş nizanibû ku ew ji ku ye, ji mala kê ye, an jî jikîjan eşîrê ye. Qala jiyana xwe nedikir, lê kurtejiyana her hevalê xwe jî dizanibû. "Karê wan bi min dikeve, ji mecbûrî qala xwe û jiyana xwe dikin. Lê jiyana min ji tû kesî re nabe xem û derd, ez jî qalê nakim," digot.

Bi derengiya şevê Cemîle ji Reşo re got, "Tu ji bo derdên mêvanê xwe çi dibêjî ?"

Reşo mitrî bû, "Tu mecbûr nebûyayî te ji min re nedişand, ne wisa ?"

"Erê."

"Tu bi min bawer nebûyayî te nedişand, ne wisa ?"

"Erê."

"Nexwe tu dizanî ku misoger ezê deriyekî vekirî bibinîm. Niha bi dilrehetî em rakevin, çêtir e."

Marîa bi heyecan, "Yani tê tiştekî bibinî?" got.

"Helbet, xwişka delal. Xem nexwe. Emê bersivekê bidest bixwin, lê ev bersiva dê çiqas li gorî dilê me be, ez nizanim."

"Tê li kampan bigerî?" got Ferman.

"Karê me li kampan naqede. Emê li her derê binêrin"

"Baş e. Wê çaxê emê sibê hev bibînin û planekê çêkin."

"Xêr e? Hûnê herin cihekî?" got Reşo "Erê, emê herin otêla xwe"

"De rûne û min canzerî neke lo!" got û kire tîrqînî." Emê sibê eşyayên we bînin. Edî cihê we ev der e. Karê me giran e bira, ji dûr ve naqede."

Marîa wê şevê ket xeweke giran. Di xewnên xwe de nexeniqî, negiriya û netirsiya. Li bexçekî rengîn bû. Şarê jê re stran digot. Di xewnê de dengekî din jî dibihîst, lê nizanibû deng ji ku tê an jî xwediyê deng kî ye. Dengê jinekê bû, nerm û dilaram dihat. Marîa li der û dora xwe dinêriya lê tu kes nedidît.

LÊGERÎN

Marîa û Ferman bi saya dost û nasên Reşo li Ewropayê gelek kampan geriyan. Paris, Viyana, Manchester, Lizbon, London... Ji penaber û peywirdarên kampan hîn bûn ku, li welatên rojavayê Ewropa, li ser giravên Derya Spî, li İtalya, li çolên Efriqa Bakur û heta li Derya Ege kampên penaberan hebûne û di van kampen de bi dehhezaran penaber li benda dilovaniya welatekî Ewropî bûne ku derîki ji wan re vekin.

Ferman digot, "Emê li çendan binerîn? Bi sedan kamp hene. Bi deh hezaran insan li van kampan digerin. Penaberên Efrîqî, Asyayî, Rojhilatî, Kurdistanî... ji her milletî însan hene. Emê li çendan binerîn?"

Marîa, li tabloya li ber çavan raxisti dehîşî bû. Bi rojan li ber derê kampan payîn. Hin caran hatin qewirandin, hin caran tu kesî li ruyê wan nenihêrî, hin caran wekî mirovên birûmet hatin pêşwazi kirin. Lê ji tewan jî destvala derketin.

"Ez êdî westiyam!" got Reşo. "ji sefaleta van însanan ez westiyam. Ez ditirsim ku bi xwe jî di nava penabêren bêhejmar de winda bibim. Hê jî bawer nakim ku li ser dinê evqas însanen bê cih û war, bê welat hene. Tiştê ku me bi çavên xwe dit, bi qasê serê sîr e. Kampên veşartî, kampên bin erdê, kampên li nîveka deryayê û li balafiran çêkirine û hê bi sedan kampên ku em pê nizanin. Li ser dine ewqas tişt diqewimin ku mirov jê bawer nake."

Lê Marîayê bi çavên xwe didît. Hingî li kampan digeriya, perverdeya me ya manastirê di ber çavan re derbas dibû. Êdî baweriya wê bi Îsa û ola wî re ewqas xurt nebû. Êdî li hember bûyerên şaşwaz xaç dernedixist, baweriya wê bi çîroken li nava mizginiyê nedihat.

Bi sedan penaber nas kir, çîrokên wan guhdarî kir. Întixarkarên saxmayî, kesên li ser sînoran birîndarbûyî, ên malbata xwe windakirî, ên ji ber bêhêvîtiye xwe dîn bûyî dît. Filîstîniyek nas kir ku malbata wî di kampeke li ser Derya Spî de girtî maye û ji ber derdê wan aqilê xwe winda kiriye û her tiştî dişibîne keştiyê. Çar bira yên kurd nas kir ku dê û bavê wan li ser sînor hatine kuştin, ji bo bîranîna wan her şev demjimêr 00.15 de mevlûd dixwendin. Marîa ev cara yekem bû ku Mevlûda kurdî guhdar dikir. Xortekî kurd ê ku destgirtiya xwe li welêt hiştî û hatî niha jî ji bo vegerê, rê nabîne û hindeki aqilsivik bûye, nas kir. Etiyopîkî xwestiye întixar bike, lê zû hatiye xilaskirin, ji ber vê jî bedena wî fere bûye, nas kir. Û soz da xwe ku ger rojekê fersandê bibîne dê çîroka van însanan binivîse.

Dema ku li Parîse, li kafeyeke kenarê bajêr rûniştibûn û qehwe vedixwarin, komunîsteki kevin ku bi eslê xwe Îtali ye û niha bûye endamê komela mafê mirovan, ji Marîa û Ferman re qala penabêren li Ewropa dikir.

"Me ji dused kampî zêdetir tespit kiriye. Kampên li rojhilata Êwropa, ên li giravên Derya Spî, ên li Balkanan û ên veşartî ne tê de ne. Ji xwe em jî hê nizanin ka gelo li Bakurê Efrîqa çi diqewime. Li gorî me niha ji çil hezarî bêtir penaber hene. Wekî me, her kes ji bo wan li çareyan digerin, li tevdîran digerin ku ew gav neavejine Ewropa. Dixwazin li Balkanan, li Tirkiye û li Derya Spî diwarên zagonî dayînin. Ji kampên temerkuzê tenê cûdatiyeke wan heye. Navê wan kampa penaberan e. Ji ber ku hê deşîfre nebûne. Holanda ku welatê demokrat tête hesibandin jî dixwaze li ser deryayê kampan ava bikê.

Ên herî erjeng jî kampên binerd in. Ev cihên binçavkirinê ne. Heta niha li gelek bajarên Ewropa bi dehan navend hatine tespit kirin. Em bi wan dizanin lê nikarin bibînin. Tev de veşartîne. Ancax bi tesaduf aşkere bibin. Penaberan bi salên li van derana digirin. Ên ku pênc salan li cihên wiha de mayî hene. Ew kesên ku hûn lê digerin ger di van navendana de bin, hêviya xwe jê bibirin.

Marîa bi kesên li kampan dimîne, bi kesên destûra bicihbûnê girtine, bi ên bûne hemwelatiyê welatekî Ewropa re axivî. Ji wan pirs kir, ka gelo derbarê malbata wê de tiştekî dizanin, an wê nas dikin. Lê li tu derê rastî tu kesi nehat ku, malbata wê an jî wê bi xwe nas dike. Carinan pirsen wê bi matmayî pêşwazi dikirin û Marîayê wekî keçeke aqilsivik didîtin. Heçî Marîa jî di sisikê çavên her kurdî de heman tişt didît: Awirên melûl û evdalekî, awirên ji her gotinê re amade, sitemkarê her derd û kulan, sebatkar û stûxwar.

Miroveki ku ji sê zarokên xwe dudu, ji ber mayînê winda kiriye, dema revê jî zaroka xwe ya dawîn li ser sînor binax kiriye û jina wî jî, bê ser û berata çûye dema ku pirsên Marîayê dibersivand, bi heman awirên qilqaldar lê dinêriya û bi rêzdariyeke piroleyî diaxivi. Marîa bi hêrs ji Ferman pirs kir:

"Kurd tev de wiha qilqaldar in ?"

Ferman bişirî; "Na, kurdên xwedî hêrs û vîn jî hene. Ên ku hêrsa xwe dikin tevger, ên ji bo vê di zindanan de dimînin jî hene."

"Ji wan kurdan li van derana tu kes nîne?"

"Nizanim. Lê qilqaldariya kurdên li derveyi welat normal e."

"Ewqas însan ji bo çi welatê xwe diterikînin?"

"Ez jî sedemê vê yekê ji xwe dipirsim. Divê însanên vê erdnîgariyê ev çend bi hêsanî welatê xwe neterikandina. Nizanim sedemê vê yekê tunebûna ax, av, hêşînahî û xwezayê ye, şer û pevçûnên domdar in, desthilatdarên despot in an evana tev bi hev re ne. Dibe ku bi hebûna van derfetên neyênî hêviya insanan dişkê."

"Divê însan li hemberî van derfetana tênekoşiyana?"

"Helbet," got Ferman. Di sîsîkên çavên Marîa de heyecana xwe ya ciwantiyê dit.

"Ji dêvla vê çima direvin? Li Ewropayê jî ev şer û pevçûn û ev desthilatdarên despot hebûn. Lê ew ji bo çareyê nereviyane Efriqa û Rojhilata Navîn. Ewropa ya îroyîn di nava wan şer û pevçûnen de hilhat."

"Erê. Lê Ewropayê şer û pevçûnên xwe îxracî welatên jartir kir."

"Dîsa jî ji xwe re jê ders girtin."

"Derfetên Ewropa û wan welatana naşîbine hev. Lê di binyata însaniyetê de tiştek heye. Her însan dixwaze bi aramî bijî. Niha welatên herî pêşketî welaten Ewropa û Amerika ango welatên Anglosakson in. Her kesî çav berdane van derana. Dibejîn, çiyê wan ji me zêdetir e? Ku ew qas pêşketine û em wiha xizan û belengaz in." Dixwazin xwe bigihînin wan welatan. Xizanên welatên xizan bi vî awayî çarenûsa xwe bişkênin. Van welatana û heyînên wan evçend daxwaz dikin ku, roj tê, dibine dijmînê welat û heyîna xwe, qet nebe pê re bêgane dibin.

Li ber çavên xizanên dinyayê Ewropa hêz e, maldariya û konformîzm e. Jiyîna wanî li vir tenê ziktêrî nîne, her wiha hebûn e jî."

"Dîsa jî ez fêm nakim," got Marîa, "divê wiha ref ji welat neyête revin. Divê wiha bi hêsanî welatek neyetê terikandin, divê ewçend erzan nebe."

"Dibe ku piştî başbûna derfetên welêt piraniya wan vegerin jî."

"Ez bawer nakim. Gelek ji wan vegerê nayêne bira xwe jî, ji xwe paşve vegerin jî, dê çi bibînin? Li pey xwe çi hiştîne ku dê çi bibînin?"

SÎDAR

Ferman û Marîa bi qasî mehekê li mala Reşo man. Di wê navê de Reşo çar caran, Cemile jî sê caran hatin malê. Cemîle bi xwe mêrkirî bû û diya du zarokan bû. Li devereke din rûdinişt. Dildara Reşo bû. Hem bi hev re kar dikirin hem jî car caran bi hev re dibûn. Di wê mehê de Reşo û Cemîle -qet nebe li wê malê- çav bi hev neketin.

Reşo di mehekê de li Almanya, Swisre û Hollandayê geriya, bi sedan penaberên kurd re, bi şebekeyan re ket têkiliyan, lê li rasti tu tişti nehat.

"Tu kesî navê Marîa nebihistiye. Ji xwe ewilî dibejin ew ne kurd e," got. "di wan salan de bi dehan keşti tijî penaber hatine, hindek ji wan noqi Derya Spî bûne, bi sedan kes xeniqîne. Em nizanin ka em li çi digerin."

Marîa ji nû ve pixudokî bûbû. Ferman ji xirabûna psîkolojiya wê ditirsiya. Ev mehek bû ku Ferman ji bo keyfxweşbûna wê her tişt dikir. Dest bi kursa Fransewî kiribû, wê her roj li bajêr digerand, bi sazî û komelên kurdan re diket têkiliyan da ku Marîa xwe tenê nehesibîne. Lê destvala vegerina Reşo, hêdî hêdî ewî jî xemgîn dikir.

"Tenê navek, tiştek, bûyerek bihata bîra te..." digot Reşo, "me dikaribû pê bigirta. Lê ki dizane deh sal berê tu çawa bûyî. Zarokeke biçûk dê çawa be? Niha em wêneyê te yê îroyîn nişanî wan didin."

Marîa, bêtir li ber ket, "Edî em lê negerin," got bi kelogirî, "em herin gel dayika Şarê. Min bêriya wê kiriye."

"Wisa nebêje Marîa," got Ferman, "diya min dê ji encamgirtina me şa bibe. Hê ku riyên me hene, divê em dev jê bernedin."

"Ezê sibê herim Belçîkayê," got Reşo, "ka em li wir tiştekî dibînin an na?"

"Bes e!" got Marîa, "Diyar e ku tiştek ji destê me nayê. Êdî bes e!"

"Marîa!" got Ferman, "tu çawa diaxivî? Hêviya xwe jê nebire."

Marîa bi hêrs, "Ez ji te re dibêjim bes e!" got. Kelogirî bûbû. Ev cara ewilî bû ku wiha li ser Ferman de diqiriya. Herdu zilam jî bêdeng man. Marîa reviya ket menzela xwe û derî ji hundir ve dada.

Reşo tiliya xwe hêdîka bir ber deve xwe, "Hişşş?" got, "sebra wê nemaye. Dijwar e bira. Bila hêrsa wê bişikê pê re hindeki biaxive."

Ferman heta sibê raneza. Li salonê rûnişt cixare li ser cixarê pêxist, li pirtûkan niherî, li televizyonê temaşe kir, lê xewa wi nehat. Bi xemgîniya Marîayê ew jî xemgîn bûbû. Dilê wî difûriya ser Marîayê. Hêtanî îro xwe wiha nezikî tu însanî neditibû. Rêhevaltî, şerhevaltî û salborîn jî wiha nedikirin. Ken, coşî, xemgînî, bişirîn, hêrsbûn, acizbûn, diltengijîn, dilarambûn, hêvî û hestiyariyên wê di dilê xwe de dihesand. Bi dilcoşiya Marîayê ew jî dilcoş dibû, bi hêrsbûna wê ew jî acîz dibû. Di vê meha dawî de, ew jî bi qasî Marîa tengîji bûbû. Ew jî lê bû ku bi ser yekî de biqîriya. Lewre ji derûniya wê fêm dikir û ji wê rewşê aciz dibû. Rê û rêzik nemabûn an jî, ku hebana jî, nedihatin xuyan. Her ku diçû dorpeçkirî dibûn. Ditirsiya ku dawiya dawî Marîa bi Marîabûna xwe razî be û vegere jiyana xwe yî berê, dev ji lêgerina xwe berde. Cesareta keçeke tenha dê çiqas xurt ba, helbet dê rojekê ew jî biqediya. Ger ku Marîa ji lêgerina xwe vegeriya, Ferman dizanibû ku wê dev ji xwe berda. Çimkî ji zû de qudûmên wi şikestibûn, ji jiyanê sar bûbû. Tenê ji bo dilxweşiya diya xwe dijiya. Heval û hogirên wî tev de jê dûr ketibûn. Li paşeroja Marîayê gerîn jê re bûbû armanceke bingehîn. Ger ku tiştek bidest nexistana, wê jê re bibûya têkçûneke din.

Ber bi sibê, êdî ji westan gêj bûbû lê xew jî nedihat. Bi sergêji û vetewişî xwe li ser diwanê dirêj kiribû, xilmaşî dibû. Dîsa li zindanê bû lê nedizanibû ka gelo xewn e an rastî ye. Hevalên xwe didît, maseya wanî xwarinê, sarinca biçûk û pêlavên wanî qetiyayî ên li ber şibakê didît, li ser der û daran nîn bû, bi xwe jî ne li wir bû, lê tenê didît.

Ji nişka ve dengek hatê, dengekî zirav û zenûnokî "Sîdar" gotê. Lehzekê bi ser xwe ve nehat. Reşayiyek li ber çavan ket. Ji nişka ve veciniqî û rabû ser xwe. Marîa derî vekirîbû û li ber sekini bû. Ferman, ancax bi xwe ve hat.

"Te tiştek got?"

"Erê, Sîdar," got Marîa.

"Sîdar kî ye?"

"Nizanim."

"Ji ku ve hate bîra te?"

"Xew bi çavên min neket. Ez li ser paşeroja xwe kûr bûm, lê tiştek nehat bîra min. Ez wisa bi xew re çûme. Di xewna xwe de min Sîdar dit. Bi min re axivî."

Ferman çavên xwe mist da. "Ka rûne! Ez jî ranezam. Ez ji te re qehwekê bînim, bila hişê te bê serê te."

Ferman çû mitbaxê, Marîa jî pê re ket hûndir. Ji hêlekê ve jî diaxivî.

"Sîdar ji mala me ye. Ku bavê min nebe, birayê min e."

"Tu ji ku dizanî?"

"Tê bîra min. Bi min re dileyîst, min dida hembêza xwe. Perçe perçe têne bîra min."

"Tiştekî diyarde nayê bîra te? Tiştekî ku em pê bigirin..."

"Ez li pey Sîdar digirim. Ew diçe. Lê diçe ku ez nizanim. Ji me dûr dikeve. Çûyîna wî baş tê bîra min."

"Diçe ku?"

"Nizanim, lê diçe. Ez digirîm, ew min aş dike."

"Ka rûne Marîa. Evqas bes e, xwe newestîne. Em taştê bixwin, belkî tiştînê din jî bene bîra te."

Heta ku Reşo hişyar bû jî Marîa bi coş û peroş ji Ferman re qala Sîdar dikir. Lê tenê du tişt vedigot. Ew digiriyaye û Sîdar çûye. Bi hatina Reşo ve dengê xwe birî û kêfxweşî dane hev. Reşo bi devkenî got: "Keça delal, rewşa te ya niha çawa ye?"

"Gelek spas" got Marîa, "ez başim." Li herdû zilaman niherî, bi dengekî zenûnokî, "Li min bobirin. Ez do êvarê bi ser we de qîriyam," got.

Ferman dizan3ibû ku Marîa ji ber fedîkirina xwe li benda hişyarbûna Reşo maye ku lêborîna xwe jê bixwaze. Bi vê helwesta Marîayê xemgîn bû.

"Xem nîne" got, "Me jibîr kir çû."

Reşo bi dengekî bilind got: "Erê, erê! Tu bi ser me de hêrsa xwe bernedi êdî tê bi ser kê de berdî!"

"Tu dev ji me berde, li pey Sîdar bikeve," got Ferman.

Reşo bi heyecan, "Sîdar kî ye?" got.

"Em jî nizanin," got Ferman.

"Ji ku hat ser sifra me?"

"Hat bîra min," got Marîa û ji Reşo re ji vegot.

"Sîdar çû ku?"

"Nizanim."

"Ka em li ser bifikirin. Salên 1990 î ne. Belkî 94 an jî 95 e. Sîdar, navê kurdekî binavê xwe zane ye. Ger ku xort be, qet nebe temenî wî divê nêzî 20 an be."

"Erê. Yanî li dora 1970 yî ji dayik bûye."

"Lê ku bav ê min be?"

Reşo destê xwe li masê xist. "De ka bisekine lê! Em ewilî biratiya wî kuta bikin. Ku bira be, temenê wî nêzîkî bistan e. Yanî niha gihîştiye sî saliya xwe."

"Di wan salan de xortekî kurd û navê wî sîdare, dê here ku?"

"Helbet dê here çiyê?" got Reşo.

Marîa sar bû, lerz kete bedenê. Pê dihesiya ku nêzikî hin tiştan dibe. Dîsa bi israr got, "Lê ku bavê min be?"

"Îcar em werin ser bavitiya Sîdar," got Ferman, "nav Sîdar e û bavê te ye. Temenê wî qet nebe li dora 30 an e. Ji xwe tu dibêjî ciwan e. Bav dê here ku?"

"Di wan salan de cihên çûyinê diyar in," got Reşo.

"Belkî karker be, ji bo xebatê çûbe welatên dûr."

"Erê. Ev îhtimalek e."

"Belkî were Ewropayê, bibe penaber, an jî qaçax be."

"Ev bû dudo."

"Di wan salan de girtin gelek bûn. Dibe ku Sîdarê bav bête girtin. Lê bi xatirxwestinê tu kes neçûye zindanê."

"Dîsa jî ew jî îhtîmalek e. Ev bû sisê."

"Dibe ku jin û zarokên xwe hiştibe û çûbe çiyê."

"Erê. Ev jî bû çar. Ev îhtîmalana hene."

Marîa bi xemgînî, "Lê ku ap an jî xal be?" got.

Reşo bişirî, "Wê çaxê tu hêviya ji Sîdarê xwe neke. Ew nikarê me bibe tu derê," gotê.

Marîa got, "Ez bawer nakim ku ewqas dûr be."

Reşo qehwa xwe rakir. "Em jî wisa hêvî bikin. Ku wisa be, dê bila ji Sîdar re noşî can be!"

PÊJN

Li ser paldankekê rûniştibûn û li rûbar temaşe dikirin. Marîa besteniya di destê xwe de, dialast. Ev demjimêrek bû ku wiha bêdeng rûdiniştin. Herdûyan jî cesaret nedikirin ku biaxivin.

Ferman nedixwest ku cesaretê bide Marîa. Ger ku daxwaza wê pêk nehata dê bêtir xemgîn bibûya. Lewre jê re tu tişt negotibû. Lê ji êvar de diqilqiliya. Ji telefona Reşo û vir de nizanibû ku wê çi bike.

Reşo jê re gotibû "Ez li rastî şopa Sîdar hatim." Ferman di cih de lerizî bû û bi dengekî zenûnokî "Li ku ye?" gotibû. Lê Reşo jê re tiştek negotibû. Li ser israrên Ferman gotibû ku dê sibê were Parîsê û ji wan re bêje.

Ferman li ser paldankê ji hêlekê ve li Marîa temaşe dikir, ji hêla din ve serpêhatiyên xwe yî dû mehan di ber çavan re derbas dikir. Piştî ku navê "Sîdar" ketibû nava wan, bi lez dest bi lêgerinê kiribûn. Di înternetê de li windahiyên kurdan geriyabûn, bi hezaran wêne û kurtejiyan yek bi yek di ber çavan re derbas kiribûn. Keçên xama, xortên ciwan, ciwanên qamer, çûr, kej; ciwanên bîst-bistûpênc salî; ciwanên çavşîn, çavreş, çavbelek, ciwanên çeleng û li ser xwe. Bi hezaran ciwan, gelek ji wan hin zarok, piraniya wan jin, yek bi yek di ber çavan re derbas kirin. Lê di nava wan de Sîdar nîn bû. Du caran di ser wêneyan re derbas bûn lê Sîdar nedîtin, an jî Marîa ew nasnekir. Îcar dest bi wêneyên gerîllayan kirin. Li ser çiya, li kozik û meterîsan, li ser riyan, di meşan de gerilla dîtin. Hindekan ji wan kar dikirin, hay ji wênekêşan nîn bûn, cil dişûştin, dar dişikandin, kozik vedidand, agir pêdixistin; hindek ji wan poz dabûne wênekêşên xwe, cil û bergên xwe dabûne hev, xwe bikeys kiribûn. Piraniya wan jî bi hev re kişandibûn. Penc, deh, carinan bîst gerîlla di wêneyekî de bûn.

Êvareke lasayî Marîa ji nişka ve qîriya: "Ev Sîdar e!" got. Li wêneyê nihêrî çar gerîlla bi hev re suhbet dikirin, yek ji wan jin bû. Sidara ku Marîa bi heyecan û kelogirî diyar dikir ji profîlê xwiya dikir û bi hevalên xwe re diaxivî. Destê xwe bilind kiribû wenê mebeh (net) nebû, lê dîsa jî Sîdar dihat naskirin.

Xortekî qemer bû, temenê wî digihîşt bîst û pencan. Simbêlekî zirav li ser lêvan bû. Marîa bi hest û dilovanî destê xwe li ser simbêlên wî digerand, "Simbêl çawa lê hatiye," digot. Wêne li gorî dilê Marîa mezin kirin, mebeh kirin, biçûk kirin. Marîa ji wêneyê bi dehan kopy girt. Bi rojan pê re axivî, di ser de giriya, xist paşila xwe.

Marîa jî, Ferman jî pejirandin ku Sîdar kekê Marîa ye. Ji xwe dîmenên dê û bavê wê jî gav bi gav dihatin ber çavan. Divê karê wan ji iro pê ve hêsantir bûya.

Vaye niha li rastî şopa Sîdar bûn. Êdî karê wan ê biqediya, Marîayê bigîhîşta hiş û bîra xwe, bigîhîşta malbata xwe û dê biçûya nava ehlên xwe. Dibe ku bi çavên hêstrîn sipasiyek bikira ji Ferman re, lê dû re dê dîsa jî biçûya. Ji çend mehan carekê ku jê re nameyek bişanda û sipas bikira, ew jî baş bû.

Bi xemgînî li Marîa nihêrî. Marîa bestaniya xwe xilas kiribû, bi dilxweşî li rûbar temaşe dikir. Carina wiha dibû wekî zarokeke li hembêza diya xwe û bi rûkenî li der û dora xwe dinêriya. Lê carina jî dinya li ber çavan tarî dibû û çav tu kes nedidîtin. Ferman ji tariya dilê Marîa ditirsiya. "Bîreke kur di dila de heye," digot, "belkî bîra dila bêbînî be jî" digot. Hem ji bo xwe hem ji bo wê ji vê bîrê ditirsiya. Şabûn û xemgîniyê wê di vir de tevlihev dibûn. Bawer nedikir ku ev bîra dilê wê bête girtin, dê tim û tim hebûya, dê hemû enerjiya wê bikişanda xwe û wê qudûmşkestî bikira. Belkî bi evîn û dilovaniya dost û hevalên xwe bi serxwe ve bihata, lê bi serê xwe Marîa, ancax dojeha xwe kûrtir bikira.

Marîa ciwan ji xem û tasewasên Ferman bêhay li rûbar temaşe dikir. Milê xwe bi milê Ferman ve kiribû. Xwe dilşad û dilaram didît. Ji hebûna Ferman kêfxweş bû.

Heta ku Reşo hat li wir rûniştin. Reşo wekî her carê bi hêwirze û henekên xwe ve hat: "Hûn wekî du evîndarên xwendavan li vê derê çi dikin?"

Ferman bi vê gotinê fedî kir. "Te me anî van deran. Ji xwe heta ku me navê vir sererast kir, em hetikîn."

"Erê lê ji bo xêrê min hûn anîn vir." Vegeriya ser Marîa, "Rahîbeya delal tû çawanî?"

"Sipas, ez başim. Lê rahîbetiya min nemaye."

Reşo di navbera herduyan de rûnişt, destê xwe da ser çoka Ferman, "Te ji Marîa re got?"

"Na, min tiştek negotê."

Marîa li çavên Ferman niherî: "Çi bû? Teyê ji min re çi bigota?"

"Tiştek nin e. Ka bila Reşo ji me herduyan re jî bêje."

"We çi bihistiye? Tu çima ji min vedişêrî?"

"Reşo bi dengekî bilind: "Îcar tu xeyidiyî? Agahî bi min re ne. Qey nexwestiye xeberên şaş bide te. Dev jê berde lê! Binêre ez ji te re bejim: Min xaziyekî nas kir. Milekî wî û çena wî bi roketê çûne. Ez li benda wî bûm. Ew Sîdar nas dike. Niha li van deran e, emê herin wî bibînin.

Marîa bi destê Reşo girt. Dilê wê wek çûkan davêt: "Yekî çawa ye? Kengî dîtiye? Çawa naskiriye?"

"De zêde min nefetisine! Emê herin wî bibînin, ewê tevan ji te re bêje. Ez çi bizanibim jî ez nabejim. Bila bi xwe çîroka xwe ji te re bêje."

"Sîdar sax e? Li van deran e? Ka ji min re tiştekî bêje!"

"Xwişka delal, ez jî nizanim. Li wêne niherî û got, ez Sîdar baş nas dikim, min bibin gel wê keçikê."

"Na. Ez jî li hêviya te mam."

"Marîa dilerizî. Rabû û hat gel Ferman, bi herdû destên wî girt, "Ez bi qurbana te me, tu çi dizanî bêje," got. Kelogirî bûbû.

Ferman wê da rûniştandin: "Ka rûne Marîa. Sakîn be. Te jî bihist, emê aniha herin gel wî mirovî. Hindekî xwe bigire! Rûne!"

"De here lo! Te jî min xapand!"

"Na. Ezê çawa te bixapînim?"got û giriya.

"Erê, te jî xapand!"

Ferman porê wê niwast. "Tu bi navê dayê, rast bêjî!"
"Marîa, ez tu caran derewan li te nakim. Min nizanîbû ku emê çi bikin. Tiştek nîne. Emê herin û mirovê xwe bibînîn. Haydê, hêstirê çavên xwe paqij bike!"
Reşo bi devkenî, "Wellahi xeletî ya min e, xwişka rahîbe," got, "tu sûcê Ferman nîne."
"Ez rahîbe nîn im!"
"Temam. Ez êdî nabêjim rahîbe. Lê êdî tu jî negirî. Em herin wî mirovî bibînin. Birîndar e. Bila li ber nekeve hevalê kekê te ye lê! Divê tu negirî!"
"Êdî ez nagirîm. De haydê em herin!"

SALÎH

Ev cara yekem bû ku evqas ji mala Reşo dûr diketin. Jiyana wanî ku di navbera mal û komelê de derbas dibû, îcar veguherîbû. Ji tirsa nebe jî ji ber nezaniyê zêde dûr neketin. Lê ji navenda bajêr derketibûn, gihîştibûn perê bajêr.

Demeke dirêj bû ku rûniştibûn, lê hê jî Marîa newerîbû ku li rûyê Salih binêre. Çawa ku çav pê ketibû, "Wey!" gotibû. Dûre li rûyê wî nihêrîbû û fedî kiribû, kelogirî bûbû, wekî ku canê wê diêşe rûyê xwe qermiçandibû.

"Netirse heval!" gotibû Salih, bi xemgîniyeke nepenî, "ez însanan naxwim!"

Marîa bêtir fedî kiribû. Hem di jiyana wê de ev cara yekem bû ku yekî jê re "heval" digot, hem jî dîmenê Salih ewqas aşkere kiribû ku Salih bi awirên wê aciz bûbû. Lê piştî vê gotina Salih jî nediwêrîbû lê binêre. Dilê wê pê dişewîtî, jê ditirsiya, bizê wê pê lihevdiket. Bi van rastiyan teva jî fedî dikir, lê dîsa jî bi xwe nikarîbû.

Li manastirê serêkrahîbeyek ji şaneşînê ketibû xwarê. Şagirt tev de ji tirsa nêzîk nebûbûn, çimkî lingê wê ji çokê şikestîbû û hestiyê ling bi qasî çar tiliyan ji çerm derketibû derve. Hestî û mêjiyê di nava hestî de dixwiyan, goştê li der û dora hestî perçe perçe bûbûn û didaliqîn. Marîa bi cesaret çû gel serrahîbe, ewê dirêjkirî girt da ku ranebe û lingê xwe nebîne. Bi destmala xwe xwîn û xwêdana li ser rûyan paqij kir, ji serrahîbeya hişyar re henek kir, suhbet kir heta ku ambûlansa nexweşxaneyê gihîşt wan.

Lê ev tiştekî cûda bû. Çena jêrîn a Salih ji binî ve nîn bû. Nêzikî qirika wî tenê perçek hestî goşt mabûn. Ji çena jorîn jî çend diranên pêşiyê çûbûn. Dev û qirika Salih dixwiya. Dema ku diaxivî girêz û tûk ji deva dihatin, bi destmala xwe her tim vê girêz û tukê paqij dikir. Bi vî halê xwe dişibiya cenawirên fîlmên tirsnak.

Milê wî yê çepê jî nîn bû, ji enîşkê şûnde çûbû. Ji navmil heta enîşkê mil wekî darekî hişk pê ve daliqî bû. Salih carina xwe ji bîr dikir û dixwest ku herdû destên xwe bide hev, lê yek ji wan li jorê dima.

Destên kelemçekirî dihatin bîra Ferman. Dema ku bi destên kelemçekirî diçûn sewqê, carina xwe jibîr dikir, dixwest ku destê xwe bavêje tiştekî, lê destê din jî pê re dihat wê çaxê Ferman dilxewirî dibû. Niha, ku salih xwe jibîr dikir û carina destê xwe yî tuneyî dirêjî tiştekê dikir, Ferman bi heman dilxewirînî diket.

"Ev du mehe ku min tu xeber ji Sîdar negirtiye," got Salih.

Marîa bi heyecan, "Yanî du meh berê Sîdar bi te re bû ?" gotê.

"Helbet. Em çar salan bi hev re man. Piştî paşvekişînê, li Besta, li Xakurkê, li Heftanîn."

Salih wekî çîrokbêjekî vegot. Qala hevnasîna xwe û Sîdar kir ku di nava şerekî giran de yekîneyên wan rastî hev hatibûn û alikariya hevdû kiribûn; qala jiyana xwe yî rojane kir (di van mijaran de her tim Sîdar jê fedakartir bû û Ferman vê şêwazê bi dilêşiyekê pêşwazî kir); qala şer û pevçûnên ku ew û Sîdar tê de bûn kir; qala neheqiyên li Sîdar hatine kirin kir (di wir de Marîa careke din kelogirî bû); qala destêserkirina Sîdar û dû re jî efûkirina wî kir (ên ku Sîdar girtibûn dest û lingên wî girêdabûn, dawî de bi xwe reviyabûn û teslîmî dijmînê xwe bûbûn); qala xemgîniya Sîdar kir ku dibe ku hê jî wisa be. "Qudûmşkestî bû," digot. "Heyecana wî ji çavan firî. Demekê bû wekî darekî ziwa." Dawiya dawî qala jêveqetîna xwe kir. Bi qasî bist rojan birîndar û bi serê xwe mabû, wekî hemû birîndarên tenha kurm ketibûn birînên wî jî. (ji ber ku birîna wî ya giran di deva de bû rewşa wî xirabtir bûye) piştî bîst rojan hevalên wî rastî wî hatibûne, çend rojan li nexweşxaneyê mayê, paşê bi ser xwe ve hatiye. Çawa ku çavên xwe vekiriye, Sîdar li ber serê xwe dîtiye. (Di vir de Marîa giriya û destê Ferman guvaşt.) Çend rojan birînên wî pansûman kirine, paşê bi riya welatekî rojhilata navin ew şandine Ewropa ku tedawî be."

Marîa pirsa her tiştekî jê kir. Bejna Sîdar, rengê porê wî, rengê çavên wî, taybetiyên wî yên diyarde, kurdiya wî, jîriya wî û çi hatibe aqila pirs kir.

"Wêneyek pê re bû," got Salih, "du keçik bûn, yek ji wan ciwan bû. Digot ev herdû jî xwişkên min in."

"Çawa ?" got Marîa, "du keçik hebûn?"

"Erê, yek ji wan ciwan bû. Carina qala malbata xwe dikir, ez zêde li ser nesekinîm."

"Tu bi navê Xwedê! Çi hatibe bîra te?"

"Erê heval, ji xwe heta ku ez bikaribim ezê ji we re bêjim. Ne hewce ye ku tu min bidî sondê. Êdî li girêz û birînên min biborin."

Marîa ji hest û ramanên xwe yî lehzek berê fedî kir. "Hêdî hêdî!" got, " wexta me heye." Vegeriya ser Ferman, "wisa nîn e? Wexta me heye, ne wisa?"

"Helbet!" got Ferman, "bila Reşo here, dibe ku karê wî hebe. Lê em dikarin li gorî dilê xwe rûnên."

"Erê xwişka delal. Tu xema nexwe. Ezê herim, lê malîvanê we riya mala min dizane. Ku karê we qediya dê we bîne malê."

"Ez li vir im," got Salîh. Ê ku tiştinên din hatin bîra min, ezê li te bigerim."

Reşo çend deqên din jî rûniştî û paşê çû. Di wê navê de Salih dest bi çîrokeke nû kiribû. Piştî çûyîna Reşo jî çîroka xwe domand:

"Ez û Sîdar em bi serê xwe bûn. Fermannameyek dabûne me ku em bibine devereke din. Nava rojê bû. Lê zivistan bû û berfê dabû navikê, lewre em bi hêsanî dimeşiyan. Em li rastekê bûn, ji nişka ve balafir li me derketin. Pênc û pênc dihatin, li her çar aliyên me bombe direşandin. Em revo revo ji rastê derketin û me xwe avet perê çiyayê li hemberî xwe. Şikefteke biçûk bi ber çavên me ket. Ez dibêjim şikeft, lê bi rastî hêlîna roviyan bû. Di binê zinareke girs de bû. Em ancax paşopê tê de bicih bûn. Serê me li derve ma, lê li ber me jî zinar û lat hebûn. Lewre parastina me baş bû. Ger ku bombe raste rast li ser me neketa tiştek bi me nedihat, cihê me ewqas qewî bû. Heta êvarê me li bombebarana balafiran temaşe kir û ji hev re stran û helbest gotin. Dengê Sîdar jî xweş e

Di wê navê de wêneya peritî nişanî min kir. Me ji hev re qala malbatên xwe kir. Birayekî Sîdar jî hebûye."

"Navê wan tê bîra te?"got Marîa.

"Na. Min tu nav nepirsîn."

"Lê. Bavê wî, diya wî? Ew li ku bûne? Çi kar dikirin?"

"Nizanim. Lê digot, dema ku ez hatim, bavê min jî girtî bû. Êdî niha li ku ye, nizanim."

Marîa êdî dikir îske îsk û digiriya. Êdî girêz û tûka Salih jê re ne xem bû. Dixwest ku Salih hembêz bike, lê jê ditirsiya. Ev şervanekî salan bû li hemberî wê diaxivî bi perçeyên bedena xwe yên mayî weke kelehê bû li ber çavan. Dixwest ku ji Salih bêhna kekê xwe bikişîne nava xwe. Ev şervana ji welat hatibû, ji bo welatê dê, bav, bira û xwişka wê şer kiribû. Xwedêyo gelo ew welatekî çawa bû? Ev şervana bi kekê wê yî zindî re şer kiriye, pê re bûye şerheval û niha jî li hemberî wê bû.

Êdî nema xwe girt û çû Salih hembêz kir, bi ser de giriya. Salih matmayî bû. Porê wê niwast, "Negirî hevala delal, negirî," got, bi gotina xwe jî berê xwe vegerand ku girêza wî bi ser Marîa de nekeve. Marîa destên wî maçî kir, serê xwe danî ser çoka wî. Salih ji şerma soromoro bû lê hîç dengê xwe nekir heta ku Ferman çû û Marîayê rakir jî, di nava menzelê de tu kes ji cihê xwe neleqiyan.

KANÎWAR

"Were keça min, were rûne. Ez ji te re çîroka Kanîwar bêjim."

Marîa, hedîka li ber Şarê rûnişt, Vedat jî da hembêza xwe.

"Dê û bavê Kanîwar ji hev hezkirine. Bavê wî xaçperest, diya wî Musulman bûye. Wekî çîroka Kerem û Aslî. Lê di wê çîrokê de xaçperest keçik e. Herdû jî dilê xwe ji tu kesî re venakin. Ne di nava gund de û ne jî di nava malê de tu kes bi evîna wan nahese.

Bavê wî kurê keşe, namzetê keşetiyê, diya wî cilşoyê dêrê, keçeke xizan bûye. Heftê carekê tê, cilên şûştî teslim dike, ên qirêjbûyî jî dibe. Di nava cilan de jî destmal, sabûn, pelê gulên ziwabûyî û bêhnok...

Rojekê herdû bi hev re winda dibin. Gund serobino dibe, Musulman û xaçperest dikevin pêsîra hev. Her yek yê din tawanbar dike. Bi hefteyan û mehan tu kes nizane ku bi ku ve çûne.

Lê herdû evîndar dûr naçin; li serdestê gund şikeftek hebûye, dikevin wê şkeftê. Bi rojê nêçîrê dikin, bi şevê dikevin hembêza hev. Heta ku Kanîwar tête dinê, tu kes bi wan nahese, tu kes wan nabîne. Ji xwe ew jî ji tirsa naçin cem tu însanî. Şerieta du olan xirab kirine, ma wê çawa netirsin!

Bi vî awayî Kanîwar meha xwe diqedîne. Rojekê pêçeka wî didin ber tavê û çawa dibe, çi tê aqilê wan êdî Xwedê bizanibe, dibe ku ji bo lehzekî jihevşabûnê be, dikevin şikeftê û careke din nema derdikevin.

Şivanê gund bi dengê Kanîwar dihese. Dergûş dikenîbûye. Şivan nizane ku ma wê çi bike. Ji tirsa newêre bikeve şikeftê jî. De bîne ber çavan: Pêçekeke yekmehî, li ber derê şikefteke tenha xwe bixwe dikene. Şivanê reben çawa dîn nebûye! Pêçekê dide hembêza xwe û direve gund.

Gundî ji ku bizanibin ku ew kî ye. Tev de didin pey şivên û tên ber derê şikeftê. Lê tu kes newêre bikeve şikeftê. Keşe, mela û giregirên gund bi hev re dikevin şikeftê. Ewilî di tariyê de tiştekî nabînin, lê gava ku çirayê pêdîxin, bala xwe didinê ku li qoziki şikeftê de du reşayî li hev alandî ne. Bi tirs û xof nêzîkî kevir dibin, fanûs û çirayan radikin û dinêrin ku herdû evîndarên winda ne û wekî du maran li hev alandî ne.

De bêje ka, însan dibin kevir? Eger bimire dibe ax, lê ev kevir ji ku derket? Her kes ecebmayî dimînin. Dînê gund dibêje, "Herdu Yezdan bûne yek, lewma ew bûne kevir." Yanî Yezdanê Xiristiyan û Musulman. Edî ew çawa bûne kevir, kes pê nizane.

Hindek kes dibêjin tiştekî wisa nîn e. Gava ku keşe, mela û giregirên gund dikevin şikeftê, herdu evîndar ji ber hevşabûne westiyayî û raketî bûne. Ew mezinên gund wan di xew de dikujin, dûre dereweke wiha derdixin. Êdî çi bûye bûye. Emê wekî çîroka xwe wan kevirbûyî bihesibînin.

Evîndarên bûne kevir, wekî du însanên li ser piyan bûne.. Herdû jî rûdelal û awirşêrîn bûne. Wekî du peykerên Yewnanî. Giregirên gund di cih de ji şikeftê derdikevin û nahêlin tu kes bikevê. Di heman rojê de derê şikeftê bi kevir û kuçan digirin û berê xwe didin gund. Wê şevê tu kes li ser vê bûyerê tiştekî napeyive. Lê dilê her kesî bi coş û peroş lêdîde. Gundî di nava meraqê de dimînin.

Sibetirê, zarokên meraqdar ên bi berbangê ve çûne ber deriyê şikeftê bi hawar û girîn dikevin gund û di nava gund de dikin qareqar; "Şikeft bûye kanî! Şikeft bûye kanî!" dibêjin û lotikan didin xwe. Gundî ji xwe di nava hizr û ramanî de bûne, li ser qareqara zarokan berê xwe didin şikeftê. Gava ku têne ber şikeftê, bala xwe didinê ku ji diwarê ber derê şikeftê avake zelal diherike. Ew diwarê ku gundiyan do çekiribûn, niha kun bûye û jê ava şîrzelal diherike.

Li ser kaniyê heft roj û heft şevan şîn û girîn dikin. Dûre li devê şikeftê kaniyeke delal ava dikin. Kanî ji bo wan dibe ziyaret û perestgeh. Ava kaniyê ewqas xweş bûye ku, hinekan gotine reheke ava zemzemê gihîştiye vira.

Dergûşa reben êdî dibe kurê gundiyan. Herkes bi hevre wekî pêxemberekî lê dinêrin. Dikeve her malê, dilê wî çawa bixwaze wisa dike. Li her malê radizê, xwarin dixwe. Ser û dilên wî her roj tête şûştin. Dibe delalê ber dilê her kesî. Zarokekî ewqas şîrîn bûye ku jin ji zarokên xwe bêtir jê hez kirine. Ji devê her gundiyî çîroka dê û bavê xwe guhdar dike. Carina rojê çend caran, gundiyan ji hev bêxeber çîroka dê û bavê wî jê re gotine.

Kurik her roj misoger ji Kaniya evîndaran av vexwariye. Roja ku dereng biçûya, ava kaniyê jî kêm bûye, şêlû bûye. Gundiyan gava ku ev ecêb dîtine, êdî jê re gotine, "Kurê Kaniyê." Ew jî di devê gundiyan de dibe "Kanîwar."

Roja ku ava kaniyê kêm dibe an jî şêlû dibe, "Kanîwar, te dîsa av venexwariye! Zû here!" gotinê. Dema ku wî devê xwe dida ber devê kaniyê, av ji nû ve dicoşiye.

Sal û zeman diborin, Kanîwar mezin dibe. Meraqa dinyayê dikeve dila. Naxwaze jiyana xwe di gundekî de bi kaniyeke efsane ve girêbide. Rojekê biryara xwe dide. Dibêje "ezê herim û li dinyayê bigerim." Ew roj û şev kanî jî dibe wekî lehiyekê û di ser gund de diherike. Lehiya kaniyê dibe wekî ava feratê.

Aqilmendên gund jê re dibêjin, "Kaniwar neçe! Kanî bê te nabe." Lê ew naxwaze ku pêşeroja xwe bi kaniyekê ve girê bide. Dotira rojê cil û bergên xwe dide hev, xatirê xwe ji gundiyan dixwaze û ji gund derdikeve.

Wê rojê kanî jî dimirçiqe."

Şarê pala xwe da rûniştgehê û lehzekê bêdeng ma.

Marîa, bi nişka ve qedandina çîrokê şaşwaz bûyî, "Çîroka te çi dibêje dayê?" got, "ez herim welêt?"

"Tu neçî tê çawa paşeroja xwe bizanî, keça min?"

"Ez tu kesî û tu deveran nas nakim dayê."

"Dîsa jî here! Kaniya te jî li wir e. Here ku ew av bide. Nexwe tê çawa riya xwe bibinî?"

PERGAL

Bi tîrêjên rojê ên berbangê ve li ser keştiyê hereket destpê kir. Kesên li koridoran, li salonan bi çavxewarî li destav û ava vexwarinê digeriyan, ji nava kesên raketî bi dijwarî diçûn û dihatîn.

Bi sedan însan ên li her derê keştiyê belav bûyî, bi kom an jî bi serê xwe, bi heman bêhêvitiyê ve tevdigeriyan. Kamarayên munasib, bi şêwirîneke xwezayi ji jîn û zarokan re hatîbû veqetandin. Xort û mêr jî li salonên mezin raketibûn. Rêwiyên ku hîç hevdû nas nedikirin, lê dîsa jî dizanîbûn ku ne tenê heman keştî û guzergah e, her wiha heman qederê jî hevpar dikin, bi awirên zenûnî li hevdû dinêriyan, carina silav li hev dikirin, carina kûre kûr temaşe dikirin û dîmenên hevdû jibêr dikirin.

Li cihên ku depoyên avê û cihê destavê lê ne (di her qatî de li hêla paş bûn), însan li ser hev kom bûbûn. Car caran di nava wan de pevçûn derdiket. Çend xort bi satilên serê xeletan ve ji deryayê av dikişandin û dirijandin bermîlên vala. Di nava wan de xortê porçûr li kesên av dibirin destavê dinêriya û di dîlê xwe de, "Gelo di nava wan de kesên ji bo xizmeta me ji me re spas bikin hene?" digot. Jin, bi satil û firaqên plastik li dora ava vexwarinê bûn. Cil û pergalên jinên li benda avê ne, şêweya rêzbûna wan dişibiya taxên şevnişînan. Kalemêrekî ku wekî xortê porzer bi minêkarî dixebitî û li benda spasiyan jî nebû, li ser bermîlên ava vexwarinê bû û bi baldarî li jin û zarokan av bela dikir û li wan şîretan dîkir ku avê berhewa xerc nekin.

Li kamarayekê miroveki bi dilê xwe girtibû û dinaliya. Gava ku ji kamarayeke din zarokekî "dayê, dilê mîn diêşe" got û giriya, zilam xwe bi xwe got, "Gelo êdî dilê çend kesan diêşê?" Li ber serê zarokê girîkar, mirovekî ku bi herdû destan ve hişkehişk serê xwe girtibû, bi rikberî li zarokî nihêrî. Ji bo ku bi vê serêşa xwe ve (mîgrena wî destpêkiribû) bi zarokekî dilbiêş re ketibû kamarayekê, xwe bi xwe dijûnan dikir. Lê ji bo ku tu heval û hogirên mirovê mîgrengirtî di keştiyê de nîn bûn, nekarîbû ji cihê xwe rabe û ji xwe re cihekî hêsantir bibîne, bêçare heta sibe serê xwe guvaştibû. Li kamarayekê jinikek kûrekûr dinaliya, mirovek serê du zarokan bi hev re dabû ser çokên xwe û bi xemgînî li wan dinêriya. Bi nalîna zarokê dilbiêş serê xwe zîvirand û hêdîka destê xwe da ser eniya wî. Zarokê dilbiêş ê ku serê wî li ser çoka diya wî bû û dinaliya, bi enî mistdana destên biyan ê qusandî lehzekê aş bû û li mêrik nihêrî.

Mirovekî sî-sî û pênc salî û bejndirêj, bi tevî du ciwanan (yek ji wan qîz bû û du salan perestarî kiribû) kamara digeriyan, bi nexweşan re têkildar dibûn, şiret li wan dikirin.

Dr. Kemal, piştî biryara girtina ku derbarê wî de hatibû dayîn, nexweşxana ku tê de dixebitî û hunera xwe berdabû û ketibû ser riyan. "Derdê te çiye gelo?" digot ji nexweşan re. "Binêrin, ez doktor im. Doktorê rastîn. Netirse, derdê xwe bêje. Ji xwe derzî û derman nîn in lê belkî ji destê me tiştek bê," digot. Ji serêşe, dilêşe, tirsê, sawgirtinê, sermagirtinê, bi tayêketinê, mîgrenê, birçîbûnê û heta sekeratê re jî şîret dikir, mist dida û carina digot, "hindekî serê xwe deyne," carina ji heval û hogirên kesê nexweş re, "serî bi ava deryayê ve mist bide" digot. Dr. Kemal baş dizanîbû ku bi wan şîretên wî nexweş sax nabîn, lê nedixwest hêviya tu kesî bişkîne.

Li ser paldankên qumaş, çermîn û sunger ên peritî penaberan taştê dixwarin. Pênc-şeş kesan bi nan û mandalinayan zikê xwe têr dikirin. Zarokekî dozdeh salî bi ken û şahî dîlimek mandalîna xist nava nanê xwe û gez kir, ava mandalînayê pekiya ser çavên wî. Zarokê din pê keniya û nanê xwe xist devê xwe, dûre dîlimê mandalînayê gez kir. Herdû jî bi hev keniyan. Dayikekê, serê memika xwe bi comerdî kir devê dergûşa xwe û wê da mêtin. Dayikê, ser memika xwe bi pêşa laçeka xwe girtibû. Dergûş bi îştah xwe li memikê dixîst. Deh û dozdeh mirovên li derekê kombûyî xwarinên xwe bi hev re parve dikirin. Mirovekî ji çentê xwe şûşek kola derdixist. Şûşa kolayê dest bi dest geriya. Her çiqas ku li Tirkiyê mirovê çavşîn ji wan re, " Hûnê di du rojan de herin Îtalyayê. Barê xwe zêde tijî nekin gotibe jî, wan bi ya xwe kiribûn û çentên xwe tijî pêxwarin û nan kiribûn. Ew xortê ku ji hevalên xwe yî, "hûnê li wir çi bikin? Ne hunerên we hene û ne jî xwendina we," dîgotin re bazûya xwe nîşan dabû û "Ciwaniya min heye. Ezê bixebitim û biserkevim" gotibû, dîlimek penîr û dîlimek jî helew xistibû nav nîv nanî û gez dikir. Ji hêlekê ve jî bi dilgermî nîqaş dikirin. Miroveki jî nanê, tisî pariyek da kurê xwe yî biçûk, pariyek da jina xwe û pariyekî biçûktir jî bi xwe girt, dûre nanê xwe dîsa pêça û kir çentê xwe. Komek însan poxaça dixwarin. Poxaçayên wan kartî bûn. Çar roj berê, dema li bendava Karakoy van poxaçana kirîbûn jî poxaça kartî bûn. Zaroka firoşkar, dema ku wan "Doxulî" yên aqilsivik en ku poxaçayên wî yên kartî dikiriyan û bi jîriya wan tinazan dikir, ji şabûna lêbû bifiriya. Bi buhadexistineke pir kêm ve ji hesabê fikoşkar bêhay bûn, baş dizanibûn ku di nava barê wan de tişta herî bikêr ev poxaça ne, jî bi pûtepêdayî pêça bûn. Dîsa baş dizanîbûn ku niha ji ber vê tevdîra xwe zikê xwe têr dikirin. Jinikeke sî-sî û du salî û çarşefek li xwekirî di desta de şûşeyek, "Gelo şîr li ba kê heye?" digot û digeriya. Jinik gelekî xemgîn bû ji hêleke ve li der û doran qurtek şîr digeriya, aqilê wê li ser dergûşa wê ya birçî bû ku di hembêza mêrê wê de mabû.

Korîdor, guverteya jêr û ya jor tijî însan bûn. Tev jî wekî morîstanên bêarmanc û bêsedem diçûn û dihatin. Ên ku ji qîraxê keştiyê lingên xwe daliqandibûn bi hev re suhbet dikirin. Çend kes derketibûn serbaniya koşka kaptan, xwe li ber tava sibê dirêj kiribûn. Bi taybetî ciwan di cihê xwe de nedisekiniyan, geh dadiketin daîra makîneyê û di nava makîneyên bêdeng de diçûn û dihatin, geh diçûn koşka kaptan û dumena sist dizîvirandin, geh li kupeştê, li guvertê pêgermokê digerandin, geh bi palamarên pêş û paş ve mijûl dibûn.

Di nava qerebalixê de komek mirov, ji her kesî cûdatir, bi hev re digeriyan. Zekî, Seyîdxan, Harûn, Cafer, Serbest û Qelender diketin nava însanan, nava koman, hundurê kamara û salonan, ji nexweşan re kêfxweşî dixwestin, bi zarokan re dikeniyan. Beriya hilatina rojê gîhiştibûn hevdû û di cih de biryara xwe kiribûn yek û dest bi xebatê kiribûn. Şemsedînê ku heta sibê bi Cafer re li cihekî raketibû, "Tekilî min nebin qurban! Hecî cihê ku polîtîka lê be ez li wira tune me. Ez nikarim xebata hilbijartinê bikim!" gotibû. Dema ku grûbê bi dîlimek nanê tisî ve taştê dixwarin, Zekî, "Rast e, ji xwe karê me wekî karê hilbijartinê ye. Divê em yeko yeko ji însanan deng bixwazin," gotibû. Di nava însanan de ên bi wan kamil û serxwe dixwiyan dawetî guverta jorîn dikirin. Sîya ya ku ji dûr ve û bi şanazî xebata wanî qanîkarî û suhbetê temaşe dikir, bi dayika xwe re bişirîbû û gotibû, "Bavê min bûye Siyasetmedarê keştiyê." Grûb di nava demjimêrekê ji xebatkarên poxaçaxwar mirovekî, berprsiyarê avê ê minêkar, xortekî ji deryayê av dikişîne, mirovekî ku ji êvar de ji bo zarok û jinan li cihên munasib digere û dibîne (ew jî minêkar bû). Afxaniyek, reşikek, Dr. Kemal û herdû alîgirên wî jî tê de bi dehan însan vexwendin guverta jorîn.

Bi hilatina rojê ve nêzîkî pêncî kesî li her derê koşka kaptan li ser guvertê kom bûbûn. Însanên li ser paldankên kevin, li erdê rûniştî û ên li piya, her çiqas ku sedemê kombûna xwe baş nizanibin jî, dîsa bi hêviyekê li benda dawetkarên xwe bûn.

Dema ku Zekî dest bi axaftinê kir, ewilî zen kirin ku ew kaptan e û ji bo birêkirina keştiyê dê ji wan alîkarî bixwaze. Lê bi domkirina axaftinê ve Zekî şibandin mamosteyan, erdnîgaran, PKK yiyekî kevin, çepgirekî bixwe bû ku bi xwe berbû, heta efser, polês û kevneşervanekî.

"Hevalno!" digot Zekî, "rewşa me li ber çavan e. Em li nîveka Derya Spî, di keştiyeke kevin de bi serê xwe mane.

Keştiya me tijî penaberên ji welatên cûrbecûr in. Beriya ku em li vir kom bin, me bi çend camêran re li ser penaberan jî, li ser keştiyê jî hindek nîqaş kirin. Ya ku em dizanin, piraniya ehlên keştiyê Kurdistanî ne. Çend hevalên Efxanî çendên Îranî, çend Ereb û çend jî reşik hene. Em tev jî ji hêla şebekeya Tirkan hatine xapandin. Qaşo dê me derbasî îtalyayê bikirana. Em tev bi jiyaneke nû û hêsantir ve hatin xapandin. Ji bo vê me dewlemendiyên xwe tev de bi dil û can pêşkêşî wan kirin. Diyare ku ev şebekeyeke nîjadperest e. Mazota xwe jî bi qasî heta vir girtine, yanî bi zanebûn me teslîmî mirinê kirin. Li motorekê siwar bûn û bi dizîka reviyan. Heta ku em hay ji rewşa xwe bûn wana xwe gîhandin Tirkiyê jî. Edî em ne dikarin paş de vegerin û ne jî pêş de herin. Em nizanin ka gelo li nêzîkî me welatek heye an na...

Di nava me de kesên ji keştiyê fêm dikin nîn in. Ji xwe hebin jî nikarin tiştekî bikin. Heçî em tev de çiyayî ne. Dibe ku piraniyên me soberiyê jî nizanin. Êdî em ketine ber bextê ba û pêlan. Ew ên me bibin û bi dilê xwe li qiraxekê biqelibînin. Em nêzikî kîjan welatî bin, emê xwe bispêrin bext û dilovaniya wî welatî. Ji xeynî vê tu tişt ji destê me nayê. Lê ji bo me avantaj ewe ku em di Derya Spî de ne. Hem trafîka keştiyan pir e û hem jî qiraxê welatan nezîk in. Lewra em dê zêde li ser deryayê nemînin. Heta rojek du rojan hin kesên bi hawara me de werin.

Lê divê hetanî wê çaxê em li jiyana xwe xwedî derkevin. Ji me re pergal û nîzam divê. Em di nava xwe de ji minêkaran rêxistinekê saz bikin. Karên meyî wekî xwarin, vexwarîn, tendurustî, nivîngeh û tiştên wisa dê ev rêxistina pêk bîne."

Di nava guhdaran de xumîniyek destpê kir. "Ji bo rojek, du rojan çi pêwîst e?" got mirovekî; "Em di halê xwe de bihêlin, nabe?" got yekî din. "Dev jê berde lo! Bila her kes li çara serê xwe binêre!" got kalemêrekî.

Dr. Kemal, hay ji perwerde û tedbîra wan nîn bû. Dema ku destê xwe rakir, di dilê xwe de, "Heçî rêxistin tim û tim dibine bela serê me," got, lê dîsa jî rabû ser piyan.

"Hevalno!" got, "ez doktor im. Ev herdû hevalên min jî xwendevanên doktoriyê ne. Ji êvar de em raneketine. Nexweşên me hene. Bi ya min ji îro û şûnde jî dê zêde bin. Hûn jî dibînin, ên nexweş gava ku navê doktor dibihîzin keştiyê serobina dikin ku me bibînin. Ji xwe derzî û derman jî nîne. Lê dîsa jî tiştên bêne kirin hene.

Min gotina birayê delal guhdar kir, ez pê kêfxweş bûm. Ji me re rêxistinek pêwist e. Pirsgirêkên tendurustiyê hene, hin kesên bê xwarîn û vexwarin hene, pêwistiya paqijiyê heye, ava vexwarinê têrê nake, divê em ava deryayê parzûn bikin. Bi kurtasi rêxistin ji bo me tercîhek nîn e, misogeri ye. Ji ber vê ez dibêjim, gotina birayê ezîz di cih de ye, guhdar bikin."

Kalemêrê minêkarê avê, "Baş e, em çi bikin?" got.

"Emê her kesî li cihekî kom bikin," got Zekî. "Di nava wan de ên hişmend li vir in. Emê rewşê ji her kesi re diyar bikin. Ji bo tendurustî, av, xwarin, paqijî, nivîngeh û tiştên din, koman ava bikin. Bila endamên koman minêkar bin. Bila hevalên li vir jî tevlê bibin. Ên mayî jî di nava milet de bila karê me hêsantir bikin. Mebesta me ew e ku em bi saxî xwe bigihînin qiraxekê."

Her kes li guverta jorîn dane civandin. Jin, zarok, kal, kesên ji civîne bêhay, bi meraq hatin guvertê. Piştî ku Zekî heman vegotin li vir jî anî zimên û çend pirs bersivand, însanan nezanîbûn ka wê hêvîdar bin an na. Tenê hêviya xwe bi çareserkirina pirsgirêken wekî av, xwarin, tendurustî û tiştên wîha anîn.

DERYAVAN

"Îro roja duyemin e. Demjimêr, hilatina rojê. Derya rast e, lewra roj zû dertê. Li der û dora me çiya û gir nîn in. Ez niha tê-digihêjim ku derya çiqas rast e. Ji ser koşka kaptan Cafer gazî me kir: Bila her kes amade be, nan ê bête belavkirin! got. Serê her însanekî çaryek nan dane me. Ji bo rojekê bûye. Nan kartî ne. Diya min xwest ku para xwe bide me, min nehişt, Mazlûm jî negirt. Dayê ji para xwe pariyek xwar. Me jî yek parî xwarin û em bi hev keniyan."

Sîya, deftera xwe girt. Dixwest ku hevokên dirêj saz bike. Di destpêke de ji rojnivîska xwe kêfxweş nîn bû lê niha ew defter bi wê xweş dixwiya. Carina rojê sê-çar caran dinivîsand.

Ji kamarayê derket. Li korîdorê di nava însanên awirsist de der-bas bû. Kamarayên tijî li dû xwe hişt û derket ser berbanika. Li însanên li erdê razayî, bala xwe dayî hev û bi xemsarî li der û doran nihêri, li însanên eware û bêhêvî nihêrî. Du reşik li qiraxê keştiyê rûniştibûn û lingên xwe daliqandibûn. Sîya, ev yekem car bû ku reşik ewqas ji nêzik ve didît. Destê xwe yê Spî, bi dizîka nêzikî destê wan kir û kempirand. Bi bişirîna reşikê ku ji nêta wê fêm kiribû, fedî kir.

Derket qata jorîn. Li ser derencê qîzeke pir xweşik, devê xwe xistibû şûşekê û av vedixwar. Sîya, gulm û gulm daketina avê ji gewriya keçikê şopand. Gava ku keçika ciwan şûşa avê ji ber devê xwe hilda, çavên wan li hev qelibîn. Herdû jî bêhemdê xwe bi hev re bişirîn. Keçika ciwan şûşe dirêjî wê kir: "Tu vexwi?" got. Sîya bi dilgermî şûşe ji desta girt, "Divê te bigota tê vexwî?"got. Keçik bişirî. Sîya wekî wê kir, şûşe xist devê xwe û gulm û gulm vexwar. Keçika ciwan navê wê pirs kir. "Sîya," got. Keçikê, "Min Perîza" got. Sîya, dîsa bi axaftîna wê re keniya. "Ezê herim jor," got, "baş e," got Perîza. "Diya min û bavê min jî li jor in," got Sîya.

Li ser guvertê, bayekî hênik li ser porê wê ve herikî. Hêwirzeya ji êvara çûyi û insanên bihêrs pêgermokê digerînin nîn bû. Her kes li ciheki rûniştibûn û kûrekûr difikirîn. Ji ber qerebalixa însanan zemîna guvertê nêdixwiya. Ber bi pozê keştiyê ve meşiya, lê bi dijwarî gav diavêt. Heta cem lengera keştiyê hat. Zincîra lengerê bi silindirekê ve xerbilî bûbû. Li silindira zincîrê nihêri, zincîra stûr şopand û hetani ligel lengera daliqandî hat. Ji kêleka lengerê li derya şîn nihêri. Derya sekan bû, wekî reşikên ku lehzek berê çav pê ketibû, lingên xwe ji kêleka lengerê ve daliqand.

"Derya dişibe çavên eta Perîn," got di dilê xwe de. Rojeke ku çûbû serlêdana Serbest, "Ka bêje, çavên min çi rengî ne?" gotibû Perîn. Ew jî bêxuşûş "Kesk in," gotibû û biskivêta xwe xwaribû.

"Ji nêzik ve binêre!" gotibû Perîn.

"Îcar jî bûne şîn," gotibû Sîya.

"Nexwe dibe çi rengî?"

Sîya bi bersiva xwe geleki keniya bû, "Keskeşîn" gotibû, "rengê çavên te keskeşîn in."

Niha rengê deryayê jî "keskeşîn" bû. Pêlên li ser deryayê diqilqilîn geh şîn dixwiyan geh jî kesk. Kefa Spî a li ser pêlan rengê wan xweşiktir dikir.

Ji nişka ve dengê nalînekê hat guhê Sîya. Gava ku berê xwe zîvirand û lê nihêrî, dît ku deryavanê kal ê êvarê hatî lînckirin, wekî wê xwe ji qerebalixê dûr xistiye û hêdî ber bi silindira lengerê ve tê. Deryavan ji ber birînên bedena xwe dinaliya. Bi silindira zincîrê ve girt û rûnişt, pala xwe da zincîrê, li der û dora xwe nihêrî, dûre bi dilkeser serê xwe rakir û li asiman nihêri. Rû, simbêl û porê wi yên ku demekê zer bûn û niha tev de spî bûne, bi şewqa rojê ve dibiriqîn. Êş û jana dila dida rûyê wî.

Sîya bi meraq lê dinihêri. Deryavanê kal serê xwe girt, cênikên xwe mist da, dûre bi newqa xwe girt. Bi herdû desta ve newqa xwe guvaşt, mîntanê xweyî tenik rakir û lê niheri. Çermê wi yê li ber rojê qimitiye ber bi jor rengê xwe diguhert û reş dibû. Binçenga wî hetani nevqê reş bûbû.

Deryavan xwest ku xwe li ser çepê dirêj bike, lê ji ber jana birînê, dev je berda. Careke din pala xwe da hesin û berê xwe da rojê. Sîya hat gel deryavan, li rûyê wi yê ji ber jana dila qermiçiye nihêri. Deryavan gava ku çavên xwe vekir, Sîya li ber serê wî bû. Deryavan bi dijwarî bişirî, lê Sîya nebişirî. Rabû ser piyan û bi lez ji wir dûr ket. Kalemêr nikarîbû lê binêriya serê xwe xist ber xwe û qaliya.

Lehzek şûn de, gava ku Sîya ji nava qerebalixê Dr. Kemal kişkişand û anî cem wî, Kalemêr bi baldarî li çavên wê nihêri. Di wan herdû çavên biçûk de jana xwe dît. Destê xwe bi dijwarî rakir û porê wê niwast.

Dr. Kemal di cih de çok da, "Ka destê xwe veke, em li bedena te binêrin," got. "Diyare ku êşa te giran e."

"Tu jî alikarî bike, em wiha dirêj bikin," got.

Sakoyê xwe derxist û jê re kir balgî. Kalemêr bi nalîn û keser xwe dirêj kir. Dema ku Dr. Kemal bedena kalemêr muayene dikir, Sîya li ber serî rûnişt. Ewilî bi gumanbarî, dûre bi hêsanî eniya kalemêr niwast. Kalê diran guvaşt ku negire. Dr. Kemal li lingên wî niherî, ling bi birînên devvekirî û reşpatibûyî ve tijî bû. Dema ku Dr. Kemal muayenaya xwe qedand, Kalemêr, di navbera raketin û şewişînê de bû.

"Emê bibin kamarayekê," got Dr. Kemal.

Kalemêr tiştek jê fêm nekiribû. Dr. Kemal dom kir. "Tu dikarî bimeşî?"

Kalemêr dîsa zûr bûbû lê dinihêri. Dr. Kemal texlitê meşê kir, kalemêr bi neyêni serê xwe hejand.

"Li vir bisekine, ezê niha ji te re du ciwanan bibînim," got. Dû re vegeriya ser Sîya, "Navê te çiye?" got.

"Sîya."

"Sîya. Çi naveki xweş e. Bavê te li vir e?"

"Erê, Seyidxan e."

"Ha. Ev keça Seyidxan î? Baş e. Sîya, Tu bibe alikarê min. Li vir bisekine, ezê herim û du ciwanan bînim."

"Erê," got Sîya.

Kêfa wê bi gotina "bibe alîkarê min," hatibû. Cênîkên kalê mist da, kalê bi kelogirî destê Sîyayê girt û maçî kir. Sîya fedî kir.

Lehzek şûn de Dr. Kemal bi tevî du ciwanan hat. Ciwanan Kalemêr rakirin, ketin binçengê wî û birin kamarayekê. Di kamarayê de du jin, ciwanek û du zarok hebûn. Gava ku Dr. Kemal got bila ev Kalemêra li vir bimîne, herdû jin di nava xwe de bi zimanekî ku Sîya jê fêm nake kirine wîte wît. Sîya têgihişt ku ew îtiraz dikin û jineka pirtirîn şibande mamosteya xwe. Di dilê xwe de, "Dibe ku ji ber axaftina wê be," got. Lê mamosteya wê bi makyaj bû û neynûkên wê jî dirêj bûn. Dema ku Dr. Kemal ji herdu ciwanan û Sîya re got bila li bendê bimînin û derket. Sîya ev qilqaldariya ku li ser giliyên xwendevanekê bangî wê kiribû ne menzela mamosteyan, careke din vehesiya. Lê ku Dr. Kemal paş de vegeriya û got, "Sîya, ez bi bavê te re axivîm, emê kalê bibin kamaraya wî, "Sîya hem wekî xwendevanê ji cezayê xilasbûyî û hem jî wekî hevalekî kal û xwinşîrîn dîtî dilşad bû.

Bi dirêjahiya korîdorê tu kes venegeriya û li vî kalemêrê ku duhê di bin kulm û pehînan de dihat linçkirin û niha bi alîkariya du ciwanan dimeşiya nenihêrî. Sîya, gava ku li sûretên sermestiya sibê hê ji ser xwe neavêtine nihêri, di dilê xwe da got, "Gelo çend kes ji van, duhê tevli linca vi Kalemêrî bûbûn?"

Kalemêr li ber pencerê dirêj kirin. Dr. Kemal dîsa sakoyê xwe kir balgî. Çû ku ji Kalemêri re hindek xwarin bîne. Sîya, di bin awirên dê û birayê xwe ên şaşwazîbûyî de cênîkên kalê mist da. Kalê êdî nedinaliya.

Ji bêhnefişkên wi fêm dibû ku jana xwe vedişere. Li Sîya nihêri û "Sipas dikim keça min (bi îtalyanî)" got. Sîya jê fêm nekir lê têgihişt ku ev gotina kêfxweşiya kalê diyar dike. Bişirî û vegeriya ser Mazlûm.

"Mazlûm, were, netirse," got.

Mazlûm bi fediyokî hat. Kalemêr porê wî niwast.

"Navê te çiye?" got Mazlûm. Kalemêr wisa lê nihêrî.

"Ew bi zimanê me nizane," got Sîya

"Ez Mazlûm! Maz-lûm!" got û bi herdu destan li singê xwe xist.

Kalemêr bişirî û serê xwe hejand.
"Federiko!" got û weki Mazlûm destê xwe li singa xwe xist.
"Federiko!" got Mazlûm, "Ev jî Sîya."
"Sîya. Dizanim. Ew meleka min e."

IV
SÎYA
Keştî

Li ser Derya Spî roj, wekî goga zêrîn a hilpasî çiyayekî zêrîn dibe, heta aso derya rengezêr kiribû. Ji hêlekê ve tîrêjên rojê ji aso hildikişiyan asîman, ji hêla din ve pêjneke hênik li ser derya pêlên hûrik radikirin. Ji rojavayê, derya, dişibiya sêniyeke zîvîn. Wekî qîzeke çardeh salî û xewnişîn şiyar dibû û sêniya zîvîn dikir wekî awêne. Derya sekan bû û dibê qey ji bo domdariya vê sekaniyê heta aso ne keştiyek û ne jî qeyikek dixwiya.

Tava sibê wekî şahîdiya domdariya jiyanê bi rewnaqî û germahiya xwe ve dahilat ser Derya Spî. Li ser deryayê keştiya kevin a rewingî tenê însanî bû. Dibe ku ji ber vê ewqas gepsoyî û dilxetinek bû.

Hundurê keştiyê jî qet nebe bi qasî dîmena derveyî gepsoyî bû. Keştiya ku ji turîstên dewlemend û çîna nawîn re xizmetê dikir, hê jî rojên xwe yî wirşedar xweşikahiyan dihewand. Lê dîsa jî rengên eniya keştiyê ê çilmisokî, camên şikestî, qirejî, tenî û gemariya der û dorê sefaleta keştiyê eyan dikirin.

Keştî li serhev çar qat bû. Qata yekemîn di binê deryayê de dima. Di nîveka keştiyê de daîra makînê hebû. Salon û nivîngehan li pêş û paşên keştiyê ji bo personelên keştiyê hatibûn saz kirin. Saloneke mezin wekî qumarxane hatibû damezirandin. Li pêşiya vê salonê hewzekî avê çêkirî, wirşedariya keştiyê bang dikir. Qata herî jorîn serdanpê salon û şaneşîn bû. Li nîveka qatê koşka kaptan cih digirt. Kamara, korîdor û menzelên cûrbecûr li her aliyên keştiyê belav bûbûn.

Li salona mezin a li nîveka keştiyê sehneyek hê di cihê xwe de bû. Lê terekên cam, mase û mobilyayên wîrşedar tev de çûbûn.

Xwaringeha mezin a bi qasî sî maseyê hildigirt nava xwe niha vik û vala bû. Desenên avzêrîn ên arabesk ku li ser qedîfeyên sor neqişandî, çilmisokî bûbûn, jê çûbûn, di şûna wan de dîwarekî qirêj û jengzerî derketibû holê. Ji xaliçeya erdê tenê çend perçe li quncikan mabû, navîna xaliçê wekî qoqê bizûz û gurî belek belekî bûbû. Niha li ser vê xaliçeya kevin penaberên bêçare kom bi kom radiketin.

Li ber derê xwaringehê dîwarekî seranser cam nivşkestî li piya bû. Ji diwarê cam ê nivşkestî hewzê avê dixwiya. Di hewzê de ji rojên berê tu tişt nemabûn. Çend şezlongên li qiraxê hewzê bi erdê ve daçikandî û derenca ku dadiket hewzê hîn li cihê xwe bûn. Hundirê hewzê heta jorê tijî çop bûbû.

Ji hewzê wê de dikaneke biçûk a eşyayên xelatî difiroşe, levoforek û saloneke niwaztînê bi hev re pasajeke biçûk pêk anîbûn. Li têketana pasajê jî kafeyek li hewzê dinihêrt. Ji xeynî tabeleyan ji dikanê tu tişt nemabûn. Li ser dîwarên kafeyê wêneyên wênesazên namdar bi mozaikê çêkiribûn.

Navîna keştiyê li gorî betlan û bêhnvedana rêwiyan hatibû damezirandin. Li qata binî li binê xwaringeh û hewzê sînemayeka mezin hebû. Heçî ji paldank û perdeyên wê tu tişt nemabûn. Menzela projeksiyonê û sehnê di cihê xwe de bûn.

Keştî bi salon ji rêwiyên dewlemend re xizmet kiribû. Çend sal berê ji bo perçekirinê firotibûn tersxaneyê, lê piştî ku ji hêla bazirganên însanan hatibû kirêkirin, perçekirina wê paş ve avêtibûn. Niha kamarayên serêta û kamarayên nivîstinê, bi penaberên li serhev de raketî tije bûbûn.

Beraya keştiyê, li cihê herî fireh digihîşt bist û pênc metroyan, motorên keştiyê ên ku di binê avê de dimînin motorên gelekî xurt bûn.

Keştî nedişibiya wan keştiyên ku ji Efriqa, Asya û ji Rojhilata Navîn insanan dikişînin Ewropayê. Keştiya rêwingî bû û belkî ji xeyrê vê seferê êdî nema dikaribû bilebite. Lewra bi hêsanî dikarîbû bihata fedakirin.

Hiznaya ku li goşekê rûniştibû û bi awirên xemgînî li Federiko û zarokên xwe temaşe dikir, ji gotinên kalê tu tişt fêm nekir, lê dîsa jî têgîhişt ku ew gelekî ji keça wê kêfxweş bûye. Sîya dê wê rojê piştî nîvro li rojnivîska xwe tîtina binivîsanda û derbarê diya xwe de wiha bigota: "Di wê lehzê de diya min wekî zarokeke xwe yî nûzayî li Federiko temaşe dikir."

GOVEND

Niyeta tu kesî nîn bû nan û pêxwarina destê xwe bide sê ciwanên ku, "Bila her kes nan û pêxwarinên xwe bidin me!" digotin û digeriyan. Ciwanan çend nanên tisî û çend fêkiyên xirabe avêtibûn çewalên li ser pişta xwe. Nedizanîbûn ku li cem kê/kî çiqas nan û xwarin heye û ne jî dikaribûn ji tu kesî tiştin bixwestana.

Li kamarayeke ku sê malbat tê de lefiyanbûn nan û pêxwarinên wan xwest, lê mirovek wekî nûnerê wan malabatana, bi gefxwarinên , "Hûn çawa ji me nan dixwazin?" got. Dema ku ciwanê çewal li piştê dehf da, hê jî simîta xwe gez dikir. Jinikeke ku li gel mêrê xwe çok dabû erdê, şûşa vala direjî ciwanekî kir û, "ji bo Xwedê, zaroka min ji birçîna hetikî. Ka li der û doran binêrin, dibe ku hûn firtek şîr jî bibînin," got û bi zorê şûşe kir destê pîrejinekê, du nanên ku bi xêliyekê ve rapêçayîbû derxist û yekê ji wan direjî xort kir, "Kurê min," got, "Ez elimî me. Van naninan bide hewcedaran." Di heman demê de mêrê wê jî ku xilmaşî dibû çavên xwe vekir û "Hermet, ev naşibe grevên birçîbûnê. Em pîr in, nikarin birçî îdare bikin," got. Jina wî, "Hema wek hev in," got. Merê wê, "Ê baş e. Qet nebe dema belavkirinê me ji bîr nekin ha!" got û pê re keniya.

Çend mirovan pêşî li ciwanan girtibûn, "Emê nanên xwe bidin we, lê hûn nexwin û me birçî nehêlin?" gotin. Komek Efxanî dibe ku ji ber kêmhejmariya xwe be, nan û pêxwarinên xwe tev de, dan xortan. Xebatkarên înşaatan jî poxaça û nanên xwe tev de dan.

Piştî demjimêrekê hersê ciwan bi tûrikê xwe yî nîvetijî li ber Cafer rawestiyabûn.

Cafer bi heyîrî, "Hema ewqas?" got.

"Tu kes nanê xwe nade got," ciwanekî, "her kes ji birçîmayina xwe ditirse."

Zekî, bi Caferê heyîrî û "emê çi bikin?" digotî re keniya û "min dizanibû ku dê wiha be," got.

Li koşka kaptan bûn. Ji nava koma mirovan Qelender, çav li çewalê ciwan ê nîvtijî ket û rabû ser piyan.

"Erê, ez dizanim. Destê wan tijî garis be dendikek jê nakeve. Em dev jê berdin, baştir e," got.

"Çima ?" got Dr. Kemal, "emê çima dev jê berdin?"

"Ji xwe wan carekê şorikê xwarine, êdî ne gengaze ku bi kesên din bawer bikin."

"Lê em kesên din nîn in. Em ava bihurekê ne."

"Tu nikarî vê bidî pejirandin."

"Dibê em bidin pejirandin," got Harûn, "pêwîst be divê em careke din wan bidin civandin û sedemê vê ji wan re bêjin."

"Baş e," got Qelender, "de bidin civandin. Axaftinê jî tu bike."

Harûn bi hêrs, "Axaftin ji bo min ne xem e," got, "çawa hebe tengasiyên me li holê ne. Ez bêjekarekî jêhatî nîn im, lê dîsa jî dikarim biaxivim."

"Baş e. Biaxive û qanî bike !"

"Qelender," got Zekî, "gotina te çi be wê bêje. Di destê me de mora sêhrê nîn e. Em mecbûrin ku biaxivin û qanî bikin. Nexwe însanên hevdû bixwin."

"Erê, ez jî ji bo vê dibêjim," got Harûn.

Cafer, "Dê birçî bimînin. Nanê hindekan hebe û yên hindeka nîn be, jiyan li me heram dibe."

"Ji ber birçîbûnê dê hevdû serjê bikin," got Harûn, "nanê kê hebe, serê wî di belayê de ye. Em mecbûrin."

Qelender bi inyad, "De qanî bikin!" got, "de xetereyê bi wan bidin pejirandin."

"Pêşniyaza te çiye?" got Zekî, îcar hêdî axivîbû.

"Min di serî de got. Her kesî di halê xwe de bihêlin, rêxistin û tedbîr ji bo vê keştiyê ne hewce ye. Belê, me hilbijartin, lê divê em zêde neçin. Kî di tengasiyê de be bigihêjîne hawara wî, destê kê de zêdehî hebe û bi dilê xwe bide me, jê bigirin û bidin ên din. Lê bi zorê tişt nabin me tûrik daye destê xwe û em parsekiyê dikin."

Seyîdxan ji cihê xwe qilqilî. “Qelenderê bira,” got, “em parsekiyê nakin, me civîn çêkir, mebesta xwe vegot û herkesî pejirand. Niha emê jiyana xwe bi keys bikin ku heta xilasiyê tiştek neyê serê tu kesî. Destpêkê de jî emê xwarin û vexwarinê bidin hew. Nizanim tu ji çi aciz bûyî.”

“Ka, kê çi daye ?” got Qelender, dengê xwe bilind kiribû: “herkesî me pejirandin, lê tu kesî tiştek neda. Gelo wan hîç li me guhdar kiribûn? Ez bawer nakim.”

“Hevalino, gotin betal e!” got Zekî. “Qelender pêşniyaza te nehat qebûlkirin. Haydê em civînê lidar bixin. Wiha nabe.”

Îcar wekî nûnerên hilbijartî derketin pêşiya gelê ku bi meraq li ser guvertê kom bûbûn. Ligel hemû derfetên neyînî, ji wan însanên ku li ser koşka kaptan rawestiyabûn û bi awirên bêwate li wan dinêriyan mûcîzekê hêvî dikirin. Harûn, ji ber awirên wanî bendekar di nava xwêdanê de mabû. Porê xwe yî dirêj ku ji paş ve girêdabû û rûyê xwe yî zirav anî ber çavên xwe, têgihîşt ku ev dîmena wî dê axaftina wî qels bike. Lê dîsa jî bi xwînşîrîniya xwe ewle bû. Baş dizanîbû ku axaftina wî xurt be, por û rûyê wî li ber çavan nayê.

Nexwe her tim însanekî dilweswese bû. Ji hêlekê ve perwerde, xeyal û armancên wî de diçûn û dihatin. Nizanîbû ka gelo civatê wî bipejiranda an na. Bi nakokiyên kûr ve dorpêçkirî bû. Gava ku hevalekî wî qala nakokiyên wî dikir, “Dev jê berde lo! Ji xwe kî ji me bênekokî ye?” digot. “Erê, li hemberî rewşenbîrên gelên bindest, gelekî astengî hene. Ger ku mirov ji nava gelekî bindest derkeve û bibe rewşenbîr, mirov li rastî astengiyên eceb tê. Di serî de pêwiste ku mirov xwe bixwe bide îspatkirin. Her ked û kêferata wî di serî de ji bo wisa dixwiyê ku xwe bi kesên din dide ispatkirin. Ji xwe însanên din bi tinaz û binpêkirinan texrîbata li ser şexsê wî pêk anîne. Lewra divê ew di serî de xwe bixwe bide îspatkirin. Pêvajoya xwe bi gel îspatkirinê, pêvajoya xwe bi xwe ispatkirinê re wekhev didome.”

Harûn dema ku dest bi axaftinê kir, ev herdû îspatkirin jî, di serî de bûn û li gorî wî, di wê lehzê de herdûyan bi hev re pêk dianî. Bi taybetî li ser bandora têran a li ser birçiyan rawestiya. "Ger em îro ji parvekirina nanê destê xwe tikarê bikin," got, "tu kes nikare hesabê vê ji me bipirse. Lê em tu caran jibîr nakin ku însanek ji bo ku me pariyek nanê xwe nedayê miriye."

"Ez dizanim ku hûn tev jî bêewle ne û mafê we heye. Niha hûn di dîilê xwe de dibêjin, em in nanekî me ye. Em wê jî bidin, ma li nîveka vê Derya Spî emê çi bikin?kê wiha jî bifikirin, nanê destê we dê heta kengî we têr bike?"

"Em dixwazin ku her kes nan bixwe, lê li gorî derfetan. Emê ji hêlekê ve erzaqên xwe, nanê xwe hevpar bikin, ji hêlekê ve masiyan bigirin, avê parzûn bikin, paqijî bikin, nexweşan xwedî bikin. Ango emê jiyanê tev de bikeys bikin. Rojek, du roj, mehek... çiqas bidome jî, ger em bi pilan tevbigerin û pişt bidin hev, emê biserkevin."

Kurteçîrokek hat bîrê. Bavê wî yê medresexwendî di şeveke rêwingî de jê re vegotibû. Harûnê deh û dozdeh salî li ser traktora gund sakoyê xwe li navmilê xwe alandibû xwe spartibû hembêza bavê xwe û lê guhdarî dikir. Li welatê me aqilmendek hebûye. Rojekê tiştekî bikêr dike û baskê bayê başûr dişkîne Yezdan bihêrs dibe û aqilmend gazî dike huzûra xwe. Dixwaze ku ava mirinê bidê. Di wê navê de ferişteyek ku ji aqilmend kêfxweş dibe, xeberê didê ku ew ava destê Yezdan venexwe. Lê du parêzerên asîman diçin gel Yezdan û jê re dibêjin ku karê aqilmend ji însanan re kêrhatî ye. Yezdan qanî dibe û fikra xwe diguherîne, biryar dide ku ava heyatê bide aqilmend. Gava ku aqilmend derdikeve huzûrê, Yezdan ava heyatê dirêj dikê. Lê li aqilmend wetirê ku ev ava mirinê ye, lewre red dike. Her wiha şansa xwe yî bêmirinbûnê winda dike. Ji ber dilxuşûşiya xwe însan bergorn dibe.

"Bavo," gotibûyê, "tu bi vê çîrokê bawer dikî?"

"Na, kurê min," gotibû bavê wî, "ez bawer nakim, lê wekî her çîrokê vê jî rastiya xwe daye pejirandin. Carina fersenda însanbûnê û kêzikbûnê bi hev re dikevin destê me."

Harûn dixwest vê kurteçîrokê û wecîzeyê ji wan re jî bêje û bipirse ka gelo ew însabûnê an kêzikbûnê dixwazin lê axaftina xwe domand.

"Belê, raste," got, "me dev ji welatên xwe, dost û xizmên xwe û heyînên xwe berda û em ketin ser riyan, lê em însanên dilxirab nîn in. Ev reva me jî, ne ji ber dilxirabiya me ye. Em mecbûrin ku ji xwe re li jiyaneke nû bigerin. Lê em dilxirab û karxirab nîn in. Niha fersanda xwenîşandanê di destê me de ye. Emê xwe bidin ispatkirin ku em însan in."

"Emê rûmeta heyîn û însanbûyina xwe ji veşartina pariyek nan re nekin qurban. Ger di pêşerojê de ji me re, "Hûn revok ji welatê xwe çûn bêjin," emê jî bi şanazî, "lê me baskê bayê şikand, me pariyê xwe yî dawî jî bi hevalên xwe re parve kir bêjin. Tenê ji bo vê be jî divê em heta xilasiyê her tiştên xwe parve bikin."

Axaftina Harûn demeke dirêj bi çepikan hate peşwazîkirin. Serbest, ji Qelenderê li gel xwe re, "xweş axivî," got.

Qelender, bi dilsarî, "Erê, lê tenê axaftin e. Axaftina rebenekî bêhêz."

Sîya, di wê navê de li goşekê rûniştibû û wiha dinivîsand: "Ger me baskê bayê neşikanda, dibe ku ba me li qiraxekî biqelibanda. Niha em hewcedarê bayê bakur û başûr in." Li jêrenota kurt da jî wiha nivisand: "Demjimêr: 08.30 Divê ez rastiyê bêjim. Axaftineke pir bandordar bû."

Piştî salan, Fermanê ji Marîa re bigota, "Beriya wê, te hiç axaftin guhdar kiribû?"

Dê li Ferman binêriya û bi xemgînî bigota, "Tu qala Harûn dikî?"

Ferman ê bigota "Erê."

Marîayê axîn rakişanda û bigota, "Di dinyayê de ji harûn dilqenctir tu kes nîn bû. Kengî ku qala rewşenbîran dikin, Harûn tê bîra min. Her karê xwe bi dilê xwe dikir. Wê rojê jî bi dilê xwe axivî. Heta nîvro erzaq hatin."

Piştî axaftina Harûn menzela mezin a li pêşiya koşka kaptan bilez hat paqijkirin, xwarin vexwarin li wir hatin stokkirin. Ber bi nivro Cafer derket ser şaneşîna koşka kaptan û lîsteya xwarin û vexwarinê xwend.

Erzaqê ku muratebatê keştiyê bi xwe re nebiribûn û virde wê

de bela bûbûn çewalek kartol, sê teneke rûn, du çewal şekirê hûr, nîv çewal pîvaz çend teneke penîr û zeytûn, sandoqek tijî masiyên qelandî, dolabek tijî penîrê qaşar, çend teneke qelî û nezîkî dused û pencî-sêsed nanê kartî bûn. Cafer van tevan qeyd kir û da îstîfkirin: "Hê ji min re digotin ku tu ji hesaban fêm nakî," digot di dilê xwe de û rewşa xwe ya zindanê dianî ber çavên xwe. Li kaxizeke din jî erzaqên ji nava gel kombûyî nivîsand. Nêzîkî deh çewal nan, poxaça û simît. Her tişt ewqas kêm bûn ku ger parî parî jî belav bikirana dîsa jî demeke dirêj têrê nedikir. Nêzîkî du qolî biskuwêtên hûrhûribûyî, çend qutî şîrê tozî yê zarokan û çend poşet fêkiyên henciri jî, tu derdê wan derman nedikir.

Ji ehlên keştiyê tu kesî ji bo komkirina xwarin û pêxwarin madê xwe tirş nekirin. Cafer, ji xortê gel xwe re, got: "Ger ev xweşbîniya heta dawî bidome tu derdê me namîne."

"Ma dê heta dawî bidome?" got xort.

"Hêviya min heye ku bidome. Lê tiştê ku ez dizanim, mahdê me bela serê me ye."

Diya dergûşa birçî hem ji zaroka xwe re qutiyek mama û hêm jî dêşirek dît. Dayikeke ciwan ku zaroka wê li ser sînor di demeke xwe veşartinê de fetisî bû, bi hêstirên çavan ji dayîka din re got: "Şîrê te miçiqi ye, zaroka min miriye û şîr di pêsîra min de maye. Nexwe risqê vê rebenê bûye." Kalemêr û pîrejina ku gotibûn, "Em ji ber rojî û greva birçîbûnê elimîne," kirin ku pariyek nanê xwe jî negirin lê belavkeran nepejirandin.

Wê rojê, piştî taştêya li ser lingan dest bi paqijkirina keştiyê kirin. Zekî, ji berpirsiyarê paqijiyê re gotibû: "Heta ji destê te tê zêde însanan bixebitine. Bila ev şuştina bibe karê me yî hevpar."

Bi satilan av ji deryayê kişandin û keştiyê serdanpê şûştin. Cihên razanê, rûniştinê tev de paqij kirin. Li her qatê keştiyê xebateke bê navber dom kir. Ji hêlekê ve bi dehan satil diketin deryayê û av dikişandin, ji hêla din ve firçe û gêzî li ser qirêja salan diçûn û dihatin. Dîwar û zemîn hêdî hêdî dihatin ser rengê xwe yî rastin. Mirovên ku bi rîtma xebatên hevdû dirikibîn, hêdî hêdî dest bi stranên heman ritmî dikirin. Straneke ku tu kesî nizanibû ji kîjan qatî û çawa dest pê kiriye ji nişka ve li hemû qatan hat dubarekirin: gava ku stranbêj, "Serê malan darek lê lê, darek lê" digot, ên dixebitin û ên li wan temaşe dikirin bi hev re dubare dikirin. Peyvên stranê sade û fesîh bûn, Peştû, Faris, Ereb, heta reşik jî tevlê dibûn.

"Serê malan darek lê lê, darek lê"

Ji nişka ve koroyeke giran bû hemawaz. Li ser Derya Spî dengê strana kurdî belav bû. Bi tevlêbûna jinan jî koroyeke rengîn derket holê. Xortê ku stranê digot xwedî dengekî stûr û xweş bû. Dema ku peyvên stranê qediyan jî ji stranên curbecur peyv anîn li strana xwe rikiband û dom kir.

V
MARÎA
Hêlîn

Jinika ciwan, ji mirovê porweşiyayî ê ku bestaniya li ber xwe dixwar re rojname dixwend. Mêrik, bi destekî xwe jî, serê xwe yî keçel mist dida. Bi awirên mitrî li der û dora xwe dinêrî û li nûçeyên ku jinik dixwîne guhdar dikir. Car caran jî gotina wê dibirî û gotin di ber de diavêt.

Hêlînê xwend: "kurdekî ku serekşêwirmendê serokwezîr e, Ansîklopediya Dîroka Îslam ku kaliberê wî nivisandiye ji saziyeke Kemalîst re şandiye ku hîç jê hez nakin. Saziya navborî vê hewldanê wekî êrişeke li ser pergala laîsizme nirxandiye."

"Hem kurd e hem oldar e, helbet Kemalîst dê nepejirînin."

"Penaberên Efxanî ku piştî 12 îlonê ji Efxanistanê anîne û li navçeyeke Wanê bicih kirine ku niha erdevanî dikin dîsa ketine rojevê. Niha ji saziyeke alîkariyê, ji bo wan dest bi kampanyake alîkariyê kiriye."

"Ew cerdewanên Efxan bi eslê xwe Kirgiz in?"

"Erê."

"Dê niha çermên qurbanê jî ji bo wan kom bikin."

"Qaymeqamê navçeya... ji bo xwendavanên serkeftî ên dibistanê xelatek daniye: Serlêdana Anitkabîrê."

"Ji bo zarokên Kurdan xelateke tekûz."

"Ka guhê xwe bide wî niviskarê xalo, rojnameya Cumhuriyet sloganek ji xwe re peyda kiriye ku dibêje cumhuriyet di xeterê de ye" lê ne diyar e ku bi ve sloganê qesta xwe dike an ya rejimê."

"Qesta herduyan jî dike, herduyan jî."

"Tirkiye, ji bo biryara Almanya ku dibêje Ên ku bi almanî nizanin dê neyêne qeyd kirin nerazîbûna xwe diyar kiriye û gotiye ku, ew biryareke nîjadperest e."

"Hevdû baş dinasin."

"Dixwazî ji te re rûpela aboriyê jî bixwînim."

"Bixwîne qîza min."

"Rapora hukumetê ya ku qala mezinbûna welêt dike ji serî heta binî çewt e. Bêkarî ji sedî 10.8 nîn e, rastiya wê ji sedî 12.8 e. Ji sedî 10.5 ji hejmara welat jî êdî dest ji kar gerînê vekişandine. Ger ku ev jî bête ser hejmara bêkaran digîhêje ji sedî 24.5."

Bekir ê ku bestaniya xwe xilas kiribû Teyfika xwe dehf da aliyekî: "Bese qîza min, bes e. Ez werimîm. Ka hesabê me bide û em herin."

Jinik ket milê zilam. Porê wê yê reş û kin li ber bayê dixingilî. Bi dilovanî li zilamê keçel nihêrî: "xwezî te bestanî nexwara!"

"De here lê! Bestanîkê ji xalê xwe texsîr dikî?"

"Qet nebe te roja kontrolê tiştên wiha nexwara."

"Wisa dilê min çûyê, min nema xwe girt. Ezê ji doktor lêborînê bixwazim, tişt nabe."

"Xwe bigire xalo. Piştî nîv saetî emê derkevine gel doktor."

Hêlîn li serê xalê xwe yî ku ji ber kemoterapî keçel bûyî nihêrt. Ligel porê wî yê weşandî jî xalê wê ne wekî nexweşekî pençeşêrê, lê wekî miroveki liser xwe û çeleng dixwiya. Çawa dibû ku xalê wê yê ku ber bi mirinê ve diçe, wiha li ser xwe û qenc bû? Hêlîn matmayî dibû. Kengî ku bigota, "Xalo, tu li xwe nanihêrî," xalê wê yê bigota, "Ma ezê çawa xwe bigihînime wan?" û dû re jî herdû bi hevre dê kelogirî bibûna. Di suhbetên xwe de, her du jî bi hestyarî nêzikî mijarekê dibûn ku gava ku pêjna mijarê jî li ser axaftina wan biketa kelogirî dibûn. Ew jî windabûna dê, bav, xwişk û birayê Hêlînê bû. Adeta di navbera wan de guncaniyeke nepenî hebû. Nedixwestin hev biêşînin, lewre qala tiştên wisa nedikirin.

Hêlînê nedixwest ku xweşdiviyê xwe yî dawî jî biêşîne. Her diçû bêtir ji xalê xwe hez dikir. Carina xalê wê pê tinazan dikir, "vaye tu pîr bûyî, êdî tu kes te naxwaze, tu li ser min mayî, helbet tê ji min hez bikî," digot. Hêlîn dizanibû ku ev mirovê nexweş jî xwe bi wê ve girêdabû, ew jî ditirsiya ku wê rojekê bi deverekê de biçûya û ew biterikanda. Hêlîn dizanîbû ku ger ew here dê xalê wê bimira. Ew ji bo xalê xwe bendergeha herî dawî bû. Dîsa dizanîbû ku ger ew here û xalê wê bimire ewê jî ji qehra bimire. Xalê wê dost û hevalê wê yê bêmanend bû.

Dema ku ji derê nexweşxaneyê ketin hundir û ji nava geremola li nexweşxaneyê bi dijwarî meşiyan, Hêlîn bi van fikr û ramanan milê xalê xwe bêtir diguvaşt. Dîsa rojeka nû ku Hêlînê li korîdorên nexweşxaneyê li benda xalê xwe bima, li nexweşxane û li tevgerên nexweşan binêriya û xwe biewiqanda, destpê kiribû. Dê di nava pîrejinan, mirovên xizan ên ku bi xemberî li der û dora xwe dinêrîn, di nava zarokên bêderd û xem ên ku çav li lîstokan digerîn de bisaetan bima, dê heta dawiya tedawiyê dilxem bûya.

Di van deman de, bi tenhatiya xwe bêtir dihesiya, windabûyên wê yek û yek dihatin ber çavan. Hela dema ku zarokên li korîdorê diçûn û dihatin pê re dibişirin, dihatin balê û pê re dilêyistin, kelogirî dibû û xwe nema digirt.

Hêlîn ji bo demboriya jiyîna xwe jibîrkirinê tercih kiribû. Diviya ku jiyana xwe bidomanda. Ger jibîr nekira dê bifetisiya, dê barê jiyanê nema hilgirta, dibe ku xwe bikuşta. Diviya ku jibîr bikira. Ger ku dê, bav, bira û xwişka xwe yî ku jê dûr ketine jibîr nekira dê dîn bûya.

Lê bi jibîrkirinê jî hin tişt jê diçûn. Diherifî, dihelşiya, lê ne mentiqa wê ne jî hişê wê nikarîbûn di bin barê biranînan de bimînin. Ji bo xwe ji rabirdûya xwe xilas bike diviya jibîr bikira. Bi salan bû dikir ku jibîr bike, di nava aramiya jibîrkirinê de xwe bistirîne. Bi dijwarî be jî xalê xwe jî anîbû ser xeta jibîr kirinê. Di nava xwe de hîç qala bûyeran nedikirin, navê wan kesana nedianîn zimên, wêne û bernîşanên wan ji holê rakiribûn.

Ji nişka ve telefona Hêlîn lêxist. Amed bû yê ku lê digeriya. Digot ku dê evarê were mala wan. Dûre ji Hêlînê pirs kir ka hefteya borî ji bo çi nehatiye civîna wan. Hêlînê got, “Xalê min nexweş bû, min nikaribû wî bihêla.” Dema ku xatir xwest û telefonê girt, dizanibû ku Amed jê bawer nekiriye.

Bi salan bû ku Amed dinasiya. Demeke dirêj li heman zîndanan bi hev re mabûn. Amed hindekî xwinsivik bû, lewre di nava hevalên xwe de her tim li rastî henek û yariyan dihat. Piştî ji zindanê derketibûn Amed di gelek saziyan de cih girtibû lê jiber xwînsivikiya xwe li rastî aciziyan hatibû, gelek caran cihê wî hatibû guhertin.

Hêlîn bi Amed re kêfxweş dibû. Herçiqas ku cansivik, tepişkor, sakar û bizavkar bûya jî, Amed ji bo hezkiriyên xwe her tişt dida ber çavan. Dizanibû ku dê êvarê dîsa bi gelek gazinan serê wê bibira. Dê qala koneyan, levçeyên cahil, bazirganên baweriyê û qala emekdaran bikira, bi hêrs bûya, dûrê dê bi bizavên xwe bikeniya. Dîsa jî Hêlînê dixwest ku Amed were, çimkî li gel wî Hêlîn wekî xwe bû. Di gelek demên dijwar de Amed li balê bû, ji her tiştên hevdû agahdar bûn.

Biskek şûnde xalê wê ji cem doktor derket. Weki her carê dibişirî. Hêlîn nizanibû ke ev ji ber karaktera wî bû an ji doktor xeberên xweş bihîstibû.

"Xalo, xêr e?" got bi devkenî, "qey doktor xanim hevaltî teklifî te kir?"

"Ji wê jî çêtir e, keça min," got Bekir, "kula nava min êdî dev ji min berdaye, mezin nabe."

"Xalo, tu rast î?"

"Helbet. Tu li benda binaxkirina min î?"

"Wey, xalo! Bila zimanê te biweşe! Nexwe qey aniha pêderxistine ku rawestiya ye?"

"Na. Doktor ev demeke ku ji tiştekî wiha şikê dike, lê ji bo em xwe nexapînin ji me re tiştek negotiye. Niha êdî pê ewle bûye, lewma gotiye."

Hêlîn xalê xwe hembêz kir. Hêstir bi çavan ketibû. "Xalo, xwezî êdî me tim û tim wiha xeberên xweş bigirtana."

"Emê bigirin keça min. Ji vir û pê ve emê tim û tim xeberên xweş bigirin. Êdî xeberên reş nemane, çi hebûn bi ser me de hatin. Êdî dora xweşmizgînan e!"

AMED

Amed wê êvarê di wexta xwe de hat. Bi xwe re şîrînayî û çerez anîbû. Hê li ber derî bi dengekî bilind, "Xalê Bekir!" got, "min bihîst ku tu ber bi başiyê ve diçî. Ez ji bo pîrozbahiyê hatime ha!"

Bekir ji ser diwanê serê xwe rakir: "Vê Hêlînê giliyê min kir? Te ji ku bihîst?"

"Rabe xalo, rabe! Min ji te re peqlawa Întabê aniye. Hê ku germ e çend dîliman bixwe."

Amed herçiqas ku hindekî fedîyoki bûya jî, li gel Bekir û Hêlînê bêxem tevdigeriya. Dema ku bi hev re peqlawe dixwarin evîn û dilovaniya xal û xwarzê di sisika çavê wan de dît û xweziya xwe bi wan anî, dixwest ku ew jî wiha ji însanekî hez bike û bête hezkirin. Dûre bibir anî ku gelek heval û nas û dostên wî liyaqî evîn û dilovaniyeke wiha ne, lê ji bo ku di navbera wan de pêwendiyeke durust nemeşiyaye ji hev dûr ketine.

Bi dilqencbûna xwe beled bû. Ji ber ew sehneya ku her tim dihat hişê xwe jî dizanibû ku ew însanekî qenc e.

Di hevrazekê re diçû. Jinikeke extiyar li pêşiyê dimeşiya û di destê jinikê de du çenteyên tijî hebûn. Amed wê çaxê hîn hîjdehsalî bû. Gihîşt pîrejinê û jê re got: "Xaltî, ka çentên xwe bide min, ez ji te re bibim." Jinik bişirî û herdû çentên xwe dayê. Dûre mala xwe ya li ser gir nîşan kirê. Amed li pêş meşiya û zûbizû çû, li deriyê malê xist, keçeke ciwan jê re derî vekir, Amed çente dirêjî keçikê kirin û got, "Ev çenteyên diya te ne." Û pişta xwe dayê derket derve. Pîrejin hê nû hatibû. Li ber derê apartmanê bi milê wî girt, "Gelek sipas kurê min," got, "di çentê min de cuzdanê minî pera jî hebûn lê nizanim çima, min baweriya xwe bi te anî"

Di zindanê de jî ev serpêhatiya dihat bîrê. Bi taybetî di demên ku bi hevalên xwe re pev diçû an jî bi ewlehiya wan diket şikê, ev bûyera dihat bîrê. Çawa ew baweriya dabû jinikê? Carina xwe bi xwe digot: "Min tu hesab nekirin, çi ji dilê min hat, min ewê kir. Dibe ku bawerî û hesabkirin ji hev nexweş bin."

Hêlîn hêdîka jê re got, "Te tiştek bihîstiye Amed? xêr e?"

"Dibe ku min tiştek dîtibe."

"Çawa?"

"Ya rastî ez ji nizanim ka xêr e an na. Qaçaxçitiya insanan bîra bêbinî ye. Mirov tê de riya xwe winda dike. Bi mîlyaran dolar tê de heye, îstixbaratê dewletan tê de ne, dewlet tê de ne. Yanî mirov nikare bi serê bendekê bigire."

"Dîsa jî zimanê te şîl e."

"Erê, bi ya min hêviyek heye, lê em çiqas nêzîkî wê ne, ez nizanim."

"Hûn li rastî tu rê û şopan nehatine?"

"Na. Hê ne diyare ku çawa çûne. Ku bi balafiran herin, pere têrê nake, pasaport û gumruk xetere ne. Ku bi riya bejayî herin, li ser her sînorê xetere heye, ez bawer nakim ku bi jin û zarokan bide ser rê."

"Tenê riya deryayê dimîne."

"Erê. Maliyeta wê jî kêm dibe, çimkî bi carekê bi sedan însanan dibin. Xetereyên sînor û gumrukan jî nîn e, bertîl a li ber derê sînoran nîn e. Li nezîkî peravê welatekî tevî ro dikin deryayê û pişta xwe didinê."

"Piraniya wan jî dixeniqin?"

"Helbet! Ma em ji nûçeyan naxwînin? Ji xwe gelek şebeke keştiyên rizî û jihevketî bikartînin. Rêwiyên xwe davêjine mirinê. Ku xetereyekê bibînin bi hêsanî jê xilas dibin."

"Ji bo wî em, rastî tu şopa nayên?"

"De em nizanin ku riya me yê bi ku bikeve. Heta niha li ser Derya Spî bi dehan keştî winda bûne û tu xeber ji wan nehatiye girtin. Heta ji wê xirabtir: Hin keştî bi rêwiyên xwe ve bêqeyd û bêşop in. Haya tu kesî ji wan nîn e."

Hêlîn bêhnteng bûbû: "Lê dîsa jî tu li rastî tiştekî hatî, ne wisa?"

"Mirovek heye, mirovekî qezazede. Hê jî min nenasiye. Dibêjin bi keştiyekê çûye, keştiya wî noq bûye, lê çawa bûye êdî bûye, ew xilas bûye. Dibêjin derheqê şebekeyên wê çaxê de agahiyên wî hene.

"Ê, em herin wî bibînin?"

"Ez jî ji bo wê hatim. Zilam li Maltepe rûdine. Bi ya min ez û tu em bi hev re herin, çêtir e."

"Amed!" got Bekir, "min jî got qey barê te tijî ye. Kuro ew rebenê Xwedê wê ji we re çi bêje?

"Bila be xalo," got Hêlîn, "em herin. Dibe ku em li rastî tiştekî bên."

"Baş e. De herin keça min, hêvî dikim ku hûn dê tiştekî bibînin."

"Erê xalo. Ji rûniştinê çêtir e."

"Dîsa jî ji van lêgerînan hêvî neke."

"Bê hêvî jî nabe."

"Rast e. Nexwe emê çawa li ser xwe bimînin?"

RAMÛSAN

Li balafirgeha Yeşilkoy ê sê rêwî peya bûn. Keça ciwan a hemwelatiyê Îtalya û mirovê qerase ê hemwelatiyê Fransa li rastî tu astengiyan nehatin û derbasî salona bendewariyê bûn. Lê mirovê din ê bi wan re ji hêla polêsan ve hat rawestandin û dûre ew birin navenda polêsan.

"Ev çiye?" got Marîa, "Ferman dibin ku?"

"Bisekine!" got Reşo, berovajiyê Marîa ew sekan bû. "Ferman li hepsê razaye. Wê çend pirsan jê bipirsin, hewqas."

Marîa ji hêrsa dilerizî. Dîsa bûbû wekî çûkeke bizdonek unîformayên polêsan û rewşa Ferman hin tişt anîbûn bîra wê. Li wê wetirê berê jî bûyerên wiha jiyabû.

Li kêleka Reşo rûnişt, "Hin tişt têne bîra min. Polês yek bi xwe re dibirin, min jî lê dinêri."

Reşo li rûyê wê nihêrî. "Kî bû? Bavê te bû?"

"Nizanim. Belkî."

"Tu yê li van derana gelekî tiştan bînî bîra xwe. Hêdî hêdî..."

"Hema wiha bû. Du polêsan yekî bi xwe re dibirin, li erebê siwar dikirin. Mala ku em tê de bûn, bexçeyek li berê bû. Ez dîsa ditirsiyam."

"Dibe ku bavê te be."

"Çima wiha nîvo nîvo têne bîra min? Xwedêyo, ewê kengî biqede?"

"Serê xwe neêşîne. Gav bi gav..."

"Ferman li ku ma?"

"Dê niha were."

"Ka here ji polêsan bipirse!"

"Bi sebir be! Hindik ma."

Hê gotin di devê wê de bû ku Ferman hat. Dibişirî. Silav da û di nava herdûyan de rûnişt.

"We meraq kir?"

"Çima te birin? got Marîa, "min got wê tiştekî bînin serê te."

" De ez zindanî me. Ji min pirs kirin, li derveyî welêt min bi kê re hevdîtin çêkiriye, çi kiriye filan bêvan. Yanî dibêjin, li xwe miqate be, em li pêy te ne."

Texsiyek girtin û lê siwar bûn. Marîa bi baldarî li der û dora xwe dinêriya. "Trafîk çi qerebalix e!" got. Hindekî çûn, "Apartman gelekî circirî ne!" got.

"Erê, wisa ne," got Ferman.

"Bêteşe ne jî."

"Erê."

"Her der toz û xubar e. Hêşînahî kêm e. Ev çi welat e?"

"Hê ev derana baş in."

Li Bakirkoyê li kuçekeke nêzî peravê behrê rawestiyan. Li ber derê apartmanekê jin û mêrekî ciwan li benda wan bûn. Li ser jinikê cilên malê hebûn, zilam hê bi cakêt û kravatên xwe bû.

Bi devkenî wan pêşwazî kirin. Jinik bi kurdî bi Marîa re axivî. Çavên jinikê rengehingivîn bûn, Marîa gelekî jê hez kir. Bi hev re derketin qata şeşan.

Daîra wan gelek bikeys bû. Mobîlya, çîrax û paldankên li malê diyardeya dewlemendiya malê bûn. Li dîwaran wêneyên mezin daliqandî bûn. Wêneyekî mezin ku nîvê diwarê xwe girtibû jinikek xwiya dikir. Jinik di nava reşayiyekê de bû. Reşayî wekî anaforekê jinikê rapêça bû. Marîa ev reşayiya şiband xêliya rahîbeyan, Sûzan a xwediyê malê got, ev pêkutiya li ser jinê sembolize dike. Li ser diwarê li hemberî wê bi sêgoşe û çargoşeyan kuçekek û însanên tê de hebûn, şekl û nîgar bi dijwarî xwiya dikirin.

Marîa û Sûzan bi hev re pê qanî bûn ku tablo bixwe kaosê diyar dike.

Xwediyên malê hevalên Reşo bûn û ji hevnasina Marîayê jî gelekî kêfxweş bûn. Endamên malbateke Lîceyî bûn ku ji berê ve qaçaxçîtiya narkotîkê dikirin. Pismam û dotmamên hev bûn û herdûyan jî li dibistanên çê xwendibûn. Şîrketa wanî tûrîzmê hebû. Li gorî gotina wan wan tu caran karê narkotîkê nekiribûn. Zilam, ji bo xatirê xwişka xwe ya ku ev deh salin winda ye, alîkariya Marîayê pejirandibû. Ewilî hew zanîbûn ku keçik çûye serê çiyê, lê di demeke kurt de têgihiştîbûn ku ew neçûye. Li her derê lê geriyabûn. Dawiya dawî xeber dabûn polêsan û çapemeniyê. Lê heta îro tu agahî jê negirtîbûn.

Dema ku li ser maseya ji dara gûzê ya fireh şeraba piştî xwarinê xedixwarin zilam çavên xwe yî hêstirîn bi devmilkên xwe paqij kir: "Hîjdeh salî bû," got, "wê rojnamegerî bixwenda. Hema bû cûm û celad me tu agahî jê negirt. Diya min î reben ji qehra nexweş ket û mir."

Marîa hêvî kir ku hin kes jî ji bo wê wiha berxweketî bin. Dibe ku Sîdar wisa be, an jî hin kesên ku hê Marîa wan nenasiye lê niha kesên hene ku bêriya Marîa bikin? Belkî Vedat, Şarê an jî Perîxan. Lê ji malbata wê, ji xwîna wê tu kes nîn e. Dibe ku hîç nebe jî. Di wê navê de têgihîşt ku li ser trajediya xwediyê malê ranaweste lê li ser rewşa xwe difikire, ji ramana xwe fedî kir.

Derbasî menzela rûniştgehê bûn ku bi taybetî hatibû raxistin. Sandalî, paldank û tiştên wisa tê de nîn bûn, li şûna wan, li erdê mînder û li ber dîwaran jî balgî raxistîbûn. Tev de jî binexşîn bûn û gelekî stûr bûn. Li ser mînderan rûniştin û çay vexwarin. Reşo û malxwiyê malê tewla leyîstin, Ferman jî li wan temaşe kir. Marîa ji Sûzanê re çîroka xwe vegot, Sûzan ji çîrokê bêtir li ser kurdiya Marîa sekinî. "kurdiya te çi xweş e!" got. Marîa wê çaxê têgihîşt ku her çîrok bi xwediyê xwe ve ye, bi vegotinê derbasî kesekî din nabe.

Dotira rojê mazûbanan çente û baholên xwe amade kiribûn û li benda hişyarbûna wan mabûn. Dê biçûna başûrê Tirkiyê, malê ji Marîa û Ferman re bihiştana.

"Ji xwe emê biçûna betlaneyê. Hûnê bibin notirvanên mala me," got Sûzan. Dûre xwarî guhê Marîa bû: "Li nêzikî me dêr jî heye. Bila Reşo nîşanî te bike."

"Na, sipas," got Marîa, "ez ji olan jî ji xwediyê wan jî xeyidîme!"

"Piştî mazûbanan Reşo jî çû. Dê li pey karê xwe bigeriya û ji wir jî biçûya Fransayê."

Ferman û Marîa dîsa bi serê xwe man. Dema ku li ser şaneşînê rûniştibûn û çay vedixwarin Marîa di bin çavan de li Fermanê mitrîbûyî dinêriya. Fermanê ku bi mehane ji wesweseyên wê bêdeng dima, li gel van yekan, ji Marîa tu tişt nedixwest. Gelo bi çi çavî lê dinêriya? Di navbera wan de deh sal emir hebûn. Li gel vê, Ferman her çiqas ku porê wî boz bûbe jî, hê li ser xwe û ciwan dixwiya. Hindekî bejn kurt be jî, miroveki çeleng bû. Tim û tim sekan û hêmin bû. Carina Marîa bi xwe jî metel dima ku çawa bi Ferman evqas ewle bû. Di nexweşînê de, li peravê deryayê, "Tu êdî ji me yî," gotibûyê. Ya rastî jî piştî wê rojê hîç jê veneqetiyabû. Ger ku Ferman nebûya, mîsoger dê di wê nexweşxaneyê de dîn bûya, qet nebe tu caran nediwêriya ku dest bi lêgerîneke wiha bikira.

Marîa ji nişka ve ji cihê xwe rabû û hat. Li gel Fermanê di nava fikr û ramanên xwe de bitirsbûyî rûnişt, serê xwe da ser sînga wî. Ferman ewilî şaşwazî bû, dûre bişirî û porê wê niwast.

Marîya bi dengê xwe yî lerizokî, "sipas dikim!" got.

"Ji bo çi?"

"Ji bo her tiştî."

"Her tiştên çi?"

"Ew tiştên ku te ji bo min kirin, tu kes nake."

"Ji bo vê sipas neke Marîa, ez mecbûrim ku alîkariya te bikim."

"Na, tu ne mecbûr î. Te bi xwe kir. Lewre tu ji bo min pir qedirbilind î."

Ferman bersîv nedayê. Kelogirî bûbû. Lehzekê bêdeng man û guh dan hêwirzeya kuçeyê. Ji şaneşîna li hemberî wan keçikeke biçûk bi wan re bişirî û zimanê xwe derxist, Marîa jî jê re zimanê xwe derxwist û bi hev re keniyan. Li deryaya ku ji serê kuçekekê ve dixwiya temaşe kirin. Bi axîn rakişandina Ferman re Marîayê serê xwe rakir, çavên Ferman bi hêstir bûn. Bi şermendeyî berê xwe zîvirand, Marîa destmala xwe derxist û hêstirên çavê Ferman paqij kir, dûre stûyê wî hembêz kir. Bi germaya sûretê wî dihishisiya, tevz bi canê wê diket. Ferman bi şermokane ew hembêz kir.

Marîa dixwest ku wiha rakeve. Rakeve û careke din şiyar nebe. Di jiyana wê de ev cara yekem bû ku bêhn, nefes, ten û temasa mêrekî wiha wê dixist nava coş û peroşan. Ji bo ku ev aramiya xerîb careke din ji desta neçe bi mirinê razî bû. Êdî ji ber pêşeroj û paşeroja xwe ramînê westiyabû. Dixwest bi Ferman re dest bi jiyaneke biaram bike.

Li rûyê Ferman dinêrî, dixwest ku jê re bêje, "Êdî ez westiyam. Em dev jê berdin!" Lê çawa ku devê xwe vekir, lêvên wê hatin ser lêvên Ferman. Bêhna wê çikiya. Hişkehişk Ferman hembêz kir.

Dema ku keçika biçûk a li ser şaneşîna li hember bangî diya xwe ya xwarê kir, ew jî bi ser xwe ve hatin. Marîa şewişî bû. Di cih de rabû û ket hundir.

Ferman bi hestên tevlihevbûyî li deryayê temaşe kir. Êdî diyar bû ku hin tiştên di navbera wan de guherî bûn.

HÊVÎ

Hêlîn bê dilê wî be jî, ji xalê xwe destûr girtibû û çûbû ew qezazede ditîbû, lê tu tiştî jê hîn nebûbû. Zilam bi awirên şikbar li wan nihêrîbû, "Hûn dixwazin çi hîn bibin? Tu perê xwe didî hinekan, te dibin davêjin keştiyeke tijî însan. Ger şansê te hebe, tu bijiyî, tê xwe bigihînî hin deveran," gotibû.

Amed çiqas ser de çûbû jî tiştek negotibû, li rûyê wan nenihêrî bû. Hêlîn li hemberî vî mirovê hêrsoyî û cirnexweş êdî nema ber xwe dabû, îskana çaya ku jina wî ji wan re anîbû jî destnedayî hiştibû û ji Amed re gotibû, "Rabe, em herin!"

Niha li kafeyekê rûniştibûn û Hêlîn ji hêrsa difetisî. Li Amed hincetan digeriya, da ku hêrsa xwe lê derxe.

"Te vî mirovî li ku dît ?" got

"Qaşo wê ji me re bibûya alîkar. Ji min re wisa gotibûn."

"Ev ê bibe alîkar? Ev pif dike ezmanan. Tu dibêjî qey axayê heft gundan e."

"Bi ya min ew ji tiştekî tirsiya."

"Wê ji çi bitirse? Mêrik ji xwe raziye. Rê û bûhur nade tu kesî."

"Hêlîn, mêrik wisa li te nihêrî ku, dibê qey çav bi spêleyan ketibû. Riya xwelîdankê nedidît ku cixara xwe daynê. Diyar bû, qurf pê ketibû."

Hêlîn matmayî bû, "Derewan neke!" got, "ku ev jî henek bin, bizanibe ku besta min nelicih e."

"Na. Henekê çi? Mêrikî te şibande hin kesan, ji ber wê wisa qurf pê ket. Belkî te tiştek anîbe bîra wî."

"Ma wê bişibîne kê?"

"Belkî te berê tiştek anîbe serî"

"De here lo! Min di jiyana xwe de ew nedîtiye."

"Wê çaxê, ew ji te tirsiya, lewma tiştek nedigot."

"Tu ji dil î?"

"Erê, helbet. Te li rûyê wî neniherî, lê min baş dît; sawgirtî bibû. Ew gelek tiştan dizane."

Hêlînê, "Ji ku nas bikira? Min dîtiba hîç ji hişê min dernediket," got xwe bi xwe. Rojên berê ketin bîra wê. Heta ku bi bombeya li ser xwe hatibû girtin jî bi dehan caran ketibû çalakiyên xeternak. Tu caran neditirsiya, xwe ji çalakiyan paş nedigirt. Ji polêsên ku jê şik ketibûn û binçav kiribûn, dûre li serê bombe girtibûn û "Te ê ev bombe da niya ku?" pirs kiribûn, "Min dê bavête nava we!" gotibû.

Ji bo bêrûmet nekirina bav û kekê xwe yî Sîdar ji wan re tu tişt negotibû. Piştî meh û salan li zindanê ji bo vê tevgerina wê "Xwe bi dinya pederşahî re pejirandin," gotibûn jî, ew ji wê tevgerîna xwe kêfxweş bû û tim û tim xwe pê şanaz didît. Hin jî pê de diçû, "Ez ji bo Sîdar her tiştî didim ber çav!" digot. Sîdar ji dil û can lê guhdar dikir, jê fêm dikir û jê re dilê xwe vedikir. Diya wan digot, "Keça min heta ku tu ji dayik bûyî Sîdar hiç neaxivî."

Dema ku mala xwe ya pejmûrde anîbû Stenbolê Sîdar hê pênc şeş salî bûye. Hêlîn jî di hemla diya xwe de bûye. Sîdar ji nişka ve dev ji axaftinê berdaye. Bi tu kesî re neaxiviye, bi tu zarokî re hevaltî nekiriye. Gotine qey lawik gêj e. Nikaribûne bibine ser doktor jî.

Paşê Hêlîn tê dinê. Sidar jî pişt dêrî bi şermokî li bebikê nihêriyê. Çend roj şûnde dinêrin ku bebikê daye ser lingên xwe, dihejîne û jê re dibêje, "Hêlîna min, xwişka min." Wê rojê hem bi axaftina Sîdar kêfxweş dibin hem jî navê bebikê datînin Hêlîn.

Rojekê ji kekê xwe pirsî bû, "Kekê, tu çima nediaxivî?" Sîdar bişirî bû û "Min cihê xwe lomandibû," gotibû. Dema ku di beşa psikolojiyê ku lê dixwend de li rastî çend encaman hatibû, bi heyecan ji Hêlîn re jî gotibû: "Zarokên ku cihê wan diguherin, pixudekî dibin. Di dibistanê de wiha dibêjin, lê ev hindekî kêm e. Ger ku bi cihê wî zarokî ve zimanê li der û doran tête axaftin jî biguhere dê çi bi zarok bê, nenivîsine. Îşte ez wisa bûbûm. Ku tu hatî hevaleke min çêbû. Diviya ku min zimanê xwe hinî te bikira, da ku beriya zimanê li zikakê min te bikira hevala xwe."

Roja ku Sîdar çûbû, Hêlîn xwe girtibû û negiriyabû, paşê li zindanê kengê ku ev çûyîna dihat bîrê digiriya, ji vê gîrîna xwe aciz nedibû. Sîdar gotibûyê, "Ez diçim, lê ezê dîsa werim. Min meraq neke, tu bi min re yî. Rojekê emê dîsa hev bibînin. Lê careke din hev nedîtin. Careke din tu agahî jê negirt.

Tu caran ji pêwendiya xwe û kekê xwe aciz nebûbû. Ji hezkirina wî dilşad bû. Diya wê gotibû, "Kekê te ji te re lorîkan digot. Ewilî li min guhdar dikir, lorîkên min jiber dikir, paşê wan ji te re distira."

Her diçû xurtbûna di kesayeta Sîdar de baştir didît. Rojekê jê pirs kiribû: "Di wan rojên bêdengiyê de, te xwe bi çi mijûl dikir?"

"Ez bi xwe re diaxivim," gotibû Sîdar, "di wan rojan de ez kamil bûm. Çimkî piştî wan rojan êdî min ji lîstikên zarokan tu tehm ne digirt. Di meclîsên mezinan de rûniştin bi min çêtir dihat."

Sîdar zîrek bû. Li dibistanê notên herî qenc distand û di nava hevalên xwe de xwedî rûmet bû. Bûbû însanekî kamîl û xwedî biryar. Hêlîn ji hemû hevalên xwe yî keçik re pesnê wî dida.

Ji bo Hêlînê, Sîdar, hem heval, hem bira, hem jî wekî bav bû. Piştî ku bavê wan hatibû girtin, Sîdar bêtir tevdigeriya, hem dixwend û hem jî alîkariya xalê xwe yî Bekir dikir û debara malê pêk dianî.

Hêlîn dest bi xwendina zaningehê kir, bavê wê jî ji hepsê derket. Di wê demê de Sîdar xwendin xilas kiribû. Zarokên biçûk bi firê ketibûn, Hêlîn jî edî dest bi xebatên rêxistinê kiribû. Dîsa jî biryarên xwe ji Sîdar pirs dikir. Lê Sîdar, "Êdî tu bi serê xwe yî. Biryarên xwe bixwe bide," gotibû.

"Lê ku çewt bin?"

"Bila çewt bîn. Hedî hêdî tê rastiyê bibînî"

Lê niha, piştî salan jî xweziya xwe bi wan rojan dianî. Ku li balê bûya wê, bav, xwişk û birayê xwe jê pirs bikira. Baş dizanibû ku ew dê bersivan bidayê, lê xalê wê yî Bekir bersivên xwe qedandibû.

Her diçû nêzikî li mirinê dikir, êdî wekî berê xurt nîn bû, nikaribû li xwe binêriya.

Bi dengê Amed ve hat ser xwe, "Li qusûrê nenêre Hêlîn," got Amed, "tu dikarî hêrsa xwe di serê min de birijînî. Lê li gorî gotinan, ev mirova wê kêrî me bê. Dîsa jî hê rê nehatiye girtin. Ezê pêy kevim."

"Guh nedê. Ez bi pozbilindiya wî aciz bûm. Êdî hêrsa min danî."

"Ezê êvarê dîsa bêm malê, lê divê ez niha herim. Dixwazî ez te heta malê bibim."

"Na, na. Tu here! Ezê hindekî bigerim ji xwe re."

Piştî ku Amed çû, Hêlîn jî ji kafeyê derket. Serêşê pê girtibû. Kete nava geremola însanan. Çiqas dixwest ku aniha ji nava geremolê Sîdar an jî xwişka wê derketa hemberê. Hesreta dilê wê ewqas giran bûbû ku, dê ewê jî wekî xalê xwe bi pençeşêrê biketa. Lê divê li berxwe bida. Heta hînbûna aqûbeta windahiyan divê li ber xwe bida. Êdî ev armanca jiyana wê bû. Nikaribû jê vegeriya.

EŞQ

Marîa û Ferman semt bi semt li Stenbolê geriyan. Ji her kesî pirs kirin, bi sedan însanan re axivîn. Çûn komelên tenhamayî, saziyen vala, şaxên partiyan ku heftê de du caran vedibe. Bûne mêvanê kurdan, li malên wan man.

Li her derê nasekî Ferman rastî wan dihat lê Ferman bi tevan re jî rûsar bû, xwe ji her kesî dûr digirt. Hinek ji wan xwe li ber Ferman şîrîn dikirin, hinek wekî wî dilsar bûn, hinekan jî Ferman biçûk didîtin. Heçî wî pêwendiya xwe bi tevan re jî kêm digirt, guh nedida tu kesî.

Marîa bi Tirkî nizanibû. "Di nava kurdan de ji kurdî bêtir tirkî belav bûye," digot, "hûn bi rewşa xwe razî ne?"

Gelek çelexwarîtiyên wiha jî li ber çavan diket. Di civîna li ser "Pirsgirêkên kurdî" de beşdarvanên (heta panelîstekî ji) bi tirkî diaxivin, beşdarvanên ku ji biryarên civîne bêhay ji van çelexwariyan çendin bûn.

Ferman, piştî guhdarkirina van çavnêriyên Marîayê bişirî û wiha gotê; "Şoreşger û weletparêzên welatên paşvemayî ne, dibe."

Her ku diçû pêwendiya di navbera wan de xurtir dibû. Ferman li hemberî Marîa bêtir şermendeyî bûbû, her diçû xwe jê dûr digirt. Piştî hevramûsana wanî li şaneşînê careke din li ser vê neaxivîbûn, her çiqas ku berê ji destê hev girtinê tu fikarê nedikirin jî, niha ji temasa hev şayîşdar bûbûn.

Marîa xemdar dibû. Lê wetrê ku vazoyeke giranbuha şikandibû. Ji windakirina dostaniya Ferman jî ditirsiya, xwe tawanbar dikir. Di nava rojê de ligel wî diçû û dihat, danê êvaran xwarin çêdîkir, ji satelaytê kanalên Îtalî an kurdî didît û lê temaşe dikir, lê heta ku jê bihata xwe jê dûr digirt.

Ferman ji şerma nikaribû li rûyê Marîa binêre. Çawa wê ramûsandibû! Ew hê ciwanek bû, helbet dê pêwendiya Ferman girîng bidîta, çimkî Ferman jê re dibû alîkar. Ligel van rastiyana, Ferman çawa destûr dabû ji bo tiştekî wiha pêk bê? Çawa bi hestan tevgeriya bû? Çawa ev lewaziya wê nedabû asteng kirin?

Nexwe ev lawaziya wî nebû? Erê, Marîa hê bist-bist û du saliya xwe de bû, lê ligel vê Ferman jî sî salî bû. Ango di navbera herduyan de temenekî dirêj nîn bû. "Heywax!" digot xwe bi xwe , "Pîvanên sincê me yê zindanan li her derê ji me re dibin asteng." Lê dîsa jî nikaribû xwe jê xilas bikira.

Li rewşa Marîa ya qilqaldar dinihêrî bêtir xemdar dibû. Diviya ku vê rewşê bidawî bikira.

Êvarekê, dema ku Marîa di televizyone de nûçeyan guhdar dikir, ji nişka ve ket salonê û li hember Marîayê sekînî: "Divê em biaxivîn!" got.

Marîa televizyon girt, bi matmayî, "Dibe, em biaxivin," got.

Ferman li ser paldankê rûnişt, "Li min bibore," got.

"Ji bo çi?"

"Ji bo ku min te ramûsand."

"Çawa? Min... Min te ramûsand."

"Na! Ne sûcê te ye! Min ji lawaziya te sûd wergirt."

"Te tiştekî wisa nekir!"

"Erê! Mixabin min ciwantiya te neda ber çavan."

Marîa bi hêrs, "Li ber çavên te ez zarok im?" got. "Qey hestên min nîn in? Çima tu tim li gorî xwe difikirî?"

"Marîa, tu çawa diaxivî?"

"Li gorî te, ez nikarim ji te hez bikim? Min rahibetî xwendiye loma? Ger ez ji te hez bikim, îleh yek ji me wê tawanbar be?"

"Min tiştekî wisa negot."

"Erê, min te bihîst. Ev çend roje ez jî xwe tawanbar dikim da ku min berê te dabû hevraz.

Diviya ku min hestên xwe wisa aşkere nekira. Çima tu nabêjî ku tu min biçûk û hestên min jî lawaz dibînî."

"Na, min tiştekî wisa negot."

"Erê lê wisa difikirî. Li gorî te, te ez ji rê derxistime, lewma tu xwe tawanbar dikî."

"Marîa, ka ji gotina min fêm bike."

"Ez ji te fêm dikim, lewra hêrsa min tê. Divê tu vê bizanibî: Ez zarok nîn im. Min ji te hez kir, lewma min te maçî kir."

"Hez kirin?"

"Erê. Hezkirin! Çima, di min de kêmasî heye an di te de? Em nikarin ji hev hez bikin?"

"Helbet kêmasiyên me nîn in. Lê divê hin tişt bi rê û rêbaz pêşbikevin."

"Her tişt rast bû. Keçikeke ciwan ji zilamekî hez kir û hestên xwe jê re got. Di vir de tu kemasî nîn in. Ger ku li erza te neketibe."

"Ka hindekî jî guh bide min!"

"Fermo!"

Dê çi bigota? Marîa li bendê bû lê serê Ferman tevlihev bûbû. Dê jê lêborîn bixwesta. Dê bigota ku her tiştî jibîr bike, bila pêwendiya wan wekî berê be. Lê Marîa li hestên xwe xwedî derdiket, wekî wî jê nedireviya. Wekî her carê dîsa çavê Ferman li revê bû. Dê hestên xwe binixamta û xwe bixapanda."

"Ya rastî, ez jî ji te hez dikim," got. Bi gotina xwe, bi xwe jî şaşwazî bû. Dê wisa negota. Ev gotin çawa ji deva derketibû? Lê êdî tîr ji kevanê filitî bû.

"Li wê nexweşxaneyê, dema ku ez çav bi te ketim, tiştek nisiliya nava dilê min. Lê ez ji hestên xwe tirsiyam. Tu nexweş bû û derdê te hebû. Diviya ku min berê derdê te çareser bikira."

Marîa bişirî, "Derdê min û hestên me ji hev cûda ne. Eşq bixwe mekanê xwe ava dike. Em nikarin jiyana xwe bidin aliyekî û paşê bibin evîndar. Eşq tê û hêlîna xwe çêdîke. Ger ku tu ji min an ji xwe bitirsî derd û kulên me dê ji te re bibine hincet."

"Ez li pey hincetan nîn im, lê xwe tawanbar dibînim."

"Çima ?"

"Dibê qey min hîkarî te kir."

"Heçku tu wekî peywirdarekî fermî ji min re dilsar bûyî."

"Çimkî min nedixwest te biêşînim."

"An te nedixwest ku hestên te aşkere bin?"

"Min nedixwest tu dawiyê poşman bî."

"Li ber çavên te ez zarok im an rahîbe me?"

"Wisa nebêje. Bûyerên giran hatine serê te. Dibe ku tu bi hestên xwe bixapî."

"Ango ez bi eşqa dilê xwe nezanibim, erê?"

"Rewşa ku tu têdeyî însan dixapîne."

Marîa ji cihê xwe rabû û hat tenişta Ferman, "Tenê lehzekê çavên xwe bigire û xwe ji hestiyariyê dûr bixe. Ji hêvî, şayîş, evîn, nefret û tirsên xwe; ji penaberî, zindanî û kuştinê, ji xeyalên xwe dûr bixe. Bila tu tişt neyên bîra te.

Bifikire ku girîngiya tu tiştî nîn e. Heval û hogirên te, dost û nasên te, hezkirî û xoşewîstên te, mekanê te... Tu tişt nîn in. Di jiyana te da tu însan, eşya, obje ji yên din çêtir nîn in. Îfade, çêtir dîtin, nêrîn, rawest nîn in.

Pêwîst e ku tu ji bo her tiştî wateyan bibînî, xwe ji nû ve çê bikî, hestên xwe biafirînî. Tu dikarî ji binê vî barî derkevî? Gelo hestên te yê hebin an na? Wê hingê ku hestên te dîsa hebin, êdî tê kê tawanbar bikî?

Em hestên xwe bixwe neafirînin, ew li gorî jiyana me xwe bixwe çê dibin. Ez ji te hez dikim, çimkî hezkirin li gorî însan e."

Ferman ker û lal li Marîa guhdar dikir. Xwe bixwe got, "Ez dikarim ji Marîa hez bikim." Bi mehan bû ku ew û Marîa hestên xwe yî nepenî ku heta niha bi tu kesî re parve nekirine ji hev re gotibûn, ji hev aciz nedibûn, fedî nedikirin. Bi salan di hucrên zindanê de bi hevalên xwe re ewqas aşkere nebûbû û li hember wan ewqas xwe dilaram nehesandibû. Ji xwe bi zanatî navbera xwe û hevalên xwe fireh digirt. Li gorî wî her însan xwedî çemberêke ewlebûyê bû ku divê tu kes neketa nava wê çemberê. Ger ku ji sînorê wê çemberê derbas bûna, însanê bela belayî bûya û tu caran bi ser xwe ve nedihat.

Lê li ser eşqê hîç nefikiribû. Hîç nehatibû hişê wî ku ewê jî rojekê ji yekê hez bike. Û nizanîbû ku evîndar dikarîbûn ji vê çemberê derbas bin.

Nexwe niha dixwest ku Marîa ji wê sînorê derbas be û pê re

bibe yek. Çavên wê, xingalokên porê wê, bişirîna wê, awirên wê yê sotînêr... Her tiştên wê pê xweş dihat. Her çiqas ji bilêvkirina wê bitirsiya jî, dizanibû ku ev eşq e.

Hevdû hembêz kirin. Ferman, bêhna ji Marîa difûre wekî bêhna gulebûkan hesand û kişand nava dilê xwe.

VI
DESTHILATDARÎ

Umer ibn Ebdulezîzê [1] hukumdarê Emewiyan ku li hemberî xizaniya gelê xwe aciz bûye û cewahîr-qaşa li ser gustila xwe yî zêrîn hûr kiriye û, “Ger ku gelê min di xizanî û belengaziyê de be ez dikarim bi gustila bêqaş jî îdare bikim” gotiye û diravên qaşa gustilê li gel belav kiriye jî; padîşahê Efxanan ê ku gundiyê ku kera xwe birîndar dike, dibîne û sedemê birîndarkirîna kerê jê dipirse, û gundî jî, “Ku ez birîndar nekim padişahê kera min ji min bistîne,” dibêje, li ser vê gotinê gundî efû dike jî;Melîk Salihê [2] dema ku çav bi du dewrêşên zemkar dikeve ku xeyba wî dikin û “Emê li buhuştê berî Melîk Salih bidin,” dibêjin û ew jî ji wan re dibêje, “Hûn bi Xwedê, hûn ji min çi dixwazin ez bidim we, lê li bûhuşte berî min nedin,” jî, tevde felsefekê hînî me dikin: Desthilatdarên me dilovan in. Lê desthilatdarî dilovaniyê napejirîne.

Însanek ku jehra desthilatdariyê vexwaribe, êdî ew ji dilovaniyê dûr dikeve. Desthilatdarî hesab e, tedrîb e, rêxistin e. Ên ku qala dilovaniya desthilatdaran dikin, ew ji Kurdan, Farisan, Peştûyan, Ereban ji gelên Rojhilata Navîn rajeriyê dixwazin: “Birajêrin, desthilatdarên we dilovan in!” dibêjin.

Lewra însan dixapin. Ev felsefeya ewçend xurt e ku, însan guh didinê. Giyan, rewişt, exlaq li gorî vê felsefê lidar dikeve.Lewra Xatemê Asam [3] ango xatemê kerr rojekê derheqê xwe de gotinên nebaş ji devê jina xwe dibihîze û ji ber ku jinik fedî neke heya mirinê xwe li kerrîtiyê digire; lewra Xatemê Taî [4] ji bo elçiyên Sultan hespê xwe yî bi nav û deng serjê dike û dike şîva êvarê, êvarê jî dibihîze ku elçiyê Sultan ji bo hespê wî hatiye; lewra Ethemê Brahîm [5] dev ji tac û textê xwe berdide, dibe dewrêş û li Şamê dimire; lewra axa, şêx û serokeşîr bi sedsalan bêşik û bêguman rêveberiyê ji gelan re kirine.

Di navbera Rojhilata Navîn û dinê de pirsgirêkek wisa heye ku jiyan, exlaq, rewîst, giyan, viyan tev de ji hev cûda ne. Her yek li ser şaxekê ye. Gelên derve desthilatdarên xwe vedibijêrin, em radijêrin.

Hest û xeyalên me, daxwaz û hesreta me li gorî rajêriyê çêdibin. Em nafikirin, radijêrin.

(1) *(717-720) Sultanê 8. ê Emewiyan*

(2) *(1240-1249) Sultanê Misrê*

(3) *(851-852) Belx*

(4) *Beriya 660tan dijî serokê eşira Taî ku ji Ereban e.*

(5) *Sultanê Belxê (777-782)*

ŞEYTAN

Gelo şeytan çawa afirî? Tirsên bêçaretiyê ew afirand an kurmên desthilatdariyê? Di dojeha ku insan bi destê xwe ava kiriye de çawa dibe ku hîngafên nepenîtî, coşî û xemdariyê dibin şeytanê însên û derdikevin pêşî? Gelo şeytanê însên ji ku debar dibin? Dibe ku jîriya insên bixwe şeytanê wî jî xwedî bike? Herçî ku çarenûs, yezdan, hêvî, pêşeroj û paşeroj ji destê însên hatibe girtin dûr û nêzik, dê şeytanekî kirêt bi pêsîra însên ve bigire.

Ger ku kurmên xirabkariyê ji hêlîna xwe derkeve, êdî ew dê bi lezgînî bingeha xwe xurt bike, dê wekî bager û bahoza bêmefer her tiştî serobino bike û li ser textê desthilatdariya xwe ku bi nermetingî bidest xistiye rûnê. Şeytanê xirabkarî û desthilatdariya kesayetiyan diterikîne. Kesayetiya terikî jî li civatê belav dibe, bi kê ve bigire jehra xwe berdidê û wî ditevizîne, diqerimîne. Ewilî masûlkên li sûret diqerimin, sûret diwerime. Însan wekî ajalekî birîndar xwe dorpêçkirî dibîne. Ne êrîşek tête ser, ne jî devtengeke biçûk li ber vedike ku jê bireve. Hêdî hêdî bizavên bedenê winda dibin, refleks û bizav tevlihev dibin. Xemdariya domdar însên diwestîne. Di wê dorpêçbûnê de însan ji bo ku careke din rastî işkenceyên wiha neyê û tehdê nebîne bizavên xwe bixwe dikuje. Wekî sûretên wî, hest û bizavên wî jî diqerimin.

Ev, destpêka şeytanbûna însên e. Êdî însan wekî afirandeyekî kirêt û belengaz ji her binpêkirinê re amade ye. Armanca wî ji vê dorpêçiyê xilasbûn û tolhildan e, ji bo vê xwe binpê û rezîl dike. Însanê ku di ketûberiya jiyana rojane de nikaribûye xwe veşêre, dema ku fersendê dibîne ji filitandina şeytanê xwe fikaran nake.

Keştiya penaberan wekî gumlateke hesinê jengarî li nîveka Derya Spî, di nava xwe de bi sedan şeytan dihewand û bi sekanî dihejikî. Her diçû erzaq kêm dibû û ava zeliyayî ku bi paçikên qirêj hatibû parzûnkirin dilê insanan dişewitand. Ancax bi tevlihevkirina ava baranê û ya parzûnkirî aveke vexwarinê pêkdihat. Paqijiya rojane, belavkirina nan û pêxwarin û tiştên din her diçû eware dibû. Her roj piştî nanbelavkirinê jiyana li keştiyê adeta diqerimî. Însan ji ber payînê dîn û har dibûn. Ya herî giran ew bû ku payîn demê jî bi wan dabû jibîr kirin.

Payîn exlaqê wanî civatî dikujand. Hêdî hêdî her kesî dida pey şeytanê xwe. Ew însanên ku di şûna xwe de dihênijîn an jî li deryayê temaşe dikirin, ji nişka ve dikaribûn belesebeb bikevin nav hev. Her kes ji hev ditirsiyan.

Her ku çû keştî ket nava bêdengiyeke giran. Têkiliya însanan li her qatî belavbûyî her ku çû kêmtir bû. Însanên ku ji zirxê hêvîşînêr dûrketî, êdî rasterast diaxivîn, zêde bi hevre nediketin têkiliyê û bêhêvî û mîtrîbûyî li aso dinêriyan.

Însanekî ji nişka ve xembar û şayişdarbûyî êdî tiştekî xwezayî bû. Ên ku xembariya vî însanî ji dûr ve temaşe dikirin jî bi wî re qilqaldar dibûn. Şayişdarî wekî nexweşiyeke perokî belav dibû. Awirên însanan, bêhna însanan digirt bin kontrola xwe. Kesê şayişdarbûyî nikaribû hewayê bikişîne nava xwe, oksîjenê cegera wî dişewitand, bêhna wî diçikiya. Berçavên wî tarî dibû, dinya bi ser de dihat. Di demên wiha de ger ku Dr. Kemal gihîştibe hawara wî rebenî, bi desta digirt, serî datanî ser pêpelikekî an tiştekî. "Çavên xwe bigire. Bêhna xwe bide û bistîne! Kûre kûr bêhnê bide û bistîne!" digotê. Berê wî dida asîman û tenê wê lehzê wî dilrehet dikir. Lê rojê bi dehan însana belesebeb bêhnefişkî dibûn an jî bi xwe ve diçûn.

Êvarekî Dr. Kemal li koşka kaptan ji hevalên xwe re, "Divê em tiştekî bikin," got, lê di hişê wî de jî tu çare nîn bû. "Însan dîn û har dibin," got bi dilkeserî, "ev bû hefteyek, masiyê xav, ava şor û pariyek nan têrê nake, lê ji van girîngtir tiştek jî heye, hêviya insanan nemaye."

"Hêviya me jî," got Cafer: "ev gumlata hesin a xezeba Xwedê ji hucra zindanê bêtir min ditengijîne. Dibê qey dinya tev de bûye av, her tişt û her der bûne av. Ji avê bêtir li der û dora me tu tişt nîn e."

"Me ewçend tişt lêxist û dûman derxist, lê kêrî tu tiştî nehat," got Zekî, "êdî em çi bikin? Ez nizanim ku dinya çawa me tespît nake. Emê çawa xwe diyar bikin?"

"Dibe ku naxwazin me bibînin," got Harûn, "her kes dikarê li nîveka Derya Spî keştiya penaberan tespît bike."

Cafer, "lê tu welat naxwazin belayeke wiha bigirin ser xwe."

"Erê naxwazin."

"Nexwe em bûne wekî penaberên cihû ên li Derya Reş."

"Erê. Bi aşkere emê nuqmî avê bin."

Zekî bi dengekî dilminêker, "Na hevalno, dawiya dawî dê me bibînin. Sebir bikin."

"Tu bawer dikî?" Qelender li nava çavên zekî nihêribû û pirs kiribû. Zekî gotin di devê xwe de bir û anî: "Niha... Divê em hêvî bikin. Ez hêvidar im."

"Na! Tu bawer dikî?"

"De min got, ez hêvî dikim."

Cafer, "Hêviya min hêdî hêdî kêm dibe. Lê qet nebe divê em di nava her kesî de vê nebêjin. Alozî bi kêrî tu kesî nayê."

"Yanî tu tişt ji destê me nayê?" got Qelender.

"Em dikarin gelek gelekî masiyan bigirin, ava baranê parzûn bikin û hêvî bikin ku keştiyek an welatek me bibîne."

Qelender bi mitrîtî li Zekî nihêrî: "Divê em ji hêvîkirinê bêtir jî tiştan bikin. Van însanan xwe emanetî me kirine."

"Na! tiştekî wisa nîn e!" got Cafer, "em ji bo îdareya jiyana rojane hatine hilbijartin, hewqas! Herkes ji çarenûsa xwe berpirsiyar e."

Qelender bêdeng ma. Li hember Cafer nikaribû biaxiviya. Cafer xetayê însanan li rûyê wan dixist. Salên zindanê hindariyeke wiha pê dabûn kesibandin. Rasterast gotina xwe digot û wisa jî tevdigeriya. Dema ku serê wî tevlihev bûya, bi awirên mitrî li ber xwe dinêriya û bêdeng dima. Di wan deman de canê wî diêşiya. Li ser pirsek an gotinek xwe derdiket. Carina li hemberî axaftineke dirêj nikarîbû semax bikira, rûyê xwe tirş dikir û pişta xwe dida axifker. Qelender li hemberî Cafer diqurifî. Çimkî Cafer jê hez nedikir û her xeletiyên wî li rûyê wî dixist. Qelender bi şermendeyî, "Dîsa jî divê em xwe berpirsiyar bibînin. Divê em li çareyan bigerin."

"Ji xwe em wisa dikin. Em her roj ji bo vê kom dibin. Niha jî sedema kombûna me ev e. Pêşniyazên kê hebe bila bêjin gotina divê em pêşniyaza bikin pêşniyaz nîn e."

Qelender: "Min nêrîna xwe anî zimên" got.

"Erê. Tu dizanî li zindanê yek hebû, me navê wî kiribû Birêz Pêşniyaz carina digot, pêşniyaza min ew e ku em piştî xwarinê çay vexwin."

Her kes keniya, Qelender hêrs bû: "Ger pêşniyaza te hebe, kerem ke, bêje!"

"Hêrs nebe Qalander," got Zekî, "henekan dike. Helbet çi çaraserî di hişê kê de hebe wê bêje. Em li vir asê bûne. Ger bejayî bête xwiyakirin, bi van filîkayên rizî û bi canxelasên kevin be jî me yê her kesî bikişanda bejayiyê. Lê tu tişt naxwiyê. Erzaq roj bi roj kêm dibe. Em bêçare mane."

Zekî baş dizanîbû ku mêzîna ku bi dijwarî li ser lingan digire hêdî hêdî ji destan difilite. Carina xwe wekî malxwiyê maleke li ber belavbûnê ye didît. Pêdihesiya ku wiha biqewime, dawiya dawi dê tîr ji kevanê bifilite, lê wê gavê her kes hêdî hêdî hêrsa dilê xwe dadigire.

Tenhatî, bêçaretî û terikandîbûyîn şeytanê di nava însanan de şiyar kiribû. Bêhêvitiya wan çiqas kûr bûya, ewqas xwe didan tenhatiyê, ewqas bêdeng dibûn. Di nava niqaşkarên li menzelê jî, yekî ku ji yên din re fikr û ramanekê bêje nîn bû.

Wê êvarê bi bêhêviyiya dilê xwe ve nîqaş kirin. Seyidxan, dê piştî nîqaşê ji Sîya re bigota, "Keça min, em bêhevîtiya hevdû kûr dikin. Ger ku bejayî xwiya bike jî herî dawî emê pê bawer bikin." Û pişt re keşfên xwe yî şaşwaz ên derbarê însanên keştiyê vegota: "Ehlên vê keştiyê dev ji xweparastinê berdanê. Dibê qey tev de ketine xeweke giran. Tev de zenanokî, bêhêz û bêhêvî ne. Ya rastî ji bo her kesî eletewş dixwiyê ku li nîveka Derya Spî çawa nayêne dîtin. Lê her kes dizane ku li wan nagerin radarên hemî welatan ji bo wan girtîne. Her welat dibîne ku li ser Derya Spî gumlateke giran wekî mayina tawtawî digere û tijî penaber e, lewma lê xwedî dernakevin. Ji ber vê jî xwe bixwe diqehirin. Di heftekê de herkes pîr bû. Ger ku hincetek bidest bikeve, dê çavên xwe neniqînin û hêrsa dilê xwe vereşînin. Divê em xwe biparêzin keça min. Hem ji wan û hem ji xwe. Tev jî ji rewşa xwe haydar in. Dibê qey jîriya wan çend qat zêde bûye. Çiqas ji giyana wan kêm dibe, ewqas ji wan re dibe jîrî û hirs. Ewçend jîr, bi hêrs û rastbêjin ku ev ji bo herkesî xetere ye. Ez bawer dikim êdî, ewên qiyameta xwe bixwe rakin."

ZEYTÛN

Payîn, belki jana herî giran e ku ademizad pê re rûbirû bûye. Çimkî payîn bi xwe jandar nebe jî, di nava xwe de bi her cûreyî jan dihewîne. Tişta ku tête payîn hêvî bixwe be jî dîsa bi êş û jan digihêje payîndar.

Ehlên keştiya terikandî dipan. Bêhêvî û bêmefer dipan. Lewra jana payînê li wan zêdetir dibû. Nizanîbûn ku li benda çi ne, lê bi sebreke bêsinor dipan. Bi payîna xwe hêvî dikirin ku tiştên hatine serê wan dê bêtin zanîn, neheqiyên li wan hatine kirin dê bêtin rakirin û dê bigihêjîn armancên xwe. Ne li gorî oldaran, bawermendan an jî milîtanan, li gorî insanên ji rêzê dipan. Bayê baskşkestî dipan, dipan ku keştiya wan rizgar bike, xilas bike.

Bi awirên nebîrewer li pêlên şîn temaşe dikirin. Li benda mûcîzekê bûn. Ew însanên ku ji dil û can bawer dikirin ku ew însanên qenc in, tenê şansê wan lê nehatiye, tiştên baştir û jiyana baştir heq kirine deşt û zozanên xwe bibîr dianîn. Nêçir û geşt û seyranê deşt û zozanan bibîr dianîn, zarokatiya xwe, malbata xwe, rojên xwe yên xweş bibîr dianîn.

Derbarê pêşerojê de tenê dikarîbûn bipên. Lê rabirdû her roj li ber çavê wan bû. Payîn ji bo wan bûbû mifteya xeyalkirina dahatûyê jî.

Xwarin her diçû kêm dibû. Pariyên tên belavkirin biçûktir dibûn. Rojê carekê an çend zeytûn an perçek penîr an masiyek an jî perçek goşt belav dikirin. Êdî av jî têrê nedikir, ji xwe ava parzûnkirî tîbûna însên nedişikand. Îmtiyaza ji bo jin, zarok û pîran her diçû kêmtir dibû.

Wê sibê jî, serê her insanekî pariyek nan û çend zeytûn belav dikirin. Miroveki kurtik, serî keçel û nêzî çil salî, li hemberî belavkerên nan û zeytûn sekinî: "Zeytûnên we dabûne me xerabûyî

ne.” got. Xortê belavker ê bejndirêj bi şaşwazî lê nihêrî.
“Baş e. Em çi bikin?”
“Erê, niha tu çi dixwazî?”
“Çawa tu çi dixwazî?”
“Kekê, te ji bo çi rê li me girtiye? Tu çi dixwazî?”
“Ma divê ez tiştekî ji we bixwazim?”
“Niha te çima me rawestand?”
“Çima nayê fêmkirin?”
“Na!”
“Baş e. Ez careke din bêjim: Zeytûnên ku we dane me, tev de xirabûyî ne!”
“Yanî tu ji me zeytûnan dixwazî?”
“Bi te wisa dixwiye?”
“Baş e. Min fêm kir. Zeytûnên te xirabûyî ne. Niha tu di şûna wan de zeytûnan dixwazî?”
“Ez dibêjim zeytûn xirabûyî ne, yanî di vir de pirsgirêk heye. Tu dibêjî ez zeytûnan bidim te.”
“Temam. Emê pirsgirêka te bidin ber çav.”
“Çawa?”
“Emê ji vir û pê ve zeytûnên xirabûyî vebijêrin.”
“Na! Na! Te got pirsgirêka kê?
“Pirsgirêka te…”
“Na pirsgirêka we. Pirsgirêka min birçîmayîn e. Lê zeytûnên xirabûyî pirsgirêka we ye.”
“Kekê, wextê me nema. Şikyata xwe lehzek şûn de ji koşkê re jî bêje. Bila ew çareser bikin.”
“Ez naçim tu deverê. Ê ku zeytûnên xirabûyî dide, ne ez im. Hûn bi xwe kêmasiya xwe çareser bikin.”
“Niha tu ji me çi dixwazî? Belê, zeytûnên te xirabûyî ne, ma ji destê me çi tê ? Zeytûn tev jî hatine jimartin.”
“Erê, zeytûn hatine jimartin. Her kesî para xwe girtin û xwarin. Lê para min û pîreka min xirabûyî derketin.”
Xort pişta xwe dayê û kire ofe of. “Baş e,” got “emê jê re çarekê bibînin.” Dûre meşiya. Mêrik di cih de xortî rawestand.

"Binêre!" got, "tu hîn zarok î, kurê min bi qasî te ye. Tu nikarî wiha nêzikî min bibî!"

"Çawa?"

"Gava ku ez bi te re diaxivim, pişta xwe nede min."

"Kekê, gotinên me yê hevdû biêşînin. Lewma min dev jê berda. ka bi hevalê min gazî kekê Cafer bike."

"Dev ji Cafer berde. Vaye ez bi te re diaxivim. Zeytûnên min û jina min xirabûyî ne."

"Min fêm kir."

"Nexwe çima pişta xwe didî min? Ma pirsgirêka min biçûk e, yan ez dînim ku tu min ji xwe dûr dixî? Çima tu gazî Cafer dikî? Ez ji te re dibêjim zeytûnên min û jina min xirabûyî ne!"

"Binêre! Tu dixwazî ez para xwe û hevalê xwe bidim te."

"Çima? Ez parsekê we û bavê we me?"

"Haşa kekê! Yanî em dikarin îdare bikin."

"Dîsa jî em dikarin para xwe bidin we. Belkî xanima te birçî be."

"Te çi ji xanima min e? Ez ji te re dibêjim zeytûnên we dane me xirabûyî ne, tu dibêjî xanime te birçî ye. Ji te re çi?"

Xort aciz bû. Diranên xwe qirçand. Ji nişka ve Cafer û xanima mêrik derneketana, êdî nema xwe digirt Cafer silav da, "Merhaba ji we re, xêr e? Mesele çi ye?"

"Ji te re çi? Got mêrik, "tu kî yî?"

Cafer bizdiya, li xort nihêrî, xort serê xwe hêjand.

"Ez berpirsiyarê xwarinê me" got, "ger pirsgirêk hebe, kerem kin, çi ji destê me bê."

Mêrik bişirî, "Çima serokdewletê we nehat?"

"Bira, mesele çibe bêjin, xwe aciz nekin."

Xanima wî ket mila, "Hesen, ez qurban! Were em herin, êdî bes e. Te heval aciz kirin."

"Na!" got Hesen, "tu bisekine! Êdî tu kes nema? Bila komîte tev de bên!"

"Bira," got Cafer, "em hevalên hev in. Çi derdê te hebe bêje, ser serê me."

"Zeytûnên xirabûyî ji bo we ne bes e? Ev ne derd e? Dixwazin ez derdên hîn mezintir jî bêjim. Bêhna jengê, dengê pêlên deryayê, kelekela rojê, ava şor; payîn, payîn, payîn... Evana tev de ji bo we ne derd in?"

"Em çi bikin birayê min. Bila heval zeytûnên baş bidin we."

"De bala xwe bidê! Ez parsekê we me? Ev jî dibêje ez zeytûnan bidim te. Ez ji we re dibêjim zeytûnên we xirabûyî ne?"

Cafer şaşwazî bû. Dest û ling ji hêrsa lêrizin: "Ka ez nizanim tu ji me çi dixwazî?"

"Hesen, ez bi qurban," got jina wî, "bes e, hevalên jê re çarekê bibînin. Haydê em herin."

"Wê çawa çare bibînin? Rezê wanî zeytûnan heye? Gelo dikarin bêhna jengê ji bêvilên min derxînin?"

Hesen ji nişka ve ji nava wan derket û li ser guvertê kire qîre qîr: "Kî dikarê bêhna jengê ji şev û rojên me derxîne? Ki dikarê dengê pêlên deryayê kêm bike? Hûn dikarin? Belengazino! Hûn nikarin pêş û paşê xwe ji hev derxin. Hûnê ji ku bizanibin ku kîjan zeytûn xirabûyî ne?"

Hem diqîriya û hem jî wekî hespê şê diçû û dihat ji nişka ve serê xwe li erdê û li diwêr xist. Bi qireqîr: "Zeytûn xirabûyî ne! Av şor e! Dinyayê em jibîr kirine! Zeytûn xirabûyî ne!"

Cafer û çend kes bi dijwarî bi dest û lingên wî girtin.

"Neke Hesen! Hişê xwe bide serê xwe!"

Lê bi Hesen nikarîbûn. Jina wî digiriya û rûyê xwe ve diperûçikand. Çend mirovan jî pê nikaribûn. Hesên serê xwe li zemîn xist û dûre bi xew ve çû.

NAVBEYNÎ

Danê nîvro ciwanên ku Cesîm wan peywirdar kiribû ji deryayê av dikişandin. Satilên bi kindiran girêdabûn û diavêtin deryayê. Satilek dadiket deryayê, yek jê derdiket. Bi dehan satil bi hev re diçûn û dihatin.

Bûyera sibê ku li ser zeytûnan pêkhatibû ji bîra her kesî derketibû. Çend qîzên ciwan di nava jinên cilşo de carcaran bi dildarî li ciwanan dinêriyan. Qeyrana mêrikê sibê her kesî pevjilandibû. Her kes bi jiyanê hesiyabû; ciwanan av dikişandin, jinan cil dişûştin, coşeke zirav teletel dikete dilê însanan. Hin kesan kamarayên lewitî paqij dikirin, hin kesan li ber tavê xwe dirêj kiribûn li aso dinêriyan.

Zekî, bi tevî hevalên xwe li ber derê koşka kaptan li ser bûyera sibê nîqaş dikirin. Xirecira xebata ciwanan tevli dengê suhbeta wan dibû. Li ser guvertê, li korîdoran, li kamarayan, li her derê keştiyê însan kom bi kom rûniştîbûn û suhbet dikirin. Bêhntengiya payînê ji ber bûyera sibê hindekî bela bûbû.

Sîya û Perîza li goşekê rûniştîbûn û li deryayê temaşe dikirin. Sîya serê xwe dabû ser milê Perîzayê, Perîza jî bi dengê xwe yî xweş hêdîka stran digot.

"Perîza, tu hîç ketiyî deryayê?" got Sîya.

"Na," got Perîza. "Lê gava ku em bi keçên gund re diçûn pincarê, em diketin ava çem."

"Tu soberî dizanî?"

"Na. Lê tu?"

"Erê. Ez ketime deryayê jî."

"Na, lê!"

"Erê. Em li plajê diketinê. Av li wir tenik e."

"Sîya, li cihê em herinê derya heye?"

"Nizanim."
"Ku hebe, ezê bikevimê."
"Erê, tû û Dara bi hev re bikevinê."
"Huş be lê! Ka em ji vir xilas bin."
"Erê, emê xilas bin."
"Xwezî..."
Ciwanên ku av dikişandin û li korîdorê rûdikirin di nava xwe de dest bi gengêşiyê kirin. Perîza û Sîya berê xwe dan ciwanan.
"Nîha dora te ye!" digot ciwanê çûrik.
"Na lo, ez westiya me," got yê din.
"Ma em ne însanin? Tu westiyayî, lê ez?"
"Te çi ji min e? Ez westiya me."
"Tu ji kar direvî"
"De here lo!"
Ciwanan bi pêsira hev girtin. Xirecira wan bala kesên li der û doran kişand. Di cih de tirsa aloziyeke nû bi dilê tevan girt. Baş dizanibûn ku ev bêaramî û ev aloziyên belesebeb ji ber derfetan bûn. Lê dîsa jî nikaribûn xwe bigirin. Ew însanên ku hîç hevdû nasnakin û ger derkevin bejayiyê belkî hîç careke din hevdû nebînin, hemî neyîniyên derfetên xwe didîtin. Ew ji mecbûrî bi hev re dijiyan, tu kes bi yekî din ve girêdayî nîn bû.
Dema ku Cesîm hatibû ser gengeşiyê herdû ciwan hevdû dehf didan û gotinên nebaş ji hev re digotin. Cesîm bi kurtebejna xwe ve ket navbera ciwanan.
"Ka rawestin!" got, "hûn ji hev çi dixwazin?"
"Çi ji te re ye?" got ciwanê çûrik.
"Çawa ji min re çiye?" got Cesîm, "tu çi dibêjî?
Cesîm di nava karê konfeksiyonan de mezin bûbû. Bejna wî kurt bû lê xortekî çeleng û jêhatî bû. Bi pêsîra ciwan girt: "Tu çi dibêjî kuro?"
Ciwan xwe sist kir: "Pêsîra min berde. Min ji te re tiştek negot."
"Erê lê, te tiştek negot. Hûn çima dev ji kar berdidin?"
Cesîm îcar bi pêsîra ciwanê çûrik girt. Vêca kesên li hawîrdor

ketin navberê. Ciwanê din ê gengêşîker jî ket navberê,

"Temam bira, tiştek nîn e. Emê avê bikişînin."

"Tu bisekine," got Cesîm û vegeriya ser ciwanê çûrik, "ez berpirsiyarê avê me. Ez ji te tiştekî dipirsim. Hûn çima xebatê nakin û bi hev dikevin?"

Çav lê sor bûbûn, dest û ling lê dilêrizîn. Her yekî dest û milekî girtin, lê Cesîm xurt bû, pê nikarîbûn. Cesîm ji ber sistgirtina wan xwe ji destê wan xilas kir û êrişî ciwanê çûrik kir. Ji aliyekê ve jî bi kurdî û tirkî sixêfan dikir.

"Ker kurê kera! Tu hem ji bo avê şer dikî, hem jî êrişî me dikî? Şerefsiz adam! Tu xwe çi dihesibinî? Qeşmer!"

"Gidî, ev çi dibêje?" got ciwanê çûrik. Kalemêrek ket milan û wî dûr xist.

"Tu guh nedê kurê min" got Kalemêr, "ev qeyran e. Dê lehzek şûnde bi ser xwe ve bê. Sebir bike. Xwedê! Emê tevde li vir bihetikin!"

Cesîm careke din ji dest wan filitî û êrişî ciwan kir, lê bi dehan îsanên li howîrdor nehiştin ku nezikî pê bike, careke din pêşî lê girtin, Cesîm têgihîşt ku nikarê xwe bigihînê, ji nişka ve rawestiya, vegeriya paş û xwe ji ser diwarê hesin ê yekmêtroyî avêt deryayê. Ji keştiya bilind daket û bi serlingî ket Derya Spî.

Ava deryayê kefikî bû û reşiya der û doran. Ji her derê dengên wekî, "Xwe avêt!", "Zû bikin!" "Kî soberî dizane!", Xilas bikin!" bilind dibûn. Çend mirovan xwe tazî kirin û xwe avêtin.

Biskek şûn de serê Cesîm di binçenga miroveki de xwiya kir. Kindir avêtin û wan kişandin jor. Cesim bi xwe ve çûbû. Dr. Kemal bi tevî çend mirovan Cesîm deverû kirin, daweşandin, hindek av ji deva derket û Cesîm bi xwe ve hat. Ew cesîme ku lehzek berê bûbû pizot, ji nişka ve bû zûre zûra wî û giriya.

"Temam hevalno," got Dr. Kemal, "bila her kes vegere ser karê xwe. Êdî tiştek nema. Qeyranek bû û derbas bû. Bila du heval alîkar bibin, em bibin cihê wî, bila hindek rakeve."

Cesîm ber bi kamarayê birin. Sîya dest bi girinê kir. Bi hembêzkirina Perîzayê êdî nema xwe girt: "Bese canê min! Bes e! Negirî!"

"Perîza, emê tev jî wiha dîn bibin?"

"Na, na. Tiştek bi me nayê! Netirse!"

Sîya Perîzayê hembez kir. Perîn ket bîrê. Ew jî wekî Perîzayê xwîngerm bû. Bi wê jî dilaram dibû. Bi sehkirina avêtina dilê Perîzayê kêfxweş bû. Sebra wê bi Perîzayê hat. Germaya dilê însanekê jiyîna wê pê dabû hishisandin. Bi peyv û mistdanên wê ve hat ser xwe.

"Tu dizanî vê çi anî bîra min?" got Perîza.

"Çi?"

"Dema berê, însanan bi avê ceza kirine."

"Çawa?"

"Ger ku yek hatibe tawanbarkirin, lê nikaribûn pê bidin qebûlkirin, wê hingê giregirên gund kom dibin, gundiyan li ber çem dicivînin. Wî mirovî tazî dikin û diavêjin çem. Mêrik di çem de soberî dike. Tu kes pê re alîkariyê nakin. Ew bi serê xwe dimîne. Ger ji çem xilas be, bêtawaniya wî tête pejirandin, ger di avê de here, ji xwe diçe."

"Cesîm jî wisa bû?"

"Erê. Ket ceribîna avê û xilas bû. Êdî tiştek pê nayê."

EVÎN

Min ji te re qala Perîzayê nekiribû? Heçku ew şev û roj ji xewn û xeyalên min dernakeve. Min çawa ji te re negot?

Perîza keçeke Efxanî bû. Temênê wê nêzîkî hîjdehan bû. Dema ku li nava çavên min nihêrî û axivî, belê axaftina wê bi kurdî nebû lê dîsa jî min jê fêm kir û ez bi fêmkirina xwe jî şaş bûm. Ji min re got, "Şaşwazî nebe. Ez Peştû me, zimanê me jihev in."

Min çawa jê fêm kiribe, Dara jî wisa jê fêm kiribû. Dara ji min bêtir jê fêm dikir. Ciwanê çavreş faris bû. Ji Îranê, ji eyaleta Mazenderan ê.

Gelo ji hev fêmkirina Peştû û Farisan bû sedem, an mêvantiya mehî bi misogeri a li keştiya kevin, nizanim. Dibe ku lîstokeke çarenûsê be hatibe serê me. Divê qedera Perîza ku çarşefa xwe çirandî û bi tevî bav û kekê xwe berê xwe dayî azadiyê û qedera Darayê ku diçe cem kekê xwe yî doktor ê li Perîza di wê keştiyê de li hev neqelibiya. Ger li peravê deryayê, li kampa penaberan an li devereke din rastî hev bihatana, dibe ku wisa neqediya. Lê divê di wê keştiyê de ew herdu ciwan hevdu nas nekirana. Cih tunebû ku birevinê...

Dara bi zimanê xwe evîna xwe ji Perîzayê re anî zimên, Perîza bi zimanê xwe ewî bersivand. Ez li gel wan bûm û destê min di kefa destê Perîza de bû. Ez bi evîna wê ya ji serê tiliyan fûriyayî bûbû. Min bi tevî nameyê, pênûsa Dara jî bi xwe re dibir û dianî. Pênûs nîn bû. Bi nameyên wan evîna wan latimî min jî dibû. Min wan pusûlayên çelexwarî hatî nivisandin dibir û dianî. Her carê evîna wan diket dilê min.

Yekî pênûsa destê min dît: "Ka wê pênûsê!" got.

Min kefa destê xwe guvaşt. Ez kelogirî bûm. Hevalê wî, "Dev jê berde," got. Min ji Perîzayê re bi heyecan vegot, Perîzayê hişkehişk min hembêz kir. Di dilê wê de çûkek lêdîda.

"Ger ez li deverekê bicih bim," got, "misoger ezê te bibînim."

"Ger ez li deverekê bicih bibim..." Ax! Bêcih û bêwara reben. Ewê bêtir ji Dara hez bikira, wê bi şekl û şemala Dara bigihîşta windayê welatê xwe. Du roj piştî hevnasina wan hêdîka ji min re got, "Dara welatê min tîne bîra min." Nîv demjimêr şûn de jî got: "Dara dişibe welatê min." Lê min dizanîbû ku dixwaze bêje: "Dara welatê min e."

Şeva yanzdemîna me ya di keştiyê de nîve şevê Perîza hat. Diyar bû ku dilê wê ne am berxwe dida li hember evîna wê. Ji diya min re, "Bila Sîya were cem min," got, "em li ber vê tenafê ne. Emê bi hev re suhbetê bikin, bila xema me belav be."

Kula dilê wê giran bû. Dayê jê fêm kir, nexwest dilê min jê bimîne. Ma ji xwe ezê biçûma ku? Heta sandoqa tenafê... Ser hev deh gav... Dema ku em li ber sandoqa tenafê rûniştin, dayê di tariyê de jî bi me xwiya dikir.

Perîza, "Ez bi qurbana te me!" got, "her kes ji derd û xema westiya ne. Gazî Dara bike, bila bê. Ez li vir careke din wî hembêz bikim."

Dara xwe dirêj kiribû û li stêran temaşe dikir. Ez lê digeriyam lê min nedidît. Ewilî ewî ez dîtim. Hêdîka gazî min kir. Çavên wî yên xewgirtî diteyisîn. Min bi desta jê re îşaret kir ku bide pey min. Baskên wî hebûna yê bifiriya, ez jî pê re.

Ciwanê bejnzirav û dirêj da pey min. Em ji nava kesên li erdêraketî derbas bûn û gihîştin ber sandoqê. Dara bi teletel nêzîkî sandoqê bû. Dema ku wan herdû evîndaran hevdû hembêz kirin, ez li hêla din rûniştim. Bi tevî dengê pêlên deryayê, dengê peyvên wanî evînî jî dihate guhê min. Ez dilşad bûm, çimkî min karekî baş kiribû.

Heta ku kekê Perîzayê bi wan hesiya, xweşsuhbeta wan berdewam kir. Ez çav pê ketim, ziman ji devê min vekişiya. Herdû evîndar di hembêza hev de bûn. Li ber çavên min kekê Perîzayê çawa bi pêsîra Dara girt, wan herdû xortan çawa hevdû birin û anîn, bavê Perîzayê çawa hat û tevlî şer bû min pêdernexist. Nizanim di navbera çend deqîqan de her tişt çawa serobino bû. Herwiha nizanim ka gelo Perîza çawa ket deryayê. Gelo yekî dehf da, ji ber tunebûna caxên li derûder ket, lingên wê teyisîn nizanim. Dibe ku bixwe jî, xwe avêtibû. Ez bi ketina Perîzayê bi serxwe ve hatim. Min gazî wê kir, di nava qerebalixê de yekî bi min girt.

Lê tu kesî bi Dara negirt. Dara xwe ji destê kek û bavê Perîzayê xilaskir û xwe avêt nav pêlan. Tu kesî fêm nekirin ka gelo Dara bi destê Perîzayê girt an na. Tariya zilmatê û pêlên deryayê ew ji me veşartin.

Weke xeyalekê dengê Perîza ket guhê min: "Sîya!" digot, gazî min dikir. Ma ji bo çi gazî min dikir? Min soberî dizanîbû lê minê çawa ew xilas bikira? Çima gazî min kir? Ger ku bijiya, dibe ku ew jî wekî min bi tiştekî bigirta û xwe bigîhanda bejayiyê. Dibê ku Dara jî xilas bûya, lê nejiyan. Çûn nava dilê Derya Spî.

Carina ez di xewnên xwe de wana desthevgirtî dibînim. Dûre pêlek tê û wan ji hev vediqetîne, wê çaxê dibin cesed. Careke din nêzikî hev dibin, ji nû ve dijîn, evîn ji çavên wan difûre.

Lê carina jî, dibêjim baş bû ku nejiyan. Qet nebe bi dilêvînî mirin. Hovitiya însanan nedîtin.

BIRÇÎTÎ

Roja heyştemîn bû. Ber bi nîvro li salona mezin civînek lidar xistin. Her kes hatibû. Zekî axivî, got ku erzaq ber bi xilasiyê ye, ên mayî dê bidin jin û zarokan, ji bo mêran dê masiyan bigirin, lê nan ji wan re nîn e, bila her kes xwe ji bo rojên birçbûnê amade bike.

Civîn belav bû. Taqet di tu kesî de nemabû. Nediaxivîn. Lê reşbîniyeke giran bi ser wan de girtibû. Vekişiyan qoziyên xwe û ketin nava xeyalan.

Kalemêrek, pişta xwe yî xûz girt û hêdî hêdî meşiya. Bi destê çepê çakûçekî giran ê ku ciwanekî ji daira makineyê jê re anîbû dikişand. Ji ciwan re, "Ji min re giraniyek lazim e, ezê bidime ser pişta xwe ku pişta xwe pê rehet bikim," gotibû. Ew ciwanê ku zanîna wî ya derbare anatomiya însan bi xurtkirina masûlkê ve sînorkirî bû, bi qencîxwaziyeke giran çakûç jê re anîbû. Lehzek berê jî kalemêr ji jina xwe re, "Jinik, tu hindekî serê xwe dayne. Ha ji te re cakête min jî bide ber serê xwe, ezê ji xwe re bigerim," gotibû û dû re çakûç bi kindirekî ve li pişta xwe girêdabû û ji kamarayê derketibû. Di bin awirên nuqmî bûne nava pêlani ewrên simpî û aso hêdî hêdî derket guvertê. Dema yeqîn kir ku hatiye cihekê munasib, rawestiya û li der û dora xwe nihêrî.

"Birano!" got. Her kes vegeriya ser vî însanê xirabkarê bêdengiyê. Kalemêr lehzekê sedema hatina xwe ya li vir ji bîr kir. Di bin awirên vegeriyane ser xwe de melisî. Lê paşê karê xwe anî bîra xwe, qirika xwe paqij kir û dom kir:

"Birano, herhal ez ji we tevan kaltir im. Belê, dizanim ku di van rojên keserkul de tu kes nikare ji bo hevokekê jî semax bike. Her kes westayê xwe û derfetan e. Lê dîsa jî ez ji we rica dikim, deqekê guh bidin min. Ger ez nebêjim ezê belawelayî bim. Na, ez ji we re aqilfiroşî nakim. Ezê derdê xwe ji we re bêjim."

Elaketa meraqdar, li dora kalemêr civiyan. Ên razayî şiyar bûn, ên qatên jêrîn bi meraq hatin jor. Kalemêr hîç li der û dora xwe nedinêriya. Hema serê wî di ber de bû. Bêdengmayina însanan ji bo xwe wekî erê hesiband. Dûre li ser axaftina xwe kûr bû: "Êdî qudûmên min şikestin, taqet di min de nema. Ez nizanim ji bo çi min xwe û jina xwe derxist ser van riyan. Ji xwe temenê min ên mayî çiqas e? Divê ez di nava ehlên xwe de bimama, heta ku min canê xwe teslîm kir.

Ez ji we re tiştekî bêjim: Ez dilopek im, min deryaya xwe winda kiriye. Mala min xira bû, Helîna min belav bû, zarokên min tev rahiştin çekan û derketin serê çiyan, ketin zîndanan, canê xwe dan, min pîrejina xwe jî bi xwe re kişkişand. Qaşo min dê zarokên xwe yî mayî jî derxistina Ewropayê. Heçî tiştên di destê min de mabûn jî min di wê oxirê de xerc kirin."

Kalemêrî ji bêrika xwe desmalek derxist û pê hêstirên xwe paqij kir. Tu deng dernediket: "Min bihîst ku nanê me xilas dibe. Ez û hevjiyana xwe em kal û pîr in. Heqê me rojê pariyek e. Lê êdî hewcedariya min bi vê pariyê jî nîn e. Ji xwe ez deh salan ji jina xwe mezintir im. Rojên min pir kêm mane. Jina min dibêje, ez ji grevên birçîbûnê elimî me, lê hûn pê bawer nekin. Ez baş dizanim, dema ku tiştekî nexwe serê wê diêşê. Ji xwe nexweş e. Naxwaze ez bi êşa wê bihesim, lê ji her halê ve diyar e, êdî hêza wê nemaye. Ez carina xwe diavêjim xewê, bala xwe didimê ku ji ber êşa dilê xwe digirî. Rojê pariyek nan têrê nake. Ez pariyê xwe didimê, veca naxwaze û aciz dibe.

"Birano, ji bo xwedê, êdî para min bidin wê û tu caran nebêjinê ku min evê ji we xwestiye. Mina ku para her kesî wisa ne raber bikinê."

Piştî van gotinan kalemêr hêdî hêdî ber bi qiraxê keştiyê meşiya. Tu kesî nizanibû ku wê çi bike: "Eger li min bipirse, bêjin gelekî ji te û ji zarokên we hez dikir. Lê êdî wextê wî qediya ye çû cem zarokên xwe!"

Çend kesên li der û doran rûniştî qilqilîn. Hindekan nêzikî li kalê kirin, lê tu kesî bi niyeta wî nizanîbûn. Kalê hêdî hêdî heta ber caxên perçe perçe bûyî hat. Di bin awirên matmayî de ji nişka ve xwe ji keştiyê avêt. Hê tu kesî ji tu tiştî fêm nekiribûn, bû çirpîna laşê kalemêr li avê ket. Çend kesên bi ser xwe ve hatî, di cih de xwe avêtine avê. Lê ji ber giraniya çakûç, laşê kalemêr ewçend zû nuqmî avê bû ku, heta wan xwe avêtin, kalemêr winda bûbû jî. Xortê qencixwaz ji kerba lêva xwe gest.

Pîrejina wî ya ku çend roj berê nanê xwe dabû û "ez elimî me." Gotibû, dema ku wî xwe avêtibû jî hê di xeweke giran de bû.

MIRIN

Cafer digiriya. Wekî zarokekî reben dibû îske îska wî û digiriya. Hê cilên xwe yî li ber tavê raxistî li xwe nekiribû xwe bi sakoyê Şemsedîn rapêçabû û kûrekûr digiriya.

Serê xwe rakir û li Harûn nihêrî: "Li zindanê xwe dişewitandin," got, "carina em nedigihîştinê. Bi mirina însanan elimîn tişteki cûda ye. Lê ev hesteke derî adetê ye. Qîrîna însanên dişewitin awazek ji dojehê ye. Bi jana dilê xwe ve diqîrin, dirûşmeyan dibêjin. Lê dengê wan ne wekî her carê ye. Qîrîn ji nava dila tê. Tu nikarî texlîta dengê însanekî şewitî bikî, çimkî ew ji sîngeke şewitî dertê. Pêlên deng jî sotînêr in. Dûre bêhna bedena şewitî li her derê belav dibe. Belkî tu bişibînî çermê şewitî an kebaba şewitî, lê ev hişê te ji serê te dibe, çimkî li te wetirê goştê te dişewite û ew bêhna wî ye. Bi bêhna goştê te laşê te diricife."

"Bes e!" got Harûn. Te xwe hetikand. Ma ev ne sûcê te ye!"

"Na! Ne sûcê min e. Lê mirinên wiha me tawanbar dikin. Em tev di binê sûcê van mirinan de dipelişin"

"Reşbîniyek pê girtibû. Êdî ew biserxwe ve nedihat. Belkî mirin jê re çêtir be."

"Erê lo!" got Şemsedîn, "ev naşibe kesên xwe şewitandî. Rebeno ji xwe kal bû."

"Lê tu ji me re qala wan bike. We çawa wan ditefand?"

Cafer li çavên Harûn niherî. Di sisîkên çavan de durustî, nivîskarî, meraqdarî tevlîhev bûn. Ew helbestvanê ku li Swisrê xwendî û ji bo pirtûka xwe hatî girtin û hatî nava wan ket bîrê. "Ji min re bûyeran vebêjin!" digot, "ez dixwazim tevan binivîsim." Cafer ji wî helbestvanî hiç hez nedikir û helbestên wî beredayî didît. Lê xwîna wî dikeliya ji Harûn re.

"Ez çi bêjim!" got, "dema ku dengê qîrînê dikeve guhê te, êdî tu li ku bî hema ber bi deng direvî. Geh di xewê de, geh li ser sifrê, geh di nava suhbetekê de yî, bi îrînê ve biserxwe ve têyî û direvî. Tu dizanî ku deng an ji serşoyê, an ji binê derencan tê, lewma berê te ber bi mekanên diyarde ye. Dûmana ji naylon, cil û rojnameyên li bedena dişewitî rapêçayî pêşiya te digire. Lê dîsa jî tu direvî. Bi hêviya tefandinê tu direvî. Beriya bêhna goştê însan dixwazî xwe bigihînê û bitefîne.

"Tu dizanî, wekî kesên xwesotînêr, însanên ji bo alîkariya wan direvin jî diqîrin? Diqîrin, ji bo ku wê bêhnê nehesînin, wî dengî nebihîzin. Ji bo veşartina tirsa xwe diqîrin. Piştî bûyerê qîrîna wan nayê bîra wan. Lê diqîrin. Heta ku rastî bêhna bedena însan, li rastî mil, sermil û seriyên şewitî, li rastî sûretên heliyayî tên diqîrin.

Ew rûbirûmayîn, jana alîkarxwazan ji nişka ve sivik dike. Dibê qey dema ku bi alîkarxwazan ji nişka ve sivik dike. Dibê qey dema ku bi alîkarxwazên xwe re rûbirû dibin, jana dilê wan jî hildiçînin, xwînsarî û aqilmendiyê didin wan. Ez jî şaş dibûm ku di wê lehzê de çawa xwe digihînim avê û çawa avê li ser bedenên dişewite direşînim.

Di wê navê de tu têdigihêjî ku yê dişewite tu nîn î, kesê jankêş tu nîn î. Ji ber vê, dilaramiyeke sosret bi însên digire. Xwediyê jana giran, xwediyê beden û sûreta ku dişewite tu nîn î. Êdî tu dikarî dilrehet bî.

Lehzek berê, dema ku min xwe avête deryayê û reşayiya kalemêr li ber çavên min bi lezgînî daket binê deryayê, min ew hestê sosret hishisand: Ê ku dixeniqe ez nîn im. Ev çawa dibe xemrevînî ?"

"Te peywira xwe anî cih," got Harûn, "roj roja xwe tawanbarkirinê nîne. Rabe, cilên te ziwa bûne. Em herin jor, belkî niha civîn hebe."

Şemsedîn hêstir û girêza xwe bi hev re paqij kir. Di van rojên borî de xwe tim û tim ji karên rêveberiyê dûr xistibû. Pirî caran rûdinişt, bi ciwanan re suhbet dikir. Niha gelekî jar bûbû. Hêdîka bi destê Cafer girt, lê wekî her carê li dûr dinêriya.

"Ezê jî werim nava civîna we!" got, "nizanim hûn li ser çi diaxivin, lê ezê jî werim diwana we."

Cafer bişirî û destê wî guvaşt: "Em li ser çareseriyê diaxivin xalê Şemsedîn. Tenê diaxivin. Êdî tiştek ji destê me nayê."

Şemsedîn wekî zarokekî kêfxeş,"Hûn dizanin ez kî me?"

"Erê," got Harûn, "tu gorvedêr î."

"Na! Beriya wê? Ez ji ku hatime?"

"Nizanim," got Cafer.

"Divê tu bizanîbî. Ez kurê kaniyê me."

"Kurê kê?" pirsî Harûn û keniya.

"Kurê kaniyê."

"Xalê Şemsedîn, ev jî çirokeke te ye?" got Cafer.

"Na. Ez kurê kaniyê me li gundê xwe ez ziyaret im, teberik im. Navê min Kanîwar e."

Cafer cilê xwe li xwe kiribû. "Baş e. Hingê tê ji civînê re jî bikêr bêyî."

Şemsedîn. Rabû ser piyan, "Erê, ezê bikêr bêm."

FÎLÎKA

Wê şevê kesên li kamarayên zengarî raketî, kesên li der û doran digerîn, ên diponijîn û ên bi suhbetê şeva xwe diborînin, ji nişka ve bi xiresineka ji deryayê hatî veciniqîn. Fîlîkayeke ku li pêş keştiyê girêdayî, bendên wê rizî, kalafata wê xirabûyî û bi rojê xort tê de suhbet dikirin ketîbû deryayê. Ewilî nehat fêmkirin ku gelo ket an yekî daxist. Lê kesên ku hatine cihê bûyerê, di heyverona şevê de reşikên ku ber bi Fîlîkayê soberî dikirin dîtin. Çend kesan ji keştiyê bangî wan kirin. Ên ku xwe gihandibûn Fîlîkayê û alîkariya hevalên xwe dikirin, "Tiştek nîn e. Em in. Em bixwe daketin. Em diçin!" gotin.

Zekiyê ku gihiştîbû ser bûyere, "Hûn dê herin ku?" got.

"Emê herin!" got yekî ji wan. Dengê wî ji nav dengê ba û pêlan dihat. "Ba û derya me bibin ku, emê herin wir."

"Kuro neçin! Hûn dîn bûne! Hûn dê bi vê qeyikê ve herin ku?"

"Hûn guh nedin me. Nanê para we zêde dibe. Emê bidin pey oxira xwe."

"Ava we heye?" got yekî.

"Erê, me ji xwe re av girtiye."

"Nanê we heye?" got yekî din. Di heman demê de yekî bi dengekî nizm, "kuro ev bêbavina nanê me nebin!" got. Di cih de çend kes revîn ku li kîlerê binêrin. Cafer bi awirên keserbar bişirî: "Ew diçine mirinê, tu li pey nan î," got.

"Na, nanê me nîn e," got dengê jêrê. "Em nan naxwazin. Me tenê pariyek nanê xwe yî sibê girtiye."

"Neçin hevalno!" got Zekî. "Ev qeyika we nabe tu deverê. Heyfa we ye, vegerin. Belkî em çarekê bibînin."

"Zekiyê bira!" got reşayiya jêrê, Tu jî dizanî ku tu çare nîn e. Emê herin. Ger em bigîhêjin keştiyek an deverekê emê di cih de ji we re alîkarî bişînin. Ger hûn li rastî tiştekî bên, bêjin bila li ser Derya Spî li me bigerin."

Filîka dûr ket. Bi ser Derya Spî çelpe çelpa dengê bêrikên fîlîkayê dihatin. Fîlîka hêdî hêdî ket nava reşaya şevê. Biskek şûn de li ser deryayê reşaya wê jî winda bû.

Wê şevê, heta sibê ehlên keştiyê raneketin. Qaçaxên Fîlîkiyê di çîrok û meselokan de bi dehan caran hatine noqkirin û bi dehan caran hatine xilaskirin. Her ku çû, hêdî hêdî derbarê qaçaxan de mîtolojiyek peyda bû.

Ew digihîştin qiraxê herî nêzîk, di cih de ji rayederan re rewşa keştiyê vedigotin, rayedar bi keştiya wanî li ser Derya Spî agahdar dibûn, Neteweyên Yekbûyî, mafên mirovan, Yekîtiya Ewropa û saziyên din bi pêncsed însanên li ser deryayê şepirzebûyî agahdar dibûn, kamp, xwarin û cil amade dikirin, ewletiya peravê, artêş, helîkopter, balafir û keştiyên sîtolê bi hev re dest bi lêgerînê dikirin, her wiha di kurtedemekê de li ser Derya Spî dibû wekî qada cengê, keştî, piştî lêgerina ji sibê heta nîvro ê herî dereng digot, încax heta esirê dadiket-ji hêla vê konvoya giran û bihêwirze dihatin tespît kirin û xilas kirin ...

Di nava hemû çîrokan de çawa bû ku tenê ev çîroka û manêndên wê li ser zimanan man û çîrokên din (deriya filîkayê xelasbûna keştiyê, noqbûna filîkayê, paş de vegerina wan...) yek û yek hatin seridandin, tu kesî meraq nekir. Tenê Sîya di guhê bavê xwe de, "Bavo, her kes li benda wan in, lê ew ji me reviyan," got. Bavê wê, "Keça min, ji van insanan re çîrokên xilasiyê divê. Fîlika ji wan re bû mane. Tu guh nede wan," gotê.

Bi soraya berbangê ve, ew filîkiya ku êdî bûye efsane û ji ber bêhêvîtiya giran di şevekê de bûye yezdanî û deh-pazdeh penaberên şaşwaz û qaçax dihewîne li aso xwiya kir.

Ehlên keştiyê tev de li hêla îskelê li hev civiyan û li reşaya li ser aso dixwiyê nihêrîn. Dibê qey filîka hîç tevnedigeriye. Tu kesî guh neda belavbûna mîtosa yek şevê. Ji bo hînbûna rewşa filîkayê li çareyan geriyan. Ên ku dixwestin filîkiyake din daxinîn, ên ku dixwestin bi soberî herin gel filîkayê, ên ku qaçax tawanbar dikirin bi hev re diaxivin û gotin li ser gotinê dihat.

Ber bi nîvro fîlîka hindekî din nêzîkê keştiyê bûbû. Wê çaxê ditîn ku ên di nava fîlîkayê de destê xwe ji wan re dihejînin Zekî di cih de Ferman da: "Zû bikin, fîlîkayekê daxînin!" got.

Ji nişka ve her kesî berê xwe da fîlîkayê daxistin.

"Deh kesên xurt û ji bikaranîna bêrikan fêm dikin bila lê siwar bin!" got Zekî. "Fîlîkaya wan avê dikişîne. Zû bikin!"

Fîlîkaya li aso careke din ji wan bi dûr ket. Deh kesên li fîlîkayê siwarbûyî bilez bêrik kişandin. Lê fîlîkaya giran gelekî hêdî diçû. Fîlîkaya qaçaxan hêdî hêdî noqî avê dibû û ji wan bi dûr diket.

Bi qasî demjimêrekê li ser deryayê man. Lê êdî nikarîbûn li ber xwe bidin. Çend kesan xwe avêtin avê û ber bi fîlîkaya xilaskar soberî kirin. Fîlîkaya din hêdî hêdî noq bû. Ewilî pozê wê rabû jor, dûre bi giştî noq bû. Di wê lehzê de ên ku diçûn alîkariya wan hê nehatibûn nîvê rê. Ewên soberî dikirin jî nehatin. Ji fîlîkaya qaçax tu kes nefilîtin.

Ên ku çûbûn hawara wan ber bi êvarê vegeriyan. Ji ber westan û xemgîniyê nikarîbûn biaxivin.

Êvarê pariyek nan li her kesî belav kirin. Ji bo noqbûyiyan dua xwendin ciwanekî ku kekê wî jî di nava qaçaxan de bû, xwe bixwe tawanbar dikir ku çima kekê xwe nerawestandiye.

Li ser guvertê çend xortan avê dikirin. Xortekî avgêr ji nişka ve rawestiya û bidonê destê xwe dirêjî hevalê xwe kir.

"Ka bigire!" got.

Hevalê wî bîdon ji desta girt. Xort, wekî însanekî bawermend bi awirên asûde li hevalê xwe dinihêrî. Ew tasewasa ku bi ehlên keştiyê girtibû, ji nişka ve jê winda bûbû. Mîna însanên bi derbekê ve rastiyê dibînin, kesera dila çûbû, aramiyeke coş hatibû dewsê. Reng û rû lê nerm bûbûn. Mina însanên xwedî biryar, "Ez gelekî baş soberî dikim," got. Hevalê wî, "Baş e," got, matmayî bûbû. "Ez di nava avê de bêhna xwe jî baş digirim," got. Gelekî sekan bû. Tu tirs, bizavî û şadî di hewldanên wî de nîn bûn. Wekî mamostekî dersdêr an jî weazkarekî mizgeftê diaxivî: "Ku ez bûma, ez dê biçûma qiraxekê," got, "li gorî hesabê min, ger ez tim û tim ber bi vê hêlê soberî bikim, ezê di demeke kurt de bigihêjime peravê Îtalyayê. Ez Derya Spî baş nas dikim. Ewên qaçax ji hêla şaş ve reviyan. Hingî ku em li ser deryayê ne, ez ji xwe re heseban dikim. Vêca tu çewtî nîn e. Îtalya li vê hêlê ye û gelekî jî nêzik e. Hema ji aso hindek wêdetir e ez dikarim bi soberiyê şev û rojekê de xwe bigihînimê."

Hevalê wî zûr bûbû lê dinihêrî, xort hêdîka îşlik û şalê xwe ji xwe kir, pêlav û gore derxistin, da hev û danî aliyekî. Demjimêr û kolya xwe derxist û da hevalê xwe.

"Ezê li Îtalyayê ji te bistînim!" got.

Êdî bi tena derpî mabû. Ji nişka ve vekişiya û xwe avêt deryayê.

Li gel hemû israr, lavakirin û ricayan bi biryar û hêdî hêdî soberî kir û ji keştiyê dûr ket. Bûyerên ji şevê de despêkirî û heta niha her kes betilandibû.

NÎQAŞ

Ji pêpelikên mehiyayî û jengarî hilpas dibûn. Qelender ketibû milê Harûn. Wekî her carê, herdu aliyên derencê tim tijê bûn însanên ku pala xwe dabûn hev, li ser pêpelikan ketibûn nava suhbeteke giran. Qelender û Harûn geh bi rawestîn geh bi meşîn hêdî hêdî ji derencê derketin jor.

Derketin ser guvertê. Bêhna wan çikiyabû. Guverteya fireh diyardeyê rojên wirşedar ên berê bû. Qelender bi mile Harûn girt: "Ya rastî," got, "dema ku min gava xwe avêtibû vê keştiya kevin, min di cih de fêm kir ku serê me ji belayê xilas nabe."

"Çawa?" got Harûn.

"De carina hin tişt bi mirov eyan dibe, bi min re jî wisa bû."

"Hımm. Min dîsa jî fêm nekir."

"Divê te fêm bikira. Di keştiyê de nêzikî çarsed însan hene. Yek ji wan bi qasî serê derziyê ji keştiyê, ji rêveberiya keştiyê, ji rotayê, ji bayê munasîb, ji muxaberêya li ser deryayê fêm nake. Ma ev çawa dibe!"

"Erê. Rewşa me gelek xirab e."

"Rewşa beranê kol."

"Erê. Em wekî artêşa pêxwasan in. Xwe diavêjine Ewropayê lê Ewropa çi ji bi me bike?"

"Wê çi bike?" got Qelender, "wê me biavêje kampên temerkuzê."

Pala xwe dan caxan. Harûn bi mitrîbûyî li deryayê dinihêrî: "Kî dizane ku di salekê de çend keştiyên wiha bî rê dikevin? Çendin ji wan digihêjin peravekê? Çendin însan li vê deryayê bêser û berate diçin?"

"Em şukura xwe bikin ku, li rastî keştiyekê wiha hatin. Qet nebe em di keştiyeke sax û saxlem de ne. Ger em di bodroma tankereke jengarî de heps bûna, ji rewşa me yê yekser xirab bûya, keştiya me dê demeke dirêj li ber xwe bide."

"Ma emê çi bikin? Çi bixwin?" got Harûn.

"Ji xwe ez jî dixwazim li ser vê mijarê bi hevalan re biaxivim."

"Baş e. Lê ji xeynî nêçira masiyan çi ji destê me tê?"

"Roj heye ku ji xeynî yek vebijarkê tu tişt di destê de nemaye. Her derfet ji te dûr ketine. Lê kesên rastînexwaz evê nabînin. Yek vebijêrkek heye û divê tu wê pêk bînî. Îşte em di rojeke wisa de ne. Êdî nêçira masiyan jî me xilas nake. Divê em xilasiya xwe li hêviya rasthatinan nehêlin. Sûda xwe betal nekin."

"Vebijêrka çi, Qelender? Tu qala çi dikî?"

"Ka em herin hundir," got Qelender, dûre vegeriya ser Harûn, bi dengekî korikî, "Beriya ku herin hundir, ez ji te tiştekî bixwazim."

"Xêr e? Tê çi bixwazî?

"Ezê. Pêşniyaza xwe bêjim, piştgiriya min bike."

"Piştgiriya çi? Qey hilbijartin heye?"

"Na !" got Qelender, "hilbijartin nîn e. Lê tu însanekî zana û xwenda yî, tenê guh bide min, bes e."

"De ka ez ji te bibihîzm, helbet fêm û feraseta min jî heye."

"Binêre birawo! Em li vir kêf û şahiya demokrasiyê nakin. Ez li ser xilasiya me diaxivim. Guhê xwe baş bide min. Ez ji te alîkarî dixwazim."

Harûn gelekî tengijî. Ji berê ve gava ku yekî jê tiştek daxwaz dikir, ew di şûna yê din de diltengijî, dixwest ku daxwaza wî zû bi zû pêk bîne da ku ji vê aciziyê xilas be, îcar nedizanibû ku ev camêra jê çi dixwaze, lewma bêtir aciz bûbû.

"Xwezî min bizaniba ku tu ji min çi dixwazî."

"Tê bizanibî," got Qelender, gotina wî tehdît bû an şîret, nedihat fêmkirin: "Ger tu baş guhdarî bikî, ez dizanim ku tu yê piştgirî bidî min."

Ber bi koşka kaptan meşiyan. Harûn dît ku di hundir de hin kesên din jî hene. Cafer li piya bi dilgermî diaxivî. Zekî û Seyîdxan li gel hev rûniştibûn. Dr. Kemal li ber dumenê sekinî bû, tiştin dinivîsî li ser kaxiza destê xwe. Serbest li ser sandalyekê rûniştibû, li Cafer guhdarî dikir. Qelender û Harûn ketin hundir û silav dan. Piştî ku deriyê ji abenoza rewnaq li ser wan de hat girtin, Cafer axaftina xwe birî, silava wan hilgirt. Qelender, "Gotina xwe bidomîne Cafer," got, "Em nebin asteng."

"Belkî min heval acîz kiribin," got Cafer, "bi ya min ew qas bes e."

"Çawa?" got Seyîdxan, "em li te guhdar dikin, kerem ke!"

Cafer wekî tawanbarekî li der û dora xwe nihêrî. Dîsa kopê gotinê ji destan filitî bû. "Ev der ne zîndan e," got di dilê xwe de, "hindekî xwe bide hev." Seyîdxan bi şermokîbûna wî acîz bû. Xwîna wî dikeliya ser Cafer. Ew di fikr û ramanên Seyîdxan de xwediyê cihekî serwer bû.

"Ez vê keştiyê dişibînim Birca Babîl," got Cafer.

Seyidxan bi mînaka Cafer ve bibîr anî, çend roj berê wî ji Sîya re heman tişt gotibû cafer dom kir: "Serê wî di bilindahiya asîman de winda nabe, bi qasî bircê mezin jî nîn e ku em tê de winda bin, lê dîsa jî ew Birca Babîl e. Mekanekî bi însanên ji hev fêm nakin ve tijî ye. Bi însanên hem ji hêla zimên hem ji hêla hest û raman û giyan ji hevdû re bigane ne ve tijî ye."

Hiç hevpariyên me nîn in?" got Dr. Kemal, "bizavekî meyî hevpar jî nîn e?"

Cafer bi dilgermî dom kir: "Ji xwe piraniya me bi zimanê hev nizanin. Kurdên bi kurdî nizanin, kurdên di navbera kurdî û tirkî de lengezar bûne, Peştû, Belûcî, Fars, Ereb û reşikên bi zimanê xwe diaxivin, zarava û devokên wan ên cûda... Lê ger tev bi yek zimanî ji biaxiviyana, ji ber ku heryek ji wan wateyeke cûda li peyvê dike, dîsa jî ji hevdû fêm nedikirin."

"Çima em bi heman zimanî nikarin biaxivin?" got Seyîdxan.

"Em tu caran wekhev nebûne. Hevpariyek me tenê ewe ku, em tev de ji welatên xwe direvin. Ji xwe ev jî hevpariyeke xirab e. Ya rastî hemtawaniye. Em ji ber derfetan gihîştine hev, ne ji ber hestan. Lewra ziman û ramanên me tu caran hevpar nabin."

"Tu caran?" got Seyîdxan.

"Di vê keştiyê de tu caran," got Cafer, "ger em ji vê keştiyê xilas bin û di derfetên cûda de careke din bêne cem hev; dibe ku em cudatiyên hevdû nas bikin."

"Hemtawanî jî hevpariyek e," got Zekî

"Erê hevpariyeke gunehkar. Hevpariya strî, dirîk û gihayên ku ber bayê ketine û di çalekê de gihîştine hev. Hevpariya bext û çarenûsa xirab. Di vê hevpariyê de hest û berpirsiyarî nîn e. Ji ku em nikarin bi heman zimanî biaxivin."

"Divê yezdanek dest bavêje," got Harûn, "divê yezdanek ziman û hestên me bikeys bike. Bi ya min divê em li benda ji hev fêmkirinê nemînin. Ji xwe dema me jî têrê nake. Divê em bizav û têgîhên xwe yî hevpar bibînin û wan bilind bikin. Em ancax dikarin bi hevpariyê ve derkevin bejayiyê."

"Belê, rast e" got Cafer, "divê em rastîbîn bin. İnsanên li der û dora me, naxwazin ji hev fêm bikin. Lê ya rastî her kes muhtacê hev in."

"Ji ber vê hewcedariya me bi hestan nîn e, bi rê û rêzanan heye" got Zekî.

Qelender, "Rê û rêzan?" got, "ji xwe min jî, ji bo vê xwest we bibînim."

"ji bo niqaşa li ser rê û rêzanan?" got. Dr. Kemal.

"Ne tenê ji bo wê, her wiha ji bo peywira me yî li vir jî; em li vir çi dikin?"

"Em ji xwe re suhbetê dikin," got Seyîdxan

"Na, bi gelemperî çi dikin?"

"Lehzek berê gazî min kirin, ez jî hatim vir," got Cafer, "tiştê ku ez li vir dikim jî axaftin e."

"Na, ez hîn fireh dipirsim. Beriya niha, gava ku Cafer diaxivî ez baştir têgîhiştimê, em li vir, li benda serfiraziyeke negengaz in."

"Çawa?" got Seyidxan.

"Me li vir rêveberiyek saz kir û em niha dixwazin ku jiyanê bikeys bikin, lê em nikarin pirsgirêkên bingehîn çareser bikin."

"Tê gotina xwe bigihîni ku?" got Zekî.

"Em civakên gerdişî ne. Însanên li keştiyê tev de wisa nîn.

Hişmendiya wanî rêveberî, civakî û mirovahiyê tev de çilvirî ne. Ew nikarin bibin xwediyê mebestên giran. Ya rastî nikarin bibin xwediyê tu mebestê jî. Ne gengaz e ku wekî civakekê tevbigerin. Ji xwe rewişt û nirxên wan tev li ser gerdîşiyê hûn, niha dev ji wê jî berdane, û ketine ser rê. Îcar li nîveka deryayê di keştiyeke jengarî dene û hîç hêviya wan nemaye, emê çava ji van însanan berpirsiyariyê bixwazin?"

"Erê, rast e!" got Cafer "îşte, li bijarteyên me binêrin ku ew ên me ji vê felaketê xilas bikin. Gelo çend ji wan dikarin li ser felaketa hatî serê me bifikirin?"

"Îro roja gilî û gazinan e?" got Serbest. Di qoziya xwe de bi darikê destê xwe dilêyist. "Suhbeta me li ser çi ye?"

"Li ser çareseri yê," got Harûn.

"Çima em çareyekê nabînin?"

"Çimkî çare nîn e."

"Însanek bêçare dimîne, lê rêveberiyek na. Hûn dizanin ku ji bo çi ye? Çimkî di rêveberiyê de ji yekî zêdetir însan hene. Ev hevparî ye. Ger ji dil be, dê çarê jî bibîne. Heft kes, heft nêrînin, pêncî kes pencî nêrîn in."

"Lê pêncî kesên li ser deryayê asê mayî nabine mirovek," got Qelender, "divê însan ji gotinên hevdû fêm bikin."

Zekî ji helwesta Qelender pêderxist ku dixwaze tiştinan bêje, lê cesaret nake. "Rast e," got, "lê di van rojan de pêdiviya me bi her ramanê heye."

"Ez jî wisa dibêjim," got Qelender. Li der û dora xwe nihêrî di vê menzelê de li kesê ku jê hez dike çavê xwe gerand. Lê baş dizanibû ku kesekî wisa nîn e. "Ez serok û pîşesazan ji kesên din cihê dikim. Serok ew e ku bi berpirsiyariya xwe haydar e. Lewra ji berpirsiyariya xwe ditirse. Dizane ku li der û dora wî çi diqewimin, bi çi felaketê re rû bi rû ye. Însanên ji rêzê nikarin evê bibînin. Ger baweriya me bi van wesfên serokatiyê hebe, divê em wisa bawer bikin ku serokatî wêneyê bi temamî dibîne. Ev jî berpirsiyariyan dixe ser milê serokan. Gel dikarin wareste bin, lê serok na!

"Em jî wekî serokatiyekê xwedî berpirsiyariya ne, çimkî wêne bi temamî bi me eyan e.

"ew mijara ku lehzek berê hûn li ser diaxiviyan niha li her qoziyên keştiyê tête niqaşkirin. Her kes ji tênegihîştinê, ji kêmbûna piştevaniyê gazinan dikin. Her kes ji xebata hilbijêran, yanî ji xebata we aciz e. Her wiha her kes li ser bêhêziya xwe, bêkariya xwe, bêmekan û bêçaretiya xwe niqaş dikin. Em jî li ser van nîqaşan dikin, lê gotinê tînin ser çareseriyê, lê ew tenê li ser pirsgirêkan diaxivin."

"Erê, em dizanin," got Cafer, "li qoziyên tarî de li ser xwarina me, karnekirina me jî zem dikin."

"Dê her roj zêdetir be."

"Ez bi xwe guh nadimê," got Harûn.

Şemsedînê ku rojek berê xwe bi zorê dabû pejirandin û ji niha ve ketibû çavê Zekî dîsa bi awirên jixwebawer, "Divê tu guh bidiyê qurban, divê tu guh bidiyê! Qaşo hûn bi hinceta civînê li vir nên dixwin, di nava we de kesek heye ku ji çeteyê tirkan re piştevanî kiriye, kamarayên paqij we ji xwe re veqetandiye û wisa dewam dike. Niha ku yek bêje ev însanên li vir qetilhelal in, bi xwedê perçê we yî mezin guhê we dimîne."

"Çi ji destê me tê?" got Harûn.

"Axirîn min ji we ew got. Edî hûn dizanin," Qelender bi heyecan; "Qet nebe em wêneyê bi temamî dibînin," got.

"Êrê," got Dr. Kemal, "Lê dîsa jî nizanin ku emê çawa xilas bin."

"Nexwe, qey çareseriya me heye?" got Harûn.

Qelender dewam kir, "Na, nîn e, yanî hê nîn e. Lê em pêşeroja xwe dibînin. Ew jî tenê felaket e."

"Felaket ji niha ve destpê kir," got Dr. Kemal." Însan yek bi yek dîn dibin, tiştên ecêb dikin."

"Ev tiştek nîn e. Emê ji bo xwe xilaskirinê hevdû bixwin."

Harûn ji gotin û reşbîniya Qelender aciz bûbû: "Baş e, lê em çi bikin?"

"Em li nîveka Derya Spî li ber firtoneya tunebûnê bi serê xwe mane û dixwazin ku bendên rewişt, dilpakî û rêveberiya hevpar me bi parzemînekê girê bide. Ev firtoneya bêmefer guh nade hevparî, rewişt û dilpaki yê."

"Çareseriya te çi ye?" got Zekî.

"Pêwiste ku em bi filîkayekê birêkevin. Çawa hebe cihnişîneke me jî heye. Em deh xortên hêzdar û liserxwe vebijerin, filîkayeke saxlem bigirin û birêkevin. Helbet heta çend rojan emê xwe bigîhêjine deverekê"

Kesên li menzelê li çavên hev nihêrîn. Qelender bêdeng ma. Biskekê deng ji tu kesî derneket. Qelender li benda bandora gotinên xwe bû. Axirîn, Dr. Kemal hêdîka, "Çareseriya te jî ev bû?" got, "ma ji xwe filîkayek birê ket, hê xwe negihande aso, li ber çavan noqî avê bû."

Harûn bi hêvişkestina dilê xwe axivî: "Ji xwe em dibînin, ev filîkana tev de dihilhilin. Em nikarin bi van gavekê jî bavêjin."

"Em hema bilez bi rê nakevin!" got Qalender, Zekî destê xwe da ser navmilê Qelender,

"Baş e, min fêm kir," got, "tu dixwazî ku em bi filîkayekê xwe bidin ser deryayê û xwe biceribînin. Lê ev ne gengaz e. Ji xwe xwarin û pêxwarina me kêm in. Ew kesên ku bi rojan bêrikan bikar bînin, dê rojê bi pariyek nan çawa liber xwe bidin? Ger bi firtonekê noqî deryayê nebin jî ji xwe dê ji birçîna bimirin."

"Belê, ji xwe mesele jî ev e: Emê çend pariyan tenê na, hemû xwarin û pêxwarinî bi xwe re bibin."

"Hemû xwarin?" got Serbest, mîna ku xwe bi xwe diaxivî. Bêhemdê xwe li Seyidxan nihêrî, "Lê jin û zarok û ixtiyar dê çi bikin?"

"Emê ji wan re hindekî bihêlin," got Qelender.

Dr. Kemal bêhnteng bûbû: "Hat fêmkirin!" got, "pêşniyazeke maqûl nîn e, bi ya min pêdîviya dengdana wê jî nîn e."

"Çima?" got Qelender, dengê wî wekî fişina maran derdiket.

"Çimkî, yek ji van filîkayan yek jî nikarê me bigîhîne deverekê; dudo, ji bo serpêhatiyeke wiha bêbinî em nikarin her kesî bavêjin hembêza mirinê; sisê, îhtîmala dîtina keştiyeke wiha mezin, ji îhtîmala dîtina fîlîkayekê zêdetir e. Ger em bi hev re bin, piştgiriyê bidin hev, dê şansa me yê pirtir be. Xilasiya me bihevrebûna me ve girêdayî ye."

"Doktor rast dibêje," got Cafer, "emê li ser deryake nenas li benda noqbûna xwe bin, li vir mayin çêtir e."

Tevan piştgirî dan Dr. Kemal. Qelender aciz bû. Bi dengê bilind: "Qey hûn rewşa me nabînin?" got, "em li benda mirina xwe ne. Însan dîn û har dibin!"

"Ger em xwarina wan bixin fîlîkayê û herin, dê wê çaxê dîn bin," got Seyidxan.

"Erê,"got Harûn, "ger heta rojekê du rojan ji me tu agahiyan negirin, dê ewilî nanê jin û zarokan, dû re jî wan bi xwe bixwin."

Zekî bi dengekî dilminêkar, "Bi Kurtasî," got, "ev pêşniyaz, munasib nîn e. Hate redkirin."

Qelender qîriya: "Ki red dike? We ji kê pirs kir? Ev çend însanên li vir derbarê çarenûsa ew qas însanan de çawa biryaran didin?"

Dr. Kemal bihêrs li pêşiya Qelender sekinî: "Lehzek berê te wesfên serokatiya me dida rêzê. Em ne bi qasî pesindayina te ya wê çaxê ne, lê ne jî bi qasî biçûkdîtina te ya niha ne. Hindekî li ser gotina xwe be. Ger tu hindekî li ser gotinên me rawestî, tê fêm bîikî."

"Ez bi fêmdariya xwe gihîştime vê encamê. Madem ku hûn napejirînin, hingê emê mîlet kom bikin û bidin dengdanê."

"Qelender, pêlî zêdehiyan neke," got Zekî, "dengdan pêwist nîn e. Gotin bi dawî bû!"

"Na! Ji bo min bi dawî nebû!" Qelender, bi hêrs û kînekê li derî xist û derket.

DÎMEN

Xwezî min ji te re qala tiştên xweş bikira. Lê tiştên me yî xweş nemabûn. Roj bi roj însanan aqil û kontrola xwe winda dikirin. Di destê me de ji xeynî payinê tu tişt nemabû.

Roja dehemîn bû. Min kûrekûr li aso dinihêri. Şînegewreke bêdawi çardorê me girtibû. Ne cîsmekî ku ber bi me dihat xwiya dikir, ne jî delîlek hebû ku li ser rûyê dinê, ji weyni me, belengazên li ser gumlata hesîn hêsîrmayî, zînewerek hebû.

Di wê navê de min bawer nedikir ku di binê deryayê de jî zinewer hene. Li min wetirê derya deşteke rast e. Bêliv û bê giha, devî, dirîk, dar û ber e.

İnsanên betilî û bêhêvî li her derê keştiyê belav bûbûn, bêhemdê xwe car caran li aso temaşe dikirin. Suhbet û mijûliya wan tev de ji bo ku bala xwe ji aso dûr bixin didomiyan.

Lê aso vik û vala bû. Ji her hêlê ve vala bû. Li ser deryayê sekan tu tişt nîn bû.

Gotinên bavo di aqilê me da olan didan. "Ev qas roj û şev li ser Derya Spî em li rasti keştiyekê jî nehatin. Ev jî siûda kurdan e."

Ji nişka ve denge xortekî hat. Xort, çavnêrê aso bû.

"Keştiyek derbas dibe!" got.

Ji her aliyê keştiyê dengê lingen însanên bi heyecan bilind bû. Suhbetkaran, mitrîbûyen deryayê, xilmaşkaran, bêhêviyan û ponijêran ji nişka ve bi heman refleksê tevgeriyan. Ji bangêr û hêledengê bêxeber li hev çûn û hatin.

Li gelekî dûr, ji aso jî dûrtir dûkêşa keştiyekê dixwiya. Me keştiyê bi tev de nedidît, tenê dûkêşa wê ji me ve dixwiya keştî ji ser deryayê dişemiti. Bi dîtina dûkêşa keştiyê ez tegihiştim ku aso çiqas dûr e. Di wê navê de nisilî dilê min ku ev keştiya dê tu caran me nebîne. Belkî keştiya me bi qasî wê keştiyê bilind nebû. Êdî ji çi be, min bawer nedikir ku wê me bibînin. Ger ku mirovek derketa ser dûkêşa wê keştiyê, belki me bidîtana.

Di keştiya me de her kesî dest bi qîrînê kir. Ewilî yeko yeko denge fîq û qîrînê hat. Dûre bi hemû zora xwe her kes bi hev re qîriyan, him û gumeke giran heriki ser deryayê.

Her kes wekî şansa dawî li vê keştiyê dinêriyan û wisa jî diqîriyan.

Lê keştiyê me nedît. Di nava çar û pênc demijimêran de, ji xeynî dûkêşeke li ser deryayê dişemitî tu tişt, bi me xwiya nebû.

Însanên ku ji ber qîrîn û dijûnkirinê westiyayiî yeko yeko vekişiyan qoziyekê. Dengê tevan ketibû. Hê ku ji ber tariya êvarê dûkêşa keştiya xerîb winda nebûbû, keştiya me ket nava bêdengiyeke giran.

VII
MARÎA
Nepenî

Amed wê rojê çû mala mirovê ku li ser girê Maltepe bi jina xwe ya ciwan re dijî. Hevalê wî yê ku jê re qala wî qezazedeyî kiribû ku ew ji keştiyeke nava deryayê xilas bûye. Dûre bi salan biserxwe ve nehatiye, tedaviya psîkolojiyê derbas kiriye. Ev çend salên dawîne ku xwe daye hev, jiyana xwe bi rêk û pêk kiriye.

Dema ku ji hevraza tîk hilpasî rojê dibû, çav bi sefaleta zarokên li zikakê dileyizin ket. Piştî salên xweyî zindanê dema ku vegeriyabû nava însanan, ewilî ev sefalet û xizaniya wekî şîmaqekê li rûyê wi xistibû. Gelo ev berê jî hebû û ew tênegihiştibû an bi domdariya salên şer û pevçûnan sefalet û xizanî bêtir giran bûbûn û ewî di hundir de vê rastiyê nedîtibû? Sedemek ji hêrsbûna wî jî ew bû ku kesên li hember vê dîmenê qeterehm in ji bo gel qaşo Siyaset dimeşandin. Ewçend ji wan însanan nefret dikir ku dikarîbû bêxem wan bikuşta. Wekî berê fersenda çekgirtinê ji nîn bû. Dizanîbû ku ev qeterehmiya bi vegotinê belav nabe û lewma bêtir diqehirî.

Bîskek şûn de gihişt serê gir û li hemberî şevnişîna yekqati û xwediyê baxçê biçûk kesinî. Şevnişîna derî û pencere girtî, li baxçê çend brîket, hindek sêlak, û çend kereste dîwar bêsewax û bêboyax dişibiya avahiyên terikandî. Herçiqas ev cara dudo bû, ku Amed dihat vê malê, dîsa jî bawer nedikir ku tê de însan dijîn.

Bi xem û xwişiş ket baxçê biçûk û hêdîka li deriyê bêboyax xist. Ji hundir dengê xirecir û hêwirzeyê hat, dûre dengê jineke fediyokî "Ew kî ye?" got.

"Ez im xwişkê!" got Amed, "ez Amed im. Beriya niha jî ez hatibûm."

Ji hundir dengê kurtepistekê hat, bîskek şûn de jinikê derî vekir. Wekî berê, dîsa bi laçikekê rûyê xwe girtibû.

"Kerem ke bira!" got.

Amed spas kir û ket hundir. Xaliçeke nûhiyayî raxistîbû mitbaxa bê derî ku tê de tup û ocaxek û çend fol û firaq dixuyan li rastê bû, li çepê jî derikî din hebû ku diçû serşok û destavê.

Amed ji deriyê mezin ket hundir, xwediyê malê li piya li bendê bû.

"Bi xêr hatî bira!" got.

"Xêr û xweşî bi we re be. Gelek spas."

Zîlan paldanka kevin û rû nûhiyayî raber kirê, "Kerem ke, rûnê!"

Bi rûniştina Amed ve bû qirçe qirça paldankê. Zilam bişirî, "Tu li zare zara wê nenêre, ew dikarê me herduyan rakişîne."

Jinik nehat menzelê. Ji teqereqa li mitbaxê jî diyar bû ku ji wan re çay dida ser û dê wekî berê dîsa çay bida wan û ji menzelê derketa.

"Ez çay naxwazim,"got, "ez ê zû rabim."

Zilam bişirî: "Tu bawerî ? Bi ya min tê hê gelek rûne."

"Tu dizanî," got. Amed, "pirsên min hene. Ger bersivên te kurt bin, divê ku ez zû herim."

"Lê ku bersiv nîn bin?"

"Hene bira! Ez dizanim, bersivên min li gel te hene."

"Lê ku ez nebersivînim?"

"Tu bi wijdana xwe. Lê pirsên min nêtar in. Ger tu bersivan nebêjî, dibe ku bibin alî gir."

"Yanî ev gefxwarin in?"

"Na. Tenê îhtimal e."

"Te dît!" got zilam, "ez dizanim, tê hê gelekî rûne."

"Bi min jî."

"Ewilî ez bipirsim, te ez çawa dîtim?"

"Ez şoreşgerê berê me. Bi saya têkiliyên xwe gav bi gav ez gihîştim encamê. Dizanim ku bi te re agayî hene, lê nizanim ka girîngiya wan çi ne."

"Belkî."

"Tu sefaleta min dibînî. Êdî ji vê ketûbertir jiyan dibe? Ku piştî gotinên xwe ez li ber çavên we tawanbar bim jî, êdî ji min re ne xem e."

"Nexwe tu rastiyan bêjî dibe ku tu jî xwe efû bikî."

"Ez li pey efûyê nîn im. Jixwe min cezayê xwe kişand."

"Erê, rewşa te xirab e."

"Rewşa îroyin ji bo min xêra xwedê ye. Heta du sal berê jî ez di rewşeke xirabtir de bûm."

"Te çawa xwe piştrast kir?"

"Xwişkeke min a reben heye. Niha li welêt mêr kiriye. Ew hat û ez birim mala xwe, çend mehan ez xwedî kirim, dûre ev jina min a ku bî bû, ji min re xwestin. Hindek perê jinikê hebûn, ez jî hindekî xebitîm, me ev şevnişîn ji xwe re çêkir. Niha jî li baregê kargeriyê dikim, çend quriş dikevin destê min."

"Tu ji keştiyan xilas nebûyî?"

"Ev jî qeder e bira, ev jî qeder e."

"Tu ji halê xwe memnûn î?"

"Erê. Karê min heye, xaniyê min heye, ku bixwazin hilweşînin jî dozer heta vir dernayên. Jina min jî biheml e. Êdî ezê çi bixwazim!"

"Bila li gorî dilê te be, lê divê em vegerin ser mijara xwe."

"Ka, pirsên te çi ne?"

"Em li malbateke penaber digerin, ku zû ve winda ne. Wê rojê ez bi kesekê re hatibûm vir. Tu çav pêketî û bizdiyayî, em li malbata wê keçikê digerin."

"Li gorî te, ez wan nas dikim?"

"Erê."

"Çawa?"

"Nizanim. Lê tu ji wê keçikê ziravqetî bûyî. Dibê qey li hemberî te spêleyek hebû. Ya duda, ew kesên ku te salox dane min, digotin ku ew şahidê wan salan e. Divê tu wê malbatê nas bikî, ne wisa?"

"Pirsa te çewt e."

"Divê çawa bûya?"

"Divê te bigota, te çi anî serê wê malbatê."

Xwin ji Amed kişiya. Bi dijwarî xwe girt; "Te tiştek anî serê wan?" got, deng lê dilerizî.

"Na. Min tu tişt nekir. Lê her yek ji me dibe sedemê gelek felaketan. Mînak; şervanekî wekî te kurê pismamê min şand çiyê malbat, piştî çûyina lawik belawela bû; bav hat girtin, di bin çavan de dest avêtine xwişka wî, diya wî dîn bû. Niha sedemê wê malbatê kî ye?"

"Gotina xwe nebe û neyîne!" got Amed. Denge wî bilind bûbû ji dengê Amed, jinik tirsiya, hat û deriyê menzelê hêdîka vekir, mêrê wê pê re bişirî.

"Min bi xwe tu tişt neanî serê tu kesî." got zilam.

"Nexwe ew gotin çi ne?"

"Xwe aciz neke bira. Ez bi te bawer im. Lewma ez ê ji te re her tiştî bejim."

Zilam dest bi çîroka xwe kir. Bîskek şûn de jinikê jî çay anî û li gel wan rûnişt. Bi dirêjiya çîrokê jinikê laçika ber devê xwe jî vekir û bi destûra mêrê xwe çay jî vexwar. Bi Amed re ew jî kelogirî bû, matmayî bû, di nava çîrokê de xwe ji bîr kir.

Dema ku çîroka zilam qediya, êvar bi ser wan de hatibû, çay careke din hatibû demkirin û cixara herdu zilaman jî qediyabû.

Amed, çavên xwe yî hêstirbûyî mist da û bi dengekî zenûnokî; "Yanî tu dibêjî ku lêgerîna me beredayî ye?"

"Nizanim. Belkî kesên xilasbûyî hebin. Kî dizane ku niha li ku ne?"

"Qet nebe divê em ji Hêlînê re jî bêjin."

"Çima? Wê êvarê min jî dikaribû jê re bigota. Bihêle, got bo demek din em jê re nebêjin. Bila hêviya wê neşikê.

"Nexwe bila ji vê rastiyê agahdar nebe?"

"Na" Ev rastî nîn e bira, ev nepenî ye, divê veşartî bimîne."

LÊGERAN

"Ez ji evîna te, ji hezkirina te natirsim," got Ferman. Li ser paldankê rûniştibûn, li ber wan şûşeyek şeraba nîvekirî, çend dîlîm fêkî û hindek çerez hebû. "Ez ji xwe ditirsim, ji şexsiyeta xwe, ji hîndariyên xwe yî zindanê, ji nexweşînên xwe ditirsim. Deh salan ji însanan dûr mame, kî dizane çi qirêj û gemarê bi pêsîra min girtine. Ez ji dahatûya xwe ditirsim."

Marîa serê xwe dabû ser sînga Ferman, destê wan di nav destê hev de bûn. "Li gorî te evîn çi ye?" got Marîa.

"Bila gotinên min te neêşînin. Nebêje ev hincet in ji bo dûrketinê"

"Na, tu bêje, ez ê ji te fêm bikim."

"Ez xwe ji hin nêrînan dûr digirim. Mesela bi ya min evîn û zayendî divê ji hev cûda bêne girtin. Helbet tê de zayend jî heye. Lê evîn hesteke wisa ye ku şamîlkar, hewankar, hembêzkar û temamkar e. Însan xwe bi evînê temam dike. Heçî mêr, her tim nîvcoyî ne, ancax dikarin xwe bi evînê temam bikin. Çimkî evîn mêza ye, dihewîne nava xwe, raşkestî ye. Însan bi derve an hundirmayina eşqa xwe ve semax nake; dixwaze pê re bibe yek, pê re çê be.

Aha ji ber vê rêzgirtina xwe ez ji evînê dûr dikevim. Ez li ber çavên xwe ji sivikbûna evîndara xwe ditirsim. Li gel vê, ditirsim ku rojekê wekî hemû însanên din nêzîk bibimê, mesela ji bo îskanek çay, ji bo kumandaya tv yê pê re hêrs bim. Ditirisim ku rojekê wekî însanekî jirêzê li ber wê xeletiyekê bikim. Bi kurtasî eşq û evîn ji bo min bûye nexweşiyek, ez ji aşiqbûnê ditirsim.

Li ber çavên min eşq dê tu caran şênber nebe. Yanî bi ya min teşe û dirûvên eşqê nîn in. Xwezayî, rehetî û basîtiya wê nîn e. Di wan salên xwe yî dirêj û sert ên ku ez ji her tiştî dûr bûm de, eşq û evîn li ber çavên min pîrozwer bû, niha jî ez derdê wê dikişînim."

Marîa li rûyê evîndarê xwe nihêrî; "Tu xwe tengezar dikî. Bihêle, çi ji dilê te tê wê bike. Evîn ji xwe tiştekî derûnî ye. Teşe û dirûvên wê çi derd e?"

"Lê divê ji jiyîna wê re teşe hebe. Ji hewldanên wê re, danûstendinên wê re."

"Danûnstendina evîndaran?"

"Helbet. Divê ji pêwendiyên dîtir cûdatiyeke wan hebe. Hema bi canê, rihê venabe"

"Canê min, çima wisa lê hûr dibî? Tenê hez bike, bes e."

"Ma em ji bo çi dibin aşiq? Ger pêwendiyeke wê ya cûda nîn be, wê ji çi re be?"

"Gorî xwe be, bes e."

"Jixwe derdê min jî ev e. Gava ku min ji yekî hez kir ez pixudokî dibim, teng dibim, ji xeletîkirinê ditirsim. Li gel vê, ji xirandina li ser navê evînê ditirsim. Bi ya min evîn hê hêlîna gelek xweşikahiyan e. Ez naxwazim ku ji bo tetmînkirina xwe wê bilewitînim."

"Çima tu wisa dikî?"

"Nizanim ji xwe tasewasa min jî ji vê ye."

"Tu dikî ku ez ji hestên xwe bikevim şikê?"

"Çima, tu şikbir î?"

"Tu wisa dixwazî?"

"Na ji evîna xwe netirse. Her însan dixwaze bi evîna xwe dilgerm be."

Marîayê stûyê Ferman hembêz kir û ew maçî kir; ê ka bêje, dilê min çawa kete te?"

"Nizanim. Ewqas însan hene, dilê te çawa ket min?"

"Min hew dît ku dilê min bi te re ye."

"Lê ku ez, xeletiyan bikim?"

"Divê tu bikî jî. Durustî ev e."

"Lê ku ez te biêşînim?"

"Xema nexwe. Tu jî wekî min î. Em birîndar in canê min. Deh salên min ji ber bîrnedariyê çûn, te jî deh salên xwe dane zîndanê. Hezkirin mafê te ye jî."

"Li gorî te ev normal e?"

"Çima normal nebe? Tu ji evîna xwe fedî dikî? Tê çawa ji dost û hevalên xwe re bêjî, derdê te ev e?"

"Te ev ji ku anî?"

"Jiyana te di bin disîplînê de derbas bûye, tu newêrî ji xwe re jî bêjî, lê rastî ev e. Nêrîna însanên din ji ya te çêtir dixwiyên. Tirsa te ev e."

"Tu li min neheqiyê dikî."

Mariayê herdu destên Ferman guvaştin: "Na. Ez bi te re dibime alîkar."

"Ma tu min diêşînî."

"Tu jî bi xwe bawer be! Ji bo xwedê, temenê min ji bîstî borî, tu ji çi ditirsî?"

"Temenê te ne mesele ye."

"Erê, lê! Hestên te mesele ne. Em bêjin me malbata min dît, paşê tê wisa lêxî û herî? Evqas roje ku em bi hev re ne, em bûne şirîkê xweşî û xirabiyên hev, evîn nebe jî dostaniyek çê nebû? Tê çawa herî?"

Ferman ji ser paldankê rabû. Çawa hatibûn vê merhelê? Qaşo dê pê re bibûya alîkar. Dibe ku tu xirabî tê de tune bûya. Dibe ku Ferman xwe bi xwe sînor diafirandin. Lê baş dizanibû ji îro pê ve bê Marîa nikaribû bijiya. Evîn, eşq an xirandin… çi dibû bila bibe, wî ji Marîayê hez dikir. Ev hezkirina nedişibiya tu caran. Ne di zaroktiya xwe de ne jî di ciwantiya xwe de wiha ji tu kesî hez nekiribû.

"Marîa, ez ditirsim ku tu bi min biêşî." Got.

"Netirse! Ez li derd û kulan rahatime."

"Ez bê te nema dikarim bijîm."

"Tu bê min namînî! Bihêle, ez ji te hez bikim, tu jî ji min. Tu nabînî ku ez jî bê te nikarim bijîm!"

"Belkî ev weswese hêdî hêdî belav bin." Dîsa li tenişta Marîa rûnişt û ew hembêz kir; "Em dîsa dest bi karê xwe bikin."

"Em ê çi bikin?"

"Em ê îlanekê bidin rojnameyê. Ji zû ve ye ev di aqilê min de ye. Îlanekê û wêneyê te bidin rojnameyê, ka tiştek dertê an na."

"Temen boriye. Dê çawa min nas bikin?"

"Sûretê însên di van salan de zêde naguhere. Ger ku bala xwe bidinê, dê te nas bikin."

"Em ê çi bêjin?"

"Keça ciwan li malbata xwe digere. Ên ku vê wêneyê bişibîne yekê jî bila telefonî me bike."

"Hêvî heye?"

"Nizanim. Lê tu zirara wê nîn e."

PÎŞAD

"Tu dizanî ku tu caran ez naxwazim te hêvîşkestî bikim," got Amed. Li salonê rûniştibûn. Dengê xwe bilind nedikirin ku Bekirê li menzelê raketî hişyar nebe.

"Lê dîsa jî dixwazî tiştinan bêjî," got Hêlînê, ji axaftina wî gumanber bûbû.

"Tu jî dizanî, ji xwe ne hewceye ku ez ji te re bêjim. Tenê dixwazim ku tu li pey xeyalan nekevî."

"Yanî lêgerîna me ji bo xeyalan e? Tu çi dibêjî Amed? Qaşo ez hevala te me! Nok di devê te de şil nabin."

"Tu li ber xwe nekevî?"

"De bêje lo!"

"Hêlîn, tu hîç li ser qezayan jî fikiriyî?"

"Qezayên çi?"

"Qezayên ku penaber lê rast tên."

"Erê."

"Tu dizanî, nîvê penaberan rastî qezayan tên."

"Niha tu dibêjî malbata min jî wisa bûn?"

Amed dizanibû ku Hêlîn nayê ewiqandin, lê nikaribû raste rast gotina xwe bêje. "Nizanim," got, "divê em xwe ji her tiştî re amade bikin."

"Kuro te xêr e? Tu qala çi dikî ?"

"Tenê dibêjim li ser her îhtîmalê bisekine."

"Ê baş e, de em ê jî li ser bisekinin. Gotina te ev bû?"

Amed qilqilî, gotin di devê xwe de bir û anî. "Hêlîn, bi dehan qeza hene ku kes pê nehesiyaye."

"Ma qey haya min ji van nîn e? Her roj nûçeyên derbarê penaberan çi bin ez tevan dixwînim. Dixwazî sal bi sal ji te re qezayên bûyî, hejmara windayiyan bêjim." Bi gotina xwe ve dest bi girînê kir. "Tu qala çi dikî?"

"Hêlîn..."

"Derdê te çiye? Tiştek nehatiye serê wan! Ew sax in"

"Hêlîn, piştî çûyinê te hîç ji wan agahî girt?"

"Em ê bigirin."

Amed, beriya rastiyê dixwest Hêlînê ji reşemizgînan re amade bikc, loma dixwest ku ji arşîva rojnameyan, ji îstatîskên bidestxistî hejmaran bidê. Ger ku Hêlîn wiha bihêrs neketa û negiriya dê jê re bigota ku, di şeş deqîqe carekê de însanek ji welatê xwe dertê û dibe penaber, di van çend salên dawî de tenê li Tirkiyê ji sêsed hezarî bêtir penaber hatine girtin, di deh salên dawî de ji du hezarî bêtir penaber li ser riyan mirine, qaçaxçîtiya penaberan xwediyê bazareke bîst û heft mîlyon Euro ye û niha jî ketiye rojeva Yekitiya Netewan û dewletên Ewropayê.

Lê tu tişt negot. Hêlîn digiriya, wekî birîndarekê, bêçare, dikir îskeîsk.

Hêlîn di cih de rabû ser piyan û li nava çavên Amed nihêrî; "Emê wan bibînin!" got.

Amed destê wê girt û rûniştand; "temam Hêlîn, em ê bibînin. Ez heta dawî bi te re me!"

Hêlîn destê xwe ji nav destê wî derxist; "Tu derewan dikî! Dixwazî ji min re bêjî, dev jê berde! Dixwazî bêjî, ew mirin e!"

"Hêlîn, ez bi te re me. Li ber xwe nekeve!"

Hêlîn hêdîka serê xwe da ser navmilê Amed. "Em ê wan bibînin! Em ê bibînin!"

"Helbet!"

"Ku em nebînin, jiyan dê li min heram be."

"Wisa nebêje! Em ê bibînin û tuyê jî xweş bijiyî!"

"Dîsa jî car caran agirek tê li ser kezeba min datîne," cixarek pêxist, "çend roj berê min nûçeyek xwend. Penaberan qeza kiribûn. Êvarekê qeza çêbibû. Qamyoneke sergirtî bû, tê de 35 penaber hebûne, tev de jî xort bûne. Lê mirina wan ne ji ber qezayê bûye."

Bi mebesta "xwe xilaskirinê" 35 însan, 35 ciwan dewisîne qamyonê. Gelo çi şert û mercên jiyanê, welat û dinê wan însanan wisa pêpeskirî xistiye wê qamyonê? Tu kesî meraq jî nekir. Ji ber çi derdî heta vir hatine? Çawa ketine wê qamyonê...

Tenê li pey xeyalekê, baweriyekê hatine. Tirsa mirinê, binpêbûn, heqaret, sixêf, germî û tehde tev ji bo wê xeyalê li ber çavan nehatine. Ger biserketana, dê bi derbekê ve ev dijwarî tev jibîr bikirana û dest bi jiyaneke nû bikirana.

Lê piştî qezayê 35 cesed li ser asfalta qijilandî dirêj kirin. Pêjna bayê êvarê xwîdana bedena wan ziwa kir, axê bêhna wan mijand. 35 cesed dev ji kêferata dinê û xeyalên xwe berdayî, li ser asfaltê dirêjkirî bûn.

Bazirganên însanan li ser wan tu nasname û pasaport nehiştibûn, navê yekî jî ne diyar bû. Tu kesî nizanibû ku kî ne, ji ku hatine, malbatên wan, evîndarên wan, jin û zarokên wan hene, an na. Bê nasname hatine dinê, bê nasname ji dinê boç kirine. Her wisa jî ji bîr û baweriya her kesî derketin.

Tev de jî ciwan bûn, xizanî û belengazî li dû xwe hiştibûn û berê xwe dabûn oxirê. Xizaniya wan ji her tiştî xeteretir bû. Ji ber xizaniya xwe mirin jî dabûn ber çavan.

Niha li goristana bênavan her yek bûye numroyek. Yek; çavreş, bêjn sed û heftê û pênc, por kurişk, temen ciwan e. Dudo; çavreş, bejn sed û heştê û yek, por kurt û reş, temen ciwan e. Sisê; mejî bela bûye, çav nayêne dîtin, por di nava xwînê de ye (kes naxwaze bişo, lewra rengê wî ne diyar e), temen belkî hijde, belkî bîst û pênc e. Çar; çav di nava xwînê de ye, por çûr, bejn ne diyar e (çimkî herdû ling jî jê bûne û nayêne dîtin. Bedena mayî sed û çil e, ji ber lingê dirêj mayî), pênc şaş...

Her yek numroyeke ketûber û tenha ye. Binêre hevalê min, mirina gelemperiyê wan ne ji ber qazayê bû. Bawerxurtiya wan bû sedemê mirina wan jî."

Amed matmayî bûbû, li gotin û girîna Hêlînê temaşe dikir. Vegotina xwe ewçend dramatîze kiribû ku, Amed bawer dikir ku ewê bi dehan caran aqûbeta malbeta xwe jî wiha di hişê xwe de sêwirandibû. Ji ber hêstirên Hêlînê dest û piyên wî li hev digeriyan.

Hêlîn ji nişka ve rawestiya û rojnameya li ser sehpayê girt.

Çavên wê li ser îlana li quncik bû. Hêstirên xwe paqij kir û careke din lê nihêrî, dûre rojname dirêjî Amed kir;

"Ka tu ji min re bixwîne. Di vir de çi dinivîse?"

Amed îlan xwend, lê çavên wî jî li wêneyê ma geh li wêneyê geh li Hêlînê nihêrî.

Hêlîn xwe negirt, "Ev xwişka min e!" got.

"Dişibê lê ji niha ve hêvîdar nebe."

"Amed, ez ji te re dibêjim ev Sîya ye!"

"Te ji deh- duwazdeh saliya wê vir de nedîtiye. Tu çawa bi ewle dibî?"

"Tu ji gotina min fêm nakî? Tê îro hema wiha irnokî bî? Ez ji te re dibêjim ev Sîya ye! Ev Sîya bi xwe ye."

Wêne maçî kir û destê xwe li ser gerand. Rondik bê hemdê wê ji çavan dihatin. Ji hêz û taqetê ketibû, dest û pê lê qerisîbûn. Hêdîka; "Zû, em lê bigerin!" got û ji xwe ve çû.

Amed, ew li ser paldankê dirêj kir, hindek kolonya li rûyan xist, da ber pozê wê. Ji hêlekê ve jî dikir ku haya Bekir pê çênebe. Dizanibû ku ger Bekir bibîhize û vala derkeve dê rewşa wî xirabtir be.

Bîskek şûn de Hêlîn bi ser xwe ve hat. Tebitî bû. Ji nû ve li rojnameyê nihêrî, wêne maçî kir û da ber sînga xwe.

"Bila haya xalê min jê çênebe!" got, "dibe ku ez bixelitim. Lê ev sûret, ev çav, ev por. Tenê hindekî mezin bûye. Ev Sîya bi xwe ye!"

JÎVAN

Ferman, beriya şiyarbûna Marîayê ji mal derket. Hîn sibe zû bû. Ji xeynî însanên karker kuçe û kolan vala bûn. Li taksiyekê siwar bû û daket Sîrkeciyê. Hê vapûra Kadikoy nehatibû. Li îskeleyê li benda vapûran ma ku telefona wî lêxist. Marîa lê digeriya. Jê re got ku, karê wî derketiye, bila meraqa neke, wê piştî nîvro vegere. Dema ku telefon girt êşek nisilî ser dilan. Ger ku Marîayê biterikanda dê bi serê xwe li van derana çi bikira? Ji ber van lawaziyên wê, nedixist ku Marîa xwe pê ve girê bide. Niha Marîa muhtacê wî bû, helbet wê jê hez bikira, lê nedixwest ku ji bo vê jê hez bike. Ku malbata wê bidîtina, hingê dê ji hestên Marîa fêm bikira.

Li vapûrê bi çay û simît xurîniya xwe kir, li deryaya sekan û li qaqlîbazan temaşe kir. Dema ku gihîştin Kadikoy, hê gelekî zû bû.

Ferman li kuçe û kolanên Kadikoy geriya. Ji bazara kevneşopê derket jor, li deriyê sînemayan, li vîtrînên dikanan temaşe kir, bi firoşkaran re suhbet kir, li pirtûk û kovarên korsan nihêrî.

Ber bi nîvro li Balık Pazarı ket kafeyekê. Hê panzdeh deqîqe hebû ji jîvana wî re. Lê zilamê tîşortekî gewr li xwekirî li ber pencerê rûniştibû û cixareke pênexistî di destê xwe de digirt. Ji bo hevnasînê wiha biryar dabûn.

Bi axaftina telefonê Ferman qilqilî bû û rojên berê anîbû bîra xwe. Dema ku di nava xebata îllegal de bûn diçûn jîvanên wiha.

Dema ku li peravê Sariyerê mirovek teslîmî wî kiribûn jîvaneke sosretî dabûnê. Diviya ku li ser paldanka şaredariya sariyerê rûnişta, rojnama Hurriyetê bida ser çoka xwe û nivîsa "Hurriyet" xwiya bigirta, pakêtek cixara Samsun jî bida ser rojnamê, guleke zer jî di destê xwe de bigirta. "min her tişt qebûl e, lê ev gula zer ji ku derket?" gotibû, lê berpirsiyarê wî," divê wisa be. Tu bike bes e?" gotibû. Axirî miroveki 35-40 salî, keçel û newêrek teslîm kiribûnê, ewî jî bi jîvaneke wisa sosretî dabû kesinê din.

Paşê bi salan çûbû jîvanên bêhed û heseb. Lê tu yek jî wekî ê ewil sosret nebûn.

Ji mirovê telefonkirî re, "Rengê mintan an jî tîşortê xwe bêje! ezê te bibînim," gotibû. Zilam jî, "Ezê cixareke pênexistî bigirim," gotibûyê. Nexwe dikaribûn berê jî jîvanên xwe wiha basît bikirana. Xwe bi xwe got, ev ji encamê cerebeyên me ne.

Mirovê xwedî tîşortê gewr mitrî bûbû li derve temaşe dikir. Ew jî panzdeh deqîqe zû hatibû, li benda Ferman bû. Temenê wî 45-50 hebû, miroveki navçebejn, porspî bû. Eleqa xwe ji der û dora xwe birî bû.

Piştî ku Ferman hat ser masê û silav dayê, bi nazikî rabû ser piyan û bi sekanî, "Kerem ke, rûne!" got. "Tu bi serê xwe yî ?"

"Erê," got Ferman. "Min nexwest ez wê hêvîdar bikim. Ka em binêrin dê çi biqewime."

"Tedbîrgirî baş e. Bi ya min tu destvala venagerî"

Ferman ji xwe re qahwe xwest. Dilê wî dixewirî, ji sibê de tenê simîtek xwaribû.

"çi gotinên te hene ji bo min?" gote zilam.

"Dibe ku tu pê kêfxweş nebî!"

Ferman, bîskekê zilam şiband firoşkarêkî kone. Li rewşa wî û li awirên wî yên melûl nihêrî.

"Te çima vê derê xwest?" got.

"Hema wisa. Cihekî din jî dibû. Hema ev dera hat hişê min."

"Tê ji min re çi bêjî?"

"wextê te heye? Tu dikarî li benda min bî?"

"Erê. Tu gotina xwe bêje!"

Zilam cixara xwe yî li destê xwe pêxist. Ji rûyê wî yê jar şopa derd û kederan na, lê şopa xemsariyê dixwiya. Bi hewl û awirên xwe diyar dikir ku li dinê tu tişt nîn in ku ew pê bicoşe. Ger ku ji bo îlana wanî li rojnamê telefonî wan nekira, Ferman lehzekê ji nikarîbû li vî mirovî semax bikira. Ji niha ve lê tehmsar û xwînsar xwiya dikir.

Zilam pirs kir; "Hûn çi yê wê ne?"
"Çi yê kê ?"
"Ew keçika li ser wêneyê."
Ferman bîskekê şaşwazî bû û li mirov nihêrî. Wisa zen kir ku ew bi hestyariya wan agahdar e. Ji nişka ve xwe li ber mirovekî nenas berêvan hesand. Di heman demê de pêderxist ku, Marîa wî baş nas dike û dizane ku ew ji hestên xwe fedî dike, loma xwe bi xwe hêrs bû. Nizanibû, ka gelo ew mirova ji bandora pirsa xwe ya li ser wî haydar bû, an na.
"Hevala min e," gotê.
"Baş e"
Çima wisa gotibû ? nexwe ew ji niha ve evîndar bûn. Dê ji vî mirovî re çi bigota ? mecbûr nebû ku jê re rastî bigota. Mêrik qehwa xwe vedixwar û cixara xwe dikişand. Bi çi tiştî re têkîldar nedibû. Qiqaldarî û gumandariya Ferman beredayî bû.
"Ji kerema xwe, li gotinên min guhdar bike." Got mêrik. " Paşê çi gotinên te hebin bêje, hêrsa xwe bireşîne, tu bi kêfa xwe yî. Lê ewilî li min guhdar bike."
"Helbet. Ezê çima bi te re hêrs bim?" got Ferman. Ji niha ve jê aciz bûbû. Nexwe ev mirovekî nexalî bû.
Zilam demeke dirêj axivî. Bi axaftina wî ve hestên Ferman ên derdorê wî de guherîn. Ewilî dil kir ku wî li wê derê bifetisîne an jî bibe deverekê û bikuje, dûre dilê wî pê şewitî. Ji ber serkeftina wî ya li hember jiyanê xwest ku wî şabaş bike û van tevan jî wekî berdêla xirabiyên wî dît. Axirî bêxem û sistbûna mêrik ew wisa qehirand ku, ji ber vê xemsariya wî bêganebûyî dît.
Dema ku axaftina wî bidawî bûbû, herdû jî westiya bûn. Hest û aqilê Ferman tevlîhev bûbûn;
"Tu bawerî ku ew e?" got.
"Hema hema."
"Divê tu ji wê re jî bêjî"
"Ezê tiştekî xsweştir jî bikim."
"Tê çi bikî?"

"Ka tu vê navnişana min bigire," got zilam: "Cihekî asê ye, lê hûn dikarin bibînin."

"Dixwazî em zêde belav nekin!"

"Bi min bawer bike! Surprîzeke min heye."

Ferman êdî li ser nesekinî. Xatir xwest û berê xwe da derî. Tam ku dê derketa, di cih de vegeriya: "Bibore, navê te çi ye?" got.

Zilam bişirî; "Qelander," got, "lê dixwazî navê min jê re nebêje. Bila ew jî bibe surprîz."

XWEDÎTIN

Li şevnişîna tenha a li ser girê Maltepe du jinên ciwan matmayî bûbûn li hev dinêriyan. Ferman, Amed, Qelender û jina wî ecêbmayî bûbûn, li manendûya wan dinêriyan.

Hêlîn, çawa ku ji derî ketibû hundir, di cih de çav bi keçika li ser qenepê rûniştî ketibû. Keçikê nas kiribû lê nizanibû ku wê çi bike. Li ser şêmûgê behitî mabû, ne diket hundir ne jî derdiket.

Marîa ê pêdernexistibû ku ji bo çi wê anîbûn serê vî girî û xistibûn vê mala hoveber. Matmayî bûbû li jinika li ser şêmûgê dinêriya. Awirên jinikê û reng û rûyên wê tiştin dianî bîra wê, lê nizanîbû ka ev pêkutana dilê wê ji bo çi ye.

Kesên li malê bêdeng mabûn li herduyan temaşe dikirin mina ku herdu jin jî ji coşdarbûnê, ji şabûnê ditirsiyan

Bîskek şûnde Hêlîn bi dengekî zenûnokî, "Sîya!" got.

Keçika rûniştî rabû ser piyan, ewilî bi awirên hawarxwaz li Ferman nihêrî. Ku ji Fermanê matmayî tu deng û his nedît careke din li jinika gazîkar nihêrî.

Hêlînê careke din, "Sîya!" gotê.

"Ez Sîya nîn im," got keçikê. "Navê min Marîa ye."

"Na. Tu Sîya yî!"

"Sîya?"

"Erê."

Keçikê careke din li Ferman nihêrî: "Ferman, ez Sîya me?"

"Tu bifikire. Ez nizanim. Ka bifikire, ev kî ye?"

Keçik nêzikî ii Hêlînê kir, demekê li rûyê wê nihêrî, mîna ku li tiştinan digeriya, wekî zarokekê destê xwe li ser rûyê wê gerand, bi destên wê girt û rakir: "Tu Hêlîn î," got.

Hêlîn behitî bû: "Erê," got.

"Hêlîn ! hêlîna çûkê!"

Hevdû hembêz kirin. Nedigiriyan lê kelogirî bûbûn. Hêlîn diaxivî, "Erê delala min, ez Hêlîna te me, Hêlîna çûkan, Hêlîna etêya te. Tu li ku bûyî, delala min? Ez li her derê li te geriyam. Tu li ku bûyî?"

Herdû xwişk di menzelê de hiştin û derketin. Wan ji nû ve hevdû naskirin Marîa bi navê xwe şabû, bi Hêlîna etêya xwe şabû, çîroka xwe ji xwişka xwe re vegot. Hişê wê her diçû vedibû.

Li peravê bajarokeke Îtalî nîvetazî dîtina xwe vegot, perwerdeya xwe ya rahîbetiyê, hevalên xwe, li wan deverînan bêkesbûyîna xwe. Çend şevan ji ber kesera xwe giriyabû, lê nizanibû ku kî ye. Bi bênavî, bênasnameyî û bêkesiya xwe beled bû. Lê ji nexweşxaneyê wêdetir nedihat bîrê.

Piştî demeke dirêj ên din ketin menzelê. Herdû xwişk hevdû hembêz kirîbûn û hê diaxiviyan.

"Erê," got Sîya, "tu têyî bîra min, çend dîmenên din jî hene ku têne bîra min. Lê kî ne û bi ku ve çûn ez nizanim."

"Sîya, canê min, xwe newestîne! Dê bêne bîra te."

"Lê herkes bi ku ve çûn? Çima tu tişt nayên bîra min?"

Ferman jê re bişirî; "Gav bi gav dê bîra te vebe. Ewqas bes e, xwe newestîne."

Şîva êvarê xwarin, çay vexwarin, suhbet kirin. Di vê navê de Sîya ji tenişta Hêlîn ranebû. Derengiya êvarê de xwediyê malê ji Sîya re got;

"Te min nas kir?"

Sîya lê nihêrî; "Na." Got.

"Baş binêre!"

"Bibore! Dibe ku tu guherîbî. Navê xwe bêje!"

"Ez Qelender im."

"Qelender?"

"Erê."

Sîya mitrî bû. Hin tişt dihatin bîrê. Geremola însanan, awirên tirsiyayî dihatin ber çavan. Çend însanên destgirêdayî û di nav xwînê de didît. Tirsa mirinê pê digirt. Ji nîşka ve serê xwe rakir; "Te kuştibûn?" got.

"Na, min avêtin deryayê."

"Tu çawa xilas bû?"

"Ez jî nizanim," got Qelender. "Lê dev ji min berde. Piştî çûyina min çi qewimî, wê bêje."

"Tu çûyî ku? piştre çi bû, nizanim lê tu têyî bîra min." Lehzekê lê nihêrî; "Te bavê min dît?" got.

"Na, min tu kes nedît. Ji xwe ev çend salin min ancax xwe dît."

Sîya dîsa vegeriya ser etêya xwe, eleqeya xwe ji Qelender birî. Herdû xwişk wê şevê heta sibê ji hevre bûyerên xwe vegotin. Hêlîn zindaniya xwe, derketina xweyî derve, li holê mayina xwe, bêkes û bêheval mayîna xwe vegot.

Sîya qala dibistana xwe kir, qala rasthatina xwe bi Ferman re kir, qala kêferata xwe yî lêgerinê kir

"Tu niha îtalyan î?" got hêlîn.

"Erê," got Sîya. "Ez bi saya diya Ferman bi Kurdbûna xwe hesiyam, wê ziman jî anî bîra min."

"Dayê, bavo têne bîra te?"

Sîya kelogirî bû, serê xwe danî ser sînga etêya xwe; "Na," got. "nayên bîra min. Çima nizanim, lê nayên bîra min."

"Lê mazlûm?"

Sîya ji nîşka ve veciniqî: "Mazlûm kî ye?" got.

"Tu nizanî?"

"Na."

"Mazlûm, birayê me yî biçûk e."

Sîya, li Fermanê bi Qelender û Amed re suhbet dike nihêrî: "min ji Vedat re gotibû Mazlûm," got, "tê bîra te?"

"Helbet," got Ferman.

"Mazlûm birayê min bûye. Ne wisa?"

"Erê," got Hêlîn.

"Navê wî li ser zimanê min bû, lê sûretê wî nayê ber çavên min."

"Wêneyê wî li mal e, ezê nîşanê te bidim."

"Çawa dibe? Ez çawa nikarim bînim bîra xwe? Carinan dibêjim qey ez ji xwe ditirsim, lewma naxwazim bînim bîra xwe. Belkî hişê min ji dojeha nava dilê min ditirse. Belkî ez tirsa xwe ji xwe vedişêrim. Hêlîn, ev bêhişiya, min difetisîne. Her tişt çawa ji bîra min diçin? Divê ez bizanibim ku çi hatiye serê min."

Sîya tim û tim axivî. Piştî salên xwe yî winda çi hatibe aqil tevde vegot. Bi axaftina xwe ve têgihîşt ku ew tenhatiyeke rastin de jiyaye, tunebûna însanekî ku hembêz bike, pê re bikene, bigirî û lê gazinan bike derûniya wê nexweş xistiye, pêwendiya wê ya bi heval û hogiran jî vê tenhatiyê betal nekiriye. Têgihişt ku tenê mehrûmiyê li şev û rojên wê hukm kiriye. Heta niha dojeha xwe di nava xwe de kişkişandiye. Tengijîn, depresyon û hêrsketinên wê yên bêwest û bêdem tev ji ber vê mehrûmiyê bûye.

Carinan xwe dişibande xewnekê însanek, heyberêk na, tenê xewnek bû wê dizanibû ku ji ber mehrûmeyê her diçû xwe dişerand. Hewcetiya însanan dikir ku hebûna xwe bi xwe bide îspatkirin. Ji ku hatibû, kê wê mejandibû, ji kê re gotibû bavo ? tu tiştî nizanibû, vê nezaniyê jî ew ditengijand, dikir şikê.

Hevalên wê yên bê dê û bê bav jî hebûn. Ew jî nediketin rewşa Sîya, bi bîranînên dê û bavê xwe dilê xwe germ dikirin. Erê, ew mirî bûn, lê demekê, li deverekê ew hebûn, bi wan re axivîbûn, bişirîbûn, hêrs bûbûn. Ev jî diyardeya hebûna wan bû.

Lê bîranîneke Sîyayê jî nîn bû ku hebûna wanî demekê bipeyitanda. Îşte îro Sîyabûna xwe, hebûna xwişkeke xwe yî ku pê re yekhemlê parve kiribû bi xwe re dipeyîtand.

Ew hebû, xewn û xeyalek nebû. Xwedî dê û bav bû, xwediyê xwişk û bira bû. Jî hebûna xwe bawer bû. Dîwarên dojeha wê perçe perçe dibûn.

"Sîdar kî ye?" got.

"Sîdar jî te bîra te?" got Hêlîn. Ji şabûna çav diteyisîn.

"Na. Perçe perçe."

"Sîdar kekê me ye. Niha li welêt e."

"Êdî xwişk û birayên me hene?"

"Na. Sîdar, ez, tu û Mazlûm."

"Sîya," got Ferman: "Tê Marîa ji bîr bikî?"

"Na, Marîa navê min e. Lê navê rastîn jî Sîya ye. Ez çi bikim etê ?"

"Bila Ferman ji herdû navan navekê derxine."
"Temam," got Ferman: "Bila Sîma be."
"Sîma?"
"Erê. Ji Sîya Sî, ji Marîa jî Ma."
"Sîma. Ez bi navê xwe qebûl im."
"Emê di nasnameyê de herdû navan jî binivîsin."
"Erê. Bila Sîya Marîa be!"
"Na. Marîa Sîya çêtir e."

Bi navê xweyê nû Sîma, bi dilşadî li niqaşa derbarê navê xwe guhdar dikir. Xwe ji van însanan yek didît û bi vê kêfxweş dibû. Guh dida axivbêjan, etêya xwe hembêz dikir û bi dilgermî li dahatûya xwe dineriya.

VIII
ŞER

"De ji min re bêje, ezê di nava ew qas însanên derdgiran de çawa rêveberiyê bikim? Divê ez çi biparêzim? Rewişt, tore an jiyan girîngtir e? Jin û mêrekî ku di quncikekê de zinê bikin bila bêtin kuştin? Bila kal û pîr ji keştiyê bêtin avêtin? Gelo em mirin û tunebûnê liyaqî van insanan bibînin?

"Bêje serbest, nivîskarên te ji bo derdê me çi dibêjin?"

Zekî gotina xwe qedand. Serbest bisebir lê guhdarî dikir. Li derve geremoleke bihêrs û qilqaldar diçû û dihat. Çend însanên li koşka kaptan rûniştî, li benda dawiya gotinên Zekî bûn.

"Ez jî nizanim," got Serbest. "Ev ji min zêdetir e. Lê ya ku ez dizanim ew e ku, divê gel jî bi qasî rêveberiyê adil be."

Harûn bi dilkesirî,

"Ji xwe ev derfetana û birçîbûn dê me bikujin," got. "Qet nebe em xwe bi xwe nekujin."

"Kes kesî nakuje," got Dr. Kemal, "em li ser edaletê nîqaş dikin. Hê biryar nîn e."

Cafer bi qîrîn: "Emê çawa biryar bigirin?" got, "emê hukmê xwe li ser vê zaroka reben bişixulînin? Vaye li derve wekî kûçikê li ber baranê dilerize."

"Em çi bikin?" got Zekî, "li holê sûcek heye, sûcdarek heye ? bi we jî diyar nîn e?"

Koma li menzelê jî bi qasî geremola li derve qilqaldar bûn. Sîsikên çavan ji tirsa mezin bûbûn.

Ji derve yekî deng da;

"De êdî biryara xwe bidin!"

Çavên geremola li derve li koşkê bû. Êdî sebra wan nemabû.

Dr. Kemal: "Ger em cezayê wî nedinê, dê ev hêrsa vegere ser

me. Lê ger em bi dorfirehî sûcê eyan nekin û cezaya giran bidinê, emê neheqiyê bikin. Ji bo lêpirsinê dema me jî nîn e."

"Vaye însanek hatiye kuştin. Emê çi bikin?" got Zekî.

Seyîdxan, çavê xwe li ser însanên li derve gerand. Awirên wî li derve, axivî;

"Haydê em derkevin derve! Ewilî ji gel bipirsin. Li şahidan guhdarî bikin. Dûre bi tevî gel biryarê bigirin."

"Wekî dadgeha gel?" got Harûn.

"Erê!"

"Dibe. Emê bi vî awayî li xort jî guhdar bikin."

"Baş e. Ew ji me biryarê dixwazin," got Zekî. "Emê jî bêjin xwediyê biryarê hûn in."

Insanên li dervê her ku diçû ditengijîn. Çend Ereb, dikirin ku ji axaftinan tiştekî fêm bikin. Guverteya fireh, caxên keştiyê, derence, korîdor tev de tijî însan bûn. Tev de ji ber westandin, birçîbûn û bêhêvîtiya rojan, ji hev ketibûn. Jin û zarok, bi cilên jengê de mayî ve xwe pêça bûn. Ji quncikan nehatibûn. Ên ku hatibûn jî piraniya wan ji bo hindek belavbûna ketûberiya rojên demborîn hatibûn. Çend kes li hêviya hincetekê bûn ku hêrsa xwe lê bireşînin.

Li qoziyekê, di nava du xortan de zarokekî panzde salî rûdinişt. Zarok ji hêrsa dilerizî. Hêstir û gilêzên wî tevlihev dibûn, ji rûyê wî dinisilîn ser sing. Herdû xortên ku zarok di nava xwe de digirtin, her hereketê zarok bi baldarî dişopandin. Miroveki çîl, çîl û pênc salî bi kelogirîn li zarok dinêriya. Mêrik bi awirên tûj lê dinêriya û bi hêstirên çavên xwe nedihesiya.

Gelek kesên ku ji bûyerê haydar bûn, li quncikên guvertê, li vê dîmena teatral dinêriyan, ji nava geremolê çend xort wekî leşkerên ecemî pêgermokê digeradin.

Kalekî got: "Ev çi diaxivin ? Edî bila biryara xwe bidin."

"Derbarê bûyerê de neaxivin," got. Xortekî ji wan: "Heta ku bîryar bête girtin, li ser bûyerê neaxivin !"

"Ma ez biaxivim wê çi be?"

"Tu nikarî biaxivî!" got xort. "Heta biryar bête girtin!..."

"Bila biryara wan bicehime!" got jinikekê.
"Te got çi?"
"Min tiştek negot lo!.. Tu li karê xwe binêre."
Deriyê koşka kaptan vebû. Awirê kesên li ser guvertê ji nişka ve vegeriya ser derî. Zarokî awirên xwe yî tirsnak bêtir daxiste jêrê.
Ewilî Zekî derket derve, dûre yên din yek bi yek derketin. Deng û his li ser guvertê dernediket. Zekî dest axaftinê kir:
"Xwişk û birano! Hûn ji bûyera îro haydar in." Herkesî li zaroka tirsiyayî nihêrin. "Em dixwazin ku bila herkes ji bûyerê fêm bike."
Ji nava geremolê yekî qîr kir: "Çi heye ku em pê nizanin?"
"Divê em ewilî li şahidan guhdar bikin," got Zekî: "Kesên bûyerê ditî bila derkevin pêş!"
Zilamek, jinikek û ciwanek derketin.
Ji zilam re got:"Tu bêje! Te çi dît?"
"Eva zaroka," got zilam, "bi hesînekî li serê mêrik xişt. Mêrik ket deryayê."
"Ji bo çi lêxist?"
"Nizanim. Hema min dît ku hesin li serê mêrik ket û serê wî pelaxt. Mêrik di cih de gindirî deryayê"
"Baş e. Tu dikarî herî cihê xwe!" got Zekî. Dûre vegeriya ser jinikê: "Tu bêje! te çi dît?"
"Ketibûne qirika hev. Dengê wan digihîşte min, lê min jê fêm nedikir, gelek ji min dûr bûn. Paşê ji xwe wekî gotina wî qewimî."
"Bi hêrs bûn ?"
"Ciwan gelekî bihêrs bû. Paşê ji nişka ve ji erdê hesin ragirt û li mêrik xist"
"Hesin di desta de bû?"
"Na. Li erdê bû. Ji erdê ragirt."
"Baş e. Tu jî here şûna xwe!" got Zekî. Paşê vegeriya ser ciwan: "Tu bêje!"
"Ev zaroka ji mêrik re dijûnan dikir. Mêrik ji zarok dixwest ku dengê xwe bilind neke û aş bibe."

"Zarok aş nedibû?"
"Na."
"Çi digotê? Çima bihêrs bû?"
"Digotê, tu min çi dihesibînî?"
"Mêrik çi dikir?"
"Dikir ku zarokî aş bike."
"Êdî çi digotê?"
"Jê re digot 'apore'"
"Paşê?"
"Hesin li erdê bû. Zarokî ewî ragirt û li serê mêrik xist. Mêrik gindirand deryayê."
"Baş e. Karê we herşêyen jî qediya. Zarok bînin vira!"
Du ciwanan zarokê çavbihêstir di nav xwe de kişkişandin û anîn. Zarok dilêriziya. Çavên wî bûbûn kodika xwînê. Bavê wî bi xemgînî lê dinêriya. Çavên wî jî sor bûbûn. Zekî jê re;
"Te şahid bihîstin," got. "Tu çi dibêjî?"
Rûyê zarok ji ber derbên ku xwariye xet bi xet sor bûbû. Xwîna ku ji poz diherikî dadiket ser çenê û ji wir jî dadiket ser sîngê.
"Min lêxist!" got zarok. "min li mêrik xist. Ew jî ket deryayê."
"Te çima lêxist?"
"Ji bo.... ji bo ku ew apore bû."
"Ji te çi dixwest?"
"Ez çi zanim! De min ji we re got, apore ye. Tu fêm nakî?"
Zarokî qîriya bû. Zekî hêdîka serê xwe berjêr kir;
"Baş e, baş e, min fêm kir. Te mêrik nas dikir?"
"Na min di keştiyê de nas kir."
Zekî vegeriya ser geremolê;
"Kesên ku mirovê mirî nas dikin hene?"
Ji tu kesî deng derneket. Bîskek şûn de bavê zarok ê kelogirî dengê xwe kir: "Carek, du caran hat cem min û kurê min."
"Hûn li ser çi axivîn?"
"Li ser tiştên berêdayî. Li ser rewşa xwe keştiyê... tiştên wiha."
"Te di nêzikbûna wî ya bi kurê te re tu xirabî dîtin?"
"Ger min bidîta ji xwe minê bikuşta."

"Temam. Tu jî dikarî vegerî şûna xwe."

Zekî vegeriya ser geremolê. Li rûyê însanan nihêrî, xwest ku ji biryara dilê însanan fêm bike, lê tev jî awirvala bûn. Dibê qey li bîreke bêbinî an li dûrahiyeke bêsînor dinêriyan. Ew trajediya ku li ser keştiya wanî terikandî diqewîmî, gelek ji wan dûr bû. Zekî qudûmşkestî bû.

"Bûyer hat fêmkirin," got. "Kî dixwaze bila nêrîna xwe bêje."

Demekê bêdengî dom kir. Dûre ji nava gel dengekî melûl derket.

"Dibe ku zarok derewan bike," got. "Tenê çend kesan bihîstine ku zarok ji mêrik re gotiye apore. Dibe ku derewan dike. Dibe ku ji ber sedemek din kuştibe."

Jinikeke kelogirîn;

"Însafê bikin!" got. Hê panzde salî ye. Ger ku sedem ne ew be, dê ji bo çi bikuje?"

"Miroveki got;

"Sûcên ku di vê keştiyê de têne kirin, nabin sûcên rastin."

"Çima?" got yekî din," Qey keştî li derveyî edaletê ye, an edalet jî li vira bûye penaber?"

"Çimkî di van derfetana de tu kes nabe normal," got wî mirovî. "dev ji zarokî berdin. Ji xwe ji lincê xilas bûye. Rewşa wî ji miriyan xirabtir e. Em herin kîjan welatî, emê ji polêsên wan re vebêjin, de bila ew darizînin."

Xortekî got: "Qey em nikarin darizînin?"

Ji nişka ve li paş geremolê xirecir çêbû. Ji nava xirecirê insanên hêrsoyî ber bi koşka kaptan meşiyan. Însanên ku derketin pêş, dehf didan û ji xwe re, rê vedikirin. Ew geremola ku bi bûyera zarok ve şewişî bû, bi xirecirê veciniqî, yek bi girîn;

"Wî zarokî bidin me!" got.

Her kes di cihê xwe de qilqilî. Geremol, wekî organîzmake hinasedar ji her aliyan vebû û grûba nûhatî hilgirt nava xwe. Lehzek şûn de sî-çil mirov li navîna guvertê rawestiyayî bûn. Serkeşê wan Qelender bû. Kesên ji koşka kaptan derketî, bi endîşe li wan temaşe dikirin.

Zekî bang kir: "Qelender, tu çi dikî?"
"Ez bi karê xwe dizanim. Hûn çi dikin?"
"Însanek hat kuştin. Em dikin ku di derbarê bûyerê de biryarekê bigirin."
"Çi heqê we heye? Hûn ji bo qanûnên xwe yî sosret wisa dikin, an ji bo edaletê?"
"Qelender, tu kes ji bo kêfa xwe vêya nake. Em dikin ku bigihêjine encamekê."
"Wî zarokî bidin me! Her tişt beranberi ye."
"Em qebileyên hov nîn in!" got Dr. Kemal, "em nikarin bi kîn û dexesî bimeşin!"
"Hûn qala kîn û dexesiyê dikin? Ma we bi xwe kîn û dexesî neafirand? Ew kast a ku we ava kir, newekhevîtî, mafên weyî ku we ji bo xwe derxistine ev tev de bi têra xwe kîn û dexesiyê çênakin? Niha, hê ku herkes li hemberi we serî ranekiriye, vi zarokî bidin me, da ku em cezayê wî bidinê."
"Hûn ê çi bikin?"
"Ewî çi kiribe! Emê bi hesineki li serî bixin û wî bavêjin deryayê!"
"Hûn dîn bûne?"
Ji geremolê xirecirek bilind bû xirecireke hêrsoyî.
"Em nûnerê edaletê ne! Ên din hûn in ku hûn xwe dispêrin îmtiyazên hilbijartinê û sûcdarekî diparêzin."
"Ku em nedin we, hûnê çi bikin?"
"Emê kirasê we li we teng bikin. Hûn bikin nekin emê wî zarokî ji we bistînin."
Zekî tirsiya. Çavên xwe li hawirdor gerand. Tewfîq wekî her carê li goşeke guwertê amade bû. Dema ku awirên wan li hev ketin, Tewfîq bi dilgermî bişirî. Zekî jê re serê xwe hejand. Çavên xwe li ser însanan gerand. Gava ku çav li bavê zarokî ket, jana sîsikê di çavan de dît. Mêrik ji nişka ve ji cihê xwe rapelikî.
"Nexwe hûn dixwazin kurê min bikujin, erê? Hûnê zarokekî panzde salî ji ber parastina rûmeta xwe bikujin?"
Kurê xwe yî di nava du xortan de rawestiyayî hembêz kir. Ge-

remol seranser xilxilîn. Qelender û hevalên wî matmayî bûn. Kêrek di destê mêrik de bû. Mêrik, kêr da ser stûyê kurê xwe.

"Ev kurê min e," got. "Ez ji bo ku jiyanek baştir bidimê, xwe davêjime Ewropa. Min ew afirand, min can dayê. Beriya ku qanûnên we yî eletewş, pêlên deryayê an jî semasî wî bixwin, ezê bikujim. Ez vî heqê nadim we. Min canê wî dayê, ezê jê bistînim!"

Lehzek bêdengî çêbû. Bêdengiyeke kûr û giran bû. Piştre geremol, wekî organîzmake zîrewer ji nû ve qilqilî. Ewilî qîrîneke cihnediyar hat, paşê bi sedan însanan êrişî Qelender û hevalên wî yên ku li nîveka guwertê rawestiyayî kirin. Ser guwertê, bû qada cengeke hovane. Hesinên caxan, zincîr, sendeliyên şikestî, perçê masan, hesinên beredayî... her tişt bûn sîleh. Di serî de Tewfîq û hevalên wî her kesî hêrsa xwe li ser Qelender û grûba wî de reşand.

Piştî demjimêrekê, dema ku şer bidawî bû, bîst û heft kes, destê wan girêdayî di mahzenekê de hatibûn berhevkirin. Kesên mayî jî birîndar bûbûn. Ji grûba Qelender heft, ji yên dî du kes miribûn û cesedên wan avêtibûn deryayê. Serguwerte bi xwîn, hestî û goştê birîndar û miriyan lewitî bû. Bi dehan birîndar li qoziyên guwertê dinaliyan.

Ji koşka kaptan niqaşeke coşdar destpê kiribû jî. Li kamarakê bav û kurên sedemê bûyerê di ser hev de digiriyan. Tewfîq, bi tevî neh deh hevalên xwe nobet digirtin.

Demeke nû destpê kiribû.

NEFRET

Wekî keriyekî bê serî li hev diçûn û dihatin. Nizanim çawa şer sekinîbû. Gelo tirsa dilê wan sedem an hê hovîtiya wan ji bendê xwe neqetiyabû. Nizanim ku çawa bi hev re sekinîn jî. Gava ez ji bo kalemêrê linckirî qiriyabûm jî wiha sekinîbûn. Ji nişka ve, wekî motoreke ji fîşê derketî nizanim ji bo çi ewqas bihêrs bûn. Nizanim ew qas însanên bihêrs xwe çawa vedişartin û di jiyana rojane de dibûn normal.

Min ji nişka ve wehşê di nava însan de dît. Û ji nişka ve wehşê di nava min de rapelikî. Ez têgihiştim ku ji tu însanî dûr nîne ku destê xwe bixe qirika însanekî û wî bifetisîne. Ya rast ewe ku her însan hindek hov e. Ez têgihîştim ku divê însan ji însan bitirse. Lewra bi salane ez pişta xwe nadim însanan. Hovê di dilê her însanî de, dê rojekê rapelike. Di wê lehzê de ez naxwazim ligel însanekî wiha bim. Her wiha ez naxwazim hovê di dilê min de xisarê bide însanekî. Careke din ez nikarim ji hovîtiya însan re semax bikim.

Min devê wanî kefikî, çavên wanî ku soraya xwînê xwe avêtiye sîsîkên çavan dît. Dema linckirina kalê jî wisa bûn. Di wê navê de ez têgihîştim ku şervanên dîktator Saddam ên ji bo qaşo tirsandina leşkerên Amerîka goştê kuçikan xave xav dixwarin, endamê eşîrên Efrîkî ku di nava heftekê de ji hevdû pêncsed hezar însanî kuştibûn, xortên Anatoliya yê ku serê şervanên Kurdan jêdikirin, aporeyên îşkencekar û hemû însanên xirabkar ên ku em dibînin û dibihîzin tev de bi heman dozîna hov têne berhêlikirin. Qurbanê vê hovîtiyê li cihekî dibe periza reben, li cihekî dibe miletek, li cihekî jî di nava însan bi xwe de dimîne, can û giyana wî disoje.

Ax, dostê minî delal, ger di şert û mercên cihê de ez û tu em rastî hev bihatana, dibe ku min ji te re binyata însan evîn e bigota. Ma minê çawa negota ? min di nava heval û hogirên xwe de, li zîndanê, di nava malbata xwe de tim û tim evîn û dilovanî dîtin. Min nikarîbû însan ji hêleke din ve binirxandina.

Lê wê rojê, gava ku însanan serê hev dipelaxtin û dayika min a reben çavên min û birayê min digirt ku em nebînin, ez ji bavê xwe û ji hemû heval û hogirên xwe re gelekî bihêrs bûm da ku çima hovîtiya însan raberî min nekiribûn. Dîsa di wê lehzê de ez têgihiştim ku, ew tiştê ku însan berhêlî dike, evîn û dilovanî nîn e, nefret e.

Erê, nefret e însan birêve dibe. Ger ku yezdanek hebe, ewê misoger nefret liyaqî însan dîtiye, nefret xistiye tovê însan. Ger ku şîfreya însan bête veresandin û em navekî lê bikin, ji xeynî nefretê tu nav lê nayê. Ew însanên ku dev ji şer berdabûn, pala xwe dabûn deverekê û li aso temaşe dikirin, hay ji xwîna kuştî û birîndaran nebûn ku ji rûyê wan dinuqutî ser erdê. Ji dûr ve tev de belengaz û stûxwarên Rojhilatî bûn, lê ji nêz ve, wekî celad û kujêrên dev bi xwîn bûn, ji bo dest bi lînceke nû an şerekî dijwar bikin, tenê li benda bangawaziyekê bûn. Min rastiya însan di wir de dît.

Gelo ewê ku demekê nefret bilind kiribû û qala nefreta rast û qenc kiribû ew kî bû? Nexwe îro çendin bîrdozî û ol hene ku qala nefreta rast û qenc dikin, nefretê qedirbilind dikin û di ser de jî xwe wekî dijminê nefretê bi nav dikin? Lê nefret li her derê û her dem tête dîtin, nexwe evîn zû bi zû bîdest nakeve, jê re berdêl divê. Hezkirina însanekî fedakarî dixwaze, lê nefret tiştekî wiha naxwaze. Nefret xwe bixwe, bi hêsanî tê.

Ew însanên westayê şer, êdî lînckar û kujêr nîn bûn, ew komek penaberên belengaz, bênasname, bêwelat û bêpasaport bûn ku ji bo dahatiya xwe ji dil û can xemdar bûn. Ewên ku ji ber nefreta xwe westiyayî bûn, niha di nava bêhêvîtiyê de bûn.

Bêhevîtî binyata nefretê ye. Însanên bêhevî, nefreta xwe bilind dikin. Însanên bêhêvî zû û dereng dê nefreta xwe derxinin holê. Ez sond dixwim ku di wê lehzê de, bi diya min re jî nefret hebûî... nefreta wan vegeriyabû nava xwe. Bêhêz bûn, bêçare bûn lê xwe ji nefretê xilas nekiribûn. Bûyerên bêne serê wan, dibe ku wan bêtir hov û şêt bike. Çimkî însanên ku carekê ji nefreta dilê xwe haydar be, êdî ew xeternak e. Êdî tu zagon û tore li ber çavên wî nayên. Dixwaze heta dawî li pey nefreta xwe here. Ger ew şer bidawî nebûya, dê xwe bixwe bikuştana.

Êdî min nefreta xwekuj naskirbû hevalo. Lê di wê êvara ku min guhê xwe dabû dengê pêlan ev zanebûn wekî pêjnekê bû di dilê min de. Ez hê bi suruşta însanan (dibe ku ez bêjim bi rastiya însanên Kurd) baş nehesiya bûm.

Li gorî te, gelo surişta însan bi destê şaristaniyê dikane bête kedîkirin? Heta ku ev tovên nefretê têde bin, ev gengaz e? Hevalê min, em tev de heman hestî dihewînin di nava xwe de. Her çalakiyên me tenê tovên nefretê, di nava me de şîn dike.

Nexwe însan xwe çiqas raser dibîne! Di nava mexluqatan de ê herî belengaz, erjeng ew e, lê xwe çawa serdest dibîne! Yezdanan diafirîne, xwe bi yezdanan re yek dibîne, dixwaze gerdûnê analîz bike, sererd û binerdê bi nav dike, noqî binê behrê dibe. Lê her carê di labîrentên tarî ên giyana xwe de winda dibe. Ger ku em di nava kumpasekî de nebin û karakterên sewirî ên hincetan nebin, wê çaxê em tovên xwekujiyê di nava xwe de dihewînin û ev bûyerên ku hatine serê me berdêlê vê ne. Ger ku wiha nebe, sedemê vê nefretê û xwekujiyê êdî çiye?

Mirov ku carekê bikeve hembêza nefreta xedar, êdî ne gengaz e ku bigihêje surişta xwe. Gelo surişta me ye ku em wiha xirabkariyê dikin? Em ji ku dizanin ku hêza me ya rastîn tenê xirabkariye ku ji nefretê dizê ?

Na hevalê min, ez bawer nakim ku hêzeke din ê însan evqas xwedibandor be. Bi ya min, însan, nefret bixwe ye. Ger ku di dilê me de niyetên qenc û hestên qenc hebin, sedemê vê ev e ku hê nefreta dilê me şiyar nebûye.

ZÎNDAN

Her kes runiştibûn, tenê Zekî destê xwe dabû pişt xwe û pêgermokê digerand: "Îro dîsa nan hatiye dizîn," got.

"Na, lo! çiqas dizîne ?"

"Qederê du-sê pariyan."

"Ew qas be, ne tiştek e," got Harûn." Dev jê berdin."

"Na ! Ez dev jê bernadim. Ezê niha dizê me aşkere bikim."

"Tê çawa bizanibî ku kî ye?"

"Di rewşên wiha de rêgeza bingehîn ev e: kî berpisiyar be, diz ew e."

"Aha!... tê .... Tawanbar bikî ?

"Na, ez tawanbar nakim. Ew ji xwe tawanbar e."

"Tu ji gotina xwe fêm nakî?" got Dr. Kemal, "tu dizanî ku tu çi dibêjî? Ma bi gotina te be, tê çi bikî?"

"Qey ez nefêhma me? Binêre ka ez çi dikim?" vegeriya û bangî derve kir:" Tewfîq!"

Tewfîq revo revo hat. Wekî leşkerekî silav dayê. Hingî ku Zekî wî ji parastinê berpirsiyar kiribû, Tewfîqê Efganî ji nû ve ciwan bûbû. Bi tevî çar-pênc xortên din, her dem li der û dora Zekî digeriya. Piştî şerê Qelender, parastina Zekî hilgirtibû ser xwe. Dema ku Dr. Kemal û Harûn jê re, " ji îro pê ve Zekî ji me giştan bêtir di xetereyê de ye, divê çend heval her dem wî biparêzin," gotibûn. Tewfîq leşkertiya xwe yî bi Talîban re anîbû bîra xwe û vê peywirê jî şibandibû wê. Tenê cûdatiyek dîtibû: Serleşkerên Talîban ji serî de bixwebawer û kustex bûn, lê Zekî ewilî şermende bû, gav bi gav ber bi kustexiyê ve diçû. Lê tewfîq ji vê yekê aciz nedibû. Ew berê leşker bû, niha jî leşker bû. Û heta ku bigihêjin bejahiyê jî dê leşker bima. A girîng ev bû.

"Fermo, kekê Zekî!" got.

"Îşev berpirsiyarê nên kî bû?"

"... bû."

"Bi du hevalên xwe re here, dest û lingên wî girêbide û wî bavêje mahzenê"

Tewfîq matmayî bû, li kesên din nihêrî, deng ji tu kesî derneket. "Baş e." Got û derket.

"Te çi kir?" got Cafer.

"Çi pêwîst be," got Zekî. Dûre vegeriya ser Şemsedîn: "Xalê Şemsedîn, haydê em herin hindekî ji xwe re bigerin."

Şemsedîn bê hulm û gulm da pey û herdû derketin. Dema ku Şemsedîn û Zekî ji menzela bêhnçikandî derketin nava geremola şerpeze, du ciwan wekî parêzvan dabûn pey wan. Însanên jar û betilî bi endîşe û tirs li wan temaşe dikirin. Ji guvertê daketin qatên jêrîn. Ji nava însanên li korîdoran tijî bûne û bi awirên mitrî li deryayê temaşe dikin, ji pêşiya destavên ku ji ber nepaqijiyê bêhnketî bûne, ji nava bîdonên vala ên vexwarinê, ji pêşiya însanên pal dane caxan û bi qasî hulmekî nezîkî xwe avêtinê ne, ji pêşiya însanên ku ji wan ava bêxwê, nan, ji bo zarokên xwe şîr û kamarayên baştir dixwestin derbas bûn. Bavê Perîza reben li ser bankekê xwe dirêj kiribû. Gava ku çav bi wan ket serê xwe rakir û "Şemsedîn, te çima ji qîza min re gor nekola?" got. Mihanê, dergûşa xwe ya mirî dirêjî Zekî kir, "Zekî, ji koşka xwe derkeve, berxê min têr bike!" got. Zekî bi awirên zenûnî li herduyan nihêrî û meşiya. Li pêşiya keştiyê li rastî îtalyanê ku hê birînên wî kêm negirtine û Sîyayê hat. Herdûyan jî xwe dabûn ber tavê. Deryavanê kal zimanê îtalyanî hînî Sîya dikir. Çav bi Zekî ketin, deryavan kir ku rabe, lê Zekî nehişt.

Wekî hemî Însanên ku carekê bi hesta mirinê re rûbirû bûne deryavan jî ji xeynî Sîya rastî kê bihata, ji stûkur heta piştê saresar dicefilî. Îcar jî wisa bû. Piştî ku germahiya di sîsîkê çavên Zekî de dît dilrehet bû. Şemsedîn, gava têgihîşt ku ev çend rojin Zekî tenê ji vî deryavanê Îtalî û ji Sîya re wiha dilgermî kiriye, aciz bû.

Dema ku deryavan di guhê Zekî de kir kurtepist, Şemsedîn jî

wekî herdû xortan dexesî kir. Tenê Sîya, bi ramana, "di nava zilaman de hin nepenî hene ku ez jê fêm nakim," ve xwe qanî kir û neket pey kurtepista deryavan û Zekî.

Zekî destê deryavan guvaşt û serê Sîya niwast, careke din bi rê ketin. Ji hêlekê ve guh dida Şemsedîn ku jê re li ser dilopa li riya xwe digere çîrok digot, ji hêla din ve meşa xwe didomand.

"Dilopek," digot Şemsedîn, "ji cih û warê xwe dûr dikeve. Ji çiyan, deştan, zozanan dibore. Dikeve nava çeman, nava kaniyên şîrzelal, nava golên bêbinî. Ev rêwîtiya min çima destpê kir? Ez diçim ku? Çima nikarim rawestim? dibêje. Lê tu bersîvê nabîne. Dilopên li der û dora wê jî xwediyê pirsên giran û bêbersiv bûne. Her dilopek, wekî dilopa me ya rêwiyê bêdil, û li bersîvên xwe digeriya bûne."

"Xalê Şemsedîn, ka em bi van karkeran re jî biaxivin."

Karkerên înşaatan fîlîkayek şikandibûn û perçên wê ji xwe re kiribûn rûniştgeh. Dema ku ew hatin gel karkeran, Şemsedîn çîroka dilopê birî. Bi karkeran re suhbet kirin. Qala îhtimala firtoneyê, qala keştiya ku wê rojê ji dûr ve derbas bûbû lê wan nedîtibû, qala bûyerên biçûk ên din kirin. Zekî her tim gotina karkeran dipejirand û ji bo ku ew jî bipejirîne li Şemsedîn dinêriya.

"Xalê Şemsedîn," got Zekî, dema ku careke din dest bi meşê kirin, "Çi hat serê dilopa te?"

"Dilopa min gihîşt deryayê," got Şemsedîn, "Lê hê hay ji xwe nîn bû. Dema ku ji ber germaya rojê bû dûkel û bi asîman ve çû, wê hingê li derya fireh û bicoş nihêrî, wey li min rebenê! Ez perçek ji vê deryayê bûme lê hay ji xwe tune bûme got."

Li ber jinikeke nalîn sekinîn. Şemsedîn çîroka xwe qedand. Jinikê dilê xwe digirt.

"Te çi hal e?" got Zekî.

"Qey ji birçîna ye." Got jinikê. "Lê ne xem e. Ji bo min xem ew e ku di vê zindana hesin de, em însanan davêjin zîndanê ma kurd bê zîndan nabin?"

Zekî bi hers: "Wan qesta canê me kirin!" got, "em nikarin wan di nava xwe de bihêlin."

Di korîdorên tijî însan de meşiyan. Şemsedîn dest bi çîroka zaroka ji nû ve zindîbûyî kir. "Her kamarayek dişibe gorekê," got, "lewre ev çîrok hat bîra min."

"Ez vê çîrokê dizanim xalê Şemsedîn."

"Baş e. Nexwe ez jî nabêjim. Lê ka bêje, çima di van çîrokan de zarok ji gorê derdikevin?"

"Nizanim," got Zekî, "ma çîrok e. Wisa lê hatiye."

"Ez dizanim. Çimkî mirin li zarokan nayê."

Di vê navê de li zarokên ku ev zarokana di vî emrê xwe de bi kuştin û mirinê hesiyane, bi serdanpê cefilî. Ji Şemsedîn re got ku mirin û zarok li hev nayên jî her roj zarok dimirin û mirinê dinasin, ev zarokana tu caran wekî berê nabin. Ji xwe hemû zarokên Kurdan dema ku bi ser mala wan de tê grtin û zext û zordestiyê dibînin, dê û bavê wan bi îşkence û lêdan ji malê tê derxistin, dema ku di îşkencê de ji bo îfadedayîna dê û bavên xwe wekî sîlehekê têne bikaranîn, dema ku gundê wan tên şewitandin, dema ku di xwepêşandanekê de di bin guhê wan de dibe vîze vîza qurşûn, hevalên bi wan re birîndar dibin an jî dimirin, dema ku piştî rojan li rastî cesedê rizî ê nasekî xwe tên an jî piştî salan di komgorekê de li rastî hestiyên wan tên travmayên giran derbas dikin, lewre êdî tu caran wekî berê nabin û ji vir û pê ve, dê nifşên travmatîk bîgihêjin. Şemsedîn van gotinan wekî bersîva çîroka xwe pejirand, lewma enirî û bêdeng ma. Zekî têgihîşt ku xwe bixwe diaxive, meşa xwe domand.

Ji derencên tarî de daketin mahzenê, li ber derikî sekinîn. Çend ciwan li ber derî bûn. Derî dadayî bû. Li pişt derî bîst û heft însan dinaliyan. Ew mahzena tarî ji bo wan bûbû zîndan. Serdarê ciwanan Arif, wekî leşkerekî şidyayî tekmîl da Zekî. Bi temamî hejmara girtiyan bîst û heft bûye, îro pariyek nan û tasek av dane her yekî, îşev ji ber birînan ku du girtî nemiriyabûna dê hejmara wan bîst û neh bûya, mirina wan ji ber birînên bedenê bûne, na, hê cendekên wan neavêtibûn deryayê, erê, bêhn ketibû hundir lê ji ber cendekan bûye, dê piştî destûra wan bi merasim bavêjin deryayê, birayê yekî di nava rêwiyan de bûye, dê xeberê bidin wî jî.

Girtî tev de birîndar bûne, erê, derî dadayî bûye lê bila Zekî bawer bikiria ku derî vekirîbe jî tu kes nikare derkeve. Na, mixabin derman nîn e.

Arif, heta niha du cûre cilên leşkerî lixwe kiribû, tekmîl dabû du artêşan, bi du cûre çekan şer kiribû. Di herdû arteşan de jî bûbû leşkerekî çeleng. Hem gerillakî xurt bû û di çalakiyan de tim û tim li pêş bû, hem jî piştî revîn û teslîmbûnê û çend sal li zindanê mayînê ji artêşa tirk re bûbû leşkerekî çê. Ev cara sêyem bû ku xwe leşker dihesiband. Bes bila xwe bigîhanda Ewropayê, dikarîbû bi destê xwe însan jî bikuşta.

"Qelender bînin vir!" got Zekî.

Arif ji cih de ralpelikî. Dema ku ciwanan derî vekirin û çûn hundirê mahzena ku bêhna nem û mîzê jê dîhat, Şemsedîn û Zekî li ser kursiyan rûniştin. Ji kursiyê ku berê paldankeke çermîn bû, tenê qoqê textîn mabû.

Bîskek şûn de Qelenderê di nava xwînêde mayî bi xwe re kişkişandin û anîn. Qelender, li rûyê wan nenihêrî, çawa ku ciwanan milê wî berdan, di cih de quncisî û naliya.

"Tu çawanî, Qelender?" got Zekî.

"wekî pelaxê hilweşî me," got Qelender. Pirqîn bi Şemsedîn ket. Lê gava ku çav bi Zekî ket, xwe girt.

"Ewên li hundir çawa nin?"

"Li gorî dilê we ne: nîvmirî."

"Em we hindekî derxin ber tavê?"

"Bi kêrî çi tê?"

"Dibe ku birînên we kew bigirin."

"De here lo!"

"Hûn alîkarî jî naxwazin?"

"Alîkariya we bes e."

"We xwe bixwe kir. Tu kes nikare xwe li ser qanûnan bibîne. Her kes ji we aciz bû. Hûn li ser rewşa me jî nefikirîn."

"Çima hûn ji me aciz bûn? Me qanûnên weyî eletewş nepejirand, ji ber wê?"

Zekî xwe hem mafdar hem jî xurt didît. Dema ku Qelender

diaxivî, têgihîşt ku bêtirîn bi xurtbûna xwe re dilgerm e, lê bi mafdariya xwe re têkildar nabe.

"Em bijartî ne Qelender, qebile nîn in."

"Erê! Bi ya we, bijartîbûna we imtiyazên bêdawî dide we. Lewra hûn ji berpirsiyariyên xwe dûr dikevin."

"Em ji berpirsiyariyan dûr nakevin!"

"Na lo! Wê hingê we çîma filîka neda me?"

"Heta dawî jî we dikaribû filîka bibira."

"Lê xwarin?"

"Na! Em nikarin însanan birçî bihêlin."

"Baş e. We çima nehişt em cezayê lêwik bidinê?"

"Ma hûn xwedê ne ? Aqilê xwe bidin serê xwe. Tu kes vê gotina we napejirîne."

"Hûn çima însanan dixapînin? Çima nabêjin em newêrin? Hûn tirsiyan ku biryara mirina lêwik bidinê, lewma we ji gel pirs kir. Derdê we ne demokrasî ye, hûn ji berpirsiyariyên xwe direvîn."

"Di vê keştiyê de em nahêlin însan belesebeb bimirin!"

"Lê ewên bi lêdan û lincê hatine kuştin?"

"Qelender, we dest bi şer kir. Me ji tu kesî re tiştekî nedigot. Her tişt xwe bixwe destpê kir."

"Belê, tu jî wekî her desthilatdarî, ji bo diyarkirina rewşa xwe edebiyatekê çêdikî. Binêre, nebî tu di binê edebiyata xwe de bifetisî !"

"Tu jî dizanî ku dema keştî xilas be her kes dê bi riya xwe de here. Lewma heqê me nîn e ku em bi qedera însanan bileyizin."

"Na lo! Tu çiqas ji bo wan berxwe dikevî!"

"Erê, ez ji bo însanan li berxwe dikevim, ji bo te jî..."

"Na, hûn bazirganên derd û kulê însanan in. Niha jî bûne keyayê çend rojan! We çawa xwe bi însanan dane pejirandin? Meydana gotinê fireh e. Em hilbijartî ne! Helbet ev sloganeke dilniwaz e. Wekhevî!... piştgirî!... her wekî din, her wekî din. Nexwe heta niha we ji xeynî rêveberiyê çi kir? Rê ve birin... milet garan e, hûn jî wan bi rê ve dibin, hewqas!"

"Em çi bikin? Te divê em di vê şerê hebûn û tunebûnê de, 'bila herkes li çara serê xwe bigere!' bêjin?"

"Helbet, xetere hene. Ger xetere hebin li hemberî wan dîktatorî jî rewa ye. Hûn jî dizanin ku hûn dikarin her gotinên xwe bidin pejirandin. Di ser de hûn ji her tiştî bexşandî ne jî. Qanûnên we ne ji bo we ne. Çimkî hûn qanûnçêker in, hûn qanûnên xwe pêpes nakin. Lê di serî de we bixwe pêpes kir û we dizanibû ku hûnê pêpes bikin jî."

"Nexwe însan çima li hember me ranabin?"

"Tu nizanî?"

"Na!"

"Ji wan kesên ku çavê wan li şûna we ne tu kes serî ranake."

"Çima?"

"Ew jî wekî we ne. Tenê meqam dixwazin."

"Lê tu?"

"Ez rastîparêz im."

"Çawa ?"

"Ez li pey çareyan im."

"Bi filîkayê revîn rastîparêzî ye an lînckirina zarokekî ?"

"Tu çiqas reş dikî bike, ez li xilasiya me digerim."

"Na Qelender! Tu li xilaskirina jiyana xwe digerî. Ji bo vê tu dixwazî hêza me bikar bînî. Ez ji te re sedema serîrakirina te jî bêjim, çimkî îhtimala te nemabû ku tu bikevî nava grûba me, yanî hêviya te ya ketina şûna me nemabû. Te serî rakir, çimkî te dît ku tu nikarî ji bo reva xwe me bixapînî, te dil kir ku tu hêza me bişkînî. Ji bo vê, te li dora xwe komek civand. Ger te hêza me bişkanda tu yê biba serdar. Îşte wê çaxê te dikarîbû xwe xilas bikira. Te yê edebiyata xwe biafiranda. Lê mixabîn, tu şelipiyî Qelender. Li te wetirê tu vê civakê baş dinasî. Lê te hêrs û piştgiriya ji bêçaretiyê dizê nehesiband."

"Rast e Zekî. Lê tu jî civakê baş dinasî. Niha roj roja çîrokên xirabiyên me ne. Heta ji te tê, xirabiya me zêde bike. Ancax tu wiha bikaribî cihê xwe xurt bikî."

"Na, niha roj roja şer e! Dema ku şer destpê kir, her tişt dikevin xewa giran, êdî tenê şer diaxive. Heta dawiya şer qencî û xirabî nîn in, tenê şer heye. Piştî ku şer qediya jî ên li ser lingan dimînin an qencên xurt in, an xirabên xurt."

"Dibe ku tu vî şerî qezenc bikî Zekî. Lê tu dizanî ku dawiya dawî tu yê bibî qencê xurt an xirabê xurt?"

"Erê, ezê dîsa wekî xwe bim. Lê aqûbeta te yê çi be. Nizanim."

CEZA

Dema ku li ser guverteya pêşîn bendek bi birca çavnêriyê girêdan, Seyîdxan bi çavên beloqbûyî li Sîyayê digeriya. Sîya di nava geremola meraqdar de bi destê îtalyanê kal girtibû û temaşe dikir. Ji civîna însanan fêm kiribû ku dê tiştek biqewîme.

Seyîdxan bi hêrs,

"Here cem diya xwe!" got.

Lê Sîya neçû. Ewilî destê îtalyan berda û çend pêpelik daket jêr, lê piştî ku Seyîdxan bi dûr ket, careke din vegeriya şûna xwe. Hêdîka bi destê îtalyanê sekinî girt. Îtalyan hîç nelebitî, hema wekî berê bi destê Sîya girt û porê wê niwast.

"Xalê minê Bekir jî wiha porê min diniwast," got di dilê xwe de. Nizanîbû ku çima ji Hêlîn, ji Bekir, ji Perîn dûr ketine, çima kekê wî yê Sîdar êdî li wan napirse, çima tenê Mazlûmê biçûk pê re maye.

Sîya ditirsiya. Ji tenê mayina xwe, ji bavê xwe yî her ku diçû hêrsbûyî, ji deryaya bêsînor ditirsiya. Kesên li der û dora wê tev de bi ku ve çûbûn?

"Bînin jor!" got yekî.

Geremola însan bi meraq li hêla deng nihêrîn û xwe bixwe korîdorek vebû. Sîya, korîdora vebûyî şiband xatirxwestina zîndanê. Girtiyên kelogirî serlêderên xwe ji nava korîdoreke wiha bi rê dikirin. Hêlîn pê re dihat heta ber deriyê hesinî, "Berxwe nekeve, canê min!" digot, hêstirên wê paqij dikir û hembêz dikir. Sîya carinan digîriya û giliyê Mazlûm jê re dikir, carinan digot ez li gel we bimînim, carinan jî bêhntengî dibû û bi derketina derve kêfxweş dibû. Lê dîsa jî nizanîbû ku çima ji kêfxweşiya xwe fedî dikir.

Qelender û çend hevalên wî destgirêdayî û di nava çend ciwanan de anîn. Zekî û hevalên wî jî li ser şaneşîna koşkê bûn. Qelender heta binê birca çavnêriyê anîn. Girseyê bimeraq li koşka kaptan nihêrî. Zekî gava ku awirên meraqdar li ser xwe hishisand, cakêtê xwe yî ji qirêjê gewrbûyî bikeys kir.

"Hevalno!" got, "Hûn dizanin berpirsiyarê serhildêriya duhê hatin girtin, îşev di mahzenê de bûn. Hûn jî dizanin ku em nikarin însanên wiha di nava xwe de bigirin. Vê sibê ez bi wan re axivîm, lê dîsa bi ya xwe kirin.

Geremol bêdeng û bêliv lê guhdar dikirin. Sîya ji bûyerê tiştek fêm nedikir, lê çawa ku ji ber şerê duhê dehûşîbû, niha jî wisa bi Qelender û hevalên wi yên destgirêdayî dilê wê dişewitî. Tirsa di sîsika çavên geremolê fûriya dilê wê jî. Sîya saw girt, lê nizanîbû ji ber çi ye. Destê wê di kefa destê deryavan de xwî da. Zekî axivî. Lê Sîya ji gotinên wî fêm nedikir. Nizanîbû ku qala çi dike. Wekî her kesî bêdeng lê guhdarî dikir.

Zekî dawiya axaftina xwe de;

"Em du vebijêrkan didin pêş wan," got. "Du rê li pêş wan e? An emê wan daliqînin, an jî dê van canxilasan bigirin û xwe bavêjin deryayê."

Sîya, êdî dizanibû ku ji bo çi sawgirtî bûbû. Li ser keştiyê bêhna mirinê digeriya. Mirin ketibû nava wan. Rojek berê ew cendekên ku avetibûn deryayê, bi xwe re aramiya rojên sekan jî biribûn. Roja duwanzdemîn, roja mirina nêçirvan bû. Ehlên keştiyê bi destê xwe biryara nêçirtiya hevdu dabûn.

Qelender, li gorî texmina milet tevgeriya; canxilasê bi xwe ve girê da û xwe wekî giraniyekê jî jor ve berda deryayê. Li pey wî jî hevalên wî yên din xwe avêtin. Sîya di dilê xwe de,

"Xwedêo, ev govenda mirinê ye ku Perîn ji min re vegotibû," got. Na, ew li Bulxaristanê qewîmî bû, lehengên wê jin bûn, dijminên wan hebûn. Nexwe ev kîjan çîroke ku însan xwe wiha davêjin mirinê, lê ji ber mirinê direvin. Bêritanê jî xwe avêtibû. Na, ew jî naşibe vê. Dibe ku ev bi serê xwe çîrokek be. Çîroka Qelender û bîst û şeş hevalên wî. Ji mirinê revîn, xwe avêtin mirinê. Bîskek şûn de, li ber çavê girseya li ser keştiyê, hêdî hêdî bi soberî dûr ketin.

Piştî çûyina Qelender û hevalên wî, hema di wê lehzê de, wekî ku tu kesî xwe neavêtiyê mirinê, karên keştiyê destpê kirin. Bi çireçirkê derê kîlerê û derê dolaban vekirin, nan û ava rojane belav kirin.

Sîya jî ket dorê. Dor dirêj bû. Jin û mêr bi awirên zenûnekî li ber xwe dinêriyan. Her kes mitrî bûbû. Ên ku dora wan dihatin bêdeng nanê xwe digirtin û diçûn. Perçê nan hîn biçûktir bûbûn, tenê ava madê însan jê dibir.

Ciwanan dor bikeys kirin. Ên ku nanê xwe digirtin hêdî hêdî dadiketin xwarê. Nedihîştin ku tu kes careke din bikeve dorê. Birçîbûn û tirsa mirnê ji niha ve tevan kedî kiribû.

Sîya nanê heqê xwe girt, dû re heqê bira, dê û bavê xwe jî xwest. Ciwanê berpirsiyar zûr bû lê nihêrî;

"Qîzê tu dîn î?" got. "Bila ew werin nanê xwe bigirin!"

Sîya kelogirî bû. Nan di qirikê de neçû. Nanê xwe xise paşila xwe û daket xwarê.

NAKOKÎ

"Bi ya min, ezê tim û tim biyan bim. Her dem û li her derê biyan bim. Ez di nava civaka xwe de jî biyan im. Êdî têdîgîhêjim ku ez ji rêhevalên xwe cudatir nasnama xwe watedar dikim. Ya rastî ez tu caran bi wî awayî napejîrînim. Gava ku bi tiştên wiha re rûbirû dibim, ez ji xwemaliya xwe dikevim şikê, tabûyên min hildiweşin. Di navbera min û van însanan de çi cudatî heye ku em qala heman tiştan dikin, li heman nirxan xwedî derdikevin, lê cûda cûda bikar tînin? Ev cudatiya, jiyana me jî ji hev cuda dike. Em ji jiyanê çi fêm bikin, ewê jî li cudatiyên xwe dikin."

Bavo, wê êvarê ji min re wiha got. Gelek tiştên din jî got, lê kêm zêde gotinên wî ev bûn. Dilkeser bû, hêvîşkestî bû, wekî zarokekî leyîstokên xwe windakirî bû. Wê êvarê, ji tirsa zerzepalîbûyî min, Mazlûm û dayê rapêçand û wiha axivî. Paşê gelek tiştên din jî got. Mîna însanên çav bi raza yezdan ketî bû.

Bavo got, wê êvarê Zekî, "Ka bêjin, ezê ji vir û pêve çi bikim?" dibêje. Serbest (ew ê Rojhilatî, li gorî gotina bavo aqilmendê Zekî ê herî dilxwaz bûye), "Hay ji giramiya xwe hebe!" dibêje. "Tu serok î. Nebî ku tu bixwe Ferman bidî! Serokekî jîr însanan peywirdar dike ku li ser navê wî karan pêk bînin. Herwiha her însanî peywirdar dike û mijûl dike ku berpirsiyariyan jî parve bike. Serok, divê her tim li ser rewşa, "ez biryarên we disepînim! Bisekine," dibêje.

Şemsedînê gorvedêr ê ku bavo jê re digot "şemkê bêdîran," dibêje, "heta tu mecbûr nemînî bi tu kesî re ranebe û rûnenê!" Li gorî gotina bavo hindekî bi nermetîngî, "Gava tu bikevî têkiliyan jî wekî însanekî kamil û avaker hewl bide! Bila kesên din bişixulin, ew ji rûmet bikevin," dibêje.

Dr. Kemalê ku bavo bêtir jê hêvîdar bû, belkî ji ber şerê duhê û bûyera wê rojê, belkî ji ber derfetên bêhevî hêdî hêdî dikeve nava şetiya diyarde, "Ev însanên di keştiyê de, ji ber rêveberiyên dîktatoriyan nereviyane," dibêje. "Evanan ne li ber azadiyê û rûmetiyê ne, li pey aramiya xwe ne. Ger rejîmên dîktatorî wan bihebandana û xwedî bikirana, ew tu caran ji ber wan nedireviyan. Yanî ew ji zilm û zorê aciz nabin. Derdê wan made ye. Ew tirsonek, cahil û dilbendeyên wisa nîn ku her kes dikare li ser wan hukmê bike. Çend dirûşmên we hebin, bes e," dibêje.

Bavo aciz dibe, gotina Dr. Kemal dibire û "Lê durustî, şeref, rûmet?..." dibêje.

Serbest, "Ew têgîhana bi rêvebiriyê re nakevin kodikekê, cihê wan cuda ye," dibêjê.

"Li gorî we, divê ez ji muxalifên xwe bitirsim?" dibêje Zekî. "Gelo ew dikarin li hemberî min xurt bin? Ger xurt bin, dikarin biserkevin?"

Bavo digot: "Min di sîsikê çavên Zekî de tirs û azwerî bihevre dîtin."

"Ew jî wekî me, ancax dikarin ji însanên vê keştiyê xwe xwedî bikin," dibêje Serbest: "Her wiha ji me jartir in. Ciwan tev de li aliyê me ne. Yekînêyên me yên parastinê jî hene. Ewên li erdê bejî tov bireşînin. Nikarin xwe di nava van deviyan de veşêrin, dê aşkere bin."

Dr. Kemal, "Dibe ku hin kes hindekî pê li zêdehiyan bikin," dibêje, "lê piştî şerê duhê û bûyera îroyîn êdî nikarin ji bo me bibin asteng."

Bavo texlîtê Zekî dikir ku piştî pesn û pifpifandinan çawa xwe qure dike û sînga xwe qîj dike. "Ji bi pergalê jî fikra xwe bêjin!" dibêje. Bavo digot, êdî dev ji ricayan berdabû, gotinên dawî rasterast Ferman bûn. Dema ku qala Zekî û Dr. Kemal dikir, bavo wekî însanekî li ber sekratê diqilqilî.

"Ji xwe yekîne têne avakirin," dibêje Şemsedîn. Bavo hîç ji aqilmendiya Şemsedîn neketiye heyirê, têgihîştiye ku ew gorvedêra ji dil û can dixwaze gora me vede. Ji ber rewşa xwe gelekî dilşad bûye û keştiyê wekî goreke mezin dîtiye. Lewre bi kêfxweşî, "Her wiha dê venêrî li ser yekîneyên biçûk bêtir bête bikaranîn," dibêje.

"Ma xêr e em her tiştî wiha giran dikin?" dibêje Cafer. Bi hêrs û dilteng bûye. "Bila jiyana me sade û aşkere be ku herkes jê fêm bike." Tiştinên din jî dibêje. "Hûn jî wekî zîndaniyan ji xwe re apoletan didirûn û paşê dixwazin ku her kes li ber we bikevin rêzê," dibêje. Dengê wî gelek bilind bûye. Zekî gelekî jê acîz dibe lê dengê xwe dernaxe.

"Dema ku Serbest diaxivî," digot Bavo, "li min wetirê Nizam-ul Mulk diaxive. Serbest, wekî wezîrekî rê nîşanî Zekî dike, mesela, Ger tu piştgiriya gel bixwazî, divê tu karên şîrovekirinê nedî pêşiya wan, bûyeran derxîne pêş çavên wan," dibêje. An jî, "Divê bi zorê be jî tu bi wan bidî pejirandin ku xilasiya wan di yekîtiyê de ye. Hingê însan ji bo hewldanê dibe xwediyê sedeman," dibêje.

"Lê girêdan?" dibêje Zekî, "ezê çawa bi girêdana wan bawer bibim?

"Tu nikarî bawer bikî" dibêje Dr. Kemal, "lê bihêle, di kî de çi qabîliyet hebe bila derxîne holê. Eva dera bê pêşeroj û paşeroj e. Cihên wiha fersendan dihewînin. Li cihên ku kes kesî nas nakin de, her însan dixwaze xwe îspat bike. Herkes dixwaze ji nû ve destpê bike. Ji xwe her kes ji bo vê nareve? Bihêle bila ev keştiya bibe qada provayê," dibêje.

"Erê, rast e!" dibêje Harûn û dibişire, "Dr. Kemal baş dizane ku ji her însanekî re xeyalek divê."

Dr. Kemal awirên tûj li Harûn dide û pişta xwe jê vedigerine.

Serbest guh nade rageşiya li holê û aqilmendiya xwe didomîne. "Hişmendiya xwedîderketinê bide însanan," dibêje. Bavo wê lehzê dike ku Serbest bibire, dike ku bêje, eva dera keyaniya Sasanî nîn e, lê xwe digire . Serbest axaftina xwe didomine: "li vir Efxanî, Îranî, Kurdistanî û reşik hene. Divê di her komê de ji her miletî însan hebin. Herwiha wê hevdû venihêrin. Herkes bi yê din biyan dixwiyê. Tu jî ji vê rastiyê sûdê wergire."

"Îşte," digot Bavo, "lewra ez dibêjim ez û ew, ger em heman tiştî jî dilxwaz bikin, şêweya me ji hev cuda ne."

"Qet nebe hûn bixwe qanûnên xwe jî çêkin," dibêje Cafer, "qanûnên bingehîn...."

"Pêwîst nîn e," dibêje Dr. Kemal, "ji xwe rewişt û tore hene."

Cafer tinazên xwe didomîne: "Qet nebe perek du per binivîsînin. Nexwe bivê-nevê aloziyê derkeve." Dibêje.

Şemsedîn ji gotinên Cafer fêm nake. Bavo, "Ji xwe fêm bikira wisa tevnedigeriya, digot. Şemsedîn dibêje: "Bi rastî ne tenê serokek, ji me re şalûz û qeşmer jî divên"

Hê bavo gotina xwe didomand, Harûn ket kamara me ya ku dayê rojê deh caran paqij dikir. Bi şermokî xwe da quncikekê. Tu dizanî, mirovên şermokî pir belengaz in. Xwîna însên dikele ser wan. Di binê ronahiya pencerên kamara me de Harûn gelekî çeleng dixwiya. Mazlûm jê hez dikir, di cih de çû hembêza wî. Bavo bi hatina Harûn kêfxweş bûbû.

"Li gorî te, em ji hedê xwe derketine?" gotê,

"Li gorî te?" got Harûn.

"Nizanim," got Bavo. "Dibê qey em hînî zimanê desthilatdariyê dibin. Ji însanan re qala berpisiyariyê dikin, bi xwe jî li pey teraliyê digerin."

"Ev ranabin rûyê me jî. Nizanim ji tirsa ye an ji nezanî ye?"

"Ji bêhêvîtiyê ye." Got bavo. "Em ji xwe re lîstokan dileyîzin. Ên ku pêderdixin jî dengê xwe nakin. Naxwazin têkil bibin."

"Diyar bû ku we yê xwe serdetir bidîta," got dayê, "lê min bawer nedikir ku hûnê ew qas pêş de herin."

"Me li tevî van neke! " got bavo. "Em jî wekî te bêçare ne." Vegeriya ser Harûn: "Gelo milet ji me ditirsin?" got.

"Tirs? Ev mileta tev de şidetperwer in. Dema lînckirina kalemêr de, dema şerê Qelender de, te li çavên wan nihêrî? Tev de sor bûbûn. Di rewşên wiha de ji tu tiştî natirsin. Di jiyana xwe de rastî ew qas neheqiyan hatine û ewqas toq di dilê wan de kom bûye ku, dikarin belesebeb jî dîn û har bibin."

"Mîna şerê mirîşka," got dayê," ji bo mirîşkan mêran dikujin."

"Erê!" got Bavo." Hema hema... lê ew jî mînakeke baş e. Heta ku dor tê mirîşkan ji xwe gelek tişt li ser hev kom dibin. Ew bêdengî, rûnermî û sernermiya heta wê çaxê jî ji bêçaretiyê ye."

Harûn dom kir,

"Jiyana giran, zext û zora derveyî, bêdadî wan tevan jî dike zalim an jî xirabkar."

"Em jî dikin ku wan birêve bibin. Ji xwe em ji bendeyên heman çandî ne"

"Dibe ku ev hêrsa wekî dûpişkê vegere ser me?"

"Dibe!" got Bavo. "Binetar travmatîk e. Dema ku rê û çare nabîne, bê hiş û aqil êrîş dike"

"Erê, rast e. Ji xwe tu hiş û aqil bi hewldanên gumlata wiha de nîn e. Ya rastî em nikarin tiştekî bikin. Dibe ku hindekî bi hevpariyê, bi karên rojane mijûl bikin, ew qas."

"Dibe ku em hindekî pişo pişo bikin, pesnê wan bidin, an pêşerojê bînin bîra wan."

"Hîn pêşgîrî."

"Wekî îstixbarat ê?"

"Erê."

"Ew roja ku padîşah xwe dinixumîne û dikeve nava gel, roja destpêka hilweşandina welat e jî."

Gelek axivîn. Êdî hêviya wan ji ehlên keştiyê nema bû.

SERWERÎ

Her tiştî ji nişka ve destpê nekir. Ew rêbirî û eşqiyatî ewçend hêdî û teletel pêş de ket ku, bi ehlên keştiyê normal dixwiya. Li wan wetirê her tişt ji bo pêşketina wan amade bû, ew jî pêş de diçûn.

Serê sibê Tewfîq bi heyecan ket kamara Seyîdxan.

"Seyîdxan, were, karê me heye!" got.

Sîya bi tirs bi destê bavê xwe girt. Rojên ku leşker û polêsan bi ser mala wan de digirt jî, wiha destê bavê xwe digirt. Dixwest ku mezin be, mezin be û bavê xwe di hembêza xwe de veşerê, wekî bebika xweya biçûk. Dîsa heman tirs û daxwaz ketin dila. "Bavo!" got bi kelogirî.

"Negirî qîza min! Got bavê wê. "Ev kekê te yê Tewfîq e. Netirse."

Tewfîq pê re bişirî û sûretê wê mist da: "Ez û bavê te, emê masiyan bigirin!" got, "tu çima ditirsî?"

Sîya bêdeng ma. Bavê wê xwar bû û wê maçî kir Sîya li bendê ma ku wê jî vexwendinên, lê bavê hîç li pişt xwe neniherî û derket, li pey jî Tewfîq derket. Hizna di cih de derket derve. Herdu zarokên wê jî desta girtibûn. Tewfîq û Seyîdxan li dawiya korîdorê li ser paldankê rûniştin. Hizna jî hindekî bi dilaramî vegeriya kamara xwe.

"Seyîdxan," got Tewfîq, "emê yekî derdest bikin!"

"Xêr e? Çi kiriye?"

"Îşev heta sibê zema me kirine. Ê ku serî dikişîne jî bi me beled e. Ez û tu emê herin, jê re biryarê bêjin."

"Çima ez?" got Seyîdxan. Îşev ewî ji zema wan kiribû. Demeke dirêj bi Harûn re li ser kêmasiyên wan axivî bûn. Dibe ku ev pîlaneke nemetîngî ba, wî direcibandana.

"Zekî got, Seyîdxan însanekî maqul e. Însanan qanî dike. Bila ji zemkar re bêje ku ger ew bi xwe li ber îştimayê sûcê xwe û hevparên xwe bêje, dê were efûkirin, nexwe dê bikeve mahzenê."

"Hela binêre! Qey emê însanan bikin îtirafkar?"

"Ev ne îtirafkarî ye Seyîdxan. Em li pey nîzamê ne."

Seyîdxan li rûyê Tewfîq nihêrî, ji her tiştî bêtir bi karê xwe bawer bû. Du ciwanên din, çend gav dûrî wan, li benda îşaretên Tewfîq bûn.

"Tewfîq, ez nikarim însanan ji bo vê qanî bikim!"

"Çima kekê? Ma ne tu jî rêvekir î? Ev peywira te ye jî!"

Seyîdxan kir ofe of: "Binêre, ezê tenê jê re biryarê bêjim. Ji wê şûn de ez têkil nabimê."

"Ev rêvebiriyeke çawa ye?"

Seyîdxan bihêrs: "Kê ji min re çi gotiye? Tu çima biryarê ji min re dibêjî? Ez rêvebir bim divê ez biryarê bigirim."

"Kekê Zekî got ji bo tiştekî wiha biçûk hewceyî civînê nîn e, lewma."

"Çawa biçûk? Emê însanekî derdest bikin!"

Tewfîq nerme nerm: "Nizanim! Biryar ev e."

Seyîdxan fêmkir ku Zekî dixwazê wî jî hevpar bike. Bi destê wî însanan bigire. Xwe bixwe got, "Ez ê jî lîstokê li gorî xwe bileyîzim."

"Ka em herin, kî ye û çi gotiye."

Piştî lehzekê, dema ku li pêşiya îştimayê miroveki sih salî "Ez tawanbar im, min îşev zema hevalên xwe kiriye. Du kes jî bi min re hebûn, lê sucê min e. Wan rebenan tiştek negotin, bila navê wan jî nelewite. Hûn li min biborin!" got, Seyîdxan xwe bixwe, ev hem xilasiya wî ye, hem jî ji bo jiyana rojê dibe pîvan. Nexwe ya baş ev e, got.

Îştîma belav bû. Zekî çav kir Seyîdxan ku were balê.

"Seyîdxanê bira," got, navê hevalên xwe ji te re got?"

"Got, lê axaftina wan li ser tiştên berêdayî bûye. Ne hewceye ku em li pey kevin."

"Ger tu wisa dibêjî, bila wisa be!" got zekî. Ket milê Seyîdxan û wî ber bi koşkê rakişand.

"Tu dizanî do şevê grûbek li salona sînemayê heng dikirin?"

"Na. Hîç deng nehat me."

"Erê. Kamara we jê dûr e. Lê gelek kes jê aciz dibûn. Ji aliyekî birçîbûn. Ji aliyekî bûyera Qelender û hevalên wî ji aliyekê ve jî henga wan. Nizanim, daweta diya xwe digirtin."

"Te çikir?" got Seyîdxan, Dizanibû ku Zekî yê gotinê bîne ser kiryarên xwe.

"Min Arif û çend xortan şandin. Arif ji wan re dibêje henga xwe biqedînin. Ewilî li hemberî wî radibin, lê Arif jêhatiye, direpîneyekî û ji yên din re dibêje yan herin kamarayên xwe yan jî ezê bi dehan ciwanan bînim ser serê we." Bû tîqetîqa wî û keniya, "Di cih de bela dibin."

"Baş e," got Seyîdxan; gelekî aciz bûbû: "Xwedê kirî ku tiştek neqewimî."

"Naqewime jî!" Tu dizanî ku evê çi anî hişê min?"

"Çi?"

"Emê ciwanan kom bikin û wan wekî leşkeran peywirde bikin. Ji wan re cihekî jî vala bikin, bila wekî qereqolan bixebitin, asayîşa rojane lidar bixin."

"Tiştekî wiha pêwîst e?"

"Helbet! A niha em hevalan kom bikin, di cih de destpê bikin. Nexwe însanên hev bixwin."

"Nizanim bira. Bi min ev karên zêde dixwiyên. Divê em serê xwe nexin belayên giran."

"Na. Belaya çi? Wê baştir be. Dixwazî ez karê wan bidim ber destê te, tu bibe rêvebîrê wan."

"Na, na! bila ji min dûr be! Ez ji tiştên wisa fêm nakim."

Lê ev rastiya li dûrî tu kesî nema. Ewilî bi têkilîbûna bûyeran ên biçûk xwe bi her kesî dane pejirandin. Li gorî însanan, ger Zekî û mirovên wî nebûna dê rewşa wan xirabtir bûya. Jiyanê bipergal dikirin. Der û dora didane hev, av û nanê kêmbûyî diparastin û parve dikirin, bi çavdêriya deryavanê kal ê Îtalî li çareya xebitandina keştiyê digeriyan. Karê rêk û pêkkirina jiyanê girtibûne ser xwe û ji tu kesî zêdetir jî nedixwarin. Nêçira masiyan dikirin, avê parzûn dikirin. Bi saya wan her kes li kamarayên guncan bicih biûbûn. Jiyan birêkupêk bibû. Ji karê xwe re berpirsiyar bûn.

Zekî her roj wan dipîşkînand. Car caran ên din jî pê re dibûn alîkar. Kî li ku peywirdar be diyar dibû û piştî peywirê rapor dihat xwestin. Her kes her tim li ser karên xwe bûn. Nexweş, hejar, kal û pîr dihatin tespîtkirin, nan û ava wan dihat zêdekirin. Diyar bû ku ger ji jiyanê vekişiyana dê alozî destpê bikira.

Pêşeroja xwe amade dikirin. Ji bo vê, jiyan ji wan re bûbû qada ezmûniyê.

Destpêkê de kesî nizanibû ku kî peywirdar e. Ger ku şer an jî pevçûnek derketa û miroveki mudaxale bikira, tu kesi nizanîbû ku têkiliya wî bi Zêkî re çi ye, lewra jî wekî ciwanê Zekî dihat hesibandin.

Rojek piştî peywirdarkirina ciwanan, Seyîdxan bi fikar çû ba Zekî . Êdî ji Zekî ditirsiya. Di sîsikê çavan de pêjna azweriyê didît. Zekî di qada xetereyê de bû. Lê Seyîdxan nikaribû tiştek bikira.

"Zekiyê bira!" got, "ev ciwanên peywirdar zêde diçin. Divê em wan hindekî zeft bikin."

"Çima? Çi kirine?" got Zekî. Tûj e tûj li Seyîdxan nihêrî.

"Lehzek berê," got Seyîdxan, "Çend ciwanan bi hev re li mirovekî dan, lê bû ku bikujin."

"Tu qala bûyera qata duduyan dikî?"

"Erê."

"Ji min re gotin. Lê ewê lêdanxwar tawanbar e."

"Çima?"

"Ciwanekî me wî şiyar dike, ew jî li hemberî wî radibe."

"Çima şiyar dike?"

"Jinikek nanê para wî jê dixwaze. Dibêje zaroka min heye, perçek ji heqê nanê xwe bide min, zarok digirî. Ew jî jinike diazîrîne."

"Ji bo wî şiyar dike?"

"Erê. Lê mêrik wî jî diazîrîne. Ciwan jî lê kom dibin û lêdîxin."

Seyîdxan matmayî bû. Hem dilê wî bi jinikê şewîtî, hem bi mêrikê lêdanxwar. Di wê navê de xortekî lingê xwe daleqandî li ber çavan ketşbû. Ewî Ferman dida ên din û hîç ji cihê xwe ranedibû.

Lingê xwe daliqandibû deryayê, vegeriyabû û "kuro lêxin!" digot.

"Tu kes nizane ku kî peywirdar in. Belkî ji ber wê şiyarkirina ciwan nehatiya fêmkirin."

Dibe. Lê emê bi her kesî bidin zanin!" got Zekî. Li ser paldanka xwe ya nerm xwe vemitand. "Ji vir û pê ve dê dewriye bigerînin. Dê hêdî hêdî wan nas bikin. Êdî her kesê wan nas bikin. Dê dest biavejinê her pirsgirêkê, li her derê bin. Çi aciziyên kê hebin dê ji wan re bêjin. Em dest navêjin karên rojane. Bila ciwan xwe bi van karan re mijûl bikin."

"Zekî, serê xwe zêde li ser karên keştiyê neêşine. Ji xwe heta çend rojan dê tiştek biqewime. Em heta hetayî li vir namînin."

"Bila be! Ger rojek be jî, divê em karê xwe baş bikin."

Dema ku Seyîdxan vedigeriya kamara xwe, miroveki ji xortekî re dijûnan dikir, "Kurê kerê!" digot. "Min got qey tu ji wan xortanî, ez li ber te rabûme piya!" xort jî bi gotinên mirov dikeniya.

KERTÎŞ (*)

Peywirdaran ji xwe re qûralên tund danin: ehlên keştiyê di cih de navek li wan kirin: tu kesî nizanibû ku kê ewilî got, ji kê derket, lê ji romana "înce memed" a Yaşar Kemal navê karakterekî balkeş li wan kirin. Kertîş. Tu caran li ber wan ev nava negotin lê êdî herkesî ji wan re digotin Kertîş.

Tewfîq, ji ciwanên li ser guvertê kombûyî re, bi awayekî serfermandarî diaxivî:

"Bila tu kes ji me nava rojê gazincan neke, em bêxew namînin. Bi hilatina rojê jî emê tev de li ser piyan bin. Em dê cil û bergên xwe bidin hev. Kesên şeyê wan hene bila porê xwe şe bikin. Bila tu kes bişkok û Fermarên xwe venekin ji xeynî bûyeran û mudaxeleyan li deverekê kom nebin. Her dem li her derê keştiyê dewriye bigerînin. Li nuqteyên muhîm bisekinin!..."

Ciwanên peywirdar jî bi hewilnakiya xwe haydar bûn. Lewre dixwestin ku her dem li ber çavan bin. Her wiha dixwestin bi vî hawî hewilnakî û xofa xwe ya li ser milet zêdetir û domdar bikin. Li korîdoran cot bi cot digeriyan, kesên ku lingê xwe ji caxan daleqandî şiyar dikirin, her tim mirovekî xwe li guvertê, li salona sînemayê û li nêzikî komên însanan wekî çavnêr hiştin. Her tim belavkirina av û nan venihartin û cezayê giran dane tawanbaran.

Guherînên jiyanê hêdî hêdî pêk dihatin. Bala tu kesî nedikişandin. Li gorî herkesî ew peywirdarinan, ji xwe ji berê ve, li wir bûn û karê wan jî tim û tim ev bûn.

Rê û rêbazên cezakirinê jî mîtolojiya wan xurttir dikir. Her sibe ji xeynî kal û pîr û nexweşan her kes li salona mezin kom dikirin. Pişt re Zekî bi ekîba xwe ve diket hundir. Bi dengekî bilind; "Roj-

(*) *Di romanê de, Kertîş Ali Paşa*

baş!" digot.

Her kesî bi carekê "Rojbaş!" digotin. Dû re pirsgirêkên roja borî dihat zimên û li ser çareyan disekinîn. Biryar çi bûya, her kesî di pejirandin.

Peywirdarên Zekî her dem di nava jiyanê de bûn. Lê carina ji nişka ve ji holê winda dibûn. Ev windabûna wan ji hebûna wan bêtir endîşe û dilxemî dixist nava însanan. Ji nîşka ve nava ji jiyanê derdiketin. Hawirdor dengxalî dibû. Mina ku dengê livînê ji nava jiyanê derketiye.

Di van windabûnên xwe de bi giştî li guverta navîn kom dibûn, civîn lidar dixistin. Lê kesên ku haya wan ji civîna wan tune bûn, qurfketî dibûn. Herwiha tirs û xofa tunebûna wan ji ya hebûna wan zêdetir bû.

Rojekê li mirovekî xistin. Mêrik bi ya wan nekirîbû û av nekişandibû. Çend ciwanan bi hev re êrîş kirinê. Lê mêrik jêhatî bû, liber xwe dida. Bi hesinê destê xwe serê yekî pelaxt. Hê derba duyem lênexistibû ku ji herçar hêlê ve lêxistin. Rebeno adeta perçe perçe kirin. Cesedê wî li holê hiştin û heta êvarê nehiştin ku tu kes dest bidê. Ji xwe tu kesî cesaret nekirin ku bavêjine deryayê. Bi tariya êvarê re çend ciwanan cesed gindirandin û avêtin deryayê. Mirovê serî pelixî jî dotira rojê mir. Kesên ku dijberiya wan dikirin jî li ser vê bûyerê paş de vekişiyan.

CINAWIR

Kêm zêde ew bûbûn dewlet û bi hêsankarina jiyanê jî ji her kesî rajêriyê dixwestin. Heçî ji bo ehlên keştiyê lêgerina wateyê bixwe jî bêwate bû. Dawiya dawî jiyana wan hêsantir dibû ji hêlekê ve pêdîzanibûn ku wekî şansekê didîtin.

Wê êvarê li kamaraya Seyîdxan çend kes kom bûbûn. Çavê wan li ser çûn û hatinan bû û bi dilxemî diaxiviyan. Seyîdxan ji hêlekê ve ji hesabdayînê ditirsiya, ji hêla din ve, dixwest tiştinan bike.

"Koma serkêşan, ebebozanan, pêxwasan, teralan e," got, "pêdiviya kê bi me heye! Îşte em dîsa mehkumî tenêtiyê bûne. Dîsa em di nava êş û jan de ne!"

"Rast e!" got Harûn. Li kamara biçûk tasewasa xwe hevpar dikirin." Hebûna me ji bo me bûye îşkence."

Cafer bi tirs li Seyîdxan dinêriya; em li ser mêzîna erjeng in. Seyîdxan," got. "me ga neajotiye erebê, em rûniştine bi ga re li ser debara wî ya salê pîlanan çêdikin. Me di nava xwe de cinawirek afirandiye."

Cinawirên rêvebir. Ji xwe li dojehê jî rêveber hene."

"Kî rêve dibin?"

"Çima em!"

"Kê ji wan re got ku pêdîviya me bi rêvebirinê heye?"

"Nizanim," got Harûn. "Li çavên me nihêrtin û gotin; pêdiviya we bi rêvebiriyê heye! Hûn nizanin rê ve biçin!" niha jî dibêjin pêdiviya we bi ewlekariyê heye!"

"Vê cesaretê ji ku dibînin?"

"Ji awirên me," got Cafer." Awirê Kurdê xizan, belengaz, îşkencedîtî, qewirandî û penaber ewçend malkambaxe ku ji her kesî re bang dike: werin û min birêve bibin, dibêje."

"Ma ew jî kurd in!"

"Me bi wan da qanîkirin ku ew dê bikaribin me birêve bibin."

"Erê, wisa ne. Te dît ku destpêkê de Faris çawa ji peywirê ditirsiya. Ji xwe doktor Kemal comerdekî bêpayan bû."

Yanî wê pêkutiyekê jî, pozbilindiyê jî me bi xwe daye destê wan."

"Erê û em hê jî didinê."

"Ew karê ewlekariyê bêtir ji rê derket. Divê evçend zêde neçûna."

"Ma wê desthilatdariya xwe çawa dameziranda?" got Harûn.

"Desthilatdarî têrê nake. Pêdîviya wan bi hêzekê jî hebe da ku wê biparêzin."

"Niha jî mitolojiya wê lidar dixin. Êdî karên çeteya xwe dikin çîrok. Navê wan an dibe efsane an jî bingeha tirsê."

"Bi ya min ew ji bin serê Nizam-ul mulk dertên."

"Ew kî ye?" got Harûn."

"Ewê Rojhilatî. Serbest."

"Ha... ew aqilmendê Zekî ye?"

"Erê. Vê sibê dîsa taktî didayê. Divê rêvebîr çav ji tu tiştî nebire, hesabê qenc û xirab neke. Divê tenê birêve bibe... fîlan û bêvan."

Cafer got: "Evan mafê rêvebirina me ji ku girtine lo!"

"Ev desthilatdarî ye, Cafer. Teorî û romantizma wî bi dawî bû. Desthilatiya rastin ev e. Di keştiyeke bêser û ber û bi însanên nivmirî tijî de desthilatî çawa dibe? Mêzîna di navbera rasteqînî, maf û hêz de çawa tête bikaranîn? Dersa me ev e û vaye em li vir bi çavên xwe dibînin. Bi awayekî herî stemkarane."

Cafer kêfşahî bû: "Madem ku Serbest bûye bela serê me, nexwe em serê wî di avê de kin."

Seyîdxan matmayî bû li Cafer dinêriya. Kenekî pê girt:

"Xêr e? Ma min tiştekî pêkenî got?"

"Qey Serbest te pir qehirandiye?"

"Îmana min jê diçe."

"Duhê, piştî civînê min kir ku ez bi Zekî re biaxivim," got Seyîdxan, "îcar wekî bûrokratekî bi min re axivî. Diyare ku êdî li hember me çerxa desthilatiyê heye."

"Çerxeke wisa ku her kes dikare ji dêvla xwe wê berpisiyar bibîne."

"Êdî Zekî jî xwe berpirsiyar nabîne, wîjdana wî rehet e. Ji min re qala keça xawe ya biçûk û bebika ku wê jê re bistîne kir. Dixwest ku bi Sîya bide kirin. De ew jî keçikeke biçûk e."

"Nexwe pergala xwe lidar xistiye."

"Êdî her kes diranek ji vê çerxê ye. Kesên li derî çerxê jî girêdayî wê ne."

Cafer li ser tiştên wiha zindanê dianî bîra xwe. Her tişt çawa dişibin hevdû; "Ew kesên ku dema zulm û zordestiyê bi serê xwe tevdigerin, dema berpirsiyariyê de çima pergalê tawanbar dikin?"

"Ez jî nizanim," got Seyîdxan.

"Te lehzek berê got, me cinawir afirandine. Te qesta çi dikir?"

Cafer li Harûn nihêrî, dixwest ku jê re bêje, "Te fêm nekir?" lê xwe girt: "Însanê xeternak derket holê," got. "Ev însana raste rast ji bo armanca xwe tevnagere, lê ji jariya kesên din sûd werdigire, karên xwe bi destê kesên din pêk tîne. Lewma li holê tawanbar filan namînin. Tawan heye lê tawanbar nîn e."

"Bi ya min," got Seyîdxan, "me hêza desthilatiyê da însanên xizan, reben, belengaz û bêhevî. Cinawir ev e."

Harûn, "Ez carina dibêjim," got, "me gotin û tevgerinên Qelnder mezin kirin. Bûyereke ewqas giran nîn bû."

"Erê," got Seyîdxan, "niha jî bûye hincetê Zekî. Jiyan wiha ye."

IX
TENHATÎ

Di nava salekê de jiyana Sîya du caran serobino bû. Bûyera yekem, mirina xalê wê yê ku piştî salan nas kiribû û hê jî baş nedihat bîrê bû. Bekirê xalê wê ji ber pençeşêrê miribû. Piştî çar mehên bi Sîya re derbas kirî şevekê giran bû û rakirin nexweşxaneyê. Mehek şûn de jî jiyana xwe ji dest da. Di vê navê de çawa ku Sîya navbera xwe û xalê xwe xweş nekir, her wisa Bekir jî ji xwarziya xwe dûr ma.

Kengî ku çav bi Sîya biketa xwişka wî ya windabûyî dihat bîrê û xemgîn dibû. Bi hatina Sîya ve êdî bi mirina xwişka xwe qanî bûbû. Xwişka wî bi tevî kurê xwe yî biçûk û mêrê xwe heta hetayî çûbûn. Êdî qudûmê wî yê payînê jî nemabû. Sîya ji bo wî bûbû peyamnêrê mirinê. Di navbera ev qîza xama û xwarziya xwe ya biçûk û xwînşîrîn de tu pêwendiyê nedidît. Lewma jî tu caran dilê wî pê germ nedibû.

Hêlîn wî tazî dikir, dixist serşoyê, serê wî dişûşt, cilên wî lêdikir aciz nedibû, lê gava ku Sîya biketa hundir xwe dida hev, bi rêzdarî tevdigeriya. Ji bo wî Sîya jineke bîgane bû. Wê nas nedikir. Ew ji bo wî wekî xeyalekê bû.

Heta mirina xwe jî nizanîbû ku wê çawa nêzîkî Sîya bibe. Dema ku li ber sekeratê bû hê jî bi dilovanî li Hêlînê belê bi şikbirî li Siyayê dinêrî.

Sîya pê êşiya bû. Dilê wê ji xalê wê û ji nêzikbûna wî mabû. Lê ew jî bi vî mirovê nexweş û bîgane dilxweş nebûbû. Di xeyalên wê de miroveki ciwan porê wê diniwast, lê nizanîbû ka ew, ev mirova ye an na.

Tiştê ku Sîya pê gelek diêşiya, yaraniya di navbera xalê wê û Hêlînê de bû. Tu caran nedihat aqilan ku wê Hêlînê binase û paşê jî jê dexesiyan bike. Hêlîn, wekî dergûşekê li xalê xwe dinêriya xwarina wî amade dikir, serê wî dişûşt, dermanên wî didayê, dibir nexweşxaneyê û dianî. Dema ku xal û xwarzê li gel hev rûdiniştin kêfa wan xweş dibû. Hêlîn fêkî sipî dikir, dîlim dikir, qalikê çerezan dişikand wisa didayê. Rojekê ji Sîya re, "Heta ez tehliye bûm jî her tim hat serlêdana min," got. Sîya di wê navê de xwestibû ku jê re, "Tu jî niha deynê xwe didî?" bipirsa, lê dizanibû ku ev dexesiye û dilovaniya di navbera wan de ji hevpariyeke dûr û dirêj tê. Lewma bêdeng mabû.

Dema ku Bekir binaxkiribûn Hêlîn bi xwe ve çûbû, lê Sîya, her çiqas ku xwestibû jî, negiriyabû. Ji xwe çawa ku çav pê ketibû, têgihiştibû ku ewê bimire. Ewçend jar bû ku ev jiyana wî ji bi Sîya wekî mucîzekî dixwiya.

Bûyera duyem, çûyina Ferman bû. Piştî mehekê Ferman ji nişka ve biryara xwe dabû û çûbû Îtalyayê. Jê re, "Ev ne terikandin e!" gotibû, "ji bo tu pêşiya xwe bibînî divê em hindekî ji hev dûr bin," gotibû.

Sîya tiştek fêm nedikir. Hem hezkirina xwe digot hem jî ew diterikand. Ne dilmîniyên Hêlînê ne jî gotinên Ferman wê aş dikir.

Ferman jê re gotibû: "Ji bo ku em bi rastî ji hev veneqetin, divê tu xwe binasî."

Sîya jê re, "Ji xwe çûyîna te veqetin nîn e? gotibû.

"Na," gotibûyê, "pêşî li te vekirin e."

"Veqetîna rast çi ye?" pirs kiribûyê.

"Bi pirsan dest pê dike," gotibû Ferman. "Ger dengek di dilê me de "aya" bêje, emê jî ji hev dûr kevin. Dûrê emê ji hev re şertan bêjin. Emê di ser hev de biqîrin, dilê hev bihêlin, paşê li hev bên, ewê wiha bidome. Êdî ji hev veqetînê destpê kiriye. Em çi bikin dîsa nikarin vegerînin.

Emê ji hev aciz bin. Dema ku ev acizbûn me biêşîne emê xwe bispêrîn bîranînên rojên xwe yî baş. Emê dojeheke bêgavî ji xwe re ava bikin. Dojeheke du kesî. Ger em hevdû hembêz bikin jî germahiya me nagihêje hevdû. Bi her hewldanê navbera me yê bêtir dirêj be. Emê ji her tiştên hevdû aciz bin, bibin kelemên li ber çavên hev.

Ez te naterikînim. Pêşiyê li te vedikim."

Sîya fêm nedikir. Ferman jê çi dixwest? Dê li çi bigeriya? Dixwest ku Ferman li balê be, bêhna wî bikîşîne nava xwe, pê ewle be. Lê ew jê dûr ketibû.

Hêlîn li ber dela digeriya, lê wê fêm nedikir; "Etê, êdî ez naxwazim bikevim nava hesretekê. Taqeta min nîn e!"

"Ferman te naterikîne, cana min! Ew dixwaze tu biryara xwe bi xwe bidî. Ew ji te hez dike."

"Ji min çi dixwaze?"

"Sîya, gelek tiştên nû ketine jiyana te. Divê tu hizî van bibî. Tê rabirdûya xwe binasî. Ew naxwaze li ser biryarên te yên bo dahatûyê bandor bike."

Ev gotinên dilmîniker jî êşa dilê Sîya belav nedikir, her diçû pixudokî dibû. Li gorî wê, ewê têra xwe tenhatî kişandibû, divê êdî hesreta tu kesî nekişanda.

Li gel ev herdû bûyerên tevlîhevker, hebûna Hêlînê jê re bûbû spartek. Dê, bav û birayê xwe bi bîr anîbû. Hêlîn wê biribû maka wan a berê, bexçe, zikak û kolanên li dora malê bibir anîbû, quhertînên ku xwediyê wê yê nû çêkiribûn bala Sîya jî kişandibû. Dibistana ku tê de xwendibû hilweşandibûn, di dewsa wê de dibistanek mezintir ava kiribûn. Hevalên xweyî zaroktiyê nas kiribû. Hêlîn jê re dibû alîkar ku her tiştî bibîr bîne. Sîya êdî rabirdûya xwe nas kiribû.

"Dîsa jî ez fêm nakim ku aqûbeta dê û bavê min çawa nayê bîra min." Digot. "çi hatibû serê me, çima nayê bîra min?"

Bi rojan bi Qelander re axivîbû. Qelender jê re bûyerên heta avêtina xwe ya deryayê vegotibû. "Ji nava wan însanan de, tenê ez xilas bûm." Gotibû. "Ez jî nizanim ku çawa xilas bûm. Min çavên xwe li nexweşxanekê vekir. Li ser serê min perestar û doktorên bi zimanekî biyan diaxivîn hebûn."

Qelender wiha xilas bûbû. Paşê qenc bûbû, biser xwe ve hatibû û wî qewirandibûn.

Ji çûyîna Qelender û hevalên wî şûnde tu tişt nedihat bîra Sîya. Mîna ku di dehlîzek tarî de winda dibû. Nexweşxane, perestar û doktorên bi Îtalî diaxivîn –ku wê heta wê rojê jî ev zimana hîç nebihîstibû- dihat bîra wê jî. Lê ji wê wêdetir tarî bû.

Rojekê Hêlîn li nava çavan nihêrî û; “Rast bêje, tu ditirsî?” got, “tu ji bibîranînê ditirsî?”

“Nizanim,” got Sîya, “ez nizanim ku min çi jibîr kiriye.”

“Dibe ku qeza hatibe serê we.”

“Dibe ku me jî wekî Qelender û hevalên wî ceza kiribin, an jî dibe ku ez bi xeletî ketibim deryayê. Her tişt gengaz e.”

“Çi hatiye serê te ku te wiha ji hiş û aqilê xwe derxistiye? Sîya, hindekî cesaret bike!”

“Etê, ez naxwazim jibîr bikim!”

“Delala min, cih nema ku em lê negeriyan. Ger ku miribin jî divê em bizanibin.”

“Ma ezê çima bîrkirinê bixwazim? Xwezî di destê min de bûya...”

“Însan hin tiştan bi nezanî dikin. Jibîrkirin jî wiha ye. Dibe ku ji bo jiyînê carina jibîrkirin bibe çare. Carina ku jibîrkirin nebe, li hember bûyerên neditî dibe ku însan qesta canê xwe jî bike. Ger ku rabirdûya me gelekî sotîner be, bi jibîrkirinê em xwe jê diparêzin., wekî parastina li hember êrîşekê.

“Lê ku ev bidome kesayetiya însan dê bela welayî be. Divê li noqtekê însan êdî bi hin tiştan re rûbirû be. Ger canê me biêşê jî em mecbûr in.”

“Nayên bîra min etê. Ku ez bibîr bînim dê çi be ez wê jî nizanim. Dibe ku bûyerên xweş bûn ên ku ji bîra min çûne, lê nayêne bîra min.”

“Ku bêne bîra te, tê bi min re parve bikî?”

“Ku ez bi xwe pê bikaribim...”

RÊWINGÎ

Piştî çend mehan Ferman hat. Di vê navê de bi tevî Reşo pey Sîdar ketibûn, dawiya dawî li Başûr rastî wî hatibûn, bi zor û zahmetî ew ji Rojhilata navîn anîbûn Ewropayê, tedawî kiribûn, lê lingekî wî ji gûzekê ve hatibû jêkirin.

Ferman bi rojan bi Sîdar re axivî. Li ser rewşa Sîya li ser Hêlîn. Li ser aqûbeta malbata wî, heta li ser evîndariya di navbera xwe û Siyayê de axivî. Sidar geh pê re hêrs bû, geh kêfxweş bû. Herdûyan jî gotina xwe kiribûn yek ku xeberê nedin wan, da bila nizanibin ku Sidar li Ewropa ye. "Bi telefonan nabe," digot Sîdar, "Ku ez wan hembêz nekim, maçî nekim, sûretê wan gez nekim sebra min nayê."

Ferman ji Sîdar bêtir li ser rêwingiya wan disekinî: "Ezê wan bi riya deryayê bînim," got.

"Çima?" got Sîdar, hê bi xuy û xesletê wî dilgerm nebûbû.

"Belkî derfetên şibîner bîra Siyayê vekin, hin tiştan bînin bîra wê."

"Tu dizanî," got Sîdar.

Niha Sîya û Hêlîn ji van tevan bêxeber, bi vegera Ferman şadibûn. Sîya hemî tasewasên xwe li dû xwe hiştibû, sîsîkên çavan diteyîsin. Dema ku Ferman qala çûyina Ewropa kir, ji bo dîtina Şarê jê bû ku ji şabûna bifire.

"Emê bi riya deryayê herin," got Ferman.

"Çima?" got Hêlîn, "Balafir zûtir diçe."

"Erê, lê wê çaxê emê ji xweşikahiya deryayê mehrûm bimînin. Bila dereng be. Wextê me heye."

Ji bo Sîya ne xem bû, lê Hêlîn têgihiştibû ku di vê biryarê de hesabek heye. Demeke ku ew bi serê xwe mabûn ji Ferman pirs kir;

"Rast bêje, çima rêderya?"
"Divê te texmîn bikira. Ji bo birvebûna Sîya yê"
"Wê bikêr be?"
"Nizanim. Lê ev jî îhtîmalek e.

Piştî heftekê Ferman û herdû jinên ciwan bi keştiyeke rêwîngî birêketin. Dema ku ji Stenbolê birêketin esir bû. Tava esirê rengê deryayê zêrîn kiribû. Derya sekan bû, tenê delfînên li dora keştiyê diçûn û dihatin li ser deryayê xelekên zirav çêdîkirin. Silûeta Stenbola ku her diçû dûr diket, keştiya li ser deryayê dişemitî mirov xemgîn dikir.

Nîvê şevê ji tengava Çeneqele yê derbas bûn. Di wê navê de Sîya li kamarayê radiket, Ferman û Hêlîn li restorana keştiyê rûniştibûn, diaxivîn. Restoran hema hema vala bûbû. Çend rêwî û çend peywirdar tenê mabûn. Ji penceran li ronahiyên Çeneqeleyê temaşe dikirin. Keştî êdî ketibû Derya ya Ege.

Lehzek şûn de bayek rabû. Keştî hêdî hêdî dihejiya. Ji bo kesên wekî Hêlîn ku yekem car bû dibû rêwiîderya, ev jî bes bû. Ji niha ve dilê wê û çend kesên din dixewirî. Êdî tehma romantizma şevê nemabû. Hêdî hedî amadekariya rabûnê dikirin ku Sîya ji nişka ve ket hundir. Bêcemayên şevîn lê bûn, porê wê qijikî bûbû û çav lê bûbûn tas. Bi tirs û xof li hêlîn û Ferman dinêriya. Di bin awirên qilqaldar ên li restoranê hat gel wan. Bi qîrîn;

"Emê noq bin!" got.

Hêlîn destê wê girt û da rûniştin; "Na canê min, tiştek bi me naye! Netirse!"

Sîya li çavên Ferman nihêrî: "Ferman, emê noqî avê bin! Zû bike!" got.

Ferman têgihîşt ku dîsa hişaloziya wê destpêkiriye; "Netirse" got. "Tiştek nabe. Keştî saxlem e. Netirse!"

Sîya bêtir qiriya; "Na! Emê noq bin!" got. "Zû, canxelasa wergirin! Emê noq bin!"

Personel, li ser qareqara Sîya, gazî doktorê keştiyê kiribûn. Lehzek şûnde doktor hat û li rewşa wê nihêrî. Bi cerebeyên xwe yî salan dizanibû ku ev bikeştiyê ketin nîn e. Sîya diqiriya. Hêlîn, Ferman, çend kesên li salonê pê girtibûn; lê ew dîsa diqîriya û diperpitî.

"Hûn nabînin? Firtone tê! Emê noq bin!"

Bi dijwarî Sîya kirin kamarayê. Piştî derzîke xewê tebitî û ket xeweke giran.

Hêlîn bi rewşa xwişka xwe matmayî bûbû: "Ev çiye Ferman?" got, "çi bi vê hatiye?"

"Meraqa neke Hêlîn. Em li balê ne . tiştek pê nayê."

"Ew ji çi bizdiyaye?"

"Ev rêwîtiya tiştinan tîne bîra wê. Ji xwe ez jî li bendê bûm.

"Çawa?"

"Min got, ku bi heman derfetan re rûkalî be, dibe ku her tişt bête bîrê."

Hêlîn matmayî bûbû lê dinêriya; "Yanî te bi zanebûn rêwingiya deryayî çêtir dît?"

"Erê."

"Te çima ji min re negot?"

"Min bi kêrbûna wê bawer nedikir. Belkî ez xelet bûma. Lê dibînim ku nêrîna min rast bûye."

Sîya wekî dergûşeke şîrmijî radiket. Dilê Hêlînê pê şewitî; "Nexwe me xwişka min kir kobay?"

"Na, Hêlîn, wisa nebêje! Ger ew bi rastiya xwe re rûbirû nemîne dê heta hetayî nexweşokî be."

Hêlîn li çavan nihêrî; "Rast bêje!" got. "Tu ji xwişka min hez dikî?"

Ferman şerm kir. Hêlîn jî wekî wî zindanî bû. Ew jî di nava wan derfetên hovanê re derbas bûbû. Bi nexweşinên hev beled bûn.

"Niha ez ji te re bêjim ku, hê ez nizanim hezkirin çiyê, tê çi bêjî?"

"Nizanim," got Hêlîn, "ez jî nizanim... Lê ez naxwazim ku xwişka min bi derdên wiha biêşe."

"Ez jî naxwazim. Ji xwe tirsa min jî ji vê ye."

"Em bi hev dizanin, Ferman. Kesayeta me birîndar e. Lê tiştinê ku heta niha te kirine min kêfxweş kirine. Dilê min bi te germ e."

"Min tiştek nekir. Ku min Sîyayê berda bûya, ezê jî pê re winda bibûma. Ez jê hez dikim. Ewilî dilê min pê dişewitî, lê êdî ew ji bo min keçeke Kurd e windabûyî nîn e. Lê min nedixwest ku bizanibe. Çimkî dibe ku ji min re minetdar bûya. Ez jê dûr diketim, pê re dilsarî dikir, îngirokî dibûm. Dîsa jî min bi dilê wê nikaribû."

"Lê dilê te?..."

"Ez naxwazim ji te re derewan bikim. Ji xwe ez bikim jî, dizanim ku tê derewên min pêderxî. Tu hevala min î. Ya rastî min dixwest ku ew xwe bavêje stûyê min û bêje, min bernede! Ez di xeyalên xwe de dibûm prensê wê.

Hêlîn, em hewcedarê evînê ne. Çima ji te veşêrim, tu yê ji rewşa min bizanibî. Ez ji xwe ditirsim. Ku ez Sîyayê biêşînim, ez dê kontrola li ser xwe jî winda bikim."

Hêlîn matmayî bûbû lê dinêriya. Vî însanî tirsên wê jî dianî zimên. Ew jî ji evînê, ji hezkirinê ditirsiya. Newêrîbû ji însanekî hez bikira. Ne ji Amed ne jî ji yekî din vê cesaretê nedigirt. Ku ez bilewîtînim, digot, ku ez xwe rezîl bikim... xwe ji însanan dûr digirt, cirnexweşî dikir.

Bi meraq ji Ferman pirs kir: "Te çawa baweriya xwe bi xwe anî û dilê xwe jê re vekir?"

"Ewilî ewê ji min re dilê xwe vekir, ceserat da min. Hê jî ez jê fedî dikim."

"Çima?"

"Mîna ku ez ji lawazbûna wê sûdê werdigirim."

"Tu wisa dikî ?"

"Em bi xwe nizanin Hêlîn. Carina dibêjim xwezî ez cahil bûma. Xwezî ez gundîkî reben bûma. Ez di binê zanînên xwe de difetisim. Bi tiştên xweş canê min diêşê. Mîna ku ez ji jiyana hin kesan didizim. Niha dixwazim bi Sîya re dilşad bim, lê ji wê, ji te, ji dost û hevalan, heta ji xwe jî fedî dikim."

Hêlîn li ber xwe dinêriya. Destê wê li ser eniya Sîya bû. Bi gotinên Ferman axîn rakişand.

"Me çi bi xwe kiriye?" got. "Em ji evînê ditirsin..."

"Ji jiyanê jî..."

"Ku em xwe ji pêşdarazan dûr bixin, belkî ji hez kirinê fêm bikin. Lê ew cesareta me jî nemaye. Ez jî ditirsim, tu jî ditirsî, hevalên ku ez dinasim jî ditirsin. Me dilovaniya xwe fetisandiye."

"Bi me dane fetisandin..."

"Na. Herkes bi qasî hev tawanbar in..."

"Yanî me xwe bi xwe kir?"

"Ez rewşa me dişîbînim rewşa bilbilê xwe," got Ferman. "Di zarokatiya min de bilbilekî min hebû. Rengê wê keskesor bû. Ji ku hatibû, kê ji min re anîbû nayê bîra min, lê ez gelek pê şa dibûm. Sibê heta êvarê ji min re dixwend. Dema ku dibû qubequba wê rihê min diçûyê. Di nava qefesa xwe ya li ser şaneşîna me, di nava gulemî û binevşan de min ew xwedî dikir.

Rojekê min qijikek girt. Her çiqas ku dengê wê nexweş û nikulê wê zist be jî kêfa min jê re hat. Min jê re qefesek çêkir û danî ser şaneşînê gel bilbila xwe. Li gorî min qijik û bilbilê li hev bikirana. Lê qijikê cihê xwe neeciband. Ewilî xwe li qefesê xist, perpitî, dûre têgihişt ku nikarê derkeve, xwe bixwe tebitî.

Çend roj şûn de dengê bilbila min derneket. Car caran qijikê bi wî dengê xwe yî nexweş dikir qîjeqîj, ji wê bêtir tu deng ji şaneşîna me nedihat. Bilbil êdî nedixwend. Ne ji min re ne ji xwe re.

Diya min got kurê min bilbila te dengê qijikê bihist lewma naxwîne. Lê min bawer nedikir. Bilbilê bixwenda. Bi rojan li bendê mam, lê nexwend.

Dawiya dawî min qijik berda. Divê êdî bilbil bixwenda. Lê piştî çûyina qijikê jî nexwend. Mîna ku cesareta wê şikestibû, êdî ji xweşbûna dengê xwe bawer nedikir.

Bilbilê min hew xwend..."

Ferman gotina xwe qedand. Bêdengî ket kamarayan. Bîskek şûnde Hêlîn bi zenûnokî; "Kî ji me bilbil bû, kî qijik?" got.

"Nizanim," got Ferman, "ji xwe zanîna vê jî dijwar e. Lê bi min, her yek ji me qijik û bilbil bi xwe bûn."

Hêlîn bişirî: "Hadê em jî hindekî rakevin!" got, "evqas westan bes e."

CEREBE

Dotira rojê Sîya, bi kêf û şahî hat ser taştê. Ji serpêhatiya şevê tu tişt pê re nîn bû. Ferman û Hêlîn matmayî bûn lihev nihêrîn.

Keştiya mezin li ser deryayê dişemitî. Dinya sayî bû. Sîya, hemû xweşikahiyên rojê bi xwe re anîbû ser masê. Henek dikir, tinazan bi Ferman dikir, nanê destê wî direvand, dikeniya û wan dida kenandin. Haya wê ji rageşakiya bi Hêlîn û Ferman re nîn bû.

Ferman êdî nema xwe girt. Bi tengazî; "Sîya," got, "Tu îro baş î?"

Sîya ne li pey wateya pirsê ket, ne jî ecêbmayîna wan dît: "Gelek baş im," got, "rêwîngiya deryayê li min hat. Baş bû ku te me anî."

Hêlîn bi çirûskên ji xwişka wê belav dibûn pir kêfxweş bûbû. Lê ew rewşa wê ya êvarê ji ber çavan nediçû: "Sîya, do êvarê tê bîra te?" got.

"Do êvarê?... ha, ez hindekî tirsiyabûm. Herhal ji bo wê hûn ketin fikiran?"

"Te got fikar?" Hêlîn aciz bûbû;" te keştî bi ser serê me de anî!"

"Etê, tu çima tiştan wiha mezin dikî ? keştî dihejiya, ez jî hindekî tirsiyam!"

Rewşa Sîya jî xirab bûbû. Ew rageşokiya nepenî êdî aşkere bûbû. Ferman dizanîbû ku, ew niha ji şeva xwe jî, ji tirsa wan jî beled e. Wekî her carê tirs û gumanên xwe dixe binehişê xwe û vedişêre. Ger bi ser de herin wê aciz be, ger wekî wê veşêrin û pê re bikenîn êdî nizane ku dê çi bibe. Bi rapelokî;

"Sîya, tu dixwazî ji me re dilê xwe vekî," got.

"Ez çi bêjim?"

Ewçend bêxem pirs kiribû ku Ferman bi xwe ket şikê," çi dibe.

Tirsên xwe, gumanên xwe..."

Hêlîn bi heman dengî; "Bîranînên xwe...." got.

Awirên Sîya tûj bûn. Êdî keça ciwan a henekyar û dilovan nîn bû. Wekî gurekê êrîşkar rabû piyan: "De herin karê xwe! Hûn jî li ser serê min bûne psîkolog! Ezê ji we re çi bêjim ? nahêlin em taştê bixwin!" got û bi lez ji salonê derket. Hêlîn xwest ku rabe, lê Ferman nehişt.

"Bisekine!" got, "em bi ser de neçin. Bila hindekî tenê bimîne."

Hêlîn ji şerma xwidan da. "Xwezî me taştê li kamarayê bixwara," got di dilê xwe de. Ev bûbû du car ku Sîya wiha dikir, dê ehlên keştiyê çawa fêm bikirana? Ev însanên li dora wan dê çi bigotana? Hêlîn bi mirina xwe razî bû.

"Xwezî ev nehata serê me..." got, "ewên çi bifikrin?"

Ferman ji şermkirina Hêlînê haydar bû. Pê re bişirî; "meraqa neke! Ku ji me bipirsin, emê jî bêjin. Helbet ew jî fêm bikin."

"Hadê em derkevin," got "Hadê em der kevin," got, "îştah bi min re nema."

Derketin ser guvertê. Bayekî hênik li sûretê wan dixist. Tava sibê deryayê rengîn kiribû. Xwe spartin caxên li kenar, li deryayê temaşe kirin. Kurm ketibû dilê Hêlîn. Çima xwişka xwe xistibû vê riyê? Qey xwişka xwe diceriband? Ev yeka wê tengezar dikir. Ji bizavên wê fêm nedikir, ji ken û kêfxweşiyên wê, ji hêrsa wê fêm nedikir. Çend mehên ku li balê bû Sîya wekî zarokekê dilşad bû lê ev dû roj bûn ku di sîsîkên çavan de yeka din li Hêlînê dinêriya.

"Tu çi difikirî Ferman?" got, "emê çi encamî bidest bixin?"

"Nizanim," got Ferman, rewşa Sîya wî jî tirsandibû: "Belkî bi kêr bê."

"Li gorî te, ew çi vedişêre?"

"Ya rastî ew jî nizane ku çi vedişêre. Li hember travmayê bersîva wê jî bûye binehişkirin. Lê divê bîne bîra xwe."

"Çima bîne bîra xwe? Em bihêlin bila di halê xwe de be."

"Tu çawa wiha diaxivî ? ger ku ew bûyerên hatine serî neyine zimên pê re rûbirû nebe wê çawa qenc bibe? Ew dixwaze jibîr bike canê wê diêşê. Divê ji me bawer bike û bibîr bîne."

"Diyare ku tu wê baş dinasî..."

Ferman li Hêlînê nihêrî. Nizanîbû ka ew jê hêrs bûye an tiştinan tuwane dike. "Em bi mehan bi hevre bûn, min lê guhdarî kir. Helbet baş dinasim. Divê tu ji min bawer bî..."

Hêlîn baş dizanîbû ku ji Ferman tu xirabî nagihîje xwişka wê. Lê canê wê diêşiya. Baş dizanîbû ku Sîya bi rabirdûya xwe re rûbîrû nebe, dê dîsa pixûdokî be, wekî li manastirê qozeya xwe bihone û bikevê. Belkî niha bi wan şa dibû, lê salek şûn de? Ku rewşa wê giran bûya, ne hebûna wê ne jî ya Ferman têrê nedikir.

"Ez dizanim," got. "tê pê re bî."

Ferman sar bûbû. Dilê Hêlînê pê germ bû hebûna wî ji bo Sîya şansek bû. Ew piştevanê Sîya bû, baş dizanibû ku Sîya bi hebûna wî kêfxweş dibû. Ji niha ve xwe perçek ji Ferman didît.

Hêlîn ji rêbazên xwe bawer nebû . Erê, wê jî dixwest ku Sîya bi rabirdûyê re rûbirû bike. Lê ewê çawa biba? Îhtimal hebû ku wekî rêbazên li zîndanê bikirana. Çend hevalên wê yên hişwindakirî hatin bîrê. Çendin ji wan veqetiyan, çendin careke din xwe nedîtin. Wiha bi kotekî "Bîne bîra xwe!" gotin, dê çiqas bikêr bihata? Dibe ku takekesiya wê bela welayî jî biba.

"Ku ev rêwingiya jî bikêr neyê, emê çi bikin?"

"Ka em li bendê bimînin," got Ferman, "ji xwe rêwingî wê du roj filan dom bike. Bes bila wextê me têrê bike..."

Hêlîn bi tirs, pirs kir: "Ferman, li gorî te çi hatiye serê dê û bavê min?" Lê nedixwest ku Ferman bersîvê bidê. Ji xwe wê jî bi bersîvê dizanîbû. Ku Ferman jî ya dilê wê bigota hêviya wê nedima.

"Divê tu xwe ji rewşa herî xirab re amade bikî," got Ferman, "em nizanin ku çi bûye. Em li tu derê rastî şopa wan nehatin, îhtimala tiştên xweşî, kêm bûne Hêlîn."

Hêlîn kelogirî bû. Berê xwe zîvirand, nedixwest li ber wî bigirî. "Ezê herim li Sîya binêrim," got û bi lez ji wir çû. Ferman li ser guvertê bi serê xwe ma.

BINEHIŞ

Ew bagera ku li bendê bûn ber bi êvarê rabû. Di nava çend deqîqeyan de ewrên reş û tarî rûyê rojê girt. Pêlên deryayê rabûn. Bayekî sar ji ser guverteyê weziya nava koridorên keştiyê.

Sîya wê rojê heta êvarê bê mehd û mirûz mabû, bi daxwazên Hêlîn û Ferman jî ji hundir derneketibû, di nava kamaraya biçûk de, heta êvarê pêgermokê gerandibû.

Ber bi êvarê qazaxek li xwe kir û derket ser guverteyê. Bayê sar bedena wê diçefiland. Hêlîn û Ferman ji hundir salonê lê temaşe dikirin. Yekser behna wê teng dikirin. Ji hêlekê ve li ber wan şermende dibû, ji hêlekê ve dixwest ji wan dûr bikeve, hinekî bi serê xwe bimîne. Dil û mejî lê teng bûbûn, tengaviyeke bêsedem fikr û ramanên wê şêlû dikir. Ev rêwingiya, lêgerîna wan, hebûna Hêlîn û Ferman, pirsên di mejiyê de... her tişt li ber çavên bêwate bûbûn. Xwe bi tu kesî yan bi tu tiştî ve girêdayî nedidît. Bi vê hestê xwe beled bû. Dizanîbû ku di demên wiha de dikarê xwe an jî kesên li hember xwe bikuje û qet poşman nebe. Ev demên aloziyê bûn. Çend caran bi dil û mejî girtibûn, çend caran wê anîbûn ser sînorê mirinê... Di van deman de ji xwe ditirsiya. Xwe ji her kesî dûr digirt, dest nediavêt tu tiştî.

Sîya ditirsiya ji nexweşbûna xwe ditirsiya ji bêdermanbûna derdê xwe ditirsiya. Her wiha ji teriqîna xwe ditirsiya.

Her çiqas ku wan êdî qala do şevê nedikirin jî, Sîya dizanibû ku herdu jî lê ecêbmayî mabûn. Wê ji wan re çi bigota? Wê şevê Sîya ketibû dehlîzeke ji pêlên dêwane pêkhatî, bêdeng û hîs mabû, fetisokî bûbû û ji nişka ve şiyar bûbû, bi tirs û xof li der û dora xwe nihêrî bû. Xwestibû ku biqîre bêje; "Hêlîn!... Ferman!.." lê tu deng jê derneketibû. Li wê wetire ku devê xwe vekira dê bixeniqiya. Piştî şiyarbûnê jî bi ser xwe ve nehatibû, tarî û pêlên fetisokî dîsa pê re bûn. Çavên xwe li Hêlîn û Ferman gerandibû lê kamara vala bû.

Bi tirs û xof rapelikîbû derve. Dema ku herduyan jî li ser sifreyê di nava gotûbêjeke xweş de dîtibû, aqil ji serî çûbû. Ku di wê lehzê de li bejahiyê bûna, dikaribû herduyan ji biterikanda. Ew dixeniqî lê tu kes ji wan ne li balê bûn! Çima? Çima herduyan bi hev re ew bi serê xwe hiştibûn. Ku yek li balê bûya, wê hembêz bikira, ew wisa tengezarî nedibû. Çima yek li balê nebû ku Sîya destê wan bigire û sebra wê pê were?

Ew rûşîrîniya wan îro jî wê aciz dikir. Dibe qey xwe pê didane efûkirin. Dixwest ji wan re bêje; Divê ez xwe bielimînîm tenhatiyê. Êdî ez nikarim bi we piştgerm bim, lê ji xemdarbûna wan fikarê dikir. Xwedêyo!.. ew çiqas tenha bû!.. Çima tu kesî jê fêm nedikir?... Ev rêwîngî ji ku derketibû? Çîma bi balafirê neçûbûn? Derya wê dîfetisand. Ew pêlên xwarê çîqas kişîner bûn. Sîya nikarîbû berê xwe ji wan veqetenda. Zûr bûbû li pêlan dineriya. Xwezî aniha Hêlîn û Ferman li balê bûna. Ew li ku bûn? Helbet, li salona germ de xweşsuhbetê xwe didomandin.

Diviya ku jibîr bikira ; xwe di nava aramiya jibîrkirinê de winda bikira. Diviya ku heta binehişê mejî vala bikira. Lê nikarîbû. Ev rewîngiya cehimî jî wê careke din dixist nava tasewasan. Rêwîneriyeke lasayî wê çima wiha qilqaldar dikir? Ev tengavîbûna wê, ji ku dihat? wê ji Ferman re digot ji vir û pê ve rêwîngiya deryayê lê heram bû.

Bi xirabûna hewa û rabûna pêlan, tengaviya dila girantir bûbû. Xumînî bi mejî ketibû, hişê wê diçû, pêlan gazî dikirinê. Bêhîşê xwe dest avêt caxan û li xwarê nihêrî... Dem ev dem bû, Diviya ku êdî ji her tiştî xilas bûya.

Ji nişka ve yekî bi mila girt. Qudûmên wê şikestin, çav lê tarî bûn. Tu tiştî nedît lê dizanîbû ku ev Ferman e. Bi destê wî girt û lava kirê; "Ferman, min bibe hundir, ez bi qurbana te me, min bibe hundir!.."

Bedena Hêlîn hishisand, wê rapêça... Bi lêdana dilan têdigihîşt ku ew digirî. Germaya bedena wê jiyanê xist bîrê. "Min bibin hundir Hêlin! Zû!" got ."Ez diqefilim! Hûn Xwedê, em herin hundir !"du milên hêzdar wê rakirin û li ser nivînên nerm danîn. Ji ku ve hatibûn hundîr? Wê hê lava dikir ku herin hundir kengî li vir? Lihêfa ku avêtin serê sebra wê anî. Dengê îske îska Hêlînê dihat, destê wê eniya Sîya mist dida.

"Ferman!" got. "Ev keştiya ewledar nîne. Divê em canxilasan lixwe bikin. Zû bike, bahoz tê!"

"Netirse," got Ferman, "keştî ewledar e. Em li ba te ne."

"Zû bike, canxilasan bîne. Em di xeterê de ne!"

"Sîya, bise bise canê min!" got Hêlîn. "Tiştek bi me nayê. Keştiya me saxlem e."

"Tu keştî saxlem nîn in. Hûn bi Xwedê, zû canxilasan bibînin!"

Sîya êdî der û dora xwe didît. Tirs û xofa li rûyê wan jê re tu tiştî diyar nedikir. Lehzek berê e wê mirin dîtibû, di nav pêlan de gazî dikir, haya van jê nîn bû. Wê niha bahoz rabûya, lê xema wan nîn bû. Wan xwe çi dihesibandin? Hîn rastî bahozekê nehatibûn. Ev bijîşkê keştiyê ji ku derketibû? Na.. Wê derzî nedixest! Niha bahozê rabûya lê wan dixwestin ku ew razê… Nexwe çima wê xilas kiribûn? Na! Derzî mirina wê bû!

Sîya di milê xwe de bi êşa derziyê hesiya. Xwişka wê û dildarê wê biryara mirina wê dabûn. Çare nîn bû. Germahiyeke şîrîn bi laşê wê girt, hêdî hêdî xew lê giran bû.

Ji nişka ve hişê wê vebû. Beriya niha jî ew rastî bahozê hatibû. Ji dûr ve keştiya wan wekî qalikê gûzan dixwiya. Ew li pêlekê siwar bûbû nêzîkî keştiyê dibû. Çi dikir nikaribû mirovên li ser keştiyê binase. Keştî tijî mirovên bêhêvî bû û pozê wê hêdî hêdî noqî avê dibû. Gerinekek rabû û wan tev de kişand nava xwe. Sîya li kenarê gerînekê hem li keştiyê hem li mirovên tê de temaşe dikir. Ji keştiyê bêhna xwarinê, tirşê û mirinê difûriya. Sîya qîriya: "Zû bikin, keştî noq dibe! Hûn ê bimirin!" got, lê gerinekê dengê we jî bi xwe re bir, deng neçû tu kesî.

Yekê porê wê diniwast. "Li ser gerînekê ez tenha nîn im" got. Dest girt, maçî kir, serê xwe rakir. Hêlîn pê re dibişirî. "Hêlîn, çavên te çi rengî ne?" got. Hêlîn got, "Hingivîn in." Çawa dibe?

Divê çavên wê keskeşîn, şînekesk, kesk, şîn bûna. "Çima hingivîn in?"got, lê Hêlîn çûbû. "Ew çû ku? Gelo xeniqî?" got. Qîriya; "çavên kê keskeşîn in?" got, tu kesî bersiv nedanê. Ferman ji keştiyê derketibû, ber bi wê dihat. "Ferman, kanî canxilas?" got. Ferman destên xwe daweşand; "ji min stendin! Herkes bi canxilasên xwe ve xeniqîn. Tu tişt neman!" got

Çawa dibû? Çima bi gotina wê nekiribûn? Wê firtoneyê nasdikir. Jê bawer nekiribûn. Niha tu tişt nemabû. Her tişt, her kes nuqmî avê bûbûn. Sîya dîsa bi serê xwe mabû. Dîsa li ser pêlên kujer.

Bi serê xwe bû. Îcar wê bixeniqiya. Xwedêyo, çima derzî lê xistibûn? Niha wê çawa xilas bûya?

Tariya li hawirdorê her diçû zêde dibû. Êdî ne keştî, ne pêl, ne derya, ne hêlîn, ne Ferman hebûn. Her tişt tevli tariyê bûbûn. Sîya xwe berda nava tariya bi aram.

Ji korîdoreke teng û tarî derbas dibû. Dengê pêlan û qareqara însanên dixeniqîn dihatin, lê tu tişt nedixwiya. Nizanîbû ka dimeşe an dişemite.

Der û dora wê hêdî hêdî ronahî dibû. Çend gav şûnde korîdor qediya, derket meydaneke ronîdar û fireh. Çend kes li meydanê pêgermokê digerandin. Li wan nihêrî, tevan ji nas dikir, lê dikir û nedikir nav nedihatin bîrê. Yek ji wan li ber wê sekinî, Sîya di cih de nas kir.

"Harûn, tu çûyî ku?" got.

Ez li vir im. Neçûme tu derê. Li sedemê hatina xwe ya dinê digerim." Got Harûn.

"Sedemên wî dîtin?" got Sîya. Harûnê ku hê ciwan bû dilê wê germ kiribû.

"Ez lê digerim," got Harûn. Li Sîya nedinêrî, awirên wî li aso bûn. " însan ajal, kulîlk, giya, kevir, dar û ber, ax, av, hewa, roj, stêrk, rojgeran, kaînat… ev ji bo çi hene? Gelo em ji deverekî tên û diçin devereke din?"

"Ez nizanim Harûn. Divê te bizaniba" got Sîya. Harûn hê li aso dinêriya.

"Me bi hatina xwe... ji ku çi kêm kir, emê bi çûyîna xwe li ku çi zêde bikin? Me daye pey hev û em tên û diçin. Ev hatin û çûyîn li ku destpê dikir û dê li ku biqedin? Ev çi pirsên gizûnin Sîya! Ez ji binî dernakevim. Nizanim sedemek heye ku em di xizmeta wî de bin?.."

"Te bavê min dît Harûn?" got Sîya. Çima hetanî wê demê jê nepirsîbû? Harûn îcar lê nihêrî, çavên wî jî keskeşîn bûn. "Li van deran e, tê niha bibînî." Got.

Caferê qemer ji nav roniyê derket û hat gel Sîya.

"Tu jî li vir î?" got Sîya, "tu li çi digerî?"

"Ez jî wekî her kesî li sedemê heyîna xwe digerim," got Cafer. Serê xwe xurand û bişirî: "Hin kes zûtirîn pirsên xwe diqedînin û li berbayî dareja asoyî a rojane dikevin. Hemû însan li pey pirsên xwe diçin. Û pirsên nû tevlî wan dikin."

"Te bavê min dît?" got Sîya. Lê dixwest ji dêvla bavê xwe wan herdûyan jî hembêz bike.

"Tê çi bikî bavê xwe?" got Cafer, "vaye Dr. Kemal li wê derê ye. Here gel wî. Ew jî wekî me, jiyana xwe ji bo bersivandina pirsên xwe borand. "

"Ewî jî tiştek nedît?"

"Na!"

"Çima?"

"Çimkî her bersiv bi xwe re pirsên nû tîne. Ev bêsiûdiya arûzedar wisa didome û diçe. Dibe ku dawiya dawî yek ji me bersivên mantiqî bibînin jî, lê ne zimanê me têrê dike ku em bêjin û ne jî derfetên vegotinê hene. Yanî pirs û bersiv bi hev re diçin, me jî daye dû.

Ronahiya meydanê zelal dibû. Sîya, xwe li ser wan wekî awireke spî didît. Cafer li xwarê mabû. Sîya bang kirê; "Armanca jiyîna we çibû ya mirina we çiye?"

Cafer bi pozika sola xwe erdê dikola. Biskek wê xwe rakir; "Bersiv giran e? tenê bersîv giran e!" got.

Sîya li ber Dr. Kemal danî. Îcar cilên spî lêbûn. Bi şikl û şemala xwe jî bûbû doktor. Lê xwîn ji destan dihat. "Ev çi xwîn e?" got Sîya.

Dr. Kemal li destê xwe nihêrî, mîna ku nû dîtibû; "Nizanim" got, "yan xwîna min e yan jî yê miriyan nin.

"Te kî kuşt?"

"Ez ji ku dizanim.... Ji xwe çi wateya wî heye?" got. Wekî semazenekî li dora xwe zivirî. Sîya cilên wî şiband cilê semazenan. "çima ewilî wekî cilên doktoran bi min xwiya bûn? Got.

Dengekî stûr li ber guhê wê ketin: ez tême bîra te?" got. Sîya vegeriya. Zekî li tenişta wê bû.

"Erê," got. Bi jarbûna wê şaşwazî bûbû. "keştî li rûyê te noq bû" gotê.

Zekî navmila xwe daweşand nizanim," got, "dev jê berde! Li dora xwe binêre! Çiya, der û dor, bexçe, gul û gulistan. Dinya... tev de beriya zayîna min jî hebûn wê piştî mirin a min jî hebin. Ne hatin û çûyîna min ne jî ya te tu tiştî naguherîne. Piştî me jî wê ev asîman, ev roj, ev derya û pêlên wê hebin. Ba, wê dîsa bixwaze çiya û deştan, rojê dîsa hewayê, erdê û avê germ bike. Ez ne dikarim bi hebûna xwe û ne jî bi tunebûna xwe vê çerxê biguherînim. Ne dikarim hikarî bikim û ne jî tevlî bibim. Ez çiqas bixwazim jî nikarim tevlî bayê bibim û bibim nefes, nikarim bibim tîrêjên rojê tenê dikarim tune bim, min jî wisa kir. Ew heft û leftên min tev ji bo domdariya hebûna min bû, lê dîsa jî ji tunebûnê xilas nebûm."

"Tu xwe tawanbar nabînî?" got Sîya.

"Çima?" gotê Zekî, "herkes li pey tunebûna xwe bûn, ez jî bûm sedem."

"Ew ji mirinê direviyan!" got Sîya. Serê wê gêj dibû. Li benda bersivê nema, çavên xwe li der û dorê gerand.

"Na!" got Zekî, Sîya êdî tenê dengê wî dibihist. Nizanîbû ku berê xwe bizivirînê wê Zekî bidîta "ew ji xwe direviyan"

"Lê tev de mirin!" got Sîya. Êdî bihêrs bûbû.

"Ji xwe rev, mirin bi xwe ye!" got zekî.

Sîya lê nenihêrî û ji wir dûr ket. Ronahî her diçû kêm dibû. Diviya ku beriya tariyê bavê xwe bidîta. "Bavo!" got û li der û dora xwe nihêrî. Ji nişka ve yekî bi destê wê girt. Destê bavê xwe nas kir. Vegeriya serê. "Bavo," got, "tu li ku bûyî?"

"Ez bi te re bûm keça min," got bavê wê, "te min nedidît?"

"Na. Ez gelekî li te geriyam."

"Xema nexwe keça min. Ez bi te re me." Gotê. Sîya li bavê xwe nihêrî, reng û rûyên wî çi xweşik bûn!"

"Bavo," got Sîya, "tu cudatiya mirin û jiyîna me nîn e? hûn dîsa wekî xwe ne..." bi pirsa xwe têgihişt ku ew bavê xwe mirî dihesiband, lerz pê girt.

Bavê wê bişirî û got: "Ez jî nizanim. Girîngiya me jî ku tê? Em çima xwe wisa hêja dibînin? Di navbera mirina însanekî û mêşekê de çi ferq heye? Ez jî nizanim. Ha însanek zaye, ha beqek. Însan çima ji beqekî hêjatir e? Çi behreyên însan ji yên beqê zêdetir e? romana wî? Ger ku sedemê heyîna xwe nebîne mirov dikare jê re bêje roman? Ez jî wekî her kesî li bersivên xwe digerim..."

"Bavo, gelo îhtîmal heye ku gerdûn tev de sawinek be?" got Sîya. Tarî zêde dibû. Bavê wê êdî ximamî dixwiya.

"Ku wisa be, nexwe em jî sawinek in" got bavê wê, hema hema winda dibû. "girtina heyam ji bîr neke?"

"Heyîna me di nava du tunebûne de ye."

Her tişt ketin pişt reşperdeya tariyê. Sîya êdî tu tiştî nedihishisand.

RASTÎ

Çav li serê Hêlîn sor bûbûn. Aqilê wê li hûndir bû. Çawa pejirandibû û xwişka xwe derxistibû ser deryayê? Bi hêrs li Ferman nihêrî; "te encama ceribandinê dît?" got, "ev tev de ji rûyê te bûn!"

"Min tawanbar neke!" got Ferman. Nizanibû ku dê çawa wê aş bikira: "Helbet emê çarekê bibînin."

"Keçik dîn dibe! Ji êvar de di xewa xwe de diaxive, diqîre. Emê çi bikin?"

"Sebir bike!" destê xwe avêt ser milan: "Hadê em herin hundir. Wê niha şiyar bibe."

Baranê destpê kiribû. Keştî hêdî hêdî dihejiya. Hêlîn bêdeng meşiyan û ketin kamarayê.

Sîya şiyar bûbû. Li ser nivînan rûniştibû, lihêfê avêtibû ser lingên xwe, porê xwe dabû hev. Diyar bû ku li benda wan bû.

"Hûn li ku man?" got dibişirî, "qey hûn ji min direvin?"

"Way, canê min! Tu şiyar bûyî?" Hêlîn li banê rûnişt. "çawanî?dilê te tiştekî dixwaze?"

"Etê, hûn li ber xwe ketin, ne wisa? "li Ferman nihêrî, "we gelek qehra min kişand."

Ferman jî li perê nivînên wê rûnişt û destê wê xist kefa destê xwe: "Helbet emê bikişînin. Tu canê me yî!"

Sîya destê herdûyan guvaşt. Ji nû ve xwe dilşad û biewle dihesand. Ji nû ve bûbû zarokeke şîrîn û bextewar.

"Du nobedarên min hene. Ezê çawa dilgerm nebim," got. Bi hev re keniyan.

Ferman ji bo her tim wiha dilgeş bin dikarîbû her tişt bikira. Ew çûriskên çavên Sîya, jê re bes bûn. Lê baş dizanîbû êdî ev ne gengaz e. Ji îro û pê de, dê wekî med-cezirê debolebî bijiyana. Ev ji bo wî û ji bo hêlîn jî wisa bû. Dibe ku depresyonên wan siviktir bûna. Dîsa jî depresyon bûn. Carina ew jî nedixwest ku bêhnê bistîne. Ji her kesî, her tiştî aciz dibû, heta ji xwe jî aciz dibû. Dibe ku her yek ji wan nexweşekî bin, yek kêm, yek zêde, lê tev de birîndar bûn... ew salên şêrîn, salên li zindanan, li îşkencexanan borandî, tevan birîndar kiribe. Erê, divê rastî ev bixwe bûya. Sîya ya reben birîna xwe kûr girtiye, zaroktiya wê winda bûye, lê ew?..

"Hûn bêxew mane?" got Sîya.

"Na, canê min" got Hêlîn. "xêr?"

"Ezê ji we re hin tiştan bêjim. Hûn dikarin li min guhdar bikin?"

"Helbet."

"Lê tu Ferman?"

"Tu çi dibêjî bêje. Ez li te guhdar im."

"Ferman, ez bi nêta te dizanim."

"Nêta çi?"

"Ez dizanim ku te ji bo çi min xist vê keştiyê."

"Çima?" got Ferman. Ziman di deva de mezin bûbû.

"Tu dixwazî hişê min vebe." Bi destê Ferman girt û bişirî; "ka ev keştiya saxlem, ev bayê hênik, ev rêwingiya xweş dê çawa hiş ê min veke? Lê dîsa jî ew keft û lefta te, min kêfxweş dike. Diyare ku tu ji bo min gelekî diêşê.

Ferman ji şerma xwêdan dabû. Nizanîbû ku li hember herdu xwişkan çawa tevbigere. Lehzek berê Hêlîn a ku bihêrs ew tawanbar dikir, niha jî bi evînî lê dinêriya. "tu ji bo m e herduyan jî hêja yî." Got. "ciwanê me jî tu yî"

"Carina ji dilê min tenê xirabkarî...dizê. Ez dixwazim dilê her kesî ji xwe bihêlim. Nizanim çima, lê bişirînek ji min re wekî dijûnekê giran tê. Ger di van deman de hûn qehra min bikişînin, ezê jî evîna dilê xwe diyarî we bikim".

"Tu qet xema nexwe," got Hêlîn, "em bi dilê te dizanin. Bes tu me ji xwe mehrûm neke."

"Di xewa xwe de ez rastî bavê xwe hatim. Bi min re axivî. Rûyê wî, şikl û şemala wî wekî xwe bûn. Dibê qey ev bi salane ji me dûr nemaye, wisa sakîn û dilovan bû. Ji min re tiştên ecêb vegot. Bala min li ser rûyê wî bû, gotinên wî giran bûn, zêde di aqilê min de neman."

Hêlîn, hêstiran dibarand. Sîya, hêstirên wê bi destê xwe paqij kir: "Ez her tiştî dizanim etê," got, "lê ditirsim. Li min wetirê ku ez bêjim dê wê çaxê rast bin. Lewma ez di binehişê xwe de vedişêrim. Bila ji devê min dernekevin, dibêjim. Ku derkevin êdî ez nikarim xwe bixapînim.

"Nexwe her dîmenên di hişê min de rast in, çi tê ber çavên min ew rast e. Xewnên min rastin, tirsên min rastin, hêrsa min raste. Tenê ez naxwazim bi rastiya wan bawer bikim. Nizanim min ji bo çi wiha kir. Belkî mejiyê min ji min re dek û dolaban gerandibe. Belkî ji bo parastina kesayeta xwe, min wisa kiribe.

Êdî her tişt bi min eyan e. ez amade me ku bi wan re rûbirû bim. Lê nizanim ka hûn jî amade ne..."

Ferman ji gotinên Sîya fêm kiribû ku wê serpêhatiya xwe vebêje, "Em amade ne Sîya," got, "bes tu bêje."

"Ya rastî divê ez wiha bêjim: ezê çima ji we re bêjim? Çima ji we re qala serpêhatiya xwe bikim, nizanim. Belkî ji bo watedarkirina jiyana xwe be. Ji xwe min ew gosirmetên di çîroka jiyana xwe de tev de jiyand. Qet nebe bila jiyana min tehm xweş be.

Ya rastî, ji bo min guhdarkirina însanan jî ne xem e. ez dikarim serpêhatiya xwe binivîsim û dûre biavêjim deryayê. Yekî xwendiye yekî guhdar kiriye xem nîn e. ji xwe carina ku ew bûyer têne bîra min, wateya tu tiştî namîne. Lê ezê ji we re bêjim. Belkî hûn jî bi gotinên min bilewitin. Ez li rastiya xwe digerim, bi serê xwe newêrim bidim pey, we jî bi xwe re dikim tawanbar.

"Ezê niha çîroka xwe ji we re bêjim. Li min guhdar bikin, çîroka min sêwî nehêlin. Ger ku guhdar tunebin çîrok jî tune dibin. Ku ez nebêjim dê ji bîra min biçe!"

X
HEVRÛBÛN
Firtone

Heta êvarê li çiyayên di nava mijê de dixwiyayî temaşe kirin. Asîman û derya sekan bûn. Ewrên spî li asîman wekî pembo dixwiyan. Asîmanê şîn, deryaya şîn bi ewrên spî xemilandî bûn. Bendava çiyayên binevşî ên li aso rêz bûbûn jî, vê dîmenê xweştir dikirin.

Keştî bi gumlata xweya giran li ser derya sekan wisa dikişiya ku, yekî ji dûr ve lê temaşe bikira dê bigota ev penaberên canfiroş nîn in, lê dibe ku grûbek tûrîstên ehlîkêf bin.

Dawiya dawî perav dîtibûn. Hemû tengasî dê biqediyana û lingên wan ê pê li axê bikira. Nanê parî bi parî tête belavkirin, ava şor a qaşo parzûnkirî, tirsa mirinê, tirsa dîn û harbûnê, tirsa xwe windakirinê... Dê her tişt biqediyana. Qiraxê kîjan welatî dibû bila bibe, tu wateya wê nîn bû. Dê derketana ser reşayiyê, dê lingên xwe bidana ser ax û xweliyê, ev bes bû.

Bi xilasbûna xwe êdî bawer dikirin. Ji ber rageşiya rojan westiyabûn. Tu kes ji cihê xwe nedilebitiya. Ji xwe wê durustiya wan binêriyana, xwarin, vexwarin, nivîngeh bidana wan, dê bi rojan li çapemeniyê bihatana şîrovekirin, dê dewleta tirkan bihata mehkûmkirin.

Sîya, di rojnivîska xwe de, "Bi zena min, êdî esareta me ya di vê gumlata hesin de diqede. Ger ez derkevim ser bejahiyê ez dê rûyê xwe bi axê bişom," nivîsand.

Lê tu kes bi wan nehesiya. Bi tariya êvarê re çiyayên binevşî her ku çûn li ber çavê wan winda bûn. Nizanîbûn ka nêzik dibinê an jê dûr diketinê. Hindekan gotin, ji ber tariya êvarê em çiyan nabînin, hindekan gotin dengê pêlên li perav dikevin têne guhê me her kes li pey xweşkirina çîroka azadiyê bûn.

Bi carekê ve panîk di nava milet de destpêkir û bi carekê ve jî belav bû.

Dema ku hişê wan hat serî, êdî pir dereng bû. Paldankan, eşyayên mayî, cil û pertalên li der û dor kom kirin û li ser guverta jorîn agirekî geş pêxistin.

Hê agir netefiyabû ku, ewilî bawerzîneke hênik li rûyê wan xist, dûre ber bi nîvê şevê ba xurt bû. Deryaya sekan ji nişka ve rabû. Pêlên dîwane. Ên ku tenê di filman de dîtibûn li qatên jêr ên keştiyê dixistin. Piştî birûskên ku însan kerr dikirin ser deryayê wekî nava rojê ronî dibû. Bi brûskan re baraneke gurr destpêkir. Kesên li qatên jêr bi tirs reviyan qatên jorîn. Kesên li ser guvertê diponijin bi pêjna bayê ve reviyabun salonan. Çend kesên li kamarayan jî ji ber vê bûyera xwezayî a ku bi wan xerîbe, bi rev xwe avêtin salonên mezin.

Şevereşek daketibû ser rûyê deryayê. Tarî, wekî dîwarekî bêdawî li hemberî wan daçikiyabû. Keştiya bi serê xwe mayî jî êdî ji hêla ba û pêlan ve dihat rêvebirin.

Îtalyanê deryavan ê ku li goşekê diponijî. Bi qirçe qirça brûskan ji cihê xwe veciniqî, li der û dora xwe nihêrî. Bi tirs û sawa dilê xwe ji însanên der û dora xwe re,” kapîtan kapîtan!” got.

Çend xortên ku li xemberî wî li tariyê, li pêlan û li brûskan dinêriyan li der û dora wî bûn. Bi xirexawikî lê nihêrin.

“Kapîtan!” got îtalyan…

“Kuro ev çi dibêje?” got yekî.

“Herhal, dixwaze Zekî bibîne,” got ê din.

Piştî çend deqîqan bi binçenga Îtalyan girtin û birin gel Zekî.

“Kapîtan, dumên!” got Îtalyan

“Çi bi dumenê hatiye?”

“Dumen!” got dîsa û bi destê xwe dilqê dîmengirtinê kir…

Zekî di sîsikê çavên wî de tirs dît, “Em çi bikin?” got Îtalyan xwe nîşan da. Faris bi milê wî girt, zû bi zû bir ser dûmenê. Îtalyan lehzek bi dumenê re mijûl bû, çend caran zivirand. Li şanîder û pusulayan nihêrî, eyarê dumenê di cihekî de girt û bêhnefişkekê berda. Paşê ji xortekî ligel xwe re raber kir ku dumenê wisa bigire. Paldankek danê, li ser paldankê rûnişt. Ew panîka wî ya lehzek berê çûbû. Tu kesî nizanibû ka ji xetereyekê filitîne an ev şano bû.

Tîrêjên brûskan li ser deryayê ketibûn. Danseke ronak mîna ku Derya Spî dixwest xwe diyarî wan çiyayiyan bike ku li ber bager û bahozên çiyan qumutîbûn. Ev însanên ku bi her brûskê ji tirsa hevdû radipêçan, her wisa bi hêjmarî li dansa ronahiyê temaşe dikirin.

Pêlên dîwane bilind dibûn, li qatê çaran ji ser korîdorê re derbas dibûn û li dîwaran dixistin. Ew însanên ku bi efsaneyên tofan û qiyametê mezin bûne, niha xwe bi tofaneke rastîn re rû bir û didîtin.

Sîya, xwe dabû tenişta diya xwe, li barana geş a ku pêl bi pêl bi ser wan de dihat temaşe dikir. Berovajkiyê ên din, gelekî sekan bû. Baran ji nava tarîreşê ref bi ref dihat. Însên dikarîbû perdeyên baranê bibîne. Mîna ku ba baranê wekî hespeke şê diajot, dilopan dida rêzê, qamçî dikir, radikir pêdanê, aş dikir, çep û rast dibir û dianî.

Di dilê xwe de got, "Ezê dansa ba û baranê ji Perînê re vebêjim." Siwarê ji bayê û hespa ji baranê. Dibe ku hêzekê jî ba diajot. Belkî yezdanên hêrsoyî ên li ser ezmanan rûniştî pif dikirin boriyên hestî ên ld destê xwe de, belkî Xwedawendekî henekvan bi baweşîna destê xwe ba diafirand. Ba, ku carekê destpê bikira dê êdî Yezdanê xwe biafiranda û êrîş bikira her derê.

Ba, bi tundî li sînga keştiya kevin dixist. Ew keştiya ku bi caran li ser deryayê bi pozbilindî derbas bûye; ji ber barê xwe yî giranbûha û mêvanên qedirbilind qet rû nedaye ba û baranê, niha bê kaptan, bêparastin, bêsotemenî ketibû ber destê vê bagerê.

Heta şewqa berbangê bager dom kir. Ji xeynî çend kesên terke dinyayî her kes li eywana mezin kom bûbûn, ji hevdû hêz û cesaret digirtin. Bi berbangê re ewilî ba aş bû. Dûre baran sekinî. Çend kes derketin guverteya pêşîn û hewa paqij kişandin nava dilê xwe.

Derya hê aş nebûbû, lê êdî pêlên şêtanê nîn bûn. Dema ku ji

bo taştê nan hat belavkirin êdî her kes derketibû derve. Ji eywanê bêhna vereşanê, mîzê û xwêdanê dihat. Însanan li deryaya ku hê aş nebûyî temaşe dikirin. Ew pêlên bilind, ew ba û bahoza ji ku derketibû, çiyayiyan dê ji ku bizanîbûna. Ewrên belek belekî, asîmanê şîn û deryaya sekan dîsa hêviya jiyanê xist dilê wan. Birçîbûn û belengazî ji hişê wan derketibû.

Zekî çû cem ê Îtalyan: "Hadê, tu jî pariyek nan bixwe û hindekî rakeve. Te karê xwe baş pêk anî," got.

Deryavanê Îtalyan ji gotinên Zekî û ji awirên wî mebesta wî fêm kir û bişirî.

Dr. Kemal: "Diyare ku pêwistiya me bi cerebeyên te hene," got. Deryavan ji vê gotina wî fêm nekir. Serê xwe xist ber xxwe û derket. Dr. Kemal vegeriya ser Zekî; "em ji qiraxê do êvarê dûr neketana baş bû," got.

"Ger ku dumen serbest bûya wê çi bûya?" got Cafer.

"Nizanim," got Dr. Kemal, "lê tiştên ku min jê fêm kir ev e; ger ku pêlên deryayê li hêleke keştiyê bixe dê keştiyê alabora bike. Îtalyanê me li gorî hatina pêlan berê keştiyê zîvirand ku em wernegerin."

"Di vê bagerê de ew hêla pêlan çawa dizane?"

"Em hê gelek ji deryavaniyê dûr in."

"Erê," got Harûn, "ez bawer nakim ku em pê bizanibin jî."

Cafer keniya, "Ma emê sotemeniyê ji ku bînin?"

Deryavan, dema ku xwe li ser paldankê dirêj kir, ji hêviya ku ji ber hebûna wî bilind bûye bêhay bû. Hêviya xilasiyê ji sibehê destpêkir û li nav keştiyê belav bû. Deryavanê Îtalyan bûbû afirînerê hêviya azadiyê. Li her derê keştiyê mijara axaftinê ew bû.

"Gelo keştiya me hetanî ku çû?"

"Dibe ku em gihîştibin qiraxê Îtalya yê."

"Dibe ku em hatibin nêzîkî Girît an Malta yê."

"Na lo! Ev bager û bahoza qet nebe me avêtiye qiraxên Cebel-ul Tarik."

"Lê ku em derkevin qiraxê Libya an Tunus ê?"

"Ji Libya tu xisar nagihîje me Qeddafî me teslîm nake."

"Lê ger em derkevin Misirê, malik li me xira be! Dê di cih de me bifroşin Tirkiyeyê."

"Ji xwe em tim û tim ber bi rojava çûn. Gengaz nîn e ku em derkevin qiraxên Afrîka Bakur. Pêşiya me Îtalya an jî Îspanya ye."

"Bi ya min, em di şûna xwe de çûn û hatin."

"De here lo! Tu çi dizanî?"

"Em paş de neçûbûne Tirkiyê, bes e"

"Ji mirinê çêtir e."

"Perê me diçe, lê qet nebe em ji deryayê xilas dibin. Ez bi Tirkiyeyê jî razî me."

Ev axaftinên hêvîkar ancax heta nîvro dom kirin. Piştî nîvro li bakur ewrên reş rûyê asîman girtin. Dema ku ewrên reş ji rojhilat heta rojava weke kevanekê dirêj bûn. Dîmeneke pir ecêb derket holê. Bakurê keştiyê û asîmanê wê ji ber ewrên reş û tarî bûn weke dojehê, li başûr jî derya û asîman sekan bûn û tîrêjên rojê li ser deryayê dibirisîn. Keştî, di nava ev herdû dîmenên dojehî û bihuştîn de weke sînorê herdu qadan, li benda şerê tarîtî û ronahiyê bû.

Ew şera ber bi esirê destpê kir. Ewrên reş û tarî mîna ku bi enerjiyeke xurt ve têne dehfdan bi lez û bez rûyê asîman radipêçan da ku tev nema bixwiye. Adeta tarîtiyê berî ronahiyê dida. Dîsa her kesî bi lez û bez xwe avêt eywana mezin. Kamara û guverte bi carekê ve vala bûn.

Însanên ku bi awirên qilqaldar li firtoneya nêzîkbûyî dinihêrtin, diketin taldê hevdû. Dansa tîrêjên brûskê dîsa destpê kir. Bayekî gurr rabû. Keştiya mezin ji ber bayê dikişkişiya û li dora xwe dizîvirî.

Deryavanê Îtalî vê carê nikarîbû dumenê zeft bike. Keştî ji kontrola wî derketibû. Her carê ku keştî ji ber pêlan û bayê dihejiyan, însanên ku deryayê û rêwîtiya deryayê nizanin bi tirs û xof diqîriyan û virde wê de diçûn û dihatin.

Afxaniyek hûrik ji ber hejhejînê ji cihê xwe pekiya û bi mêtroyan kişkişî. Li her goşê însan serhev de diketin. Êdî eywana mezin jî bi ewle nîn bû. Cihên xwegirtinê kêm bûn û têra her kesî nedikirin.

Bi şidbûna ba, baran û pêlan, panîka li keştiyê jî xurt dibû. Bi pêleke xurt ve keştî bi aliyekî ve wekî balexanekê xwar bû. Kesên li eywanê di ser hev de xuricin. Qare qara kesên dihincirîn tevlî qare qara ên tirsiyayî dibû. Di wê navê de bala tu kesî nekişand ku stûyê kurdekî başûrî şikest û zilam di cî de mir. Heçî ên ku dest û lingên wan şikestibû nedihat hesibandin.

Dema ku keştî ji nû ve rast bû, êdî her kesî xwe bi derekê ve hişke hişk digirt. Çend ciwanên ku bi ewlebûna kamarayan xwe ewle kiribûn ji eywanê derketin. Di wê navê de pêlan li ser korîdorê xistin, ciwan tev de şil bûn, yek ji wan jî tu caran negihişt kamarayan, lingê wî şemitî û di binê awirên hevalên xwe yî şaşwazî de ket nava pêlên deryayê û winda bû.

Dîmeneke erjeng bû. Di eywana mezin de bi sedan însan bi her qulipîna keştiyê serhev de dixuricîn, diqîriyan, dinaliyan û dijûnan dikirin.

Îtalyanê li koşka kaptan guh nedida birînên xwe û hişke hişk bi dumenê ve digirt. Lê ji destan tu tişt nedihat. Tu şanîder nedixebitîn,

Keştî bi serê xwe bû. Ne aliyê bayê û ne jî aliyê çûna keştiyê diyar bû. Ba wekî vezebkan dixweziya û keştiyê wekî meşka vala dibir û dianî.

Dem diherikiya. Ên ku xwe bi cihekî ve digirtin şikir dikirin. Bala tu kesî li ser jin û zarokan nebû, her kes ketibû ber xilasiya canê xwe.

Sîya bi tevî dê û birayê xwe di nava rûniştekan de cihekî zexm girtibûn. Mazlûm xistibûn nava xwe û hişke hişt pê girtibûn.

Seyîdxan, piştî ku cihê wan saxlem kiribû, çûbû alikariya birîndaran.

Piştî salan Sîyayê bigota, "însan tenê qenciyên dildarên xwe bibîr tîne, lê di derbarê bavê min de her bîranînên min, qenc in."

Seyîdxan, bi tevî çend kesan alîkarî dikirin. Di nava çend ciwanên fedekar ên ku bi her derê ve digihîştin de Seyîdxanê temen navîn bala her kesî dikişand.

Axirê firtone rawestiya. Piştî du roj û şevên ku bi şêtane êrîş kiribû, hêza xwe nîşanî ew gumlata herî mezin a bi destê însanan hatiye çêkirin da û bi têra dilê xwe bi keştiyê leyîst, hêdî hêdî rawestiya.

Lê bayê dom kir. Heta êvarê weziya. Derya aş bûbû lê hê jî pêlan keştiyê dihejand. Ji penaberan tu kesî beriya niha firtoneke wiha nedîtîbûn. Ji nîvî zêdetir kes bi deryayê ketibûn, di her goşê de yek didu vedireşiyan. Çavên wan bûbûn weke tasa xwînê, reng û rûyê wan zenanokî bûbû. Dibê qey çav bi gornebaşan ketibûn.

Êdî keştî li der û dora xwe nedizîviriya û bi herikîna avê ve nediçû, tenê bayê wê dehf dida. deryavan, berê keştiyê li gorî bayê zîvirandibû, keştî li ser deryayê diherikî.

Bi hilatina rojê ve însanên ji tirsa û ji bêxewiyê westiyayî raketin. Ji xeynî çûna destavê û vereşînê tu tiştî nikaribû wan ji kamara an ji eywanê derxîne.

Ber bi êvarê miriyên ku cesedên wan li der û doran mane li ser guverte kom kirin. Yekî li ser wan çend dua xwend û cesed avêtin zikê Derya Spî.

CIHÊBÛN

Jiyana rojane rageşokî bûbû. Tu kesî newêribû ji tu kesî re tiştekî bigota. Gotineke nejidil di cih de dibû sedemê pevçûnê derbarê Zekî û hevalên wî de zem û gotinan dabûn qirikê. Geh digotin, piraniya erzaq ew dixwin, geh digotin bi zanatî me xilas nekirine, geh digotin dê me derxin giravekê û wekî bendeyan bixebitînin.

Her kesî dizanîbû ku ev gotin ji binê hevalên wî de derdiketin, lê tu kesî nikarîbûn vê rastiyê tespît bikin. Mijar û gotinên ku belav dibûn tev de bi zanetî hildibijêriyan. Tiştên ku her kesî didîtin û jê aciz dibûn dibû mijara suhbeta wan. Carina li ser belavkirina nan û dizîna wê, carinan li ser parvekirina cihê ziwa û germ carinan li ser xebitandina hin însanan suhbet dikirin.

Gotinên wan tev de rast bûn, her kesî ji gotinan fêm dikirin û wan dipejirandin. Ji xwe her kes bi van rastiyan aciz bûn. Lê koma acizkar, ji bo pejirandina şêweyên xwe yî xirabkar, ji bo bidestxistina desthilatdariya keştiyê van mijaran zêde dikirin.

Piştî firtoneyê hem erzaq kêm bûbû, hem jî cihê sitrînê kêm bûbû. Ji xwe gelek însan nediwêriyan ku herin qatên jêrîn an jî kamarayên dûr.

Rewşa derûniya însanan jî xirab bûbû. Belesebeb digiriyan, dikeniyan hêrs dibûn. Ger ku zemberêka hestan hebe, zemeberêka hestên wan însanan ji zû ve sist bûbû. Carina mirovek disekinî, xêreve dibû li aso temaşe dikir, dûre dibû îske îska wî û digiriya. Teyrekî behrî ku ji dûr ve difiriya, refên delfînan ku li dora keştiyê. Pêşande dikirin, masiyeke ketî torê, bîranînek... her tirşt ji xemgînbûn an jî girînê re dibûn hincet.

Ev têkilî hêviya reaksiyonê diyariyên qeyranê bûn. Dema ku dizek hatibû daleqandin, mirovekî ji nişka ve dest bi kenê kir. Bi deqeyan keniya bû. Ewilî her kes pê re hêrs bûbûn, lê dûre geremolê bi hev re dest bi kenê kiribûn. Ji hêlekê ve cendek li ber bayê dihejiya ji hêla din bi sedan însan ji kena zikopişto dibûn.

Dema ku şer an jî pevçûnek destpê bikira, ciwanên peywirdar bi hesinê destê xwe li şerkaran bixistana geremola însanan bi kêf û şahiyeke sosret dihatin temaşeya wê pêşandeyê.

Sîya, baweriya xwe ji însanan jî, ji xilasbûna xwe jî birî bû. Mejiyê wê yê ter û ciwan bi van bûyerên dehişîn ve tijî dibû. Binehişa wê ji niha ve tijî bûbû. Wê piştî salan ji Ferman re bigota; "Gelo em çawa vê hêza di dilê xwe de rehdayî tênagihijîn? Nexwe her kes xwe dixapîne? Em çawa bi qenciya însan ewqas bawer in? Dibe ku ji bo domkirina jiyanê be?..."

Dehşeta dilê wan hêdî hêdî zêde bû, her ku çû hemû kesan rapêça. Zarok, jin, mêr tev de ketin nava vê dehişînê. Her tişt asayî bûbû, ew ketibûn nava lîstokeke mirinê.

Tirs û qilqaldariya ku bi rojan bidome, axirîn xwe bi xwe bêwate dike. Dema kur evîn, xilasbûn, dûrketin, nedîtin, şahidnebûn gengaz nebe, derûniya însanan serêbino dibe. Mirin, kuştin dibin karên asayî. Însanên li keştiyê ji wê merhelê derbas bûbûn.

"Hûn çawa ketin nava wê şîdetê?" bigotayê Ferman.

Sîya bi çavên hêstirîn wan rojana bianiya ber çavên xwe û wisa bigota: "Ewên ku bûbûn rêvebirê keştiyê bi zanatî hestên me ji me dizîn. Bi pêkûtî û kujeriyan em elimandin şidetê. Bi konetî her metersî xistin destê xwe, di dilê me de xaleke fetihnekirî jî nema. Di her tawanên xwe de ewilî piştevanên xwe li dora xwe civandin, paşê ewên ku nikarin li hember wan rabin. Dizanîbûn ku însanên serîtewandî bi hêsanî dibin piştevan.

"ji tariya dilê her însanî sûd wergirtin. Çimkî ew ji me bûn, tariya dilê me baş dinasiyan."

Ew însanên ku her roj dibûn şahidê mirinên bêsedem, pêkûtiyên tund û li rastî dîsiplîneke hişk dihatin, roj bi roj diguheriyan. Tevgerê wan kêm dibû, bedena wan diqerimî. Êdî ew însanên şopînerên asoyê, hestyarên ba û baran û masiyan nîn bûn. Tu kesî li der û dora xwe nedinêriyan, bi awirên mitrî tenê li pêşiya xwe dinêriyan. Tu kesî li yekî din nedinêriya. Bebikê çavan mezin bûbûn, çav di kortê de winda bûbûn. Dema ku rûdiniştin û radibûn, nan û avê digirtin wekî robotan tevdigeriyan.

Jiyan ji zû ve ji keştiyê vekişiyabû. Ehlên keştiyê her diçû ji hev vediqetiyan û dibûn du beş. Komek li dora Zekî civiyabûn. Wan xwe wekî xwediyê jiyanê didîtin. Her tişt di destê wan de bû. Komek jî li dora (...) kom dibûn. Ew ji kiryarên Zekî û hevalên wî aciz dibûn, lê ji ber ku hejmara wan kêm bû, nikaribûn xwe nîşan bidin. Ji binî ve karê xwe dimeşandin. Helbet dê rojekê ce û garis tevî hev ketina.

Cudabûna wan jî bi sosretî pêk hat. Wê rojê ji bo paqijkirina guvertê û kamarayan nêzîkî sed însanan li ser guvertê kom bûbûn. Ên din li eywana mezin kom bûbûn, axaftina Harûn a li ser piştgiriyê guhdar dikirin. Kesên li ser guvertê bi wan xwiya dikirin. Qatek li jêrî wan bûn. Ji guverta pêşîn du pêpelik dadiketin xwarê. Guverte dor caxkirî bû.

Ji nişka ve ji guvertê dengê cirecirê hat. Her kes bi meraq li wî aliyî nihêrin. Yekî digot;

"Ez naxebitim û nahêlim pêncî kes jî bixebitin!"

Di wê lehzê de Zekî ji koşkê derket, ji ser şaneşînê bang kir;

"Tê bixebitî. Nexwe ev dibe îsyan! Serkutkirina îsyanê jî rewa ye!"

"De here lo!" got wî zilamî, "tu xwe padişahê ser serê me dihesibînî! Tu û ramboyên te bixebitin!"

Zekî çawa ku Fermana êrîşê da, bixwe jî xwe ji ser şaneşînê avêt xwarê. Însanên li eywanê revo revo derketin derve. Ji her aliyî mirovên Zekî êrîşî wan mirovên serhildêr dikirin.

Hêwirze û xirecir rabû. Grûba serhildêr ji her aliyî ve derbê dixwar xwe bi dijwarî avêtin ser derenceyan û serberjêrkî reviyan. Fersenda kişandina birîndarên xwe jî nedîtin.

Ser guvertê dîsa... bi birîndaran ve tijî bûbû. Îcar tu kes ne miribûn, lê birîndar hebûn. Zekî got bila birîndaran nekujin. Wê şevê serhildêran li ser hemû korîdor û derenceyên diçin xwarê barîkat çêkirin. Komek însan xwe li qatê, jêrîn heps kiribûn.

Sibetirê serkêşê wan bangî Zekî kir ku bê ser barîkatê.

"Zekî, tu dizanî, nanê me nîn e," got, "hûn nikarin me ji birçîna bikujin. Nanê para me yî rojane bidin me!"

"Erê," got Zekî, "emê mafê we yî rojane bidin we. Lê nebî ku hûn derbasî vî aliyî bin. Bila tu kes têkilî tu kesî nebe. Hejmara we çi ye?"

"42"

"Baş e. Her sibe. Bila nanê we yî îro bînin."

Serhildêr bêdeng vekişiyan. Ên li jor mabûn bêtir qutifîbûn. Êdî bi her gotina Zekî dikirin. Wê rojê ber bi êvarê xirecira nobedaran û qîrîna çend kesan ket guhê wan. Her kesî bi tirs li hev nihêrîn. "Çûn! Çûn!" digot yekî.

Lehzek şûn de fêm kirin ku çi qewîmiye: Afxanî çûbûn…

TAWANBARÎ

Ferman ji ber bûyerên Sîya vegotî dehişî bû. Xwe bixwe tunekirina wan însanan lê wetirê çîrokeke girotesk bû ku Sîya vedigot. Bi zêhnzelalkirbûna Sîya yê matmayî bûbû. Sîya, mîna ku ji bêhişiya xwe yî salan tolê dîstine. Her detayê bibîr dianî. Ferman got:

"Bi ya te, Zekî rêvebirekî qenc bû?"

Sîya berê xwe zîvirand, li aso temaşe kir; "bi ya min, divê rêvebir xwediyê hebreyên qenc bin."

"Ew wisa bû?"

"Zekî an jî yekî din, tu firq wî nîn e. ji bo girseyan çend dirûşme hebin bes e, ew didin pey dirûşman. Însanekî fêmkar be bes e. ji xwe Zekî jî wisa bû."

"Tu bi bîranîna wan aciz dibî*"

"Erê."

"Nexwe nebêje, bes e."

"Na, divê ez bêjim, divê ez ya dilê xwe vereşînim." Biskek bê deng ma. Ferman ji bo wê bûbû hincetê vegotinê. "rojekê bavê min ji Harûn re qala paradoksekê kir: ji bo pêşerojê xwefedakirin..."

Harûn jê re, "yanî wekî qurbanan?" gotibû.

"Erê," gotibû Bavo, "ji bo xilasiyê. Xwe fedakirin paradokseke wiha ye. Civak li benda qurbanên wiha ne ku goştê wan bixwin. Gava ku bi hebûna wan dihese, bixwe wekî qurbanan serê xwe dirêj dike û stûyê xwe xwar dike. Civat, qurbanan dixapîne, xwe wekî qurban dide nîşandan, lê li benda xapîna qurbanan dimîne."

"Tu gotina bavê xwe çava dibînî? Qurban tawanbar in, an civak?"

"Carina qurban dibin qehreman. Carina ew jî bi qurbana xwe dihesin û avantajên qurbanbûnê ji xwe re dikin pêpelik û bilind dibin."

"Civat qurbanan dixwaze?"

"Helbet. Hebûna qurbanan ji xwe re wekî xilasî dibîne û lewma bixwe tiştekî nake, dikeve nava teraliyê. Çawa hebe qurban hene, li karên xwe binêrin dibêjin. Bi ya min zordar û dîktator jî ji nava qurbanên minêkar derkdikevin. Qurban bi qurbanbûna xwe dihese." Rola xwe diguherîne.

"Zekî qurbanê bi xapandina xwe hesiyayî bû?"

Sîya li çavên Ferman nihêrî, "bawer nakim," got, "şer, serkeftiyan bêhiş dike, barbar dike, sermest dike. Zekî piştî kesibandina xwe yî şer bû desthilatdar û dûre li gorî sirûşta desthilatiyê tevgeriya."

"Lê ewên li der û dorê?"

"Ew ji Zekî xedartir bûn. Fermanên Zekî di cih de pêk dianîn. Bixwe jî wekî Fermandêran tevdigeriyan. Hem zulmkarî dikirin, hem jî wekî peywirkarekî jêhatî diparizin. Zekî tewanbar nebû, çimkî wî tenê Ferman dida; ên din jî tewanbar nebûn, çimkî wan jî tenê Ferman bicih dianîn."

"Sîya bi ya min ew ne li pey hiquqê, hesabdayînê bûne. Keştî ji wan re bûyê dinya, lê hukmê xwe meşandinê."

"Ji xwe desthilatdarî ne li ser hiqûyê ye, lê li ser hêzê ye. Kî hêzdartir be, ew desthilatdar e. Ên li hemberî wan rabûn jî li pey hukmê xwe bûn, lê hêza wan têrê nedikir.

"Gelo Zekî ku yên din dizanîbûn ku çi dikirin?"

"Carekê bi bavo re nîqaş kirin. Bavo gotê, "Zekî, ev kiryarana dê me li felaketekê biqelibîne, dawiya dawî tê bibî berpirsiyar." Zekî jê re got, "desthilatdarî çerxek e, tu kes bi serê xwe nabe berpirsiyar." Bavo gotê, "ku wisa be jî evqas şîdet pêwiste?" Zekî got: "heta ku em li qiraxekî bixin ji bo asayiş û ewlekariyê divê em bikin. Nexwe ez kiryarên wiha tu caran nepejirînim û di jiyaneke asayî de nakim jî."

"Gotinên wî rast bûn?"

"Bi ya min, tev jî nexweşên desthilatdariyê bûn. Ger ku berê bi wan re tunebûya jî, di wê keştiya ji dinyayê qutbûyî de, ev nexweşî bi tevan girtibû. Kurd û qelsiya wan a li hemberî desthilatdariyê bi giştî xwiya bûbû. Ji qelsiyan jî sûd wergirtin û xwe saxlem kirin."

"Lê bawerî?"

"Baweriya çi?"

"Însanên ku ji xilasiyê bawer nekin dê çawa bidin pey wan?"

"Helbet bawerî jî hebû, lê bi tevî tirsê. Ji grûba wan yekî nan dizîbû. Di cih de canxilasiyek danê û wî avêtin deryayê. Tiştên wiha hem baweriya gel bi wan dianî, hem jî tirs û xofê dixist dilê wan."

"Bi encamê kiryarên xwe haydar bûn?"

"Helbet, çîrokbêj û metelokbêjên wan jî hebûn, di nava însanan de meziyetên wî û yên hevalên wî digotin."

"Her kesî bi wan bawer dikirin?"

"Li zorê hal wisa bû. Ger ku erzaq biqediya û Zekî bigota. Bila yek xwe serjê bike û emê goştê wî belav bikin, bi dehan minekar wê derketana."

"Le ewên edaletxwaz?"

"kê ji kê çi bixwesta? Ew kesana tev de terkejiyan bûn, gişt li jiyangehên nû digeriyan. Edalet û tiştên wisa wê çawa biketa hişê wan?"

"Qet nebe ji bo hiqûqa di nava xwe de..."

"Hin kes ji ber dermayînê aciz bûbûn, hewqas."

"Tev hişekorî bûbûn?"

"Erê. Hem hişekorî hem jî cinawir. Ma kîjan însan cinawir nîn e? Gelo însanek heye ku li hemberî hêza desthilatdariyê xwe ragire û hişekorî nebe?"

"Ma ew bi mirinê re rû bi rû bûn?"

"Ji xwe nêzîkbûyîna xetere û mirinê wan wisa dikir her kes ji bo xilasbûna keştiyê piştgiriya wan dikirin. Kesên dijraberê wan dibûn xirabkar. Qelender tawanbar bû, çimkî dijrabertî kiribû, lê ewên din tenê aciziyên xwe digotin."

"Yanî tu kesî xwe ji vê xilas nedikir, nexwe tu kes tawanbar nîn bûn."

"Na. Keştî ji binî ve hemtawan bû."

TEVKUJÎ

Keştiya kevin, bûbû warê sê kom însanan. Afxaniyên ku şevekê ji nişka reviyabûn, xwe dabûn kamarayên paşiyê yên xwarê. Masî digirtin, xave xav dixwarin, ava baranê kom dikirin, ava deryayê parzûn dikirin. Koridorên qata jêrin tev de dada bûn. Pêwendiya xwe ji her kesî qut kiribûn. Nanê para xwe ji nedixwestin.

Koma serhildêran li pêşiyê, li qatên navîn û xwarê kom bûbûn. Weki Afxaniyan masî digirtin, av parzûn dikirin.Wan li ser barîkatan nobet jî digirtin.

Zeki, koma wî û kesên din jî li guvertê, kamara û salonên jorê bûn erzaq û av di destê wan de bû. Derencên li navina keştiyê di destê wan de bûn ku hetanî daîra makînê dadiketin.

Nanê para koma serhildêran dibirin ser barikatê, wan jî bi xwe re dibirin. Gava ku ji komê yek bimira û ew bavêtina deryayê, heqê nanê wî dibirin.

Tenê ji koma Zeki însan diçûn daîreya makînê û dixebitîn. Ji komên din tu kes nedihatin. Her roj deh mirov dadiketin qatên jêrîn ku di binê avê de bûn. Li ber destê deryavanê Îtalî li çareya xebitandina keştiyê digeriyan. Makîne ewqas kevin bûn ku dest bavêtina ku di destê wan de dima. Ji zemîn jî av diza. Bi mecbûri avê bi satilan dikişandin û davêtin derve.

Di keştiyê de bi dehan korîdor û bûhur hebûn. Xebatkarên ku çend cara diçûn daîreya makînê di van koridoran de derbas dibûn. Xebatkar di koridorên de, ji herdu gruban re jî dibûn hedef, koridor ji bo wan bi qasî guvertê biewle nebû. Li ber her korîdor û derencên ku derdikevin guvertê nobedar hebûn, lê di nava koridoran de bêparastin diman.

Lewre Zeki nan nedida wan ku gruba serhildêr ji bo nên êrişi wan bike.

Wê rojê dema ku ji daîreya makînê vedigeriyan, hay jê nebûn ku hevalekî xwe li paş xwe hiştine. Kerim ê ku temenê wî hê negihîştibû Sîya, xorteki esmer bû. Porê wî reş û şîn bû.

Dema ku bi tunebûna wî hesiyan, êdî her tişt qewimîbû jî. Cesedi wî li ser derenca devê korîdora heri xwarê dîtin. Qirika wî jê kiribûn, zik lê qelaştibûn. Li pişta wî û li hêta wî hîna bi dehan derbê kêran hebûn. Cesedê wî bi muşembekê pêçan û derxistin jor.

Zeki bi hêrs hat ber deve korîdorê, "Derkeve jor!" got bi qîrîn.

Ji pişt barîkatê bersîv da, "Tu çi dixwazî Zeki?"

"We ji bo çi Kerim kuşt?"

"Kerim kî ye lo!"

"Kuro derewkarê derewkar! Ew xortê ku we mîna gurên har êriş kirê tu çawa nas nakî?"

"Zeki, gotina xwe bipîve! Me êrîşî tu kesî nekir."

Zeki bi hêrs, "Cesedê Kerim bînin!" got.

Cesedê perçekirî û bi muşembê pêçayî anîn ber derê korîdorê.

"Bala xwe bidê! Ez sond dixwim, ger tu berpirsiyarê vê kujêriyê teslîmî min nekî, ezê ji bo her derba kêrekê ji we yekî bikujim!"

"Zeki, mirovên we dikin û davêjin ser me. Ji me tu kesî Kerim nekuştiye. Çi karê me bi Kerim re heye? Em ji gefên te jî natirsin. Çi ji destê te tê, bike!"

"Here be hevalên xwe re biaxive! Hûn berpirsiyar teslimî me bikin, em jî têkilî we nabin. Ji we re saetek zeman. Piştî saetekê emê bi ya xwe bikin."

Axaftin qediya. Ragêşiyek ket ser keştiyê. Dîsa bêhna mirinê dihat. Sîya, diya xwe hembêz kir û li der û dora xwe temaşe kir. Ji dûr ve didît ku bavê wê û Harûn dikirin ku Zeki qani bikin.

Sîya êdî neditirsiya, tenê nefret dikir. Ji kujêrên Kerim jî, ji sondxwarên tola wî jî, ji xwînxwarên li dora wî jî nefret dikir. Di wê deme de Sîya mirina xwe dixwest.

Saetek derbas bû, tarî ket erdê. Her kes li benda firtoneya şer bûn. Bi dehan xortên şopînerên Zeki ji niha ve hesinên destê xwe, rimên ji tenekan çêkiri, mertalan; kumzirxan, zincîran û amûrên din ji xwe re amade kiribûn.

Ji korîdorê bersivek sar û kîndar hat;

"Ji me tu kes bi hesabê miriyan re mijûl nabe. Karê me bi zindiyan re heye?"

Zeki tu tişt negot, kere ker ji ber dere korîdorê vekişiya. Di cih de hemî mêr li ser guvertê kom bûn. Jin û zarok li koşka kaptan kom kirin. Koşk biçûk bû, lê ji her aliyî ve dihat parastin.

Hejmara wan di destpêkê de neziki 450-500kesî hebûn. Piştî koma Qelender, revokan, Afxanan û serhildêran mabûn 250 û tiştek. Jin û zarok jê derketana nêzîkî 200 mêr hebûn. Du sed mêrên tî û birçî, hêrsoyî, westiyayî û li sînorê şêtiyê li benda şer bûn.

Bi berbanga sibê ve dest bi êrişê kirin. Zeki pîlanek wisa dînemêri çêkiribû ku, mirovên çawsor bi kêf û şahiyê ji xwe ve çûbûn. Grûbên ji bist kesan pêk tê êrîş kirin çar korîdor û derencên ku diçin xwarê. Bi hev re êrîş kirin û wan mijûl kirin. Hêza rûxîner jî bi bendan daketin qatên xwarê.

Ewên li xwarê hê bi xwe nehesiyabûn ku, bi hêwirzeyên ji piştê tên ve şaşwazî bûn. Ji nişka ve ji korîdorên tarî qareqar bilind bû. Hiznayê xwest ku bi çarika xwe ve guhên Sîya û Mazlûm bigire, lê deng keştiyê dagirti bû adeta keştî bixwe diqîriya.

Qetlîam hetanî berbangê dom kir. Mirovên ji xwîn û şidetê serxweşbûyi eman nedidan teslîmbûnê. Çend kesan ji tirsa xwe avêtin deryayê. Korîdor di xwînê de mabûn, li her derê cesedê însanan li ber xwinê bûbûn bendav.

Bi tîrêjên rojê ve mirovên cil û berg di xwînê de mayîû westayê şer bi kêf û henekan derketin jor.

Ji wan însanan yek jî sax nemabû, ji êrişkaran jî nêziki çil însan miribûn. Ên saxmayî bi tevî birîndarên xwe li ser guvertê kom bûn. Her kes bi awayê sosretî dilşad bû, mîna kesên kêrhatî dilaram bûn.

Pişt3i kombûna wan, nanê sibê belav kirin. Mafê miriyan jî dabûn ser. Ji her însanî re du qari nan diket.

Lehzek şûn de Zeki ji koşka kaptan bang kir: "Hevalno! Me îro sehildanek giran têk bir. Me kujêrên hevalekî xwe bi kiryarên xwe poşman kir. Ev dîsa gihîştin aramiyê. Êdî hetani ku em derkevin qiraxekê tu tişt nikare jiyana me xira bike.

Bila tu kes ji karê xwe poşman nebe. Dema ku wan bi wehşane êrîş kirin, emê bêdeng bimana? Me çi kiribe rewa ye. Bila tu kes xem nexwe!

Niha êdî bila hevalên şerkar xwe paqij bikin û rakevin. Bila kesên li guverta jorîn mayî jî koridoran bişon, ew zêde newestiyan.

Zeki axaftina xwe qedand û ket hundir.

Seyidxan ancax ber bi nîvro derket guverta jorîn. Çawa ku hat, serî da ser çoka jina xwe û kûrekûr giriya.

ŞIDET

Ax, hevalê derd û kulen min! Êdî ez nema dikarim ji ber bîranînên ji vê keştiya terikandî maye li ber xwe bidim. Ew ê min dîn û har bikin. Ez hestên xwe winda dikim. Jan, şadî, xemgînî tev de jî ancax dema ku ez wê keştiya wêran, însan tê de û çend rojên xweyî li wir difikirim bi min re dibin.

Ev ji bo min wekî qedereke derengmayî ye. Divê wê rojê, di wir de her tişt kuta bikira. Êdî ez baş dizanim ku ewê ku min ji mirinê xilas kiriye firişteyê gunehkariyê ye. Belkî zebaniyek be jî, belkî hecûc-mecûcek, belkî şeytan bixwe be. Belkî ji bo ceribandina sînorên berxwedaniya min ewqas xirabî bi min kir. Belkî ew cerebeya hê jî didome.

Helbet ez jî dixwazim ku rojekê bûyerên hatî serê xwe binivîsim. Lê ez newêrek im, hevalê min. Tu caran cesaretê min çê nabe ku ez careke din wan rojên kambax bijîm. Carek ji min re bes e.

Ez nabim wekî evdalên ku bi derd û kesera pêşengên xwe dijîn, an jî nabim wekî belengazên ku bi vegotinê ji derdên xwe xilasbûnê hêvî dikin. Baş dizanin ku ev jî qeder e û tu kes nikare ji qedera xwe bifilite.

Lê ez nizanim ka gelo ev ji hêla yezdanekî bîrsar hatiye nivîsandin, an na. Ji vir û pê ve tu karê min bi yezdaneki bîrsar û bêwefa nîn e.

Bavê min digot: "Tu li vir dikarî pêwendiya kurd û desthilatdariyê û pêşketina wî bişopinî!" Ew ên serkar ji bo ku çend rojên xweyî dawîn jî serdest biqedînin çi ji destê wan bihata kirin.

Dema ku çav bi kêfitî an ji mêzgirtinekê bihatana bi ser bûyerê ve diçûn, didarizandin, ceza dikirin û digihîştin encama xwe. Ez niha têdîgihêjim ku, berovajiyê desthilatdaran, tu berjewendiyên wan di vê desthilatdariya de nîn bû. Ji xwe tiştekî ku parve bikin jî nîn bû. Ew ji bo ragirtina hestên xweyî desthilatdariyê têdikoşiyan û vê xebata xwe jî wekî fedakariyê bilêv dikirin. Ew însanên ku di emrê xwe de tu carî nêzîkî bi çerxa desthilatdariyê nekiribûn, dixwestin ku ji vê fersenda çend rojan hetanî dawi sûdê wergirin.

Tiştê ku ez bêtir lê heyirîm tevgerînên wan nebû; ew wekî însanên ku bi salan e perwerda şer û xwedîtiyê dîtine bi hêsanî însan dikuştin. Lê ew guhnedêriya însanên ku li benda mirinê bûn min dê çawa jê fêm bikira?

Berî her tiştî ew dilşewatiya ku ji bo têne cezakirin, daleqandin, kuştin û di deryayê de winda bûyinê, hebû êdî kêm bû. Êdî her mirin asayi bû. Kuştina însanan, serjêkirin, perçekirina wan, zikqelaştin, jêkirina şahdamarê wan, xwîn rapelikandina damaran, perçekirina hestiyan, li erdêmayina cendekên genîbûyi... Tu tişt bi însanan tirsnak nedixwiya.

Her ku diçû mirin, kuştin û her cûre şidet bi guhnedêriya teatrê dihat temaşekirin. Car caran bi kuştina însanekî re dengê çepikan jî diketin guhê me. Yekî bi hesinekî serê Afxaniyekî pelaxtibû. Afxanan xwe sipartibûn qata herî xwarê, ew jî di nava wan de bû. Piştî ku hesin li serî ket û ew û hesin bi hev re ketin deryayê, dengê çepikan li ser guvertê bilind bûn. Afxaniyên reben revo revo ketin kamarayên xwe.

Piştî ku her mirin bûbû hinceta xwepêşandarekê, însan li pey mirinên nû ketibûn. Ji ber vê tev de bûbûn kone. Çav li wan wekî xêzeke zirav bûbû û çirûskên hovîtiyê ketibûnê. Bi kurtepistan diaxivin û ji bo axaftinê li taldeyan digeriyan. Mîna ku her kesî ji her kesî tiştinin vedişêriya. Her kesî li dora xwe dîwarên xweparastinê ava kiribûn.

Nizanim ka gelo şidet di nava însanan de hebû an yekî dersa şidetê dida wan. Însanê herî belengaz jî bûbû şidetperwerek. Her dem, her kes, bi her awayî dikarîbû bihata kuştin. Lê dîsa jî tu kesî guh nedida tiştekî wiha. Ji wan re kêfa temaşekirina mirinekê bes bû, dixwazi bila mirina wan bixwe be. Bi balkêşi li vê rewşa nû digurivin.

Tevgerîna şermezarî şidet nebû; lê bi çi awayî dibe bila bibe, li ser şidetê axaftin bû. Adeta şideta bûyi nedihat dîtin. Jiyana rojane bi asayî diherikî. Nan û ava mayî parve dikirin, paqijî pêk dianîn, lê tu caran, tu kes li ser şidet û mirinan nediaxivin.

Ew çi însan bûn? Çawa hatibûn vî halî? Ew tiştê ku wan kiribû kujêreke xedar, ew çi bû? Bêhêvîtî? Tunebûn? Xetereya domdar? An hesapnedayin bû? Dibe ku ew ji ber tirsa xwe wiha bûbûn însanên xeternak û şerkarên bêhiş. Tirsa careke din pê li bejahiyê nekirin, tirsa heta hetayî di vê tarîderyayê de mayîn, tirsa ji axê dûrketin û tirsa bêaramiya abadîn...

Ancax însanên ku ji her tiştên xwe dûrmayî û bi vê rebentiya xwe hesiyayî wiha şidetperwer û xeternak dibin.

Hay ji xirabkariya xwe jî nebûn. Her kiryarên xwe adeta wekî lîstokekê bikar dianin. Êdî tu kes, bi tu hovîtiyê şaşwazî nediman.

Miroveki seri hat pelaxtin di cih de mir û cesedî wî du rojan li ser guvertê ma. Geremola însanan jî li der û dora cesedî diçûn û dihatin lê tu kes têkildar nedibûyê. Li esirekê, dayê got li Mazlûm bigere. Ez lê geriyam. Dema ku ez hatim ber cesed, min dît ku komek zarok li ser cesed kom bûne. Bêhn jê dihat û zarok pê dilêyiştin. Min bera zarokan da, bela welayi bûn. Min bala xwe daye ku Mazlûm li ber serê cesed rûniştibû.

Hesin serî pelaxtibû. Çavê çepê derketibû derve: Mazlûm bi wî çavî ve dileyist. Bêhna genî însan gêj dikir. Ez bi dehşet têgihiştim ku tu wateya cesedekî genî jî ji bo zarokan nin bû.

Bavê reben ji bo parastina me diperpitî. Her kes bi her kesî re bûbû dijmin. Hêzeke desthilatdariyê vê dijminatiyê berhêli dikir, birêve dibir û xwe pê xwedî dikir. Her însanek potansiyeleke xeternakiyê bû dibe ku di tariya şevê de bi dehfdanekê ve biketana deryayê, dibe ku bi hesinekî serî li we bipelaxtana, dibe ku ji ber nîqaşeke erzan hûn bihatana cezakirin.

Em difetisîn. Me xwe bi xwe difetisand. Di keştiyê de tim û tim hewayeke jehrîn hebû. Ma însan dikarê bêewlehi û bêbawerkirî bijî? Me bi windakirina ewletî û baweriya xwe hêviya xwe jî winda dikir û em dişibîn cesedên jiyayî. Hestên bawerî, rêzdarîğ û ewletiyê tunebûn, tenê tirs û xof mabûn.

Dibe ku tu li van gotinên min binerî û bêjî ku ev paşeroja xwe ji nû ve dihûne, li gori takekesiya xweyî birîndar û nexweş sax dike.

Nexwe min ev paşeroja tim û tim di dilê xwe de veşart. Ez iro ewê ji te re nahûnim, bi vegotinê ve ez jê xilas dibim. Xwe jê dişom. Tu guh nede ku ez jê re dibêjim paşeroj. Ya rasti ew pêvajoyeke wisa ne ku hetanî îro dom kir û roja îroyîn jî xist bin bandora xwe mixabin ez jî bi wê re jiyam. Min çikir û nekir ez jê xilas nebûm

Ew însanê ku ji hesabpirsînê natirse û bê pîvan tevdigere, ew însanê herî xeternak e. Ew bi kiryarên xwe ve yekser har dibe. Ji reşandina xirabkarî û dijminatiyê natirse û her wiha dijminatiyê ji bo xirabkariya xwe dike hincet.

Ji bizavên însanên şahidê bûyeran tu tişt nedihat fêmkirin. Li hemberî kuştin, xeniqandin û avêtina deryayê wekî celadên profesyonel tevdigeriyan. Yanî her kes bûbû celat.

Ya rastî, em tev jî di çarçoveya xwe ya teng a kûr zeman û mekan tê de xêzkirye de wekî ajalkti birîndar tevdigerin, dilebitin û dixwazin jê derkevin. Lê ji xeynî bêtirîn nuqmîbûna avzêla bêhevîtiyê tu tişt ji destê me nayê.

Hetani ku em ajala wehş a di nava xwe de nefetisînin, ev berbitina me yê bidome. Paşê, di rojeke mayî dilşad û hêvîdar de, rojeke ku em hîç ne li bende ne de, ji nişka ve emê bikevin nava pêlên tunebûnê û abadîn dengê me ye bete birîn.

Ew dîn û harên ku li pey bêmirinê digerin tenê di çirokan de ne. Di jiyana rasteqîn de her kes dîwarê avzêla xwe ava dike. Em her roj wekî li vê dinê dezgehê Mînervayê kefenê xwe dirêsin. Karê me yî li vê dinê, ji ristina kefen bêtir tiştek nîn e. Hovîtiya me yî herî giran jî di dema astengkirina kefenristinê de derdikeve. Jiyanperestî, jiyanperwerî jî ji bo ristina kefen hindek zeman xwestin e.

Ax, hevalê min ê ezîz! Tu ji zanebûna raza jiyana me ku ji berê ve bi destê yezdanekîmitrî an ji xwezayê hatiye nivisandin naêşi?

PERÎN

Ji ber bayê xurt pêlên deryayê her diçûn radibûn û dikefikîn. Li ser deryaya tarî keştiya giran a kevin bi gewdeyê xwe yê wek lekeya li ser deryayê diçû û dihat. Şevereş bû. Deh gav dûrî keştiyê jî nedixwiya. Asîman û derya bûbûn yek firtone li her derê bû. Pêlên deryayê ji asîman dibariyan.

Pêlên dîwane ji her aliyan ve li keştiyê dixistin. Gewdê giran, bi her pêlê ve wekî ajaleke birîndar dioriya. Her tişt ketibû nava gerînekeke sitemkar. Pêlên ku heta guverta jorîn radibûn, ji niha ve bi dehan însan kiribûn binê deryayê. Ew însanên bêganeyên keştî û deryayê, bi her pêlê ve wekî keriya ku li rasti êrişa guran hatiye vir de wê de diçûn û dihatin.

Ji her dera keştiyê av diza. Ên li qatên jêrîn in ji niha ve di binê avê de mabûn. Kesên xwe ji pêlan xilaskirî direviyan qatên jorîn.

Sîya, li ser derenceyan çav bi cesedê însanên xeniqî diket. Bi rabûna avê ve ew cesed jî dikişiyan nava deryayê.

Çend filîkayên li hêla îskeleyê mayî jî bi pêlên xurt ve bela wela bûn. Însanên ku êlegê canxilasiyê, li xwe kiribûn jî bi qîreqîr dixeniqiyan û tu tişt ji destê tu kesî nedihat.

Çend însanên li koşka kaptan jî bi awirên dehişî li der û dora xwe dinêriyan. Însanên di nava mij, pêl û kefikan de bêçare mane li hev dinêriyan.

Dema ku Sîya, Mazlûm û dê û bavê wan ketin koşka kaptan dêhna tu kesî li ser wan nebû.

Lehzek berê, dema firtoneyê destpê kiribû û pê re jî ciwanek ji daîreya makînê bi heyecan reviyabû jorê û "Derz li keştiyê ket! Her diçe mezin dibe! Keştî nikare êdî li ber xwe bide!"gotibû, Zekî, weke ku ji xeweke giran şiyar be, "Me çi kir?" gotibû.

Zekî baş dizanîbû ku firtone û derz dê dahatûya wan bixista xetereyê, jixwe hê roja firtoneyê qediyabû û ketibûn şevê, keştiya kevin ji hev ketibû jî.

"Zekî!" got Seyitxan, "li qatên jêrin çend cesed hene, tu dizanî?"

"Ez bizanibim wê çi be? Çawa hebe yek ji me jî xilas nabe."

"Te çima însan şiyar nekirin?"

Seyidxan, bi derketina firtoneyê ve êlegê canxilasiyê li jin û zarokên xwe kiribû, ew xistibûn koşka kaptan û çûbû qatên xwarê. Çend însanên ku li daîreya makînê heta navikê di nava avê de mabûn, li hemberî makîneyên qerasê ên mîna xaçepirsên bêbersiv bêçare mabûn.

"Derkevin jorê!" got Seyidxan, "hûn ê li vir bixeniqin!".

"Seyidxan, derz mezin dibe! Keştî dê weke zebeşan biqelişe!"

Qelşa li zemîna keştiyê bi dirêjahî serdan pê vebûbû. Av weke kaniyeke boş bi lez diket keştiyê.

"Keştî dê çiqas li ber xwe bide?"

"Lê ye ku noqî avê be!"

"Hadê derkevin jorê!"

Keştiya luks a turistik ku nêzikî du hezar rêwî û muretebat di zikê xwe de dihewand, di vê rêwitiya dere-însanî a li ser Derya Spî bi tevî barê xwe yî bi nalet êdî hatibû dawiya emrê xwe.

Pêleke dêwane ji geremola însanên li ber koşka kaptan çend kesan bi xwe re bir û vekişiya. Kesên ku hişk bi caxên dora keştiyê ve girtibûn, bi ên ji qatên xwarê dihatin û li cihekî pêgirtinê digeriyan re ketibûn nava têkoşîneke giran.

"Hadê, em derkevin!" got Seyidxan, zarokên xwe û jina xwe bi lez derxistin derve.

"Bavo, hundir baştir e," got Sîya.

"Keça min ev der dê ji me re bibe gor. Ku keştî binav be tu kes nikare ji wir xilas be."

Seyidxan xilasbûna çend kesan hêvî dikir, lewma dixwest bi lez tevdir bigire.

Piştî ku Seyidxan ew ji koşka kaptan derxistibûn, li qatên xwarê hema hema tu kesên zindî nemabûn. Eşya û cesedan bi hev re li korîdoran dabûn ser avê.

Ji hêlekê ve cesedên li ser avê, ji hêlekê ve qareqara kesên dixeniqîn, kesên bi tirsa mirinê ketine, ji hêlekê ve ji ore ora keştiyê bi hev re atmosfereke erjeng pêk anîbûn.

"Bavo," got Sîya, "em ê noqî avê bin?"

Seyidxan li çavên keça xwe nihêrî. Destên biçûk û nazik xistin kefa destê xwe û hişk pê girt:

"Keça min, em noqî avê dibin. Lê ger ku êlegên me bi kêr bê, em ê heta dawiya firtoneyê bijîn."

"Lê ku em xilas nebin?"

"Sîya, keça min, hêviya xwe nebire. Tê xilas bibî. Tê jiyana xwe bidominî. Hêviya xwe nebire."

Ji nişka ve keştî mîna ku erdhej pêgirtiye lerizî. Weke ajaleke birîndar ku qareqara wê û bi hêwirzeyeke giran noqî avê bû.

Tiştê herî dawi di bîra Sîya de mabû, bi avê ketin û windabûna dê, bav û birayê wê bûn.

Hişkehişk bi textikeke li avê ketî û li berê derbasbûyî re girt. Bedena wê ya nazik di nava ava sar de tevizî. Keştiya binavbûyî, ewilî kesên li ser xwe virvirand û paşê anaforeke dêwane gerand, her tişt kişand xwe û bi xwe re noqî avê kir.

Sîya, bi textikê ku xwe pê girtî ewilî bi hewa ket, li ser pêlan çû û hat, paşê noqî avê bû û careke din derket. Xwe bi dijwarî bi textikê ve digirt. Bedena xwe ya biçûk li ser textikê dirêj kir, xwe bi herikîna avê re berda. Kir ku der û dora xwe bibîne, lê her der tarî bû. Serê wê li tiştekî ket û ew ket nava tariyek bêdawî.

Li ser pêlên Derya Spî bedena Sîya jî bi tevî parçeyên ji keştiyê mayî noqî avê dibûn û derdiketin. Her diçû di nava tariyê de winda dibû. Êdî li der û dora wê ne însanên nalînkar, ne ên xeniqî û ne jî ên zindî hebûn, ji xeynî textika destan tu tişt nemabûn.

Mazlûm ê li ser pêlên kefikî li ber çavan ket. Jê re dibişirî û dest dihejand. Nêzik bû, destê xwe dirêj kirê, "Etê, min bibe malê!" got. Sîya dixwest bi hikehikan bikene, lê tenê dikaribû bigiriya. Bi hebûna baran û pêlan tenê wê lehzê de şa bû, Mazlûm dê girîna etêya xwe nedîta.

Mazlûm bi destê wê girt. Pêlên kefikî ji binê lingan vekişiya.

Êdî li ser zemîneke beton û bi dîwarên beton ve dorpêç kiribûn. Derya, parçeyên keştiyê û pêlên kefikî winda bûbûn Perîna ku sîsika çavên wê yên şîn dibişirîn li goşekê rûniştibû û çoka xwe nîşanî wê dikir.

Sîya çû, li ser çoka Perînê rûnişt. Perînê porê wê niwast. Sîyayê li çavan nihêrî:

"Min rengê çavên te dîtin," got.

"Çi ye?" gotê Perînê.

"Şînî-Derya ne."

Perîn keniya: "Derya ku tu tê de yî jî şîn e?" gotê.

"Na. Tarî ye."

"Te jê hez kir?"

"Na. Ez naxwazim herim, etê min bernede."

"Tu naçî delala min," got Perînê. "Rûnê! Tu naçî! Bi min re be! Neçe" li vir be, Sîya!"

DAWÎ

Sermawez **2005**/Edirne
29 Adar **2008**/Bolu